Me llamo Lorena, aunque en los mundos de internet ya todos me co-nocen como Cherry Chic. Nací en mayo de 1987 y no recuerdo cuán-do fue la primera vez que soñé con escribir un libro, pero sé que todo empezó cuando mis padres me compraron una Olivetti y me apunta-ron a mecanografía siendo una niña. En la actualidad puedo decir que he cumplido mi sueño: vivir de mis libros dando vida a mis per-sonajes.

Papel certificado por el Forest Stewardship Council®

MIXTO
Papel procedente de
fuentes responsables
FSC® C117695

Penguin
Random House
Grupo Editorial

Primera edición en B de Bolsillo: mayo de 2023

© 2021, Cherry Chic
©2021, 2023, Penguin Random House Grupo Editorial, S. A. U.
Travessera de Gràcia, 47-49. 08021 Barcelona
Diseño de la cubierta: Penguin Random House Grupo Editorial / Manuel Esclapez
Fotografía de la cubierta: © iStock Photos

Printed in Spain – Impreso en España

ISBN: 978-84-1314-703-1
Depósito legal: B-4.199-2023

Impreso en Novoprint
Sant Andreu de la Barca (Barcelona)

BB 4 7 0 3 1

Todas mis dudas

CHERRY CHIC

Dedicado a todas las personas que, en algún momento de sus vidas, han sentido que el miedo robaba espacio a las ilusiones y las dudas arrasaban con todo.

Sé que te quiero
porque hay una niña asustada
dentro de mí
que cuando te mira
deja de llorar.

SARA BÚHO

Prólogo

Rosario volvió a ponerse la mano sobre la frente para intentar que el sol no la cegara. Suspiró de nuevo. No llegaba. Un manojo de nervios anidaba en su estómago y decidió rezar de nuevo, pues no sabía de qué otra forma pasar el tiempo. Por eso y porque el miedo no era buen consejero y estaba metiéndole en la cabeza ideas que la mataban en vida. Su vecina, Victoria, ya no rezaba. Decía que ahí arriba no podía haber nadie; si había alguien y permitía las cosas que permitía, no merecía que ella le rezara, ni mucho menos lo idolatrara. Algunas veces Rosario pensaba como ella, pero otras la fe la ayudaba a levantarse y a pasar a través de la angustia. La ayudaba, la calmaba, así que no pensaba dejar de rezar. No todavía. Pero entendía a Victoria, porque estaba viviendo lo que para ella era una pesadilla recurrente: su marido no volvió.

Pero Antonio volvería. Su Antonio tenía que volver porque lo había prometido y bien sabía Dios que ese hombre no era perfecto. Había revolucionado el pueblo en sus años mozos junto a sus hermanos, consiguiendo que los chicos de las Dunas fueran famosos, pero, aun así, aun con todos sus defectos, nunca había roto una promesa y no iba a empezar aquel día.

—Rosarillo, vete a casa —le dijo Paco, un amigo y compañero de faena—. Ya verás cómo llega en nada.

—No, no, yo me quedo aquí hasta que vuelva.

—¿Y las chiquillas? ¿No cenan?

Rosario miró a sus hijas correr por la arena. Tres niñas. Cuando nació la tercera, le dijo a Antonio que no quería más y él, en vez de mostrarse decepcionado, sonrió y dijo que mejor, porque con suerte ninguna de las tres querría echarse a la mar.

Se tragó un suspiro tembloroso.

No quería pensarlo, intentaba no hacerlo, pero la idea de que Antonio no volviera cruzó por su cabeza. ¿Y qué iba a pasar entonces? ¿Qué pasaría con aquellas niñas? Que no era por hambre, ya se encargaría ella de que no faltara un plato en la mesa, pero necesitaban a su padre.

—¿Y cómo explico yo esto si no vuelve mi Antonio, Paco? ¿Qué les digo?

La voz le falló, pero su amigo y vecino le colocó las manos en los hombros y buscó su mirada.

—Vete a la casa, Rosario. Dale de comer a las crías y espera a Antonio. No te preocupes, que va a volver.

—Tú eso no lo sabes.

—Hombre, claro que lo sé. No hay marea caprichosa capaz de conseguir que ese hombre no vuelva a tu lado.

Las lágrimas rodaron por sus mejillas, las niñas protestaron de hambre y ella se dio la vuelta y deshizo los pasos por la arena sintiendo que, con cada uno que daba, el corazón le pesaba más.

Dio la cena a las niñas. Las acostó y se sentó en la butaca. Intentó tejer. Intentó rezar. Intentó cantar algunas coplillas para distraerse, pero lo único en que podía pensar era en que la noche había caído y Antonio no había vuelto.

Ya de madrugada, los golpes en la puerta hicieron que su corazón se apretara en un puño. Abrió como alma que lleva el diablo y se encontró a Paco mirándola con ternura.

—Ya vienen, Rosarillo. Vete con él.

Salió corriendo. No necesitaba que le dijera que se quedaba con las niñas, sabía que así era. Llegó a la orilla en lo que tarda un perro en ladrar al ver a un gato. La barquilla de Antonio estaba ya en la arena, dejándose arrastrar por los tres que habían salido ese día. Cuando la vio, sonrió como si no pasara nada, y Rosario lo quiso con la misma intensidad que lo odió. Se acercó a él, a sus brazos fuertes, sus ojos azules y su sonrisa descarada.

Antonio la alzó en brazos y rio en su oído, haciendo contraste con su llanto. Ella tembló entre sus brazos y sintió que volvía de la muerte a la vida solo con olerlo y tenerlo allí, con ella.

A menudo se maldecía por haberse enamorado de un pescador. Ella, que podía haberse casado bien, como decía su madre, se había ido a quedar con el más sinvergüenza de todos porque consiguió que se sintiera como nunca se había sentido antes. Y porque tenía los ojos más azules que había visto nunca y la sonrisa más grande jamás inventada.

—No me llores más, que te vas a quedar seca —dijo él risueño apretándole la cintura—. ¿Tú de verdad te crees que existe un mar capaz de hacer que no vuelva contigo?

—¡Claro que existe, Antonio! Lo que pasa que eres un maldito arrogante y te crees que puedes hasta con el mar. ¡Solo eres un hombre!

—Soy tu hombre, Rosarillo —repuso él bajándola y besándola con la misma intensidad de siempre, porque daba igual que viniera de la mar o de dar un paseo mañanero, Antonio la besaba como si se muriera de hambre y en sus labios encontrara el alimento—. Y no pienso faltarte hasta que te vea bien colocada, rodeada de nietos que se encarguen de hacer que no me eches de menos.

—Ay, Antonio, no digas tonterías.

Él volvió a besarla y cuando Rosario consiguió relajarse y olvidar a medias el mal rato, se volvió para mirar a sus compañeros.

—¡Niño! Ocúpate tú del resto, yo me voy con mi mujer.

Uno de los chicos que lo había acompañado asintió sonriendo y Rosario suspiró con pesar. Era solo un crío empezando a ser un hombre. No podía ni imaginar cómo estaría su madre. Cerró los ojos y rezó otra vez para que ninguna de sus hijas se enamorara de un pescador.

—¿Has estado hoy en la casa? —preguntó Antonio, refiriéndose a la casa que estaban construyendo poco a poco en el terreno que habían heredado.

—Sí, regué las macetas. Sigo pensando que es demasiado espacio para nosotros.

—Danos tiempo, corazón mío. Ya la llenaremos de gente.

—Ya tenemos tres niñas y no pienso tener más.

—No, este cuerpo ya es tuyo y un poquito mío. —Pasó un brazo por su cintura y besó su cuello—. Pero ellas... ellas llenarán la casa de vida, Rosarillo, ya verás.

—Son muy chicas.

—Ya crecerán.

—Se portan regular. Son unas rebeldes, como tú.

Su risa clara y potente se oyó en la playa entera y le erizó el vello. Adoraba ver a ese hombre en todas sus facetas, pero cuando reía...

Cuando Antonio de las Dunas reía, ella se sentía invencible, aunque un rato antes se sintiera morir.

—Llevan la marca de la casa. Tú tampoco eres una santa. Buenos genes.

—Dan mucho trabajo —dijo haciéndose la enfurruñada, solo porque sabía lo que él disfrutaba haciéndole ver las partes buenas.

—Ya tendrán hijos que se lo hagan pagar. Cuando eso pase, nosotros nos sentaremos en nuestro porche, los veremos hacer de las suyas y nos reiremos recordando todo esto y dando consejos no pedidos.

Rosario no quería, de verdad que no quería reírse. El susto todavía le duraba, pero cuando le guiñó un ojo y vio sus ojos azules arrugarse al sonreír, cuando lo vio hablar de nietos igual de gamberros que sus madres y que él mismo cuando era joven, no pudo evitar reírse y pensar que sí, que tenía razón.

Si Dios quería, los Dunas seguirían haciendo temblar aquel rincón del mundo por muchos años más.

1

Tash

Ahogo las lágrimas e intento ver a través de la lluvia. Me subo la capucha de la chaqueta, más por aislarme que por el agua. Cierro los ojos, pero de inmediato los abro y me miro a los pies. Las olas golpean las rocas con fuerza y empiezo a preguntarme cómo de difícil sería dar un paso y dejar que el agua se lo llevara todo.

Respiro. Pienso racionalmente, o lo intento. El agua no va a llevarse nada, esto que siento no es como tener un poco de barro en los brazos. No basta con frotar con un poco de agua. Esto que me ahoga por dentro es más poderoso que el mar que ruge a mi alrededor.

—No merece la pena —dice una voz a mis espaldas, sobresaltándome tanto que pierdo el equilibrio por un segundo.

Sus brazos me sujetan con fuerza y me estrellan contra su cuerpo, girándome para poder sacarme de aquí y evitar que caiga. Recorremos las rocas de vuelta hacia el paseo de madera, donde la luz de una farola nos recibe con un destello. Las olas vuelven a rugir a lo lejos, como si protestaran por interferir en la escena que representan ahora mismo. Como si sobráramos en este caos absoluto. Intento tomar el control de mí misma, pero me está costando mantenerme en pie. Observo las letras blancas que resaltan en la solapa de la chaqueta que lleva quien me sujeta: «Trouble maker». Mis cejas se elevan un poco:

apropiado para mi estado de ánimo. Sigo aprisionada por sus brazos, pero no me lo tomo a mal. Creo que estoy tan entumecida que agradezco que alguien me sujete. Elevo los ojos hacia un cuello robusto, un mentón cubierto por una barba de varios días, una boca mullida, aunque tensa en estos instantes, y un poco más arriba, unos ojos azules de un tono distinto a todos los que he visto antes. No es el color, es la sensación de que en ellos hay una tormenta más potente que la que se desata sobre nosotros en estos instantes.

—No iba a tirarme —comento, sin saber muy bien por qué.

Su mandíbula se tensa aún más, pero se las arregla para sonreír.

—Lo sé. El aire tiembla hoy.

No lo entiendo muy bien, pero algo me dice que solo intenta facilitarme las cosas. Doy un paso atrás y, aunque se resiste un poco, al final me suelta. Lo miro de nuevo, esta vez con la distancia ganada, y entonces lo reconozco.

—Te conozco. —Asiente, pero no habla—. Eres el chico del restaurante.

—Jorge de las Dunas —dice.

Recuerdo la escena en la que lo vi. En un restaurante, no lejos de aquí, me defendió de Nikolai en uno de sus días malos.

—Natasha... —murmuro. Cuando se queda en silencio, carraspeo y digo mi nombre completo—. Natasha Kórsakova, pero me llaman Tash.

—Encantado, Natasha.

El temblor se adueña de mi cuerpo y tengo un dolor de cabeza que amenaza con acabar con la poca tranquilidad que me queda, así que doy otro paso atrás, hago un esfuerzo por sonreír y alzo una mano.

—Igualmente. Nos vemos.

—¿Tienes a dónde ir? —pregunta de inmediato.

Abro la boca para decirle que sí. Claro que sí. Lo cierto es que tengo a donde ir. Tengo una suite no muy lejos de aquí. Inmensa, lujosa y llena de la desdicha más grande que nadie pueda imaginar. Mis ojos se vuelven a llenar de lágrimas y niego con la cabeza.

—Tengo, pero no... Creo que no puedo volver todavía.

Cualquier otra persona preguntaría qué ocurre. Intentaría consolarme. Se iría después de una despedida educada. La lluvia se está intensificando, la tormenta cada vez se acerca más. Él se está mojando tanto como yo, pero es como si ni siquiera lo notara.

—Ven conmigo.

Trago saliva. Es un desconocido. Que esté siquiera contemplando la posibilidad de ir con él es motivo suficiente para entender que hay algo mal en mí.

—No nos conocemos —susurro, pensando que ni siquiera me habrá oído con el viento y la lluvia.

Él saca su teléfono móvil, teclea algo en la pantalla y me lo enseña abierto por la página de Google.

—Es el número de la Policía y tengo el GPS activado. Llévalo en la mano y llama en cuanto creas que debes hacerlo.

Es una tontería, podría darme un golpe, volver a quitármelo y hacerme daño perfectamente, pero no estoy asustada.

—No voy a hacerte daño, Natasha —repite acercándose un paso.

No me alejo. Sonrío, de verdad que no estoy asustada de él. No es porque lo idealice o porque vea en su mirada que es buena persona, eso son tonterías. He aprendido durante toda mi vida que, a menudo, unos ojos nobles pueden hacer un daño irreparable. Decido ir con él, no porque confíe en su gesto amable, sino porque creo que me da igual cómo acabe este recorrido. Pensar eso sí me asusta, creo que empiezo a difuminar la línea que hace saltar todas las alarmas. Es como si ya no sonaran cuando me acerco. Como si hubiesen decidido hacer huelga de silencio y dejarme a mi suerte.

—Vale.

—Ten, cógelo —insiste hasta que cojo su teléfono.

Lo sostengo contra mi pecho y él me sujeta el brazo mientras me guía por el paseo del litoral hacia una casa cercana al restaurante en el que nos vimos por primera vez. Es pequeña, en comparación con todas las demás, pero tiene una enredadera preciosa en la fachada de entrada y, pese a su sencillez, se eleva orgullosa frente al mar. Creo que es la casa más digna del paseo y solo por eso ya me gusta.

Jorge entra en la casa y sale dos segundos después con las llaves de un coche. Caminamos hacia la parte trasera, donde hay uno aparcado, pero antes llama a la puerta en una casa de la segunda línea de playa. Cuando abre un hombre de mediana edad, me señala.

—Buenas noches, Miguel. Mira, ella es Natasha, una amiga. Voy a llevarla conmigo esta noche a casa de mi abuela.

—Buenas noches, Jorge. —Su vecino parece más desconcertado que otra cosa—. Que lo paséis bien.

—Gracias. —Sonríe ampliamente, se gira y tira de mi mano—. Vamos.

—¿A dónde vamos? ¿Y por qué has hecho eso?

—Vamos a casa de mi abuela, donde se está celebrando el cumpleaños de mi prima. Le he dicho eso a Miguel, mi vecino, porque si tuviera intención de secuestrarte y hacerte alguna barbaridad, ahora habría un testigo.

Lo miro con los ojos como platos. ¿Cómo ha llegado a esa con-clusión? Él me insta a entrar en el coche y, cuando da la vuelta y se pone tras el volante, me mira y me sonríe.

—¿Lista para entrar en la vida de los Dunas?

—¿Dunas? —pregunto.

Él solo se ríe entre dientes, se muerde el labio inferior y arranca.

—Esto va a ser divertidísimo.

No tengo ni idea de qué habla, pero dejo que me lleve lejos de la playa y pienso que, en realidad, tampoco es que me importe mucho. Ha conseguido que deje de pensar en los motivos para venir aquí.

Si consigue que pueda respirar con normalidad durante una sola hora, habrá merecido la pena.

2

Jorge

—¿Por qué no entramos? —pregunta Natasha a mi lado.

Es una buena pregunta. Es una pregunta la hostia de buena, la verdad. Tenemos que entrar, pero es que todavía tengo el corazón un poco acelerado.

La imagen de Natasha sobre las rocas, mientras las olas golpeaban con fuerza a su alrededor y ella permanecía inmóvil, va a acompañarme durante mucho mucho tiempo. El modo en que mi garganta se cerró al pensar que quería... que pretendía...

—¿De verdad no ibas a saltar? —pregunto, incapaz de contenerme.

No nos conocemos de nada, ya lo sé, pero no lo necesito para que me acojone mucho que alguien piense en entregarse a las olas de un modo tan... Vuelvo a tragar saliva. Pienso en mi tío, el padre de Mario, en el modo en que se fue, y siento que la respiración se me acelera.

—No quería saltar —me asegura—, pero no ha sido un buen día y tengo la cabeza un poco... embotada.

—Embotada —repito.

La miro, no me parecía que estuviera solo embotada. Ella se emociona hasta las lágrimas, pero no aparta la mirada de mí.

—Ha sido un día realmente malo.

Su acento ruso, de por sí presente, se intensifica mucho más cuando los sentimientos la superan. Alzo una mano, se la coloco sobre el hombro y sonrío, intentando infundirle algún tipo de ánimo.

—¿Sabes lo bueno de los días malos? Que no son eternos. Se acaban, Natasha. Duran veinticuatro horas, no más, y entonces empieza uno nuevo.

Ella respira hondo y asiente, cerrando los ojos y provocando con ese gesto que un par de lágrimas recorran sus mejillas. Cojo un pañuelo de papel del paquete que guardo en el coche y se lo paso por la cara con delicadeza. Aunque no es el momento de pensar en ello, no puedo evitar que a mi cabeza acuda la fascinación por su belleza. Es preciosa. Tiene los labios llenos, la nariz perfecta y unos ojos azules maravillosos. No puede negar que no es de aquí, porque tiene unos rasgos muy marcados, aunque la tristeza llene cada facción de su perfecto rostro.

—¿Lista para conocer a mi familia? —pregunto con una pequeña sonrisa.

—No tengo ni la menor idea de qué hago en el cumpleaños del familiar de un completo desconocido.

—Bueno, no lo pienses así.

—¿Y cómo puedo pensarlo?

—Estás en el cumpleaños del familiar de un futuro amigo. —Ella sonríe y yo lo hago con ella—. No negarás que suena mucho mejor.

—Está bien —admite—. ¿Son tan amables como tú?

Sonrío. A ver cómo le explico que mi familia es... singular. No es que vayan a ser antipáticos, pero van a reaccionar de distintas maneras y no van a esconderse una mierda. Ellos el arte de disimular no lo manejan. Ninguno de ellos. Aun así, asiento y hago ver que estoy lleno de confianza.

—Son mejores que yo.

Salimos del coche y uso mi llave para entrar en casa. Entramos justo cuando varios están gritando, a saber por qué. Pero pronto las voces se acallan y los ojos se centran en nosotros. Cojo la mano de Natasha para darle ánimos.

—Familia, os presento a Natasha. Natasha, mi familia.

—Buenas noches —murmura ella.

Su acento es tan intenso que le aprieto la mano. Imagino que no le agrada mucho saber que tiene un medidor de emociones en el acento, pero a mí me viene bien para saber cómo está.

Me fijo en la mirada que nos dedica mi primo Felipe, pero decido que, como últimamente es un deshecho emocional, no tengo por qué darle una jodida explicación de nada. Que arregle lo suyo con Camille y luego hablamos.

—¡Natasha! —Mi primo Mario, que también vive conmigo, se acerca de inmediato—. ¿Te apellidas Romanov? —pregunta.

—No.

—Es que, si te apellidaras Romanov y en vez de Natasha te llamaras Anastasia, te pediría matrimonio.

Mi padre le da una colleja enorme antes de mirarme con cierta preocupación. Mi tía Trinidad, la madre de Mario, le riñe por comportarse así. Yo me limito a poner los ojos en blanco. El idiota está obsesionado con Disney a niveles preocupantes. En serio, yo insisto en que hay que llevarlo a que lo analicen o algo, pero todo el mundo coincide en que simplemente tiene complejo de Peter Pan.

—¿Es amiga tuya? —Mi abuela se planta frente a nosotros. Con eso sí me pongo tenso. La casa es suya, después de todo.

—Sí —le digo, asintiendo con la cabeza.

—Muy bien, Natalia, hija. Ven que te dé un poco de tortilla. Estás muy delgada.

—Natasha, abuela. Se llama Natasha —la corrijo.

—¿Y qué he dicho yo?

—Natalia está bien —afirma Natasha mientras se deja guiar por mi abuela a través del salón—. Es la traducción de mi nombre, no hay problema.

—¿De dónde eres, Natalia?

—Nací en Rusia, señora, en Moscú, pero llevo años en España.

—Rusia, qué lejos, por Dios. Y cuánto frío, Virgencita. Hale, siéntate. ¿Los boquerones te gustan?

Natasha se sienta a su lado, conmigo a su otro costado, y mira el plato que le enseña mi abuela.

—Creo que no los he probado nunca.

—Si es que los jóvenes no sabéis comer. ¡No sabéis! —exclama mi abuela mientras le aparta unos boquerones en un plato—. Están sin espinas, así que te lo comes todo, menos la cola.

Estoy a punto de decirle a mi abuela que no agobie a Natasha, pero un trueno enorme suena en la casa. La tormenta se ha intensificado y no puedo evitar que el vello de la nuca se me erice al pensar lo que hubiese pasado si yo no hubiese visto a Natasha sobre las rocas. ¿Seguiría allí? A estas alturas y con esta tormenta, seguramente hubiese caído al agua y...

—Pero ¡si hoy no daban lluvia! —grita mi tío Callum, el padre de

Felipe, Aza, Alma y Aidan—. El sur de España ya es tan poco fiable como Irlanda.

—Hombre, te he visto un poco exagerado ahí —le comenta mi tía acariciándole el brazo.

Él se ríe y se pone a darle conversación a Natasha, que intenta esquivar los boquerones a como dé lugar.

—¿No te gustan? —pregunta mi tío.

—Es que no tengo mucha hambre —admite ella.

—Si no quieres esto, pues tarta —dice mi abuela—. Algo tendrás que comer, que estás en los huesos.

—Abuela, no la agobies —intervengo.

—Pero ¿quién la agobia? ¿Decirle que coma es agobiarla? ¡Los jóvenes os agobiáis por nada hoy en día!

Eso hace que mis hermanas gemelas, Candela y Adriana, salten y empiecen a discutir porque se sienten ofendidas de inmediato. Algunos primos se suman en contra y otros a favor. Y en esas estamos cuando el timbre suena. Mi prima Azahara le insiste a mi primo Felipe para que abra, pero este se niega. Discuten, y al final es Aidan, el pequeño, el que abre la puerta, dando paso a una Camille empapada y visiblemente nerviosa.

—Buenas noches. Es increíble cómo llueve. Cualquiera diría que me he traído el tiempo de Irlanda.

Elevo las cejas con sorpresa. Camille vivió con nosotros hasta no hace mucho, cuando volvió a Irlanda para estar con su madre, que vive sola allí. Le insistimos en que debía quedarse aquí, porque se notaba que era feliz, sobre todo por la relación que comenzó con Felipe, pero ella se marchó de todas formas.

Miro a mi primo, que la observa como si fuera un fantasma.

—¡Sorpresa! —grita Aidan—. Por esto tenías que ir tú, imbécil. Ahora debería quedármela yo y así aprendes.

Mi tío Callum le da tal tirón que lo quita de la escena. Felipe no reacciona y yo empiezo a tensarme, porque Camille está pasándolo visiblemente mal.

—¿Qué haces aquí? —pregunta al final acercándose a ella.

—Tengo algo que enseñarte. Mi libro más complicado.

—Vamos fuera.

—Pero... llueve a cántaros —contesta Camille.

—Podéis ir a casa —sugiere Azahara.

Entonces me doy cuenta. Miro a mi prima, me concentro en su sonrisa y en lo emocional que parece estar esta noche. Me percato de que es probable que ella sea compinche de todo esto. Felipe y Camille murmuran algunas cosas más y finalmente abandonan la casa.

—¿Creéis que lo arreglarán? —plantea Mario—. Quiero que Galaxia vuelva con nosotros.

—¿Galaxia? —pregunta Natasha a mi lado.

Sonrío y paso un brazo por su silla. Me alegro mucho cuando no se tensa. Me alegro tanto que eso sí que me tensa.

—Se lo puse por sus pecas. Camille vivió con nosotros unos meses. Vino de vacaciones, pero se enamoró de mi primo Felipe y...

—Y con suerte —sigue mi prima Azahara—, al acabar la noche habrá vuelto a nuestras vidas. Eso si mi hermano no la caga mucho. Por cierto, te recuerdo.

—¿Perdón? —dice Natasha.

—Del restaurante.

Cierto. La primera vez que vimos a Natasha fue en el restaurante en el que Felipe y Mario trabajaron el verano pasado. Ella estaba allí con su novio y este la trató tan mal que tuve que meterme en medio y pedirle que no se fuera con él. Por desgracia, no me hizo caso. Algo me dice que todo esto tiene que ver con ese cabrón, pero no es momento de preguntar.

—Oh. —Natasha se ruboriza un poco—. Lo siento, no recuerdo mucho de aquel día, pero perdona por...

—Bah, no pidas perdón por nada. Me alegra que estés aquí.

Natasha sonríe, prueba la tortilla que mi abuela le pone en el plato y yo aprovecho para concentrarme en la sonrisa de mi prima Azahara. Sé que tenemos una conversación pendiente y que me sacará todo lo que pueda de ella, pero ahora mismo no quiero que se preocupe de nada, salvo de disfrutar de su noche.

—¿Cómo se lleva ser un año más vieja? —le pregunto.

—Pensé que sería más traumático —dice riéndose—. La verdad es que de momento está siendo bastante... interesante. —Mira a su lado, a un chico de ojos azules que le sonríe sin despegar los labios y yo elevo las cejas.

—Sí, está siendo una noche interesante...

Aza se ríe y yo la imito. Siempre hemos tenido mucha confianza, así que es raro que ambos estemos en situaciones parecidas. Bueno, no tanto, porque no sé quién es este tío, pero cuando lo oigo hablar me puedo hacer una idea aproximada. Mi prima trabaja desde casa, como yo. Ella es diseñadora en una empresa y yo trabajo como informático autónomo. El caso es que diría que este es el chico que trabaja en su misma empresa, pero es de Barcelona y según entendí ya ni siquiera se hablaban, así que no tengo ni idea de qué va este tema.

—Esto está buenísimo. —A mi lado, Natasha me sonríe mientras me señala los boquerones—. En serio, ¡buenísimo!

Me río y cojo su copa.

—¿Quieres una copa? ¿Vino? ¿Agua?

—Agua estará bien. —Se vuelve y se centra en mi abuela—. ¿Hay más boquerones?

—Claro que hay más, niña. Tú no te preocupes y cómete los que tengas ganas.

Ella lo hace. Se concentra en su plato y come mientras yo la miro un tanto atónito con su apetito. No por incomodidad, al revés, me encanta que se sienta tan cómoda como para llenarse el estómago y confío en que la cocina de mi familia haga que vea las cosas de un modo distinto. Aun así, me sorprende muchísimo su capacidad de adaptación y el modo en que sonríe a todo el que le saque tema. No me engaño, no es una sonrisa que le llegue a los ojos y es evidente que no está alegre de verdad, pero el esfuerzo que hace por mi familia consigue que me prometa intentar ayudarla en la medida de lo posible con lo que sea que le pase. No solo por eso, sino porque... porque alguien tan joven no debería tener una tristeza tan profunda en los ojos.

—Ey, Natasha. —Mi primo Mario se sienta al lado de Azahara—. ¿Te gustan las pelis de Disney?

—No contestes a eso —le pido antes de señalar a mi primo—. Como empieces, hoy duermes en el césped. Te lo juro, Mario.

Mi primo es un tocapelotas, pero no es tonto. A veces lo parece, pero no lo es. De hecho, es superdotado. Yo lo dudo, pero lo dicen los especialistas, así que será verdad. Me mira con sus inmensos ojos, tan parecidos a los míos, y asiente una sola vez.

—Solo iba a decir que me encanta la peli de *Anastasia*.

—A mí también —dice Natasha a mi lado—. ¿La has visto en ruso alguna vez?

—¡No! ¿Tú sí?

—Claro. —Ríe—. Soy rusa.

—Ah, ya, claro. Tiene lógica. —Pongo los ojos en blanco, pero Natasha parece encontrarlo gracioso y vuelve a reírse, lo que solo sirve para que mi primo se venga arriba—. Oye, Natasha.

—Tash.

—¿Eh?

—Puedes llamarme Tash. Es más corto.

—Tash. —Parece pensarlo un instante antes de asentir—. ¡Me gusta! Bueno, a lo que iba. ¿Te puedo hacer una pregunta que me carcome un montón a veces?

—Miedo me da —murmura Azahara.

No lo digo, pero a mí también me da miedo. Natasha asiente y mi primo se lanza sin frenos:

—¿Vosotros, a la ensaladilla rusa, la llamáis ensaladilla a secas?

Natasha abre la boca para responderle, pero se queda en silencio mientras varios en la familia estallan en carcajadas. El chico que ha traído Azahara le da un gran sorbo a un botellín para ahogar una risita y la propia Azahara le da una colleja a Mario, pero a duras penas se aguanta la sonrisa.

—Bueno, nosotros no la hacemos como los españoles.

—No jodas.

—Lo siento —contesta Natasha sin dejar de sonreír—. Espero no decepcionarte demasiado.

—Ay, princesa, con esa cara, no podrías decepcionarme ni queriendo.

—Eh, niño, no te pases —le digo repentinamente serio.

Mario me mira elevando una ceja, sorprendido por mi tono brusco, y no es para menos. Yo también me sorprendo un poco, pero no es por nada en especial. Simplemente Mario no sabe en qué condiciones he encontrado a Natasha y no quiero que se le suelte esa lengua ligera y entrometida que tiene y acabe provocando justo lo contrario que hasta ahora.

Si hay algo que tengo claro es que mi familia en grandes dosis puede resultar abrumadora. Por eso, cada vez que algún familiar intenta profundizar en conocer a Natasha, interrumpo y cambio el tema. No quiero que la agobien y, puestos a conocer detalles de su vida, quiero ser yo quien los sepa primero. ¿Por qué? Pues por el mismo motivo por el que adoro la remolacha: porque sí. Y punto.

La noche sigue avanzando, Azahara sopla las velas, nos comemos la tarta como si no hubiésemos comido en años y mi abuela se enfada porque quiere guardarles un trozo a Felipe y a Camille.

—Esos no vienen, abuela. Esos están ahora mismo dale que te pego a...

—Cuidadito con lo que dices, Mario de las Dunas, que me tienes muy hartita esta noche ya.

Mario se calla, hasta él tiene sus límites. Yo me río justo antes de ver que Natasha se palpa los bolsillos a toda prisa.

—¿Qué ocurre? —pregunto.

—Mi móvil... —Me mira con los ojos como platos—. No lo encuentro, pero no es posible. Siempre lo llevo conmigo.

—¿No se te habrá caído antes? ¿En las rocas?

Ella me mira sorprendida, pero hay algo más en su cara. Algo mucho más oscuro e intenso.

—No puedo perder el móvil. Tiene un localizador. No puedo... Yo... necesito irme.

—Vale, tranquila. Eh, escúchame.

—¿Cómo es posible que no me haya dado cuenta hasta ahora? ¡Ha pasado mucho tiempo!

Varios en la familia nos miran, tensos por la actitud de Natasha. Pero yo me limito a levantarme, cogerla de la mano y llevarla fuera, a través del jardín, hasta la casa de mis padres. Lo bueno de la casa grande es eso: que es muy grande. La casa original era la de mi abuela Rosario, pero cuando mi madre y mis tías se hicieron mayores, como había terreno de sobra, construyeron las suyas dentro. Así que he crecido rodeado, no solo por mis hermanas, sino también por mis primos. Natasha me sigue sin decir nada, pero su tensión es tal que le aprieto los dedos una y otra vez, intentando que se calme.

—Bien, ¿qué ocurre, Natasha? Y no me digas que nada. Dime, por favor, qué consecuencias puede tener que hayas perdido el móvil.

Ella me mira con los ojos llenos de lágrimas.

—Él me localiza por el móvil. Cada vez que salgo. Es la única condición para poder salir sola muy de vez en cuando.

—¿Condición? ¿Qué demonios...? ¿Qué edad tienes? —De pronto, un pensamiento me asalta, atragantándose en mi garganta—. ¿Eres menor de edad?

—¡No! Tengo veintitrés años.

—Bien, vale. —Respiro un poco más calmado, pero solo me dura hasta que recuerdo el motivo de su tensión—. Escucha, Natasha, nadie puede controlarte así, ni siquiera un novio. Puedes salir, eres libre y él no debería...

—¿Novio? —pregunta interrumpiéndome—. ¿Qué novio?

—El chico por el que supongo que estás así. El que estaba contigo en el restaurante, ¿no? ¿Acaso no es él quien te preocupa?

—Sí, pero no es mi novio. Si no le digo dónde estoy de inmediato, voy a tener un problema. —La miro sin entender nada y ella, lejos de tranquilizarse, deja ir las lágrimas que ha retenido hasta ahora—. Nikolai es mi hermano.

3

Jorge

Miro a Natasha sin poder creerme lo que me cuenta. ¿Su hermano? ¡No la trataba como un hermano! Lo sé porque yo tengo dos hermanas pequeñas. Y un montón de primos. Ese tío la trataba como si fuera su dueño.

—¿Y siempre te habla como aquel día en el restaurante? —pregunto sorprendido.

Recuerdo el modo en que la trató cuando la conocí. De inmediato pensé que era un novio maltratador. No es que ahora sea mucho mejor, porque nadie tiene derecho a atemorizarla tanto como para que esté así por haber perdido el móvil.

—Él es mayor. Su responsabilidad es cuidarme y vigilarme.

Aprieto la mandíbula. Se ha puesto a la defensiva y no va a encajar bien que le diga que lo que yo vi no era a un hermano cuidando a su hermana pequeña, sino a un cabrón ejerciendo un maltrato psicológico de manual.

—¿Te sabes su número? ¿Podemos llamarlo para que se quede tranquilo?

Natasha niega con la cabeza.

—No, él no puede saber que he estado contigo. Tengo que ir con Sia. Ella sabrá qué hacer. Ella siempre sabe qué hacer.

—Vale, bien. Deja que me despida de mi familia y te llevo.

—No es necesario. Puedo llamar a un taxi.

—Te puedo llevar, Natasha. Déjame hacerlo. No quiero que cojas un taxi estando tan nerviosa.

Ella traga saliva y, cuando no se niega, tiro de su mano y la hago volver a la casa de mi abuela para despedirnos de mi familia.

—¡Espera un momento! —me pide Azahara—. Felipe se habrá llevado nuestro coche, así que tenemos que irnos contigo.

—Oye, no es buen momento.

—A mí no me importa —dice Natasha—. Puedo irme en un taxi.

—No, te llevo yo, de verdad —insisto.

—A nosotros no nos importa acompañaros —comenta Mario—. A no ser que molestemos.

Paso la mirada de uno a otro y al final levanto las manos, rindiéndome.

—¡Está bien! Vámonos.

Salimos de casa y me fijo en que el chico que viene con Azahara, lógicamente, la está siguiendo.

—¿Dónde tengo que dejarte a ti? —pregunto.

—Primero llevamos a Natasha a casa —responde mi prima—. Luego ya veremos.

La miro sin entender una mierda de lo que sea que ocurre, pero la tensión de Natasha es tal que abro el coche y les dejo subir a todos. Cuando estoy tras el volante, miro a mi prima, en medio de Mario y su compañero, totalmente encajonada. Suspiro. No pienso preguntarle si va bien porque ha sido ella la que se ha empeñado en esto.

—Bien, ¿dónde vive tu amiga?

—Tiene una pequeña cafetería en Fuengirola —me dice.

Miro el reloj de pulsera que llevo.

—Pero es posible que esté cerrada, ¿no?

—Sí, pero no es problema. Estará allí.

No cuenta más y yo tampoco pregunto. La noche está siendo bastante surrealista, así que simplemente arranco y dejo que me guíe. Por fortuna, la casa de mi abuela y mis padres también está en Fuengirola, aunque sea a las afueras, pero no tardamos mucho en acercarnos a la playa. Paramos en segunda línea de playa, en una calle con poco tránsito frente a un local.

—Aquí es —murmura.

Me fijo en una cafetería de estilo americano y antiguo. Es como ver la jodida cafetería de *Grease* aquí, en Fuengirola. Hay sofás rojos y blancos, contrastando con otros en tonos aguamarina; cuadros con fotos de batidos y postres tan coloridos que dan hambre, y otros con coches antiguos y chicas *pin-up*. Todo es colorido, *vintage* al estilo americano y muy muy atractivo, la verdad.

—Joder, cómo mola, ¿no? —pregunta mi prima echándose hacia delante entre los dos chicos para mirar mejor—. Aquí tienen que hacer unos batidos buenísimos.

No me da tiempo a decir nada más. La puerta de la cafetería se abre y en apenas dos segundos una mujer sale, se encamina hacia nosotros, abre la puerta del copiloto y tira de la mano de Natasha hablando en ruso a toda pastilla. Está visiblemente alterada, pero no para mal. Diría que está preocupada, pero todo pasa tan rápido que apenas consigo pestañear antes de bajar del coche y ver cómo la arrastra hasta la cafetería.

—¡Eh! ¡Espera un maldito momento! —grito justo antes de que me cierre la puerta en las narices.

La chica en cuestión se gira, abre la puerta cristalera y me atraviesa con la mirada. Joder, es impresionante. En el sentido literal de la palabra. Tiene el pelo verde, con flequillo, recogido en un moño bajo. Sus ojos no son verdes, pero tampoco azules, y están perfectamente maquillados con una de esas líneas negras que hacen que las miradas se profundicen más. Y sus labios pintados de un rojo intenso son hipnotizantes. En serio, es alucinante que esa boca sea real. Además, lleva un pijama de Batman, tiene un brazo entero tatuado y... es muy guapa, pero jamás hubiese pensado que una chica con su aspecto sería amiga de Natasha.

—Oye, no sé quién eres, ni qué le has hecho, pero te largas de aquí ahora mismo o llamo a la policía —me dice con la ira dibujada en los ojos.

—¿Policía? ¡Madre mía, menudo carácter de mierda carga la muñeca diabólica!

Se podría decir que soy yo el de la frase, pero no, es mi primo Mario.

Se ha bajado del coche y se enfrenta a la chica enfadado como pocas veces. Hay una cosa de Mario que poca gente sabe: se lo toma todo a risa, menos su familia. No lleva bien que nos traten mal, desde nunca, así que no me extraña que haya saltado.

—¿Qué me has llamado? —pregunta la chica, acercándose a él con tan mala hostia que doy un paso atrás.

Mario, en cambio, aprieta los dientes.

—Ya me has oído. Hemos venido aquí a traer a tu amiga, tu prima o tu novia, lo que quiera que sea, con toda la buena fe, y estás siendo maleducada, grosera y avasalladora. ¡Estás siendo una bruja Disney, tía!

Me froto los ojos. Ya tardaba...

—Mira, imbécil, como vuelvas a decirme...

—¡Sia, por favor! —exclama Natasha en español—. Tiene razón. Han sido amables conmigo. Solo me han ayudado esta noche. Te lo puedo explicar todo.

La tal Sia le dice algo en ruso, a lo que Natasha responde a toda velocidad. Yo me frustro, el ruso no es un idioma como el inglés o el francés del que puedas captar algo si afinas el oído. El ruso suena como si alguien quisiera matarte constantemente y es evidente que Natasha y su amiga no están hablando de temas alegres, así que el tono es... duro. Y no se entiende una mierda.

—Hablar en un idioma ajeno al de la mayoría de los presentes es de mala educación —dice mi primo, enervado como pocas veces.

La tal Sia se interrumpe, lo mira elevando una ceja perfectamente depilada y luego nos señala.

—Yo aquí veo a dos españoles y a dos rusas. No sois mayoría.

—Me cago en mi vida. ¡Azahara, sal del coche! ¡Y tu amigo también!

—¡No es mi amigo! —grita, pero sale igualmente y lo arrastra con ella.

—¿Ves? Ya somos mayoría. ¡Lo que tengas que decir delante de nosotros, en español! A ver si voy a sacar el traductor de Google y se te va a tener que caer la cara de vergüenza.

La chica lo mira visiblemente sorprendida y luego, para mi propia estupefacción, se echa a reír mientras nos mira a todos.

—¿Queréis un batido?

La miro de hito en hito. ¿Un batido? ¿Qué...? Miro a Natasha, que está tan tensa como una tabla.

Creo que lo mejor para ella es finalizar la noche, así que niego con la cabeza.

—En otra ocasión —murmuro antes de centrarme en ella—. ¿Estarás bien?

—Lo estará. Yo me ocupo —dice Sia.

—¡Le preguntaba a Natasha! —Se mete mi primo—. ¿Eres tú Natasha? No, ¿verdad?

La dueña del pelo imposible, labios perfectos y tatuajes de estilo *pin-up* mira a mi primo como si quisiera estrangularlo con sus propias manos. Decido que este es el momento exacto para abandonar la escena.

—Bien, chicos, vamos al coche. —Miro a Natasha y, antes de poder irme, le pido que apunte mi número de teléfono—. Solo por si lo necesitas.

Ella no contesta, pero su amiga entra en la cafetería y sale poco después con una libreta que me tiende. Lo anoto, sorprendido de que colabore, se lo doy y le murmuro un «gracias» que me es correspondido con una pequeña sonrisa la mar de amable. La miro bien y me doy cuenta de que su actitud no es más que el resultado del intento de proteger a Natasha.

No puedo enfadarme con ella por eso, así que asiento una sola vez, en señal de entendimiento, y doy un paso atrás.

—Si necesitas cualquier cosa, lo que sea, llámame, ¿vale?

Ella asiente levemente, pero cuando subo en el coche y vuelvo a casa, sé que no lo hará.

Es una pena. Por razones que no alcanzo a comprender, me gustaría ayudarla a solucionar lo que sea que hace que ande por la vida buscando rocas en medio del mar en las que perderse cuando la tormenta se cierne sobre su cabeza.

4

Nil

Azahara me está mirando. Me está mirando fijamente. Tiene los ojos abiertos como platos y casi parece que estuviera frente a un fantasma.

Trago saliva e intento aparentar tranquilidad sonriendo, pero lo cierto es que solo me falta ponerme a sudar. El vuelo ha sido un infierno, me he sentido todo el tiempo como si estuviera abandonando a Eric y a Ona. No sé si es normal sufrir esta ansiedad por separación, creo que sí. Pero, de cualquier modo, me he pasado todo el camino hacia aquí con las mismas ganas de avanzar que de volver a casa.

El problema es que al verla... Al verla en persona y no a través de una pantalla, he sentido que la presión aflojaba un poco, porque se trata de Azahara. Es real, joder, y está a un brazo de distancia. A solo un brazo. Es increíble.

Su pelo es aún más alucinante en persona. Se esparce por todas partes, como si pretendiera ocuparlo todo. Sus ojos son azules y preciosos. Su boca es... toda ella es increíble.

—Tú... —susurra.

Ha reconocido mi voz, lo sé. Jamás me ha visto, de ahí su sorpresa, pero me esfuerzo por sonreír y asentir.

—¿Puedo unirme a la celebración?

Ella emite un sonido estrangulado, como si quisiera hablar, pero no le sale nada. Coge aire y lo intenta de nuevo, mientras Lola y Edu disimulan sus sonrisas.

—Claro. —Frunce el ceño y carraspea—. Eh... Necesito ir al baño un segundo.

Se levanta y se va antes de que pueda frenarla, dejándome desconcertado. Miro a Lola y a Edu y hago una mueca.

—Creo que esto no ha sido buena idea.

—No digas tonterías. Está flipando, es normal. Yo también flipé la primera vez que te vi.

—Córtate un poco —dice Edu por señas—. Si te viera Lorenzo...

—Si me viera Lorenzo, pensaría que soy una mujer objetiva y con ojos operativos. Es el padre de mis hijos y el amor de mi vida, pero mi vista sigue siendo libre.

Edu y yo nos reímos, pero lo cierto es que yo no dejo de mirar en dirección al baño. ¿Estará intentando escaparse por una ventana? La idea hace que me levante y, sin disculparme siquiera con Lola y Edu, camine hacia allí. No debería colarme en el baño de chicas, pero hay tantas cosas que no debería hacer y hago...

Entro sin pensarlo demasiado y la encuentro mirándose en el espejo y con la cara húmeda. Probablemente se haya echado un poco de agua. Teniendo en cuenta que está maquillada, y conociéndola como la conozco, aunque solo sea a través de emails y mensajes, sé que no se habría arriesgado a estropear su maquillaje por cualquier cosa.

—¿Estás bien? —pregunto.

Ella hace amago de hablar, pero la puerta de una cabina se abre y sale una chica a toda prisa. Me mira y suelta una sonrisita que me hace fruncir el ceño, pero me centro en Azahara.

—No deberías estar aquí.

—Bueno, me ha dado la sensación de que pretendías huir de mí, así que he decidido que era buena idea venir a comprobarlo.

—No me refería al baño de mujeres, Nil.

Trago saliva. Lo intuía, pero quería agarrarme a un clavo ardiendo. La miro muy serio, recordando todos los motivos por los que tiene derecho a odiarme.

—Tenemos que hablar, Azahara.

Ella eleva las cejas, un tanto sorprendida.

—¿Ahora quieres hablar? Qué sorpresa, viniendo de ti.

—Aza...

—Tres meses, Nil. Llevo tres meses sin saber nada de ti porque así lo quisiste.

—No lo entiendes...

—¿Qué tengo que entender?

La puerta se abre y una señora hace amago de entrar, pero al vernos se detiene y se da la vuelta.

—Este no es el lugar —le digo.

—¿Y cuál es el lugar? ¡Te has presentado en mi cumpleaños después de tres meses sin saber nada de ti!

—Azahara...

—Hiciste que nuestros jefes nos pusieran a trabajar por separado, joder. Es que hay que ser muy cabrón.

—Azahara...

—¿Y todo por qué? ¿Porque te dije que confiaba en ti? ¿Sentiste entonces que tenías que demostrarme que en realidad no eres más que un capullo arrogante, centrado en su puñetero ombligo y...?

—Mi madre murió —la corto en seco—. Mi madre murió de cáncer.

Azahara me mira con la respiración entrecortada, como si le hubiera dado un puñetazo en la boca del estómago. Me detesto por haberlo soltado así, pero su estado de nervios no iba a permitirme hablar con calma y explicarme. Supongo que las cosas con ella siempre son así de explosivas. Nuestra relación se basa en darnos golpes emocionales. O se basaba, al menos.

—No... yo no... Lola y Edu no me dijeron nada.

—No, yo les pedí que no lo hicieran. —Me paso una mano por los ojos, cansado de toda esta mierda—. Necesito tiempo para explicarme, Azahara, y necesito aún más tiempo para disculparme. Al margen de que mi madre muriera y de todo lo demás, he sido un cretino contigo.

Ella me mira tan consternada que trago saliva. No debería haber venido. No debería trastocar su vida de este modo. No debería haberle hecho caso a Lola y, aun así, solo puedo pensar en abrazarla.

—¿Y entonces? ¿Comemos como si nada y luego tú...?

Le dedico una pequeña sonrisa, porque el esfuerzo que está haciendo por controlarse es infinito. Me paso la lengua por los labios y procuro hablar en un tono más o menos calmado:

—Podemos comer con Lola y Edu y luego pasar la tarde juntos, si quieres. Te prometo que te lo contaré todo. Si luego quieres seguir enfadada conmigo, estás en todo tu derecho.

Ella asiente después de unos segundos. Cuando la señora vuelve a entrar, nos mira dejando claro que esta vez no piensa largarse.

—Este es el baño de mujeres —me dice.

—Lo sé, lo siento. —Miro a Azahara y carraspeo—. ¿Te espero fuera?

Ella sigue paralizada. Por un momento me planteo la posibilidad de que vaya a pedirme que me largue, pero entonces inspira, suelta el aire y asiente:

—Sí, ahora voy.

Salgo de allí después de disculparme de nuevo con la señora y llego a la mesa de Edu y Lola, donde están expectantes por saber lo que ha pasado.

—Esta comida va a ser larguísima —murmuro.

Ellos me miran entre divertidos y comprensivos. Yo me quito la chaqueta y me sirvo una copa de vino de la botella que hay en la mesa justo antes de que Azahara vuelva junto a nosotros.

—Bueno, pues... yo voy a querer carne.

Me río. Cuando me mira con una sonrisita, siento que, quizá, con suerte, no está todo perdido.

5

Azahara

El camarero nos trae los postres y yo miro de reojo a Nil.

Otra vez.

Y él me sonríe y me guiña un ojo.

Otra vez.

Y vuelvo a ponerme roja y a mirar mi plato.

Joder, qué guapo es.

Todavía estoy intentando encajar que, de alguna manera, he pasado de odiar a este chico por no saber nada de él a tenerlo de sorpresa en mi cumpleaños. Voy a pasar la tarde con él. Es verdad, es en serio, y no tengo ni idea de cómo comportarme al respecto. Ese es el motivo por el que, durante la comida, he actuado como si me hubiesen drogado: a ratos contenta, a ratos callada, a ratos cabreada. No sé cómo gestionar esto y creo que ellos son conscientes, porque me han respetado y ni una sola vez me han dicho que me estoy comportando como una loca. Lo agradezco, ya es bastante malo ser consciente de ello.

Al acabar, Lola y Edu me regalan un collar y un bolso precioso que agradezco infinitamente.

—Yo quería encargarte una tarta y que soplaras las velas, pero Edu se puso pudoroso, ya lo conoces.

—Bueno, está bien. Creo que por hoy ya han sido muchas emociones —les digo riendo.

—Yo tengo un regalo, pero voy a dártelo en privado.

La voz de Nil llega desde mi lado, lo miro con el corazón a mil por hora, pero no sé bien por qué. Bueno, sí, lo sé. Con esa voz podría decir: «Mira, hay un papel en el suelo» y yo me pondría acelerada. Ya se lo dije en su día, podría ser locutor de radio. Eran buenos tiempos... Tiempos en los que él no se comportaba como un capullo.

Caigo de inmediato en que su madre ha muerto de cáncer y me siento fatal. No debería seguir pensando que es un capullo. Es evidente que tuvo sus razones, pero es que hay una vocecita interna que me grita que, a pesar de eso, no es normal que haya dejado de hablarme. Como si yo tuviera la culpa. Quiero pensar que es algún tipo de fase del duelo que atraviesa, pero me duele porque con Lola y Edu, por ejemplo, no se ha distanciado así.

«Lola y Edu son sus jefes», me dice la voz interna de las narices. Y razón no le falta. Yo sé que lo lógico es dejar de sentirme enfadada, pero por algún motivo, no lo consigo al cien por cien. Por eso agradezco que esta comida esté acabando. Necesito estar a solas con él y hablar largo y tendido de todo lo ocurrido.

—Bueno, nosotros vamos a irnos a casa. Yo tengo dos niños y un marido esperando, y Edu tiene tres y una mujer que probablemente a estas alturas tenga ganas de tirarse por la ventana.

Nuestro jefe se ríe, pero se nota que está impaciente por volver a casa. Como yo también lo estoy por salir de aquí, ninguno de nosotros se entretiene con banalidades absurdas. Ellos pagan, nos invitan a la comida, y salimos.

—De verdad, con comer conmigo era suficiente. No hacía falta que pagarais.

—Bah, tenemos como propósito ser unos jefes enrollados. Ahora ve y disfruta de lo que queda de tu cumple. Es una orden.

Me río, dejo que me abracen, correspondiéndoles al gesto, y los veo marcharse justo antes de enfrentarme a Nil. Me mira con las manos en los bolsillos y aire dubitativo.

—¿Quieres ir a una cafetería o...?

—Sí, supongo que un café estaría bien —murmuro—. ¿Te alojas en Málaga? —Frunzo el ceño—. Espera, ¿te quedas a pasar la noche o vuelves hoy mismo?

—Me quedo hasta mañana. Tengo una habitación de hotel en La Cala de Mijas. —Elevo las cejas, sorprendida, pero él se muerde una sonrisa—. Pensé que quizá sería jodido conseguir que quisieras tomar un café conmigo, así que me cubrí las espaldas y cogí el hotel en tu pueblo. —Eleva las cejas—. Aunque te juro que no pretendo acosarte ni nada por el estilo.

Me río, consciente de ello. Pero me alegra que haga la aclaración de todos modos, sobre todo porque ahora mismo se le ve adorablemente incómodo. Y sí, adorablemente incómodo es una forma muy lógica de describir a alguien.

—El pueblo es pequeño, pero hay sitio para los dos.

—¿Significa eso que vamos a estar en el mismo lugar, pero no vas a pasar un rato conmigo?

—No —admito—. Significa que vamos a volver al pueblo ahora mismo y vamos a tomar un café. Pero dependiendo de lo que se alargue, y de cómo acabe, te alegrará saber que tienes espacio de sobra para alejarte de mí.

El arrepentimiento brilla en sus ojos, pero no he podido evitar lanzar la pulla. Caminamos hacia mi coche, o más bien el coche que comparto con mi hermano, aunque lo haya pagado él. Subo y pienso en el día de emociones que estoy viviendo. Y eso que todavía no ha venido la mejor parte. Compruebo mi teléfono y veo que no hay ningún mensaje de Camille arrepintiéndose de su decisión. Doy por hecho que no llegará, pero confieso que, después de este tiempo, de lo que pasó con Nil y de cómo he visto sufrir a Felipe, vivo esperando un golpe que nos haga volver a estar por los suelos. No es una actitud muy positiva, pero me gusta pensar que así estoy preparada para lo que pueda pasar.

El camino hasta La Cala es tenso. Hablamos del tiempo, de las canciones que van sonando en el reproductor y de lo distinto que es esto a Cataluña. Mierdas varias que nos impiden centrarnos en lo que de verdad nos importa a los dos. Cuando por fin aparco en nuestra calle, bajamos y rodeamos nuestra casa hasta llegar al paseo de madera. Solo entonces se la señalo.

—Vivo aquí.

Él se queda mirándola un tiempo que me resulta extremadamente largo. En serio, puede que esté un minuto entero de reloj mirando la enredadera. Es algo que me pone tensa, porque un minuto puede no parecer mucho tiempo, pero cuando es tenso, se hace eterno.

—¿Te puedo preguntar algo? —Afirmo con la cabeza—. ¿Abres la ventana para dormir?

—¿Cómo? —pregunto desconcertada.

—Me pregunto si abres la ventana para dormir.

Lo miro sin entender muy bien a qué viene esa pregunta, pero aun así respondo.

—Ahora, en invierno, no; pero en verano sí. Ahora la abro cuando me despierto, para airear nuestra habitación.

—¿Nuestra?

—Ajá. —Chasqueo la lengua—. Duermo en la misma habitación que uno de mis primos. Pensé que ya te lo había contado.

Él no dice nada al respecto. Sabe bien que todo lo que haga referencia al pasado y a la forma en que acabó lo nuestro será motivo de tensión.

—¿Podemos ir a algún lugar en el que podamos hablar tranquilos?

Señalo los tablones sobre los que estamos.

—Es un paseo bastante amplio con zonas para sentarse, o podemos bajar a la playa en algunos puntos donde no suele haber mucha gente y menos en esta época del año.

Nil asiente y comenzamos a caminar en silencio. Esta vez, en cambio, no es un silencio tenso como el del coche. No puedo evitar fijarme en el modo en que él mira el mar constantemente, como si no pudiera creer que yo viva en un sitio así; o como si no pudiera creer que él mismo esté ahora mismo aquí.

—¿Te gusta? —pregunto al cabo de un rato.

—Es precioso —susurra—. Es un sitio increíble. —Suspira y se resguarda un poco del viento—. Eric y Ona disfrutarían muchísimo aquí.

—¿Eric y Ona? —replico totalmente confundida.

Él señala la zona de rocas que hay justo frente a nosotros, en la playa.

—Creo que es hora de parar un poco.

Lo hacemos. Nos colamos bajo el pasamanos de madera y bajamos a la arena. Nos acercamos a las rocas más próximas a la arena, que permanecen secas, y nos sentamos sobre una.

—Tú dirás —susurro.

Él me mira, tan tenso que juraría que está a punto de partirse o de salir corriendo. Al final, no hace ni una cosa ni la otra. Lo que sí hace es comenzar a hablar:

—Supongo que para ponerte en antecedentes tienes que saber que mi madre me tuvo con dieciocho años. —Mi cara debe de reflejar la sorpresa—. Era muy jovencita, sí. No tuve padre. Ella luchó por mí como una leona hasta que crecí. Entonces, cuando todo estaba en calma, sintió la necesidad de volver a ser madre. Yo ya era mayor, tenía casi dieciocho, y ella sentía que todavía tenía amor que dar como madre. Sin embargo, no tenía pareja ni la quería. No quería enamorarse. No soñaba con una familia en la que hubiese un hombre, una mujer y niños. Ella solo quería ser madre. Solo eso. —Carraspea y puedo ver tanto dolor en sus ojos que le cojo la mano. Nil se sorprende por el gesto, pero de inmediato entrelaza nuestros dedos y me mira—. No quiero extenderme. Lo haré en algún momento, pero ahora mismo quiero contarte lo básico. Se quedó embarazada por inseminación artificial y tuvo a Eric, mi hermano. —Busca su teléfono sin soltarme la mano, mueve los dedos por la pantalla y me enseña la foto de un niño precioso, rubio, de ojos clavados a los de Nil. Se parece muchísimo a él—. Todo iba bien. Iba genial. Ella era feliz, yo empezaba a despegar y a tener sueños... —Mira al mar, y en vez de extenderse en esa parte, que me interesa, sigue narrando lo sucedido—: Pero sintió que no era suficiente. Quería uno más. Un hijo más. Yo ahí ya dudé, porque no sabía si era mucho trabajo para ella y le dejé claro que en algún momento yo volaría del nido, pero ella... —Traga saliva—. Lo necesitaba. Decía que lo necesitaba para sentirse plena, así que solo pude apoyarla.

—Es lo que hubiese hecho cualquier hijo. —Él me mira un tanto dudoso y yo sonrío—. Cualquier buen hijo.

—Ya, bueno... —No profundiza en mis palabras, lo que solo me hace pensar que hay más. Esto es la superficie, pero debajo de lo que cuenta hay miles de capas por explorar. Aun así, dejo que sea él quien maneje la información—. En el embarazo de Ona le detectaron cáncer. Me gustaría decir que pintaba bien, pero lo cierto es que no. Desde prácticamente el principio supimos que no sería fácil. Siempre tienes la esperanza, pero los médicos no eran optimistas y no...

Coge aire con fuerza y esta vez sumo mi otra mano a las que ya tenemos entrelazadas. Envuelvo sus dedos entre mis manos y me los llevo a la boca. Lo beso y siento cómo se estremece.

—No tienes que contármelo todo hoy.

—Sí, tengo —dice apretando los dedos e imitando mi gesto. Se lleva mis manos a los labios y... y entonces siento que mi mundo entero tiembla solo con el roce de su boca en mi piel—. Quiero contártelo todo antes de pedirte perdón por ser tan capullo.

No hace falta. Quiero decirle que no es necesario, pero sé que no servirá de nada. Él vuelve a mirar al frente y yo me fijo en el tatuaje que sobresale un poco de su cuello. Ya me dijo que tenía «algo» tatuado, pero intuyo que ese algo es mucho más grande que el dibujito que yo imaginé. Maldita sea, todo en él es distinto a lo que yo imaginé. Es... increíble. Y me siento una pésima persona por estar pensando en lo atractivo que es en un momento como este, pero es que creo que empiezo a estar saturada con toda esta situación.

—Quería ponerle Mía, cuando supimos que era niña, pero a mí

me gustaba Ona. Significa «ola» en catalán. Me encanta el mar. —Su pequeña sonrisa me hace imitarlo—. Ahora tiene cinco años. —Vuelve a coger el móvil y me muestra a la niña más adorable que he visto en mucho tiempo.

—Es preciosa. Los dos lo son. Se parecen mucho a ti.

Su sonrisa orgullosa me eriza el cuerpo. El amor por ellos es tan patente... y a pesar de eso, vislumbro el dolor que convive con él.

—El embarazo fue un infierno. Ona nació un poco antes porque el tratamiento compatible con el embarazo no hacía nada y todo se complicó mucho más. Mis planes de independizarme se vieron retrasados de manera indefinida.

—Lo siento muchísimo.

Él sonríe, pero no es una sonrisa alegre.

—No me arrepiento, pero no deja de ser doloroso. —Carraspea—. Con el nacimiento de Ona empezó el verdadero infierno. Dos niños pequeños, porque Eric era un bebé prácticamente, y un montón de entradas y salidas del hospital. Mi madre decidió que... —Guarda silencio repentinamente. No me atrevo a mirarlo porque algo me dice que necesita un segundo para recomponerse, pero aprieto nuestras manos y él me devuelve el gesto. Cuando habla de nuevo, su voz es mucho más ronca—: Decidió que lo mejor para Eric y Ona era que ella no se implicara emocionalmente con ellos. No se ocupó de Ona en ningún momento, así que la niña nunca la ha relacionado con la imagen de la maternidad. Eric lloró mucho al principio, pero pronto se habituó a estar solo conmigo. Mi madre vivía recluida en su habitación. Ni siquiera comía con nosotros. No quería tener ningún tipo de implicación con los niños porque no quería que sufrieran su inevitable marcha.

Lo miro con los ojos como platos, incapaz de entender el dolor que debe de sentir una madre para llegar a esa determinación. Aun así, no dejo de pensar que volcó todas las responsabilidades en Nil y eso no es justo.

—Eras demasiado joven para tener esa responsabilidad.

—Era mayor de edad —dice sonriendo—. Tenía veinte años.

—¡Eras demasiado joven! —Él me mira sorprendido y carraspeo—. Lo siento. Lo siento mucho. Es solo que me cuesta imaginar una situación tan dolorosa. Es como si no hubiera ganadores.

—Los hay. Eric y Ona ganaron. No sufrieron en exceso y eso era lo más importante.

—Pero tú...

—Yo no importo.

Me giro sin poder contenerme. Suelto la unión de nuestras manos y le acaricio las mejillas, incapaz de retener mis emociones. La sorpresa brilla en su rostro, pero no me detengo.

—Ay, Nil, qué equivocado estás...

6

Nil

Me está tocando. Azahara me está tocando y debería reaccionar de alguna forma, pero es que, joder, qué bien sienta notar sus dedos en mis mejillas.

Hablarle de mi madre, de Eric y de Ona ha resultado más sencillo de lo que imaginé en un principio. De algún modo, el miedo a ser juzgado desapareció en el mismo instante en que sus ojos se suavizaron. Lo único que me da miedo ahora es que me compadezca. Odio sentir que soy objeto de lástima, pero para averiguarlo tengo que acabar de contarlo todo, así que sigo adelante, dispuesto a hacer esto de una vez por todas.

—Al principio, hice de hermano, padre y madre —susurro, mientras ella aún me acaricia las mejillas—. Pero acabé siendo solo un padre de dos niños que convivían con una enferma terminal que se negaba a verlos. Lidié con mis sentimientos y, en medio de todo ese caos, cuando peor estaba todo, llegaste tú a la empresa.

—Ay, Nil...

—Fuiste un soplo de aire. No diré eso de «aire fresco». Ni siquiera tenía que ser fresco, así de desesperado estaba. Cuando tú me escribías o cuando yo te estaba escribiendo, era como si el drama a mi alrededor desapareciera. No tenía que ser el hijo cuidador ni el padre irrompible. Solo era Nil. Nil a secas. Nil sin apellidos. —Aza deja caer un par de lágrimas. Esta vez soy yo quien enmarca sus mejillas entre mis manos—. Conseguiste que, mientras leía tus líneas, me sintiera libre de cadenas. Eso nunca podré agradecértelo lo suficiente.

—Me dejaste —susurra con la voz ronca—. Sin explicaciones, sin yo saber... ¿Dije algo malo? ¿Fue porque te dije que confiaba en ti?

Me gustaría tanto aliviar el dolor que vislumbran sus palabras... pero no puedo. Actué mal y, ahora mismo, solo me queda seguir adelante con las consecuencias de mis actos y sincerarme del todo.

—El último día que hablé contigo, por la noche, mi madre empeoró. Estaba muy enferma y a menudo teníamos que ingresarla unos días y volvía a casa estabilizada, pero muy débil. Era cuestión de tiempo. Pensé que esa vez sería igual, pero al llegar al hospital me dijeron que ya no podían hacer más por ella. Murió unas horas después.

—Nil, yo...

—No, espera. Deja que lo suelte todo, ¿vale? —Vuelvo a cogerle las manos y entrelazo sus dedos con los míos—. Me alejé de ti porque... porque perdí a mi madre y me di cuenta de que, de toda la gente que tenía alrededor, yo quería que me consolara la única persona que estaba a más de mil kilómetros de mí. Quería llamarte, llorar y decirte que me sentía igual de acojonado que de liberado. Que no sabía cómo lo llevarían Eric y Ona, pero que al menos dejarían de oír las toses y las arcadas. Quería decirte un millón de cosas, Azahara, y por eso decidí que lo mejor era no decir ninguna.

—No lo entiendo —susurra emocionada.

—Acabas de cumplir veinticinco años. A mí me obligaron a vivir con todo este drama, no pude elegir, y tampoco habría elegido otra cosa que no fuera estar con Eric y Ona, pero no es tu caso. Tú no mereces verte implicada con alguien que tiene tantos problemas, de tantos grados. Y, por otro lado, no quería tu lástima y...

—Pero éramos amigos. Los amigos están para apoyarse.

—Nosotros nunca hemos sido amigos, Azahara de las Dunas Donovan Cruz —digo sonriendo con cierta tristeza—. Hemos sido enemigos, compañeros y más. Sin mediaciones. Hemos sido más desde que decidimos pasar la barrera laboral. —Guardo silencio un instante, por si me contradice, pero no lo hace—. No podía hacerte eso. Pensaba que era lo mejor para ti.

—Entonces ¿por qué estás aquí?

Es una gran pregunta. Es una pregunta buenísima. Podría darle una de las respuestas más lógicas, pero lo cierto es que no funciona así. No quiero que haya más mentiras ni secretos entre nosotros, así que decido ser sincero. Así de simple. Así de aterrador.

—Lola me pagó el billete y estuve decidiendo hasta el último minuto si venir o no. No quería dejar a Eric y a Ona.

—Deberías haberlos traído.

Sonrío. Que lo diga tan confiada, como si fuera algo normal, es reconfortante y significa algo..., ¿no?

—No sabía cómo explicarles todo esto y ya han lidiado con demasiadas situaciones extrañas por una temporada —admito en voz baja. Ella asiente, lo comprende—. Todavía me siento como un egoísta de mierda por venir a joder tu cumpleaños y soltarte toda mi mierda. De hecho, ni siquiera estaba seguro de querer contarlo todo, pero cuando te vi en persona... —Trago saliva y le acaricio el mentón con el dorso de mis dedos—. Supe que no iba a poder guardarme nada más.

—¿Cómo lo supiste?

—Porque me miraste, Aza. Me miraste a los ojos. Dejaste de ser la chica que vivía tras la pantalla para ser de carne y hueso. Dejaste de verme como un desconocido, de paso. Me miraste a mí y supe que nunca más podría mentirte ni ocultarte nada.

Ella cierra los ojos, emocionada, y se echa hacia delante, buscando mis brazos. La acojo entre ellos y, sentados como estamos, con la ropa un poco húmeda del frío y el mar rugiendo a nuestro lado, dejamos que el silencio lo llene todo. Lo curioso es que, pese a que nuestras voces no se oyen, nunca antes he sentido que me comunicara tanto con alguien.

—Prométeme que no vas a volver a desaparecer —me susurra al oído.

—Te lo prometo. —Cierro los ojos, aprieto su cuerpo y suspiro—. Pero, Aza, no será fácil...

—No, no lo será.

—Eric y Ona...

—Son lo primero —me corta—. Siempre van a ser lo primero. Así debe ser.

Trago saliva, sobrepasado por el hecho de que lo entienda tan bien. Imaginé un millón de preguntas, cierto rechazo, pero no. Incluso eso es distinto en Azahara. Ella escucha, media y asimila las situaciones con una entereza envidiable. Aprieto su cuerpo contra el mío e inspiro el aroma almendrado de su cabello. Sé, sin ningún tipo de dudas que, cuando me marche, ese olor vendrá conmigo y que, cada vez que lo huela, me transportaré a este momento, a ella.

—¿Entonces? —pregunto separándome para mirarla a los ojos—. ¿Amigos?

—No —dice ella sonriendo—. No, Nil, tú mismo lo has dicho: nosotros nunca podremos ser solo amigos.

Sonrío, la entiendo perfectamente, y apoyo mi frente en la suya unos segundos. Me quedo quieto, así, sintiendo su piel en la mía, sus brazos alrededor de mí y su respiración tranquila. Pasa por mi cabeza la idea de besarla, pero no sé hasta qué punto me aceptaría. Tampoco sé si este es el momento, así que me separo de ella y vuelvo a sacar mi móvil.

—Quiero enseñarte algunas fotos de ellos —susurro.

Ella sonríe y asiente de inmediato, dejando que la abrace por el costado y le muestre a Eric y a Ona. Le hablo de lo intenso que está él ahora y lo intensa que ha sido siempre ella. Le cuento que dormimos juntos desde que Ona nació y que jamás se ponen de acuerdo para jugar, porque él nunca quiere jugar a las muñecas y ella tiene una ligera tendencia al chantaje emocional que no sé cómo quitarle. Azahara se ríe, me pregunta cosas constantemente. Para cuando se nos echa el atardecer encima, tenemos los culos helados, igual que las caras, pero ambos sonreímos como si nada importara, salvo el rato que hemos pasado juntos.

—Ven conmigo —dice cuando nos levantamos.

—¿A dónde?

—A la cena familiar. A mi cumpleaños oficial. Ven conmigo. —Lo pienso un poco, pero insiste—: Hemos pasado horas hablando de tu familia y ahora quiero que conozcas a la mía, Nil.

Asiento de inmediato, entendiendo lo que quiere decir. Dejo que me lleve en un taxi hasta la casa de su abuela, porque su hermano tiene que quedarse el coche, al parecer. Conozco a su abuela Rosario, a sus padres y a sus dos hermanos pequeños. También a sus tíos y a sus primos. Asisto, boquiabierto, al modo en que se pelea con su primo Mario cuando le regala un micro con altavoz de Frozen y no puedo evitar reírme, aunque me mire mal.

—A Ona le encantaría —murmuro en un momento dado.

—Cuenta con él, entonces.

—¿Qué dices? —contesto riéndome.

—Que te lo vas a llevar. Este idiota no va a comprarme un vale de ropa y no voy a consentir que disfrute de un regalo que es mío, así que, al acabar la noche, lo cogemos y nos lo llevamos.

—Aza...

—Es un regalo de mi parte, Nil. Puedo regalarles a tus hijos cuantas mierdas se me ocurran y tú no puedes negarte.

Me quedo mirándola muy serio. Que haya usado el término «hijos» me da una idea de hasta qué punto ha entendido mi compromiso con ellos. Hasta qué punto ha comprendido la situación. Eric y Ona no son pasajeros. No son solo mis hermanos. Son mis hijos, a todos los efectos, salvo el biológico. E incluso así, llevan mi sangre. Yo siempre lo he sentido, pero no pensé que algún día conocería a alguien que lo encajara tan bien y tan rápido.

—Eres un ser especial, Azahara de las Dunas Donovan Cruz.

—Yo también lo pienso, Nil sin apellidos.

Me río y me muerdo una sonrisa para contener al máximo las ganas de besarla. Justo entonces aparece otro primo, Jorge, con una chica que tiene pinta de estar atravesando un infierno personal. No me cuesta darme cuenta. Reconozco de inmediato a la gente así porque yo he sido y soy a menudo un hombre atormentado por mil mierdas distintas.

Cuando la cosa se relaja un poco, Camille hace su aparición estelar. No me pilla de sorpresa. Aza me ha contado que ella está al tanto, así que simplemente disfruto de ver lo desconcertado que se queda Felipe, quien apenas ha dicho una palabra en toda la cena.

La noche se va volviendo surrealista conforme avanza. Cuando quiero darme cuenta, estoy metido en el coche con Jorge, la chica rusa, Mario y Azahara, que ha guardado a escondidas el altavoz de Frozen en el maletero. Llegamos a la cafetería en la que la chica va a quedarse y asisto, sin pretenderlo, a una pelea entre la amiga de la rusa y Mario. Para mi absoluta estupefacción, este último se muestra cabreado de un modo que, aun sin conocerlo, sé que no le pega.

—Hablar en un idioma ajeno al de la mayoría de los presentes es de mala educación —suelta en un momento dado, cuando las dos chicas hablan en ruso entre sí.

Sia, la chica de pelo verde, boca roja y cara de muñeca lo mira mal.

—Yo aquí veo a dos españoles y a dos rusas. No sois mayoría.

—Me cago en mi vida. ¡Azahara, sal del coche! ¡Y tu amigo también!

—¡No es mi amigo! —grita ella.

Aunque pueda sonar feo, yo no puedo dejar de aguantarme la risa.

Después de discutir un poco más, cuando Natasha entra con su amiga en la cafetería y nosotros volvemos al coche, solo tengo claro que ni en un millón de años hubiera pensado que el día de hoy iba a cundirme tanto.

—Bueno —dice Jorge mirándome. Mario se ha pasado al asiento delantero y Aza y yo seguimos detrás—. ¿Dónde te quedas tú?

Estoy a punto de decirle el nombre de mi hotel, pero es Azahara quien contesta por mí:

—En casa.

La miro con los ojos como platos, igual que sus primos, pero ella ni siquiera pestañea.

—En casa, ¿dónde? —pregunta Mario—. Como no duerma en la alfombra...

—En casa, en mi cama, conmigo.

—Mira, Aza —dice Jorge—. No te lo tomes a mal, pero soy tu compañero de cuarto, tu cama mide noventa de ancho y malditas las ganas que tengo ahora mismo de aguantar a nadie follando al lado. Vamos, ni ahora mismo ni nunca.

—¡Nadie va a follar aquí, Jorge! —exclama ella y a mí no me pasa desapercibido el tono rosado que adquieren sus mejillas. Joder, ahora sí que quiero besarla—. Solo vamos a dormir.

—Ya... —La mira un tanto tenso—. No vas a dejarme ganar en esto, ¿verdad?

—Pues no.

—De puta madre —murmura antes de girarse y arrancar el coche.

—Pues se va a quedar una noche preciosa con estos follando a tu lado y Felipe y Camille reconciliándose en el cuarto grande.

—¡¡¡Mario!!! —exclaman al mismo tiempo Jorge y Azahara.

Yo no digo nada, pero no puedo evitar que una risa se me escape entrecortada. Aza me mira elevando una ceja y alzo las manos.

—No pienso decir ni una palabra —confieso.

—Mejor.

Llegamos a casa después de pasar por el hotel para coger mi maleta. Le pregunto a Aza por qué no nos quedamos los dos aquí, pero se niega en rotundo y no quiero discutir. Así que la sigo al coche, arrancamos de nuevo y, nada más entrar en su casa, oímos una canción de los noventa procedente del fondo.

—De puta madre... —murmura Jorge antes de soltar las llaves en una mesa y encerrarse en un dormitorio.

—Vamos, voy a enseñarte las habitaciones visibles y el baño, por si quieres darte una ducha.

Obedezco. Observo el salón, los dos dormitorios libres, el baño y la cocina, además del patio trasero con césped. Me pregunto cómo sería vivir en un sitio como este. ¿Cómo sería ver el mar nada más despertar cada día? Joder, suena tan bien que no puedo imaginarlo. Me doy una ducha, salgo buscando a Aza, y me encuentro con Mario en medio del pasillo.

—Le he cedido mi dormitorio. Lo llamamos cariñosamente «ratonera», pero creo que Jorge está un poquito sobrepasado, así que mejor duermo yo con él.

Se mete en el dormitorio sin decir nada más y, como no veo a Aza por ninguna parte, decido entrar en la famosa ratonera. En realidad, es un dormitorio pequeño, pero sorprendentemente recogido. Tiene una cama pequeña, un armario empotrado y un escritorio. Azahara está sentada sobre la cama con un pijama de franela y las mejillas rojas.

—No vamos a acostarnos ni nada parecido —dice nada más verme.

Elevo las cejas y sonrío.

—No lo pretendía. Ni siquiera tengo condones. —Eso hace que se encienda más y me río entre dientes antes de carraspear—. Oye, podría haberme quedado en el hotel.

—No quiero separarme de ti hasta que te vayas.

—Vale.

—Pero no... no tenemos que hacer nada.

Me siento a su lado, le paso una mano por la espalda para intentar calmarla, pero solo consigo que se tense más.

—No, no tenemos que hacer nada. A mí me basta con abrazarte, si tú quieres.

Asiente de inmediato, así que me tumbo en la cama y dejo que me rodee con los brazos mientras apoya la mejilla en mi pecho. Llevo puesto un pantalón de chándal y una camiseta básica de manga larga blanca. Nada del otro mundo, sin embargo, sé que recordaré cada detalle de su ropa, la mía y esta cama durante muchísimo tiempo.

Cierro los ojos, intentando dormirme. Después de un rato sin lograrlo y notando que su respiración no está calmada del todo, decido preguntar algo que me carcome.

—¿Aza?

—¿Mmm?

—¿Por qué querías que durmiéramos aquí?

Ella mueve su mejilla para que nuestros ojos se encuentren, me acaricia distraídamente la tripa, provocando un pequeño huracán en mi interior, y sonríe.

—Quiero que, aunque sea por una noche, vivas en una casa a la orilla del mar.

La miro fijamente, sin poder creerme sus palabras. Al principio, cuando nos conocimos, le confesé que era uno de mis sueños. Ella sabe que mi hotel está en primera línea, pero no es lo mismo. Esto es... esto es una casa de verdad, con una familia dentro. Le beso la frente, incapaz de expresar con palabras todo lo que siento, y le paso un brazo por la cadera para apretarla más contra mi cuerpo.

—Gracias... —murmuro—. Gracias.

No contesta, pero creo que es porque sabe que ahora mismo estoy un poco sobrepasado. De hecho, en algún momento de la noche se duerme, pero yo, en cambio, no lo consigo. Me divido entre dos sentimientos tan contradictorios como echar de menos a Eric y a Ona y pensar que ojalá pudiera alargar un poco más esta noche.

El despertar, aunque en mi caso no llegara a dormir, es lo más loco que he vivido en mucho tiempo. A las siete y media en punto suena una canción de Disney a todo trapo. Azahara maldice en sueños, pero no es la única, porque algunos gritos llegan del exterior.

—Voy a matarlo... —murmura.

—¿Mario? —pregunto riéndome.

—Mario.

—¡Arriba todo el mundo! ¡He hecho café y tortitas! ¡Repito! ¡He hecho café y tortitas!

—Me temo que alguien ha encontrado el micrófono de Frozen —le digo.

Ella gruñe, se levanta y, con los pelos disparados en todas las direcciones y los ojos un poco hinchados por el sueño, sale del dormitorio dispuesta a plantar cara a su primo. Me hubiese gustado recibir un beso mañanero, lo admito, pero presenciar de buena mañana una de las sesiones de la familia Dunas tampoco está mal. Joder, si por Instagram ya la lían, en persona son la hostia. En mi vida he visto una familia más loca. Se persiguen por la casa mientras Camille, que viste una camisa de hombre y no deja de reír, se une a mí en una esquina del salón. Jorge y Azahara corren tras Mario, y Felipe se sube en la mesa para gritarles a todos que dejen de hacer el mamarracho.

—Tú debes de ser Nil —dice Camille—. He oído hablar mucho de ti.

Ya la había visto en redes, pero, aun así, me sorprende ver que Aza tenía razón y tiene cara de hada.

—Lo mismo digo. Encantado de conocerte.

—Igualmente. Bienvenido a la familia.

Estoy a punto de decirle que no soy de la familia, pero guardo silencio porque, joder, aunque no lo sea, me encanta fingir por un instante lo contrario.

Después de la pelea y de que Aza consiga quitarle el altavoz y meterlo en mi maleta, desayunamos hablando de lo que hará cada uno a lo largo del día. Hay planes de todo tipo: trabajo, estudios, obras... Pero no me pasa desapercibida la tristeza que muestra Azahara en algunos momentos. La entiendo, porque me siento igual. Por eso, a las doce de la mañana, ya en el aeropuerto, adonde me ha acompañado, no puedo aguantarme más.

—Esta vez no voy a desaparecer, Azahara. —Ella me mira tan sorprendida que sé que he dado en el clavo—. Ahora lo sabes todo.

—Lo sé, pero aun así...

—No confías en mí, ¿no?

—No es eso. Es que la última vez que te lo dije... —Mira al suelo, pero coloco las manos en sus mejillas y hago que vuelva a conectar su mirada con la mía—. No quiero que desaparezcas. Ahora sería peor, Nil. Ahora sé quién hay detrás de la pantalla y...

—No voy a desaparecer. Sé que ahora mismo tienes dudas, pero irás viéndolo día a día.

Traga saliva y no puedo evitar hacer lo mismo. Apoyo mi frente en la suya y la abrazo, pegándola a mí.

—Te voy a echar mucho de menos —susurra.

—Y yo a ti, pero hablaremos a diario. —Ella se tensa y la aprieto más, pegándola del todo a mi cuerpo—. Lo haremos. Y volveremos a trabajar juntos.

—Vale —musita.

—Lo digo en serio. —Ella sonríe y asiente, yo me separo—. Tengo que irme.

—Vale. No te olvides de darle el altavoz con micro a Eric y a Ona. Ya me contarás si les gusta.

—A ella, seguro. A él no le va el tema *Frozen*, o eso dice, pero lo cierto es que le encantan las pelis. —Se ríe y me agarro a mi maleta para empezar a caminar. El problema es que mirarla mientras me alejo y no hacerlo... No puedo. Necesito hacerlo, aunque solo sea una vez—. Azahara.

—¿Sí? —responde.

—Sé que es la primera vez que nos vemos en persona, que no tenemos etiqueta y que esto entre nosotros es raro, pero es que... —Suelto la maleta y vuelvo a abrazarla—. Es que, si no te beso, voy a arrepentirme toda mi jodida existencia.

Ella deja ir un suspiro tan sonoro que me sorprende.

—Pensaba que no lo harías nunca —murmura.

Un sentimiento extraño provoca centenares de fuegos por todas partes. Quiere que la bese. Ella quiere... joder. Bajo mi boca a la suya, hago que nuestros labios se rocen, intentando ser dulce, pero en cuanto siento su contacto, dejo que mis emociones se hagan cargo del beso. Entreabro sus labios y ella, lejos de quejarse, toca los míos con la lengua, invitándome a profundizar más. Lo hago, estaría loco si no lo hiciera. Me empapo de su sabor, de sus brazos rodeando los míos e incluso de sus lágrimas cuando estas caen uniéndose a nuestro beso.

—No llores —susurro sin despegarme apenas de su boca—. Por favor, no llores.

—Es que voy a echarte mucho de menos —reconoce abriendo los ojos y acariciándome la nuca—. Y más ahora que sé lo bien que besas.

Sonrío, la beso de nuevo y doy un paso atrás, con todo el esfuerzo del mundo.

—Te prometo que, en cuanto pueda, volveré a darte más. Muchos más.

Ella guarda silencio, pero asiente y yo cojo mi maleta y me alejo unos pasos, porque de verdad que tengo que embarcar ya. Camino hacia atrás, mirándola, motivo por el que me paro en el mismo instante en que me habla, ya a lo lejos.

—Es una locura, ¿verdad?

—¿El qué? —pregunto.

—¡Esto nuestro!

Algunos viajeros nos miran, pero solo me río y niego con la cabeza.

—¡La locura sería intentar olvidarnos!

—¡Di que sí, niño! —grita una señora que justo pasa por mi lado.

La carcajada de Azahara hace eco en cada jodido rincón de este aeropuerto y me río, contagiado de su momento de alegría, aunque sea fugaz.

—¡Nos vemos, Azahara de las Dunas Donovan Cruz!

Eso aumenta su risa y me despide con la mano, dejándome claro que me llevará la vida entera olvidar esta imagen de ella. Sonriendo, preciosa, despidiéndose de mí.

—¡Nos vemos, Nil sin apellidos!

Me giro, consciente de que el tiempo se ha agotado, y me uno a la marea de gente que va hacia los controles para coger el avión que me llevará de vuelta a Eric y a Ona.

Aunque suene estúpido, precipitado y surrealista, durante todo el vuelo de vuelta, siento que estoy dejando en Málaga algo más que esencial en mi vida.

7

Jorge

Estoy frente a la pantalla, mirando un programa informático de esos que no mucha gente entendería. Yo lo haría si me concentrara en mi trabajo, pero no puedo. Ha pasado más de una semana desde que dejé a Natasha en la cafetería de su amiga y todavía no he sabido nada de ella. Sabía que no me iba a llamar, no es que sea tan estúpido como para pensar que ella acudiría a un desconocido... otra vez. Lo sabía, pero aun así pensé que... No sé. Creí que quizá, después de todo, ella querría ser mi amiga.

Joder, qué patético suena eso incluso en pensamientos. Parezco un puto crío con el que nadie quiere jugar. No es así, es solo que me hubiera gustado saber si está mejor. Nada más.

—Vamos.

Miro a mi lado, a mi prima Azahara, que se levanta de su silla y me devuelve la mirada muy seria. La idea de que trabajara junto a mí en el salón fue mía, porque así aprovecha la luz del día como en ningún otro sitio de la casa, pero no voy a mentir si digo que, desde que Nil se fue, estoy hasta la polla de verla reírse mirando el móvil o la pantalla del ordenador. No es que no me alegre de que lo suyo con él vaya bien, sea lo que sea, es que ahora mismo me jode la gente feliz así, en general. Supongo que esa es una señal de que algo no va bien, pero no estoy para muchas señales últimamente.

—¿A dónde? —pregunto.

—Por ahí. Vamos a Fuengirola. Hace días que no vamos.

No lo dice claramente, pero los dos sabemos que no vamos desde la noche de su cumpleaños, con todo lo que eso conllevó.

—No sé...

—¿Vais a salir? —Camille entra con Bella en brazos—. Nos apuntamos.

—La perra no viene —digo de inmediato.

—¿Y por qué demonios no viene la perra? —pregunta Felipe entrando en el salón.

—Porque no deja de ladrar por todo. Además, ¿no es la perra de tu madre, Camille? ¿Por qué no la tiene ella?

—La estamos cuidando mientras mamá se pone al día colocando cosas en su nuevo piso.

Intento fruncir el ceño, acorde al estado de ánimo de mierda que me gasto últimamente, pero la verdad es que me alegra mucho que Camille esté tan feliz. Una de las cosas por las que dejó a Felipe —la más importante, de hecho— era que necesitaba volver con su madre a Irlanda porque después de la muerte de su padre no quería dejarla sola. Que ella le diera la sorpresa en Navidad de venirse a vivir aquí fue alucinante. Camille no dejó de llorar en toda la cena. Bueno, sí, cuando la cena acabó y mi primo la arrastró hasta el dormitorio. Pusieron música, como siempre, pero dio igual: hicieron ruido de todos modos. Se lo dije a la mañana siguiente, que tenían que bajar los decibelios, pero mi primo Felipe me acusó de ser un envidioso. ¡Envidioso yo! De eso nada, no lo soy, lo que pasa es que me molesta y me da grima escuchar a otros follar. Eso es de ser normal, no envidioso.

—Total, que la custodia de la perra es a medias.

—Total, que estás hecho un gruñón —concluye Felipe imitando mi tono—. ¿Qué coño te molesta la perra? ¿Desde cuándo te caen mal los animales?

—¡No me caen mal los animales! —Mario entra en el salón cantando «Hakuna Matata» y pongo los ojos en blanco—. Excepto este.

—¿De qué habláis? —pregunta.

—De que nos vamos a Fuengirola a dar una vuelta —dice Felipe.

—Vale. ¿Podemos comer helado?

—Estamos en diciembre, Mario. No podemos comer helado, no —le contesto con cansancio, cogiendo las llaves y la chaqueta.

—¿Y qué pasa con que sea diciembre? ¿Está prohibido o qué? La gente que come las cosas según la temporada es gente aburrida.

—O coherente —murmuro.

—Yo quiero un Frigo pie.

—Una Frigo hostia te voy a dar como no te calles.

—Haya paz, por favor —pide Felipe, abriendo la puerta de casa y sujetándola mientras salimos—. Un momento. —Cuando hago amago de salir el último, nos para—. Tenemos que ir en dos coches.

Frunzo el ceño y hago recuento. Camille, Felipe, Mario, Azahara y yo. Cinco.

—No —replico—. Vamos en uno.

—Vamos en dos. Bella necesita un asiento propio.

—Estarás de coña, ¿no?

Su cara es totalmente seria cuando me contesta:

—No.

—Bella es un perro. Puede ir a los pies de alguien o en el regazo. De hecho, es donde debería ir.

—Imposible, se marea.

—Si se marea, lo hará aún más en un asiento que en un...

—Tiene que ir en el asiento, con la cabeza fuera de la ventanilla.

—¡No voy a dejarla ir con la cabeza fuera de la ventanilla por muchas razones! Principalmente porque es diciembre. Si no le compro un helado al imbécil de Mario, no voy a dejar que el perro de tu suegra asome la cabeza mientras todos nos congelamos. Y segundo: ¡es peligroso!

—Pero si no la saca, se marea.

—Me suda la polla, Felipe. Que no venga y punto.

—Yo no quiero meterme donde no me llaman —habla Mario—, pero es que yo no he dicho que me lo tengas que comprar tú, Jorge. Tengo dinero, ¿eh? Para eso me he pasado el veranito trabajando, listo. ¡Si me quiero comprar un Frigo pie, me lo compro y punto!

—Mira, Mario...

La conversación se corta cuando Bella, nerviosa por los gritos, baja de los brazos de Camille y se esconde entre las piernas de Felipe.

—¡Ya la has asustado! —me acusa mi primo—. Eres un ogro, tío. Deberíamos irnos sin ti.

—Pues de lujo. ¡Si la idea ni siquiera ha sido mía! —contesto volviendo a la casa.

—No, ni hablar. Necesitas salir. —Azahara me coge del brazo y tira de mí hacia fuera—. Felipe, lo siento, pero Bella viene en el regazo, en los pies o no viene.

Felipe suspira, frustrado. Está a punto de decir algo, pero Camille lo frena y coge a la perra.

—Creo que es mucho mejor que se quede en casa tranquilita,

¿verdad? —El lametón que le da Bella sirve como respuesta—. Eso es, buena chica. En un ratito estaremos de vuelta.

La deja en el suelo y la perra, como si la entendiera, se mete en casa y se tumba sobre la cama que le ha comprado Mario. Está forrada con una tela de Timón y Pumba y, aunque me cueste reconocerlo, fue un detalle enorme que saliera corriendo a comprarla. Consiguió que Camille estuviera un rato llorando. Están siendo unas Navidades emotivas, eso nadie puede negarlo.

Después de mucho discutir, nos metemos en el coche y arrancamos rumbo a Fuengirola. Al principio no me doy cuenta de lo que Azahara, que es quien se ha empeñado en conducir, pretende. Voy perdido en mis pensamientos, pero cuando la veo aparcar en una calle cercana a la cafetería de Sia, la amiga de Natasha, siento que me tenso, aunque no tengo claro si para bien o para mal.

—¿Qué hacemos aquí? —pregunto.

—Hemos dicho que veníamos a Fuengirola, ¿recuerdas?

—Me has entendido perfectamente —le digo.

—Vamos a entrar en la cafetería de Sia. Me gustó un montón, tienen helados, como quiere Mario, y Nil quiere que le mande alguna foto del interior porque está obsesionado con los bares originales y bonitos.

—Pero yo quiero un Frigo pie —insiste Mario.

—Pues te vas a comer un helado de aquí, que no sé cómo están, pero tienen buena pinta —le responde con una mirada asesina.

Mi prima no parece muy dispuesta a dejarlo estar. La verdad, ahora que estamos aquí, yo ya no puedo quitarme de la cabeza la idea de entrar y preguntar por Natasha, así que acepto. Lo demás viene rodado, porque Felipe y Camille están superintrigados con todo este asunto desde que le contamos todo lo ocurrido al día siguiente del cumple de Azahara. Salimos del coche, recorremos los pocos metros que nos llevan hacia la cafetería y entramos.

Teniendo en cuenta que es la hora de la merienda, hay bastante gente. Adolescentes reunidos en los sofás de estilo retro y, sobre todo, madres con niños pequeños. Nosotros nos quedamos en la entrada flipando un poco con el ambiente. Ahora mismo, desde la *jukebox*, suena una canción de la jodida película de *Grease*. Es un poco surrealista, como entrar a otro mundo, uno en el que se transmite un buen rollo de la hostia, en sintonía con el lugar. Pero lo más flipante no es eso, sino que Sia, la amiga de Natasha atiende a los clientes en patines. ¡En patines! Qué pasada. Creo que nunca he visto a nadie trabajar así. Tarda unos instantes en vernos, pero cuando lo hace se acerca a nosotros con una sonrisa perfectamente alineada. Lleva un vestido rojo de lunares blancos, el pelo recogido en un moño alto y una diadema de la misma tela que el vestido. Sus labios vuelven a estar pintados de un rojo intenso.

—¿Puedo ayudaros, chicos? —pregunta mirándome solo a mí.

—Queríamos unos batidos y un helado —le digo.

Los dos sabemos que no es eso lo único que quiero, pero prefiero ir poco a poco. Además, ahora mismo estoy demasiado tenso como para preguntar por ella. Me saldría un tono brusco porque tiendo a ser resolutivo y eso, a veces, se confunde con ser demandante. No quiero que Sia me ponga en su lista negra todavía, así que hago el esfuerzo de sentarme en la mesa junto a mi familia.

—Haced el favor de no cagarla, ¿de acuerdo? —les advierto—. Quiero preguntarle por Natasha y, si nos ponemos tontos, no me dirá nada.

—Tranquilo, tío. —Mario palmea mi espalda mientras Sia se acerca—. Está todo controlado.

—Vosotros diréis —dice ella sacando un bloc de notas.

—¿Tenéis Frigo pie?

—¿Perdón? —pregunta mirando a Mario.

Su acento ruso también es muy marcado.

—Quiero un Frigo pie.

—¿Estás hablando en serio? —pregunta elevando las cejas.

—Por supuesto.

—Vale. —Se ríe entre dientes, pero no es una risa simpática. Confirmo mis sospechas cuando vuelve a hablar—: Oye, mira, no tengo Frigo pie. Tengo batidos caseros de fresa, frutos rojos, sandía... y hasta con sabor a tarta de queso, pero no tengo Frigo pie.

—Yo no quiero un batido. Quiero un helado.

—También puedes pedir todo eso en helado.

—Pero ¿está bueno?

Miro mal a mi primo. ¿Este tío qué ha entendido cuando yo he dicho que lo ideal era comportarse bien? No me puedo creer que lleve más de una semana dudando si venir y lo haya hecho con el mequetrefe más grande de toda la familia. Sia, lejos de dejarse vencer, apoya las dos manos en la mesa y se acerca por encima del tablero hasta mi primo, que está sentado a mi lado.

—Oye, niño bonito, si no te gusta lo que hay en la carta, cierra el pico y deja que tus amigos disfruten de ella, ¿de acuerdo?

Mario guarda silencio. La mira fijamente durante lo que me parece una eternidad. Cuando por fin habla, lo hace para dejarme con la boca abierta. ¿La verdad? No sé por qué me sorprendo.

—¿Te han dicho alguna vez que eres clavadita a Maléfica?

—¿Qué?

—Maléfica. Aunque un poco a la Reina de Corazones también.

—¿Qué?

—La Reina de Corazones, de *Alicia en el País de las Maravillas*. ¿Me sigues?

—No mucho, la verdad. ¿Estás diciendo que me parezco a la malvada de *La Cenicienta*?

—No, joder.

—Ah.

—Estoy diciendo que te pareces a la malvada de *La Bella Durmiente*. La de la Cenicienta era su madrastra, lady Tremaine, y sus hermanastras, Griselda y Anastasia. Más malas que la peste, pero no te pareces a esas. Te pareces a Maléfica. Y un poco a la Reina de Corazones.

—Sí, ya lo has dicho.

—Porque es verdad.

Le doy un rodillazo por debajo de la mesa. Se acabó la tontería ya. Es que no sé ni por qué lo he dejado llegar hasta aquí. Sinceramente, me da igual lo que digan Felipe y el resto: Mario necesita ayuda. Y como no cierre el pico inmediatamente, se la voy a dar yo de una forma mucho más rústica que si hubiese acudido a un psicólogo cuando tuvo la oportunidad.

Suspiro. En realidad, sé bien que no le pegaría. No soy violento, pero me gusta imaginar que sí y así desato el estrés que me provoca vivir con él.

—Yo quiero un batido de Oreo —dice Azahara—. ¿Te importa que le haga una foto a la carta? Es para mi... —Se corta en seco bajo la atenta mirada de todos nosotros y carraspea—. Para alguien.

—Por supuesto —contesta Sia sonriendo, aunque tensa, muy tensa.

—Yo quiero crepes con chocolate blanco y plátano —dice Felipe.

—Uy, ¿compartimos? Yo quiero el batido de vainilla —pide Camille.

—Hecho —contesta él sonriendo.

Luego se besan. Se besan durante tanto tiempo que carraspeo, pero se siguen besando, así que miro a Mario y procuro que entienda que no está la cosa para tonterías. Como se pase un solo pelo más, lo saco de aquí a patadas.

—Un helado con cuatro bolas de fresa, una de vainilla, sirope de chocolate y la galleta esta en forma de barco, que me ha molado. —Sia lo mira sin escribir una sola palabra.

—Las bolas son grandes. ¿Estás seguro de que quieres tanto helado?

—Segurísimo. Y una Coca-Cola light para bajarlo todo.

—¿Light?

—Me gusta cuidarme.

Sia se ríe y yo lo agradezco, porque ahora mismo las opciones son reírse o mandarlo a tomar por culo. Me alegra ver que tiene paciencia. Voy a necesitarla cuando le pregunte por Natasha.

—No pienso opinar nada más. —Se gira hacia mí y me dedica una sonrisa amable. Muy amable. No puedo evitar devolverle el gesto—. ¿Y tú?

—Café solo sin azúcar.

—¿Nada dulce?

—No, gracias.

Ella asiente y se retira. Mi prima sigue haciendo fotos, tecleando y soltando risitas estúpidas. Felipe y Camille hablan de algo de la obra que mi primo está finalizando en el jardín, donde está construyendo su piso, y Mario está perdido en su móvil. Así que me levanto sin decir nada y me acerco a la barra, donde Sia prepara nuestro pedido y un par de camareros más sirven sus propias bandejas.

—¿Se te ha olvidado algo? —pregunta girándose y poniendo mi taza de café sobre una bandeja.

—En realidad, sí.

—Dime.

Guardo silencio un instante, mientras me replanteo la situación. A lo mejor le molesta que pregunte. A lo mejor no le gusta que me inmiscuya, pero lo cierto es que me imagino saliendo de aquí sin saber nada de ella y me siento mucho peor que si lo hago y me llevo un corte, así que me lanzo.

—¿Sabes dónde está? —Ella me mira en silencio, sin decir nada—. Natasha —murmuro, como si pretendiera que nadie más oyera su nombre—. ¿Sabes dónde está?

—Es mi mejor amiga —contesta con cierta cautela—. Claro que lo sé.

—¿Y está bien? —Ella entrecierra los ojos y yo chasqueo la lengua—. Oye, precisamente porque es tu mejor amiga, sabrás que no está bien. La encontré sobre las rocas en plena tormenta y parecía... No estaba bien, Sia.

Sus ojos se oscurecen de inmediato y la preocupación surca su rostro. Trago saliva, no quería decírselo así, pero de verdad que creo que necesita conocer lo que vi y lo que pensé. Si Natasha no va a ponerse en contacto conmigo, al menos intentaré que Sia esté al tanto de lo que pasa para que pueda ayudarla, en caso de necesitarlo.

—No habría saltado... —murmura en tono dubitativo—. Ella no... —Toma aire profundamente y los remordimientos me asaltan.

—Seguro que no —le digo—, pero no parecía estar bien y... Bueno, solo quiero saber si has hablado con ella estos días.

—Poca cosa. Solo cuando consigue escaparse y yo puedo salir de aquí a tiempo.

—¿Escaparse de dónde?

Sia está a punto de contestar, lo sé, pero entonces Mario aparece a mi lado y le muestra la pantalla de su móvil.

—¿Lo ves? Esta es Maléfica.

—¿Otra vez con eso? ¿En serio?

—Te lo digo porque parece que te ha sentado mal y quiero que veas que me refería a la última. La guapa.

—Es una villana.

—Pero está buena.

—O sea, que estoy buena.

—Pero tienes mala hostia. Como Maléfica. Una pena.

Soy perfectamente consciente del momento en que le agota la paciencia. Sale de detrás de la barra patinando, se acerca él y le pone un dedo con una uña perfectamente pintada de rojo sobre el pecho. Es curioso, porque ni siquiera sobre los patines logra alcanzar la estatura de Mario, que es muy alto, pero eso no la intimida lo más mínimo.

—Mira, imbécil. Como vuelvas a compararme con una villana de Disney, voy a patearte el trasero con tanta fuerza que vas a llegar a la playa sin poner los pies en el suelo.

—La misma boca perfecta y la misma mala hostia. ¿Ves?

Le doy un empujón nada disimulado y lo miro peor de lo que he mirado a nadie en mucho tiempo.

—Vete a tu silla.

—Venga, tío.

—Vete, Mario.

Debe de verlo. La desesperación en mis ojos. El enfado, esta vez en serio. Las consecuencias de lo que pasará como no mueva el culo de una vez. Y lo hace, porque Mario es sumamente inteligente, aunque se pase el día jugando a hacerse el tonto. En cuanto se gira y se aleja, miro a Sia.

—Te lo creas o no, es un buen tío. Un tanto raro, pero buen tío.

—No me lo creo.

—Es normal, pero, oye, volviendo a nuestro tema...

—Tengo mucho trabajo pendiente.

Se mete tras la barra y se pone a trabajar sin decir ni una palabra. Podría insistir, pero lo cierto es que sé bien cuándo alguien se cierra en banda. Así que vuelvo a mi mesa y me enfrento a un silencio poco común.

—Lo siento, tío —dice Mario a mi lado—. No sabía que estabas hablando de ella ya...

Lo miro, dispuesto a preguntarle de qué demonios pensaba que podríamos estar hablando, pero es que su cara luce con la expresión máxima del arrepentimiento. Sé que ha dicho todo esto de verdad, igual que sé que no puede evitar ser tan intenso y desmedido con todo. Suspiro, palmeo su hombro y luego me froto los ojos.

—No te preocupes.

—¿Te ha dicho algo?

Niego con la cabeza y nadie más dice nada. Nuestro pedido llega de manos de otra camarera y miro a lo lejos, a Sia, que trata con otros clientes en estos momentos. Merendamos, o al menos ellos lo hacen. Yo me quedo con la boca abierta viendo a Mario comerse de verdad cinco bolas de helado con sirope y galleta. En serio, ¿dónde lo mete? Vale que es altísimo y hace ejercicio a diario, pero es que es brutal lo que es capaz de comer.

—¿Listos para volver a casa? —pregunto cuando limpian sus platos.

Ellos asienten, así que pedimos la cuenta, pagamos y nos levantamos para marcharnos. La verdad es que no contemplo ni siquiera la posibilidad de despedirme de Sia. Si quiero obtener algún tipo de información en un futuro, será mejor que no presione mucho ahora.

Estoy ya cerca de la puerta cuando noto que alguien me tira de una mano.

—¿Te preocupas de verdad por ella?

Sus ojos dudan, pero sus hombros están firmemente cuadrados.

—Sí —admito—. No me gusta ver a nadie mal y ella parecía necesitar... ayuda.

Sia traga saliva tan visiblemente que puedo verlo en el movimiento de su garganta.

—¿Las rocas donde la encontraste? —pregunta—. Bajo el paseo de madera. Es el lugar al que va cuando consigue escapar.

—¿Escapar de quién? ¿Su hermano?

—La única hora a la que lo consigue, a veces, es sobre las siete de la tarde —me dice sin responder a mi pregunta—. No es seguro y no va todos los días, pero últimamente está teniendo suerte. —Miro mi reloj, son las seis pasadas, así que alzo la cabeza y me encuentro con una pequeña sonrisa de Sia—. Si te das prisa, llegas a esperarla hoy mismo.

—Eres un ángel. —Sonrío y ella se ríe entre dientes.

—Díselo al imbécil de tu amigo, ¿vale?

—Es mi primo y no te preocupes, pienso decírselo a todo el mundo. Y haré que mi familia al completo venga aquí. Son muchos y medio adictos al azúcar, así que te haremos rica.

Su risa me acompaña hasta la puerta. Cuando salgo y me encuentro con mi familia, puedo ver la confusión que sienten al verme tan contento.

—¿Qué...? —pregunta Aza.

La interrumpo besando su mejilla y dirigiéndome al coche.

—Gracias por hacerme venir, preciosa. ¡Vamos! Tengo prisa.

Podrían hacer preguntas. De hecho, suelen hacer como mil millones de preguntas a diario, pero, si algo tienen claro mis primos y Camille, es que cuando digo que tengo prisa, lo que en realidad estoy diciendo es que se vienen conmigo o se quedan en tierra.

El camino a casa se hace eterno y, cuando Aza por fin aparca en la calle, salgo corriendo hacia la playa sin despedirme. Miro mi reloj de pulsera: tengo diez minutos para llegar al lugar que me ha indicado Sia. Está en línea recta desde mi casa, siguiendo la senda del litoral. Cerca de una zona de hoteles, donde el paseo se alza y el desnivel permite que debajo pueda ponerse la gente para aprovechar la sombra de día y la intimidad de noche. Durante el camino no dejo de preguntarme si daré con ella fácilmente, pero cuando me acerco y veo una figura mecida por el viento junto a unas rocas, sé que es ella. Simplemente lo sé. Lo noto en su forma de abrazarse a sí misma y, aunque no lo reconozca en voz alta, lo siento en cómo se me acelera la respiración. Salto la valla de madera antes de llegar a la salida, piso la arena y me acerco dispuesto a desvelar algunos de los misterios de Natasha.

Ella no me ve, perdida como está en el mar. Tiene la capucha de una sudadera puesta, un pantalón vaquero y unas zapatillas que parecen nuevas, por lo blancas que lucen. Me oye cuando apenas me quedan unos pasos para llegar a su altura. Su cuerpo reacciona girándose y, cuando sus ojos sorprendidos se clavan en los míos, sé que, pase lo que pase hoy, al volver a casa, me llevaré esa mirada conmigo.

—Jorge...

—El aire tiembla hoy.

8

Tash

En esta parte de la playa, donde el paseo queda en alto y puedo resguardarme justo debajo, en un bloque de hormigón que hay bajo la madera, he sentido tan a menudo la calma que se me hace raro tener el corazón a mil por hora.

Miro a Jorge. Se acerca con paso lento, como si temiera que echara a correr en cualquier momento. No puedo culparlo, creo que podría hacerlo. Correr ha formado parte de mi vida desde hace mucho y parece apropiado también ahora. Pero, por alguna razón, cuando me encuentro con este chico, me quedo clavada al suelo. No es magia ni algo sobrenatural. Es solo que él... me mira como si de verdad importara. Como si importara yo y no todo lo que me rodea.

—El aire tiembla hoy.

Cierro los ojos. Es la frase que me dijo cuando me encontró en las rocas. Por alguna razón, me lleva a recordar que, si sobreviví a aquella noche, con lo larga que fue, sobreviviré a lo que venga.

—Al menos no llueve —le digo entre susurros.

—¿Y eso es bueno?

Da un paso más hacia mí. Trago saliva. ¿Es bueno? No lo sé. A menudo he pensado que la lluvia es bonita, pero creo que es porque comparo la lluvia con la libertad. Los días que llueve todo es más caótico para el resto del mundo, pero yo, si consigo escapar, dejo que me empape porque eso me recuerda que en una noche de lluvia perdí y gané todo lo que tengo en la vida.

—Me gusta la lluvia —admito.

—A mí también.

—¿Sí? —replico sorprendida.

—No llueve mucho por aquí, así que, cuando lo hace, pienso que son días especiales. Días en los que puede ocurrir cualquier cosa. Ya sabes... Ver arcoíris. —Da un paso más y se queda a escasos centímetros de mí—. Saltar los charcos. —Uno más y me mira a los ojos con tanta intensidad que me estremezco—. Encontrar chicas tristes en las rocas de la playa...

Las emociones se me atragantan, por eso me miro los pies. Las zapatillas que me compró Nikolai para compensar lo de la otra noche no me ayudan a sentirme mejor. Al contrario, me recuerdan que, aunque me guste aparentar que controlo la situación, es la situación la que a menudo me controla a mí.

—¿Cómo me has encontrado? —pregunto volviendo a mirarlo.

—Vengo de la cafetería de Sia. —Abro la boca, sorprendida—. No te enfades con ella. Me costó mucho que me dijera dónde y a qué hora podría verte.

—¿Por qué querías verme?

—No me has llamado.

—No, no lo he hecho.

—¿Estás bien?

—No —respondo con la voz quebrada—, la verdad es que no.

—¿Quieres contarme qué ocurre? ¿Y por qué tienes que escaparte para venir aquí a hacer algo tan inocente como mirar el mar?

Sonrío con cierta tristeza. ¿Cómo le cuento que en mi día a día ningún acto que implique mi libertad individual es fácil? Solo Sia sabe cómo es mi vida. Lo sabe porque es mi mejor amiga desde hace años, pero también porque luchó contra una situación parecida a la mía, al menos emocionalmente.

Ella, en cambio, fue valiente y mandó al infierno la jaula de oro en la que vivía. Ahora intenta subsistir con su cafetería y duerme en el almacén porque todavía no tiene dinero para una vivienda con los gastos que le supone el negocio. No fue fácil, no lo es hoy en día, pero va luchando contra todos los que le dicen que no puede vivir su vida del modo que quiera.

Yo, por desgracia, no soy tan valiente. Mi familia, por desgracia, no es la familia de Sia. A ella la amenazaron con quitárselo todo y lo hicieron, pero no se han metido con su empresa. A mí... a mí me manejan con algo peor que el dinero. Para mí no hay más salida que la que se dibujó aquella noche de lluvia. Aunque sé que no debería quejarme porque hay gente muchísimo peor y podría no estar aquí contando esto, la sensación de asfixia crece por minutos.

—Mi madre murió cuando tenía quince años —confieso sin mirar a Jorge.

—Lo siento mucho —murmura—. ¿Estaba enferma? —Niego con la cabeza—. ¿Se...? —Guarda silencio y lo miro de reojo.

—¿Quieres preguntarme si se suicidó? —Su silencio me lo confirma—. No iba a tirarme de las rocas —repito— y creo que los instintos suicidas no se heredan, aunque no estoy segura.

—Lo sé, lo siento. No quería insinuar que...

—No te preocupes. Supongo que es normal pensarlo, dado que

las veces que nos hemos visto no he sido precisamente una chica alegre y extrovertida.

—La gente alegre y extrovertida está sobrevalorada, si quieres que te diga la verdad.

Me río y me rodeo con los brazos.

—¿Ahora vas a decirme que te gustan las chicas tristes y al borde de un abismo emocional?

—No es eso. —Niega con la cabeza—. Solo me gusta la gente que admite que no siempre es feliz. Las personas que viven dentro de Mr. Wonderful suelen caerme mal.

Sonrío un poco, inspiro y asiento.

—A mí me gustaría ser una de ellas.

—Cuéntame qué ocurre, Natasha. —Hago amago de hablar, pero me corta—: No nos conocemos, ya lo sé, pero puedo ser tu amigo. Puedo ayudarte de alguna forma o escucharte al menos.

—¿Por qué querría un desconocido oír los problemas de nadie?

—Porque es un desconocido raro y con tendencia a meterse donde nadie lo llama.

Me río, es inevitable. Consulto mi reloj de pulsera y me doy cuenta de que aún tengo veinte minutos, más o menos, antes de que Nikolai vuelva de terapia.

—Accidente de tráfico. —Él me mira sin entender—. Fue en Moscú, en invierno. Reventó una rueda debido al hielo y la nieve. El chófer no pudo hacer nada. Dentro iban mi madre, mi abuelo y mi hermano. Murieron en el acto todos menos Nikolai.

—Lo siento muchísimo —dice con suavidad.

—Han pasado ocho años. —Me relamo los labios con cierta duda—. Todavía los echo de menos, pero he descubierto que hay cosas peores que la muerte. Dejar de tener vida mientras respiras, por ejemplo.

—¿Así es como estás tú?

—Más o menos —admito—. ¿Conoces el N. K. Paradise?

Achica los ojos, pensando en el nombre. Cuando cae, señala la parte alta del paseo.

—Es el hotel al que le han cambiado el nombre hace poco aquí, en primera línea. —Asiento—. ¿Es tuyo?

—Era de mi abuelo. Mi madre era la heredera, así que ahora lo lleva mi padre. Ahí es donde vivo. —Su sorpresa es tan evidente que me río—. No es tan genial como puede parecer.

—No he dicho que sea genial. Lo siento, solo estoy sorprendido. —Eso puedo entenderlo, por eso no respondo—. ¿Qué pasó después del accidente?

—Que mi vida también se acabó —contesto con voz temblorosa, intentando no llorar—. Mi padre se obsesionó con el trabajo más de lo que ya lo estaba. Él estaba trabajando en Marbella cuando todo ocurrió. Yo debería haber ido de viaje a Moscú con ellos, pero enfermé de gripe, así que me quedé aquí.

—Tuviste suerte.

—Toda la que no tuvo Nikolai. No murió, pero estuvo enfermo mucho tiempo. Aunque lo intenté con todas mis fuerzas, nunca volvió a ser el mismo. La primera adicción vino con los calmantes. Nadie parecía darse cuenta, pero tomaba demasiados. Mi padre ni siquiera estaba pendiente, porque siempre ha sido un obseso del trabajo y la muerte de mi madre solo hizo que se acentuara. Las personas a nuestro cargo dejaban que el propio Nikolai administrase las dosis porque supuestamente era adulto. Tenía dieciocho años.

Solo yo me daba cuenta, pero cuando intentaba hacerle ver que no era bueno que tomara tantos calmantes y tan seguidos, se ponía furioso. —Las lágrimas se me saltan y carraspeo, para no dejarlas salir—. Creo que nunca me ha perdonado que no fuera en el coche con ellos.

—Eso es demasiado duro —dice él con suavidad—. Seguramente solo estaba triste y...

—No, en serio. No me entiendas mal. Sé que mi hermano me quiere, pero hay una parte de él que me guarda un rencor insalvable. Se debate constantemente entre castigarme por eso y sobreprotegerme para que no me pase nada.

—Aquel día, en el restaurante...

—Me escapé —admito—. Lo intente, al menos. Él me encontró, como siempre. Cuando lo vi a lo lejos, corrí hacia el restaurante, donde estábamos rodeados de gente, y me senté. Pensé que aguantaría sin que su ira hiciera acto de presencia y, al menos, yo tendría un rato para fraguar una excusa. Pero su impaciencia le pudo, como le puede siempre que está colocado.

—¿Escaparte? ¿Acaso no puedes salir cuando quieras?

Lo miro y me doy cuenta de inmediato de que he hablado más de la cuenta. Puede que Jorge me caiga bien, pero, aunque esté al borde de la desesperación y contárselo todo sea una tentación, no puedo hacerlo. No todavía, al menos.

—Es más complicado que eso —admito.

Me demuestra lo listo que es cuando, en vez de insistir, sonríe sin despegar los labios y se mete las manos en los bolsillos.

—Entonces, para que lo entienda, ¿eres algo así como una princesa secuestrada en una torre?

Su sonrisa es extraña, como si estuviese hablando de una broma que solo él entiende.

—Estoy lejos de ser una princesa y no vivo en una torre, sino en un hotel.

Me guardo para mí que, aunque no lo diga en voz alta, sí siento que hay ciertos paralelismos entre mi situación y la de cualquier princesa encerrada. De algún modo, soy consciente de que mi hermano traspasó algunas líneas hace mucho tiempo. Al principio eran tonterías. Le molestaba que saliera al jardín sin avisarle o que fuera al restaurante del hotel sin decir nada. Se ponía nervioso y, cuando me veía, me zarandeaba. Luego me pedía perdón y lo achacaba al miedo que pasaba si me perdía de vista. Con el tiempo, dejó de pedir perdón. El control cada vez fue mayor. No fue algo brusco. No es así como funciona. A menudo me imagino a mí misma en un dormitorio mientras las paredes se acercan a mí lentamente, con la firme intención de aplastarme. No es rápido, porque si así fuera, me habría dado cuenta desde el inicio. Normalmente, cuando estas cosas pasan, empiezas a darte cuenta cuando las paredes casi te rozan por todas partes.

Además, aunque suene a excusa y autoengaño, Nikolai es un buen chico. Tiene un montón de problemas emocionales y psicológicos y he conseguido que haga terapia dos veces en semana, pero está claro que no es suficiente y mi padre ni siquiera quiere oír hablar del tema. Para él, Nikolai solo está triste. Pero no es así. Tiene depresión, es adicto a varios fármacos que consigue sin receta y tiene unos cambios tan bruscos de humor que hasta él se asusta de sí mismo cuando toma conciencia. El problema es que se le vuelve a olvidar en cuanto se pone hasta arriba de la droga de turno.

Si le cuento a mi padre que Nikolai no me deja salir sola del hotel, se enorgullece, dice que eso es lo que haría cualquier hermano. Más aún después de la situación que vivimos. Si le digo que se droga, dice que tomarse un calmante de vez en cuando no es drogarse. Si le digo que a veces bebe demasiado, me pide que no sea chivata, porque Nikolai tiene veintiséis años y lo normal con su edad es tomarse algunas copas. La situación se ha vuelto tan insostenible que, en algún punto, decidí no seguir hablando ni pedir ayuda.

Ahora, cada día que amanece y me doy cuenta de que mi vida está organizada al dedillo, se me hace más cuesta arriba. Al principio me bastaba con estar en mi habitación y salir a mi terraza privada. Respiraba el aire puro del mar, estuviera en el hotel que estuviese, y acababa por sentirme libre. Pero ahora no funciona. Cada día funcionan menos cosas. Cada día siento que me apago un poco más y estoy a muy poco de pararme a pensar si realmente esta vida merece la pena.

Cuando puedes tener cualquier cosa en el mundo, menos la libertad, aprendes rápido que no merece la pena. Las jaulas, aunque sean de oro, siguen siendo jaulas.

—¿No echas de menos tener amigos? —pregunta Jorge, sacándome de mis pensamientos.

—Tengo a Sia —le recuerdo—. Y es increíble.

—Tiene pinta de serlo, pero me refería a amigos en cantidad.

—La cantidad de amigos a menudo desentona con la calidad.

—Toda la razón —admite sonriendo.

—¿Tú tienes muchos amigos?

—Algunos, sí. Aunque solo considero amigos de verdad a mis primos y mis hermanos, y ellos son familia, así que... —Frunce el ceño—. Supongo que tengo muchos conocidos y una familia genial.

—Chasquea la lengua—. Pero no se lo digas a ellos, ¿vale? Tienden a tener ataques de ego muy bestias.

Me río recordando la cena a la que asistí. En realidad, aunque no se lo diga, envidio mucho lo que vi aquella noche. Puede que sean una familia fuera de lo común, pero la mía también lo es e, irremediablemente, si comparo, me doy cuenta de lo mucho que pierdo. Puede que mi padre tenga dinero y que, a ojos del resto, viva como pocas personas podrán permitirse nunca, pero lo que se ve desde fuera no es más que un leve reflejo de lo que hay dentro. En mi caso en particular, el reflejo no podría ser más falso. A menudo, cuando me miro al espejo, puedo diferenciar a tres Natasha distintas. La que mi familia exige que sea, la que la gente espera ver y la que realmente soy. Aunque suene triste, esta última es precisamente la única versión que no me está permitida en ninguna de las variantes.

—Lo pasé bien la noche que estuve con tu familia. —Él eleva las cejas, sorprendido y haciéndome sonreír—. Sí, estaba muy triste y entré en pánico cuando perdí mi teléfono, pero para eso tengo mis razones. Aun así, lo pasé bien. De verdad.

—Estás invitada a pasar tiempo con los Dunas siempre que quieras.

—¿De verdad? —replico con curiosidad—. Si te dijera que quiero ir a otra comida, ¿me llevarías sin más?

—¿Por qué no? A mi abuela le encanta conocer gente, mis primos se mueren por tener algo fuera de lo común en sus vidas y a mí me pareces un misterio. Y...

—¿Y...? —pregunto cuando se queda en silencio.

—Y me siento irremediablemente atraído por los misterios.

Sonrío, pero lo cierto es que es una sonrisa forzada. No sé cómo decirle que, en los misterios que hay en mí, no encontrará nada salvo tristeza, malos recuerdos y una desesperación que, con cada día que pasa, me come más por dentro.

—¿Alguna vez te sientes libre? —pregunto de pronto, con la voz un tanto quebrada. Él me mira sin entender—. Libre de verdad. Como si nada ni nadie importara, salvo seguir sintiendo esa sensación y alargarla lo máximo posible.

Jorge lo piensa un poco, pero me sorprende respondiendo antes de un minuto:

—Sí.

—¿Cuándo?

—Ven conmigo mañana por la mañana y te lo enseño.

—No puedo —digo de inmediato—. Nikolai...

—¿Cuándo podrás volver a escaparte?

Pienso en mi hermano y en que no siempre consigo que asista a terapia, pese a organizarle una cita con la psicóloga dos veces en semana. A veces, si lo pillo bien y arrepentido por algo que me haya hecho antes, accede y va, pero no funciona siempre.

—Si tengo suerte, pasado mañana —confieso antes de darme tiempo a pensar—. A las siete, pero no siempre lo consigo.

—Perfecto. Estaré esperándote aquí. Si quieres y puedes venir, ponte un traje de baño.

—No sé...

—Te prometo que merecerá la pena.

Lo miro mordiéndome el labio. No quiero sentirlo, pero algo prende dentro. Una chispa. No es deseo sexual ni atracción ni nada parecido. Es algo mucho más peligroso. Es una chispa prendiendo y dando paso a la ilusión, a la esperanza. Aunque no debería sentirlo, porque es muy probable que acabe perdiéndolo todo de nuevo, me pierdo en los ojos azules de Jorge de las Dunas y asiento. El beso repentino que recibo en la mejilla antes de que se aleje corriendo no hace sino intensificarlo más. Cuando subo al paseo, dispuesta a regresar al hotel, antes de que Nikolai salga de terapia, tengo que hacer verdaderos esfuerzos por contener los nervios.

Si algo tengo claro es que debo fingir que todo sigue igual. Nadie puede saber que, aunque no lo haga, siento el deseo de sonreír de verdad por primera vez en mucho tiempo.

9

Azahara

Café. Necesito café. Es demasiado temprano para pensar en otra cosa que no sea conseguir café. Entro en la cocina y me encuentro con Mario manejando la cafetera.

—Te querré eternamente si me das una taza del tamaño de mi cabeza.

Se ríe y me mira con los ojos hinchados y esa cara de niño bueno que, a estas alturas, no engaña a nadie.

—Me querrás eternamente te la dé o no, pero he decidido ser buen primo, así que estás de suerte.

—Oh, debes de quererme mucho —le digo en tono irónico.

—«El amor es anteponer las necesidades del otro a las tuyas.»

Entrecierro los ojos y lo miro atentamente. Esto no es suyo. Vamos, seguro.

—¿De quién es?

—Olaf. *Frozen*, la uno.

—Referencias, Mario, querido. Referencias. —Camille entra en la cocina sonriéndole y besando su mejilla—. Siempre te lo digo. Las referencias son importantes y más aún tan temprano.

—¡*Frozen*! ¿Existe alguien que no reconozca una frase de *Frozen*?

—¿Quién es Olaf? —pregunto.

—¡Sacrilegio! —grita Mario—. ¡Fuera de mi cocina, pagana!

Evidentemente, no salgo de la cocina, pero Jorge entra de mal humor. Y si Felipe no viene también es porque está trabajando. Sí, a estas horas y ya fuera de casa. Es un héroe.

—Como no bajes la voz, te juro que hoy te entierro la cabeza en la arena de la playa. Tú verás.

Mario mira a nuestro primo Jorge muy serio. Alza una taza lentamente y la pone frente a sus ojos.

—Voy a hacer café y la taza más bonita, para ti. Porque te quiero, te respeto y no quiero que me metas la cabeza en la arena.

Mi primo asiente una sola vez y sale de la cocina en dirección al salón. Intenta que Mario no lo vea, pero yo sí me percato de la sonrisita que se le escapa. Me alegra, la verdad, porque últimamente está raro. Tenso. Estresado. A la defensiva. Sé que tiene que ver con esa chica, Natasha, y solo espero que todo esto acabe bien para él. No conozco a nadie que merezca menos sufrir que Jorge de las Dunas.

Mi móvil suena, avisándome de que acaba de entrarme un correo y me olvido hasta mi nombre porque ya intuyo de quién se trata.

De: Nil sin apellidos <nilsinapellidos@gmail.com>

Para: Azahara de las Dunas Donovan Cruz

<azaharadelasdunasdonovancruz@gmail.com>

Fecha: 27 dic. 07.53

Asunto: Importante y vital

Buenos días, Azahara de las Dunas Donovan Cruz.

Dos cosas:

Importante: Tienes que modificar el tamaño de la última imagen que has intentado subir al servidor o cambiar el formato porque no lo soporta así.

Vital: Mándame un selfi mañanero.

Me muerdo el labio y me apoyo en la encimera para responderle. Ni siquiera espero a tener el ordenador encendido.

De: Azahara de las Dunas Donovan Cruz <azaharadelasdunasdonovancruz@gmail.com>

Para: Nil sin apellidos <nilsinapellidos@gmail.com>

Fecha: 27 dic. 07.55

Asunto: RE: Importante y vital

Importante: Ok, en cuanto encienda el ordenador.

Vital: ¿Es una orden?

Nota: ¿Qué ha sido de eso de dejar el correo para lo laboral y hablar de lo personal solo por WhatsApp?

Nota 2: Mándame un selfi mañanero.

De: Nil sin apellidos <nilsinapellidos@gmail.com>

Para: Azahara de las Dunas Donovan Cruz <azaharadelasdunasdonovancruz@gmail.com>

Fecha: 27 dic. 08:02

Asunto: RE: Importante, vital, notas varias

Importante: Nada, en realidad, en lo laboral ya no tengo nada más que decirte.

Vital: Es una petición urgente.

Nota: No podía perder tiempo en escribir un correo y un WhatsApp. Ona está en pie desde las seis y media. Esta niña acabará conmigo.

Nota 2: Ahí lo llevas. ¿Y el mío?

Me río cuando veo el selfi que se ha hecho con Ona asomando por detrás de su hombro. Dios, está guapísimo. No voy a negar que saber de la existencia de Eric y Ona ha sido raro. Me considero una chica afortunada por vivir en una familia más o menos normal, si no contamos las pequeñas taras mentales de mis hermanos y primos. He tenido el amor de un padre y una madre, no he sufrido grandes traumas, estudié lo que quise y pude buscar trabajo relajadamente. Enfrentarme a la vida de Nil, donde nada ha sido fácil nunca, me ha hecho replantearme muchas cosas. Entre ellas, la tendencia que tenemos los seres humanos a dar por sentado lo bueno y quejarnos de cosas que, en realidad, no son importantes.

Me di cuenta, después de conocer su historia, de que mi drama por no conseguir que mi pelo deje de encresparse, por ejemplo, es en realidad un problema del primer mundo que de problema no tiene nada. Me pregunté cuántas veces habrá tenido Nil la posibilidad de quejarse de algo tan insignificante como un pantalón que no le guste y la respuesta no me gustó nada.

Ha sufrido, no solo la muerte de su madre, sino la adaptación a dos niños pequeños que lo consideran su padre a todos los efectos.

Pasó de ser un adolescente normal que soñaba con ver mundo a verse encerrado con una madre enferma y dos bebés intensos y que demandaban mucho apego. Sin medias tintas. Todavía no comprendo cómo no se volvió loco en el proceso. Miro a Mario, por ejemplo, que todavía está estudiando. Aunque ya esté acabando el doble grado, me imagino que ocurriera algo así y... No, es que, simplemente, no me cabe en la cabeza.

En cambio, cuando entro en el salón y veo a mi primo Jorge frente al ordenador, no me cuesta tanto imaginarlo cargando con algo así. No es que Mario no sirva, es que Jorge tiene ese «algo» que hace que los demás se refugien en él. Jorge podría hacerse cargo de dos niños, una enferma y hasta adoptar una familia de delfines enfermos y conseguir que se recuperasen y volviesen al mar. Jorge es ese tipo de persona que va solucionando problemas y, sin embargo, nunca sé si él tiene alguno en el que podamos ayudar. Es reservado. Diría, incluso, que es hermético. Viéndolo concentrado en su pantalla de ordenador, me pregunto cuántas preocupaciones nos oculta para no hacernos sufrir.

—Si algún día necesitas desahogarte, dar una paliza a alguien o enterrar un cadáver, cuenta conmigo.

Él me mira con los ojos como platos. Son increíblemente azules, en contraste con su pelo negro. Se parece muchísimo a nuestro abuelo. En lo físico y, según mi abuela Rosario, también en la personalidad.

—¿Cómo dices?

—Estoy aquí para ti, Jorge. En lo bueno y en lo malo. Solo quería que lo supieras.

—Vale —replica, un poco desconcertado.

A mí se me saltan las lágrimas, así que le doy un abrazo inmenso.

Él, al principio, se queda un tanto cortado, pero al final me rodea con sus brazos.

—Es que te quiero mucho —le digo.

—Y yo a ti, Aza. —Se separa de mí y sonríe—. Pero ¿a qué viene esto?

—A que me preocupo por ti. Me preocupo mucho porque nunca pareces preocupado.

Se ríe, pero a mí no me hace gracia.

—¿No deberías preocuparte precisamente por lo contrario?

—No, porque tú eres Jorge. Yo me preocuparía si viera a Mario preocupado. Si te viera a ti, directamente me moriría.

Su risa brota fuerte y potente, me besa la frente y da una palmada en mi escritorio, que está justo al lado del suyo.

—Intentaré no mostrarme demasiado preocupado, entonces.

—Intenta mejor no preocuparte de verdad y así ganamos todos.

—Está bien —accede riendo entre dientes—. Y ahora, ponte a currar. Seguro que tu compi tiene ganas de que le cuentes cómo va el día.

Me sonrojo, no puedo evitarlo, y recuerdo el correo de Nil. Saco mi teléfono, le pido a Jorge que me haga una foto y él accede sin poner pegas. Me la hace, me da el teléfono y luego se pone los cascos, dándome a entender que ya no está disponible hasta que vuelva a quitárselos. De todas formas, estoy demasiado ansiosa por responderle a Nil.

De: Azahara de las Dunas Donovan Cruz
<azaharadelasdunasdonovancruz@gmail.com>
Para: Nil sin apellidos <nilsinapellidos@gmail.com>

Fecha: 27 dic. 08.21

Asunto: RE: Vital y notas varias

Vital: Aquí tienes. La tuya es mejor, sin duda. Me ha faltado Eric para que sea una foto perfecta.

Nota: ¿Por qué se ha despertado tan pronto? ¿Pesadillas?

De: Nil sin apellidos <nilsinapellidos@gmail.com>

Para: Azahara de las Dunas Donovan Cruz

<azaharadelasdunasdonovancruz@gmail.com>

Fecha: 27 dic. 08.32

Asunto: RE: Vital, cara de pasmado y notas varias

Vital: Joder, en serio, ¿sabes ese emoticono con cara de pasmado? Me dejas así con cada foto, Aza. Estás preciosa. Ona dice que de mayor quiere tener tu pelo. No me extraña. Es un pelo muy bonito.

Nota: No, nada de pesadillas, por suerte. Quería churros. A las seis y media de la mañana. Churros con chocolate «pero no de ColaCao, que te conozco, quiero del que pesa». Se refiere al que está espeso y, por lo tanto, hay que hacer con más tiempo y trabajo. Pretende hacerme su esclavo, no tengo dudas. Eric aún duerme, te mando foto 😊

Abro la foto adjunta y se me encoge un poquito el corazón, como siempre que veo la cama de Nil y alguno de sus hermanos en ella. Sobre todo, cuando están dormidos me parecen tan... frágiles. Es una verdadera mierda que siendo tan pequeños hayan tenido que enfrentarse a algo así, pero cuando se lo conté a Camille, ella me dijo que, en realidad, para ellos su padre y su mundo es Nil. Si su madre se desentendió de todo, notarán su falta, pero no les dolerá tanto como si se fuera Nil. La creí, porque todavía intenta sobreponerse a la muerte de su padre y, aunque ha pasado más de un año y la mayoría de los días está bien, aún hay mañanas en las que entra en la cocina con enormes surcos oscuros bajo los ojos. Suspiro, dejo de pensar en ello y releo el mensaje de Nil. Solo entonces caigo en el comentario de Ona. Le contesto enseguida, sorprendida.

De: Azahara de las Dunas Donovan Cruz
<azaharadelasdunasdonovancruz@gmail.com>
Para: Nil sin apellidos <nilsinapellidos@gmail.com>
Fecha: 27 dic. 08.45
Asunto: RE: Vital, cara de pasmado y notas varias

Vital: ¿Ona me ha visto? ¿Le has hablado de mí?
Nota: 😂😂😂😂😂😂😂😂😂😂😂😂😂. Soy muy fan de esa niña.
Nota 2: Eric no puede estar más achuchable ni a gustito.

De: Nil sin apellidos <nilsinapellidos@gmail.com>
Para: Azahara de las Dunas Donovan Cruz
<azaharadelasdunasdonovancruz@gmail.com>
Fecha: 27 dic. 09.18
Asunto: RE: Vital, cara de pasmado y notas varias

Vital: Eric y Ona saben que fui a Málaga a conocer a una chica muy especial. No soy partidario de mentirles. Les he enseñado alguna foto estos días y los dos dicen que eres muy guapa y pareces una princesa. Bueno, lo dice Ona, pero Eric asintió y dijo «Mola», así que doy por hecho que comparte el pensamiento. Yo también, por si te interesa.

Nota: No confesaré nunca haberlo dicho en voz alta, pero yo también soy muy fan 😃

Nota 2: Eric ya está despierto, por eso tardo en contestarte. Además, tengo que ponerme con el curro.

De: Azahara de las Dunas Donovan Cruz
<azaharadelasdunasdonovancruz@gmail.com>
Para: Nil sin apellidos <nilsinapellidos@gmail.com>
Fecha: 27 dic. 10.12
Asunto: RE: Vital, cara de pasmado y notas varias
Vital: Me alegra que les hayas hablado de mí. Y me alegra que piensen bien de mí. Diles que ellos son preciosos, parecen pequeñas bolas de sol. ¿Y ese pelo tan rubio? ¿Eras así de mono de pequeño? Porque de cara se parecen muchísimo a ti 😃

Nota: Esa niña llegará lejos.

Nota 2: Tranquilo, estoy con el diseño de los Rodríguez. Cuarto esbozo que rechazan. Empiezo a odiarlos profundamente.

De: Nil sin apellidos <nilsinapellidos@gmail.com>
Para: Azahara de las Dunas Donovan Cruz

<azaharadelasdunasdonovancruz@gmail.com>
Fecha: 27 dic. 10.43
Asunto: RE: Vital, cara de pasmado y notas varias

Vital: Si ellos te parecen monísimos y te recuerdan a mí, ¿significa que soy monísimo? Y sí, de pequeño tenía el pelo así de rubio, se me oscureció al crecer. De aquí a nada, y si es cierto eso de que las canas salen con el estrés, probablemente lo tenga blanco.

Nota: Pondré todo mi empeño en conseguir que tanto ella como Eric lleguen lo más lejos posible 😊

Nota 2: Por eso me dedico a la informática. En mi guarida solo tengo que lidiar con dos jefes molones y una compañera un tanto loca, pero tan guapa, lista y simpática que no importa.

Mi mañana se convierte en un infierno gracias a los Rodríguez, que meten presión a Lola y, por lo tanto, ella me la mete a mí. Cuando por fin me despego del ordenador es hora de comer. Por fortuna, es Camille quien se ocupa de esa tarea, así Jorge y yo podemos trabajar más tiempo y Mario aprovecha para estudiar. Leo el correo de Nil, me río entre dientes justo antes de levantarme para lavarme las manos y sentarme a comer. Decido mandarle un WhatsApp por rapidez y más aún cuando lo veo en línea. Ha cambiado la foto del perfil, esa en la que salía un pequeño tigre, a una en la que Ona y Eric duermen sobre su pecho. Es un padrazo y me estoy pillando por él a un ritmo nada aconsejable. Algo me dice que en esta historia encontraré más dificultades que otra cosa, pero no puedo evitarlo. Hay algo que me lleva a Nil, aunque esté lejos, su vida sea un caos y seamos compañeros de trabajo. Aunque todo parezca indicar que lo mejor es mantenernos en un nivel estrictamente laboral, no será así. No lo será por el beso que me dio al despedirse de mí, pero sobre todo por el beso que sueño con volver a dar o recibir.

Azahara

He acabado ahora. ¿Te lo puedes creer? ¡Estoy que ardo! Toda la mañana perdida en ellos. Verás la tarde que voy a pasar intentando ponerme al día con todo lo demás. Por cierto: ¿un tanto loca? ¿En serio? Creo firmemente que soy la persona más cuerda de mi familia.

Nil

Cariño, ser la más cuerda de tu familia no debería enorgullecerte tanto. Lo difícil es decidir cuál de tus primos está peor.

Azahara

Idiota.

Nil

Vamos, Aza, sabes que estoy de broma 😉
Ahora en serio. ¿Necesitas ayuda?

Azahara

¿Tienes el superpoder de hacer que el
tiempo se pare? Así podría acabarlo todo.

Nil

Si tuviera ese superpoder, lo habría usado
en nuestro primer (y único) beso.

Azahara

Ah, ¿sí? ¿Cuánto tiempo lo habrías
detenido?

Nil

¿Por ese beso? Eternamente, Azahara,
eternamente.

Miro la pantalla y trago saliva. Lo consigo a duras penas, porque
el nudo de emociones es cada vez más grande.

—¿Tenemos que comernos esto? —pregunta Mario a mi lado.

Me fijo entonces en que Camille ha colocado una olla de algún
tipo de caldo sobre la mesa.

—Sí, tienes. Es *mushroom soup*.

—¿Eh? —Su cara es todo un poema.

—Crema de champiñones, entre otras cosas.

—A mí no me gustan los champiñones.

—A todo el mundo le gustan los champiñones —dice Camille,
resuelta.

—A mí no.

—Te lo vas a comer.

—No, porque no me gusta.

—Entonces te lo comerás sin gustarte, porque me he fijado en que cada vez comes peor, Mario.

—En eso tiene razón —conviene Jorge, que está un poco obsesionado con la comida sana—. Esto tiene una pinta maravillosa y tú vas a comértelo.

—Los platos calientes no me gustan. Me calientan la barriga.

—El que te va a calentar voy a ser yo como no pares de dar la tabarra. —Jorge pierde la paciencia—. ¿No quieres comer lo que Camille cocina? Pues mañana te levantas y haces algo tú, pero algo sano y barato, porque te recuerdo que no somos ricos.

—Tu novia, sí.

—¿Qué dices?

—Tu novia, la rusa. ¿Sabes que su padre es el dueño del hotel al que han cambiado el nombre? El N. K. Paradise.

—Mario.

—¿Qué?

—Come.

Si hubiera sido otro, Mario no habría hecho caso, pero la forma en que los hombros de Jorge se han tensado deja muy claro que no tiene el día para sus tonterías. Mario agacha la cabeza, prueba la sopa y entonces, para mi absoluta impaciencia, abre los ojos como platos.

—¡Joder, esto está buenísimo!

Pongo los ojos en blanco mientras Camille se ríe y pienso que esta chica tiene el cielo ganado. No sé yo hasta qué punto compensa aguantarnos solo para estar con mi hermano, que ni siquiera come con nosotros porque llega más tarde de la construcción.

—¿Tú no te sirves? —le pregunto.

—No, espero a Felipe.

Su sonrisa es suficiente para que nadie le sugiera hacer lo contrario. Casi sin darme cuenta, me descubro pensando que el amor, en realidad, es esto. El amor no está en los gestos grandilocuentes, sino en esos pequeños cambios que haces teniendo en cuenta a tu pareja. El amor está en Camille cuando lo espera para comer y en Felipe cuando le deja un termo de café en la mesilla de noche antes de irse a trabajar la mayoría de los días. El amor está en la forma en que sonríen cuando saben que van a quedarse solos en casa o el modo en que observan juntos el piso que está casi acabado en la parte trasera del jardín. Aunque nunca lo había meditado, ahora no puedo dejar de pensar que ese precisamente es el tipo de amor que quiero.

Mi móvil suena, sacándome de mis pensamientos. Leo, sonrío y siento cómo mi corazón se rebela contra todas las razones que dicen que esto no es buena idea.

Nil

¿Has dejado de contestar porque te he asustado?

Sonrío, acaricio la pantalla de un modo inconsciente y respondo.

Azahara

He dejado de contestar porque estaba pensando en el modo de hacer que nuestro próximo beso, si es que lo tenemos, sea eterno.

Nil

No sé cuándo ni cómo ni dónde, pero no
pienso irme de este mundo sin besarte de
nuevo, Azahara de las Dunas Donovan Cruz.

Azahara
¿Es una promesa, Nil sin apellidos?

Nil

La primera de muchas.

Sonrío y, aunque un pellizco de tristeza me encoge por dentro al saber que está tan lejos, decido taparlo con un manto de calma y quedarme con sus palabras. Si algo tengo claro de Nil al ver el modo en que ha aceptado su vida, adaptándose a ella pese a las dificultades extremas, es que jamás incumple sus promesas.

10

Tash

Estoy en mi suite con el violín que Nikolai me regaló hace años sobre mi regazo. No es el primero que tengo. Mi madre era una enamorada de la música, estaba convencida de que ningún niño podía ser completamente feliz sin tocar un instrumento. Así fue como Nikolai aprendió a tocar la guitarra y el piano. Yo, por mi lado, me decanté por el violín desde muy pequeña. Me parecía un instrumento mágico. Sus curvas, sus cuerdas y la delicadeza de su sonido; pese al esfuerzo que conllevaba aprender a tocarlo, me cautivaban por completo. Cuando crecí un poco, mi madre empezó a insistir en que debería hacer como Nikolai y, una vez que ya dominaba el violín, aprender otro instrumento, pero me negué. No lo necesitaba. El violín me daba todo lo que yo quería. Me hacía evadirme, me regalaba música de todo tipo, pues podía adaptar cualquier canción a él y, además, me ayudaba a conservar mi identidad. Ella nunca lo entendió. Murió sin entenderlo, pero no es algo que me carcoma. No necesito que nadie más comparta mi amor por el violín, solo que me dejen tocarlo con libertad. Por eso lloré tanto cuando, en una de sus primeras crisis, Nikolai me lo rompió. Luego me regaló este que toco ahora mismo, pero nunca fue igual y él lo sabe. Es la razón por la que ha dejado de aporrear mi puerta cuando oye cómo lo toco, cosa que antes hacía.

Con el tiempo, aprendí a estar agradecida a ese ataque de ira, pues perdí mi primer instrumento, pero gané la libertad de tocar uno nuevo cuando quisiera.

Comienzo a tocar los primeros acordes de «Photograph» y, cuando apenas estoy empezando, alguien llama con fuerza a la puerta. Me sobresalto porque Nikolai aprendió a respetar estos momentos, aun en sus peores días. Me levanto, descorro la cadena que asegura la puerta. Mi hermano se pone de los nervios cada vez que la quita y se encuentra con una nueva porque asegura que no necesito una cadena en una suite de hotel que tiene seguridad. Sabe de sobra que, en realidad, la pongo para él, por eso se enerva tanto. Abro la puerta y frente a mí está Sia con una bolsa de papel y una preciosa sonrisa en la cara.

—Es tu día de suerte, querida amiga. Traigo azúcar en forma de dónuts, café con vainilla y un montón de anécdotas de la cafetería.

Mi corazón se aligera tan rápido con el alivio que me produce su presencia que se me saltan las lágrimas.

—Te he echado de menos.

Ella no pierde la sonrisa. Si algo he aprendido de Sia con el tiempo es que pocas cosas la vuelven emocional. Mucho más desde que tuvo que aprender a buscarse la vida por su cuenta. Da un paso, me abraza y deja que, de algún modo, me refugie en ella como no puedo hacerlo con nadie más.

—Siempre estoy contigo, Tash. Siempre.

Asiento. Lo sé. Sé que, aunque no esté físicamente a mi lado, puedo contar con ella en cualquier momento. Solo tengo que hacer una llamada y Sia moverá cielo, tierra y aire para venir a mi lado. Aun así, intento no molestarla demasiado. No ahora que por fin está desplegando las alas del modo en que merece.

Entra en la habitación y lo deja todo sobre la mesita baja que hay frente al sofá. La verdad es que no puedo quejarme de espacio. Mi suite tiene un sofá frente a una tele enorme, que están justo al lado de la cristalera que da a la pequeña terraza, desde donde se puede ver la piscina y el mar en todo su esplendor. Dentro, frente al sofá, se encuentra la cama. Al fondo hay un baño con una bañera ovalada que me ha ofrecido más calma en momentos de crisis que muchas personas. Yo quería quedarme con una habitación que, aunque no está en la última planta, tiene una cocina pequeña, pero mi padre insistió en que no necesito cocinar nada porque me lo traen todo y tengo el restaurante. Tiene razón, pero aun así hubiera preferido tener la posibilidad de cocinar algo en algún momento. Creo que me gustaría.

Nikolai tiene una suite exactamente igual que esta justo al lado. Y mi padre vive enfrente, si es que a aparecer para dormir y largarse al amanecer los días que está por aquí y no está viajando se le puede llamar vivir...

—¿Te has vuelto a ir de viaje sin mí?

La pregunta de Sia me hace salir de mis pensamientos. La miro sonriendo y niego con la cabeza, sentándome en el sofá.

—Estaba pensando que no debería quejarme de vivir aquí.

—¿Y por qué no?

—Soy afortunada. Tengo lo que muchas personas jamás tendrán.

—Sí, lo tienes. También hay otras personas que tienen lo que tú nunca tendrás. ¿Qué tiene que ver eso con tu derecho a quejarte de lo que no te gusta?

Coge su vaso desechable para llevárselo a los labios. No tengo que preguntarle qué bebe. Lo sé. Vende los mejores pasteles de la zona. En serio, los mejores. Sus batidos, postres y cafés dulces son de otro mundo, pero ella se bebe un café fuerte como el veneno. Negro, extragrande y sin azúcar. Así es Sia. La contradicción hecha persona. Aun así, nunca he visto a nadie tan segura de sí misma. A menudo me sorprendo preguntándome qué hace alguien como ella siendo amiga de alguien como yo.

—No lo sé —admito—. Me parece que es ser desagradecida con lo que la vida me ha dado.

Sia, que estaba a punto de dar un nuevo sorbo, paraliza su mano y me mira con la boca abierta, como si hubiera dicho una barbaridad.

—Tash, vives rodeada de lujo, pero te tienen aquí encerrada.

—Eso no es exactamente...

—¡Claro que es exactamente así! Estás en una jaula de oro tan bonita, limpia y aromática como lo era la mía, pero sigue siendo una jaula. Vives sometida a tu hermano, tu padre hace como si no existierais y tienes tantos problemas de confianza que es un milagro que no te asustes de ti misma al mirarte al espejo. Créeme, cielo, tienes todo el derecho del mundo a ser una desagradecida de mierda.

Guardo silencio unos instantes, meditando sus palabras. En otra ocasión, le hubiera llevado la contraria con algún argumento válido, pero cuando intento hacerlo, la imagen de Jorge me cruza la mente. Nuestra despedida, la sensación de ir contrarreloj a su lado sin poder disfrutar de su presencia porque sabía que solo tenía unos minutos antes de volver. El ahogo al darme cuenta de que ni siquiera soy libre para sentarme en la arena y disfrutar de la conversación con alguien a quien apenas conozco, un posible amigo o... Trago saliva. Ni siquiera debería pensar en ello.

—Ayer estuve con Jorge.

—Lo sé, fui yo quien le dijo dónde podía encontrarte. —Ya me lo dijo Jorge, pero ella no muestra ni una pizca de remordimiento—. No te puedes enfadar, Tash. Ya sabes que los chicos de ojos bonitos son mi debilidad. Si además tienen una sonrisa tan espectacular y rescatan a mi mejor amiga de las rocas... No puedo resistirme a hacer ciertos favores.

—No me rescató de ningún sitio. No iba a tirarme. —Ella me mira incrédula—. No iba a tirarme, Sia. Aunque reconozco que no fue mi mejor idea ir hasta las rocas en noche de temporal.

—Fue una estupidez. Claro que yo no puedo decirte nada porque mi vida está basada en decisiones estúpidas.

—Menos la de largarte y montar tu propio negocio.

—En efecto, esa fue una gran idea, aunque a ojos de mi familia sea la más estúpida de todas.

Nos reímos, pero no es con humor, sino con la certeza de que realmente es así. Sia siempre se ha caracterizado por tener ideas un tanto extrañas. Es verdad que montar una cafetería de estilo retro americano en Fuengirola donde las camareras van en patines puede parecer una idea estúpida, pero de algún modo ella ha conseguido encajarlo todo en el escenario. Los patines son opcionales, intenta que la poca gente que trabaja con ella esté bien y se desvive por mantener su negocio cada día. Cuando le pregunté cómo lograba la motivación para hacerlo todo me dijo que ahora, por fin, tiene un sueño por el que luchar. Algo real que la impulsa a levantarse. No pregunté más, porque el vacío en mi interior se intensificó con sus palabras.

No quiero pensar que yo no tengo nada. Ni aspiraciones ni un talento especial ni un sueño por el que luchar. No hay metas en mi futuro y me resulta tan deprimente que concentro todos mis esfuerzos en vivir el día a día. Nikolai sigue en la carrera, porque sus estudios se retrasaron mucho. A mí no me dejaron seguir estudiando. Tampoco hice esfuerzos por impedirlo. Estudiaba Dirección de Empresas para pasar a formar parte del negocio familiar, pero no me apasionaba. A veces pienso que no hay nada que me apasione. Lo que la gente piensa que es tener la vida resuelta, para mí consiste en tener una vida totalmente plana y vacía.

—Me preguntó dónde estarías y no pude negarme. Parece buen chico, Tash. —Mi silencio como respuesta no la detiene—. ¿Fue bien?

Me encojo de hombros, sin saber bien qué responder. Tras unos segundos, intento explicarme.

—Fue... raro. Se presentó allí y habló conmigo un rato. Parece buena persona.

—Lo parece.

—Le conté un poco lo de mi madre y mi situación... más o menos.

—¿Más o menos?

—No lo sabe todo de Nikolai.

—Entiendo.

—Es un extraño.

—Lo sé. Y sé que da miedo abrirse a alguien, así que no diré nada y dejaré que el tiempo te dé la confianza que necesitas. ¿Vas a volver a verlo? —Mi silencio la hace sonreír—. Dime que sí, Tash. Dame una alegría en un día duro.

Me río y le doy un sorbo a mi café. Dios, está buenísimo.

—Quiere que nos veamos mañana, pero no sé... Ni siquiera sé si Nikolai querrá ir a terapia. Ya sabes que va a ratos. Un momento parece que todo va bien y al siguiente...

—Vale, te entiendo, pero en ese caso, no pienses en negativo. Si Nikolai finalmente se larga a terapia, ve corriendo hacia el chico de ojos bonitos. —Mi mirada dubitativa hace que Sia chasquee la lengua—. Vamos, Tash, ¿es que no lo ves?

—¿Ver el qué?

—Él es la respuesta a todas tus plegarias.

—¿Qué dices? —pregunto riéndome.

—No estoy siendo graciosa. Ni siquiera sarcástica. Es una salida a esta vida de mierda. Algo nuevo. Una motivación.

—Es un desconocido, Sia.

—Para que deje de serlo tienes que quedar con él. Eso es lo que te estoy diciendo, Tash.

—No puedo tener una relación, tú mejor que nadie lo sabes.

—¿Quién está hablando de relación? No te estoy diciendo que te cases con él y tengas cinco hijos. Sé bien cómo es tu vida, pero precisamente por eso creo que es hora de lanzarte a conocer más gente. Amplía tu mundo, Natasha. No puede ser que de verdad estés resignada a que esto sea tu vida para siempre —dice señalando la habitación que nos rodea.

Me muerdo el labio. Lo cierto es que me gustaría conocer a más gente. Salir alguna vez con alguien distinto a Sia. Mi hermano no tiene nada en contra de nuestra amistad, pero sí que vigila cada paso que doy. Si salgo, es a su cafetería, siempre y cuando él pueda llamar allí y asegurarse de que estoy. De alguna forma, Sia y su cafetería forman parte de mi encierro. Los únicos momentos en los que siento que nadie me vigila son los que puedo escaparme a la playa. Aun así, siempre estoy con el miedo de volver. Por eso Jorge es... es lo más parecido a la libertad que he probado en mucho tiempo, y las ganas me superan, pero el miedo también.

—Si Nikolai se entera...

—No se ha enterado las otras veces que has ido a la playa cuando se va a terapia. No tiene que enterarse ahora.

—Pero si se entera...

—Diremos que te obligué.

—Venga ya. —Me rio.

—Es hora, Tash. Ya es hora de empezar a vivir.

La miro unos instantes y trago saliva. Tiene razón. Da miedo, pánico, pero es hora de empezar a hacer algo por mí misma. Estoy en el borde de un abismo emocional del que no va a salvarme nadie. He aprendido eso en estos últimos años. Cuando Nikolai estira su mano, me tiene a mí. Cuando yo estiro mi mano..., solo hay vacío.

—Vale, iré —susurro—. Pero si sale mal...

—¡No saldrá mal! —exclama ella, feliz de que me haya decidido—. Tienes que contármelo todo en cuanto vuelvas, ¿de acuerdo?

—Me dijo que tenía que ponerme un traje de baño. Creo que, pese a parecer buen chico, está un poco loco.

—¿Por? —pregunta riéndose.

—¡Estamos en diciembre!

—Tampoco es como si esto fuera Moscú, nena. —Sia sonríe y entrelaza sus dedos con los míos—. A tu madre le encantaba nadar en invierno.

Mi sonrisa se entristece de inmediato. Es cierto. Mamá decía que el mar del sur en invierno le recordaba que venía de un lugar donde el frío podía hacer que te doliera cada parte del cuerpo. Fue irónico que muriera en invierno, en Moscú, y debido a un accidente producido por el hielo y la nieve. Cuando la recuerdo nadando en invierno mientras mi padre reía a carcajadas, solo puedo pensar que papá jamás se ha reído así con Nikolai o conmigo. No ahora que mamá está muerta, sino nunca. Para él, su mundo era mi madre y el trabajo. Cuando ella se fue, solo le quedó el trabajo.

Es duro, pero aprendí hace mucho que tener falsas expectativas no me ayudará en nada. Ya no espero que mi padre entre un día en mi suite solo para charlar conmigo o que se despida con un beso cuando parte de viaje. Ni siquiera espero que preste un poco de atención a lo que ocurre con Nikolai. Lo doy por imposible. No me importa lo que haga con su vida, del mismo modo que a él no le importa la nuestra. Y duele, claro que duele. Los seres humanos estamos diseñados para querer a nuestros padres de una forma incondicional, igual que al revés, pero he aprendido que hay cosas que, sencillamente, no se pueden forzar. El amor encabeza la lista de esas cosas. No puedes obligar a alguien a amar. Ya sea una relación amorosa, filial o de amistad. El amor, simplemente, nace. Surge de dentro y de la intimidad que alcanzas con otra persona. Si no existe... Bueno, es muy triste, pero lo mejor es aceptarlo y aprender a vivir con esa realidad.

Sia se queda un rato conmigo, ponemos un concurso de esos que tanto le gustan. En esta ocasión, trata de niños compitiendo por el pastel más original y nos reímos un rato. Cuando se marcha, me doy una ducha, cojo mi libro electrónico y me tumbo en la cama para leer un rato.

Cuando cae la noche y me traen la cena, pregunto por Nikolai, pero me informan de que no ha salido de su habitación en todo el día.

—¿Sabes si está... bien? —pregunto a la chica que se ocupa siempre de «cuidarnos».

—Está bien. —Sonríe con cierto cariño, aunque mantenga las distancias—. No te preocupes.

Asiento y dejo que se lleve la bandeja después de que yo coja los platos. Ceno mirando la tele, pensando en otro día que se ha ido de una forma un tanto... rutinaria, por no decir patética. Me meto en la cama pensando en el día de mañana y en Jorge.

En eso y en que ojalá Nikolai esté lo bastante animado como para asistir a terapia.

Por la mañana me levanto nerviosa. Voy a ver a Nikolai y lo encuentro bastante alegre, algo que hace que mi ánimo automáticamente suba como la espuma.

—Creo que la terapia funciona, Tash —me dice—. Esta vez voy en serio, *printsessa*.

Asiento y miro sus preciosos ojos azules, tan idénticos a los míos. Antes del accidente, Nikolai era un chico sensible que adoraba la música y su vida en general. Tenía un montón de amigos, las chicas se lo rifaban y parecía un chico muy feliz. Después de aquello... Bueno, las chicas se lo siguen rifando porque es un hombre muy guapo, pero hay una amargura en él que acaba por alejarlas, si es que alguna consigue acercarse lo suficiente. También ha cambiado de amigos; los de ahora no se pueden considerar amigos, lo incitan a elegir el mal camino una y otra vez. No intento justificar a mi hermano. Ha hecho muchas cosas mal en los últimos tiempos, pero no ayuda nada que se relacione con personas que se comportan mucho peor que él. Son niños ricos con un desprecio absoluto por la vida y todo aquel que no esté dispuesto a seguirle el ritmo.

—¿Irás hoy, entonces? —pregunto con cierto tono de duda.

—Sí. Pero antes de eso, quiero invitarte a comer. O a merendar. Podemos ir a la cafetería de Sia.

Asiento. Una negativa justo ahora puede hacer que su estabilidad se desmorone y me interesa que hoy todo sea perfecto, así que paso la mañana oyendo música y decorando una libreta, un pasatiempo más de los que tengo para intentar no volverme loca. Como con Nikolai en el restaurante del hotel y, cuando dan las cinco, vamos a la cafetería de Sia. Ella, que me conoce mejor que yo misma, disimula durante todo el tiempo que dura nuestra visita, pero cuando me guiña un ojo al despedirse, sé que está tan nerviosa como yo.

Nikolai se marcha a terapia, tal como prometió, y yo corro hacia la cala. Por fortuna, me puse el biquini esta mañana para no perder tiempo. De lo contrario, habría llegado tarde. Corro por el paseo de madera, bajo las escaleras cuando llego a las rocas y, al llegar al hueco en el que suelo esconderme, lo veo. Jorge viste un traje de neopreno y su sonrisa al verme es tan ancha que no puedo evitar que algo revolotee en mi interior.

—Hola —musito yendo hacia donde está.

—¿Estás lista, Tasha?

Nadie me llama Tasha. Todo el mundo me llama Tash, salvo Sia cuando se enfada, que me llama por mi nombre completo. O mi padre, que jamás ha usado el diminutivo. Jorge me llama como nadie más lo ha hecho y, aunque sea una estupidez, me hace sentir especial.

—¿Qué vamos a hacer? —pregunto cuando me tiende un traje de neopreno.

Él sonríe aún más, si es que eso es posible, y señala el mar.

—Voy a enseñarte cómo consigo sentir la libertad absoluta.

Libertad... Mi pecho se expande solo con oírlo pronunciar esa palabra. De pronto, no puedo pensar en nada más que no sea dejarme llevar y que me haga sentir lo mismo.

Y si lo consigue... Si Jorge de las Dunas consigue algo tan inmenso, no habrá dinero en este mundo con el que pagarle mi infinita gratitud.

11

Jorge

Natasha me mira de un modo... extraño. No extraño por la forma en que lo hace, sino por la solemnidad que hay en su rostro. Es como si estuviera esperando que yo le diera algún tipo de lección. Está tan concentrada en lo que quiero mostrarle que parece no importarle nada más. Es asombroso. Nunca he captado así la atención de nadie, pero es que empiezo a tener claro que no hay mucha gente como ella, por no decir nadie.

—¿Vamos a entrar en el agua? —Se muerde el labio con una sonrisa y no puedo evitar pensar en lo preciosa que es. La sonrisa, pero sobre todo ella—. O sea, imagino que sí, claro, por eso los trajes de baño, pero... ¿no estará muy fría?

—Eres rusa, ¿no? Esto para ti será como un paseo.

—Eso es una tontería —dice riéndose—. Soy rusa, pero llevo años aquí y, de cualquier forma, el frío siempre es frío. Aunque a mi madre le encantaba bañarse en este mar en invierno.

—¿Sí?

—Ajá. Le recordaba a Rusia, decía. Cuando vivíamos en Marbella le encantaba salir cada mañana un rato.

—¿Por qué os mudasteis? —pregunto con curiosidad, mientras coge el traje de neopreno e intento no fijarme en cómo se lo enfunda.

—Mi familia adquirió el nuevo hotel y mi padre quiere vigilar al personal unos años, hasta que se hagan del todo con su método de trabajo.

—Debe de ser curioso vivir en un hotel.

Ella sonríe, pero esta vez es una sonrisa triste. Es extraño, a menudo veo a personas sonreír, pero nunca hasta ahora me había parado a pensar en cómo se muestran los ojos de alguien cuando estira los labios. Nunca antes había pensado lo fácil que es detectar unos ojos tristes, aunque tenga una sonrisa de oreja a oreja. Con Natasha es así. Puede sonreír enseñando al completo su preciosa y perfecta dentadura, pero yo no puedo dejar de ver las sombras que surcan sus ojos, como si navegaran por sus iris en busca de algún tipo de paz que se resiste a llegar.

—Es más curioso desde fuera. Yo nunca he vivido en una casa.

—¿Nunca?

—Nunca. —Hace amago de decir algo más, pero niega con la cabeza y sonríe.

—¿Qué? —pregunto, animándola.

Ella duda, así que guardo silencio, no quiero presionarla. Se sube la cremallera del traje y, cuando le pido que caminemos un poco en dirección a mi casa, me pregunta el motivo.

—Tengo las tablas alejadas de aquí, por si Nikolai viene y te ve.

Natasha se para en seco. Me mira con los ojos abiertos como platos, como si no pudiera creer que de verdad haya hecho un plan teniendo en cuenta la actitud de su hermano.

—Gracias por pensar en ello.

—En realidad, pensé en raptarte mucho más tiempo, pero creo que ahora ya no funciona así. —Ella me mira sin entender—. Ya sabes, ahora las princesas se rescatan solas, así que supongo que me basta con disfrutar del tiempo que quieras regalarme.

Su risa llega entrecortada, sus mejillas se vuelven rosáceas y, joder, me quedo embobado. Lo hago porque es preciosa, pero también por el modo en que sus pasos se deslizan sobre la arena, como si pudiera volar a través de ella. Se mueve como una princesa de verdad. Juro que no es broma, en sus pasos hay tanta elegancia que podría sentarme y observarla caminar durante horas. El problema es que creo que Natasha no está muy acostumbrada a caminar sola en ningún sentido. Llegamos a las tablas y le señalo la de Mario, que es la que va a usar. Está pintada con un montón de princesas Disney, lo que provoca su risa. Justo lo que pretendía.

—¿De verdad la usa? —pregunta pasando las manos por la cara de Tiana.

—De verdad, y tiene más. Invierte dinero en que le pinten frases y personajes Disney. Esta es la de princesas, pero tiene una para los «animales Disney». Ya sabes, Timón y Pumba, Simba, el dragón Mushu, el reno Sven, el gato Oliver y... —Su risa me interrumpe.

—¿Te sabes de verdad todos los nombres de todos los personajes?

—No todos —admito algo avergonzado—, pero sí muchos. Es muy pesado. Y muy intenso. Y pesadísimo. En serio, muy pesado.

Ella lo vuelve hacer, lo de reír provocando un sentimiento extraño en mi pecho. Como si algo dentro de mí me exigiera que no pare de hacer lo que sea que la pone de ese humor.

—Vamos al mar —murmuro tirando de su mano después de que coja la tabla.

—Jorge, no sé surfear, y menos de noche.

—Genial, no vamos a surfear.

—¿Cómo que no?

—Solo vamos a sentarnos en primera línea.

—¿Primera línea? ¿Primera línea de qué?

Sonrío, tiro de su mano y la adentro en la orilla, haciendo que suelte un pequeño grito por el frío.

—¡Ahora lo verás!

Natasha se ríe por inercia. Creo que se ha propuesto no hacer preguntas, pero le cuesta y se nota. Nadamos hasta atravesar la zona donde rompen las olas y luego un poco más, hasta donde el mar, pese al movimiento constante, permite que nos sentemos cada uno en nuestra tabla. Ahora es cuando, en otras circunstancias, nos daríamos la vuelta listos para coger alguna ola, pero no es eso lo que he venido a hacer aquí.

—Átate a mí —le digo, tirando de su cuerda y haciendo que se enganche a la mía, porque estoy más acostumbrado a esto—. No te caerás, pero si lo haces, tirarás de mí y te sujetaré, así que tranquila.

—Estoy tranquila —dice con los labios un tanto morados—. Muerta de frío, pero tranquila.

—Te queda increíble el morado en los labios, si te sirve de algo.

—Su risa es, nuevamente, la única respuesta que necesito—. ¿Lista?

—¿Para qué?

—Para cerrar los ojos y escuchar.

Natasha mira a su alrededor. El agua nos mece; supongo que está cristalina, pero solo nos alumbran las luces del cielo, las farolas del paseo y las casas del fondo. Es seguro estar aquí, pero eso no quiere decir que no haga frío. Aun así, confío en la respuesta de Natasha a esto. Confío porque siento que está desesperada por sentir algún tipo de emoción nueva y, por alguna razón, me muero por ser quien se la dé. La veo cerrar los ojos, pese a que su cuerpo tirite, y me sobreviene la admiración. Está muerta de frío, soy casi un desconocido y no tiene ni idea de qué debe esperar, pero está aquí, intentándolo. Es mucho más de lo que habría sacado nadie de mí en sus circunstancias, por ejemplo.

Los minutos pasan, las olas nos mecen en un balanceo tan suave que casi parecemos estar en una cuna. Pasados unos minutos, por fin lo oigo. La miro atentamente, sonriendo, y me muerdo el labio inferior en el momento en que una exclamación brota de su pecho y abre los ojos, sorprendida.

—¿Qué ha sido? —pregunta.

—Allí —señalo el fondo, donde la luna nos muestra algunos claros—. Mira atentamente, Tasha. Es la libertad saludando.

Tardamos un poco, pero al final los vemos. Delfines. Saltan y nadan en grupo frente a nosotros. Libres, despreocupados, dueños del mar que les robamos los humanos de día o en época de turistas.

Natasha no pierde ni un instante de vista a los animales, que siguen haciendo de las suyas, ajenos a nosotros. Yo, por mi lado, no puedo dejar de mirarla a ella. He venido aquí muchas veces a verlos a esta hora de la tarde, cuando en invierno ya es de noche, pero nunca me había sentido tan cautivado como hoy.

Firmaría un contrato de dos millones de cláusulas por poder quedarme aquí, pero los minutos pasan y ella tiene el tiempo contado. Además, el frío empieza a hacerle estragos en los dedos, los tiene entumecidos cuando los cojo para comprobar su estado.

—Volvamos —le digo.

Ella me mira, despegando sus ojos por primera vez del mar.

—¿Ya?

—Estás muerta de frío y tienes que volver a casa.

Natasha me mira sorprendida, como si acabara de caer en la cuenta. Entonces la rabia, que tan a menudo intento controlar, brota de mí como si fuera lava deseando desbordarse. La vida, por lo general, es injusta. Lo he podido comprobar estos meses viendo a Camille sufrir por la pérdida de su padre, la culpa y la letanía de su madre por lo que pudo ser y no fue. Lo he visto en mi primo Felipe cuando Camille se fue. Lo he visto en Azahara, los pocos momentos en que es consciente de que se está enamorando de un imposible y en Mario cuando... En Mario cuando la vida le quitó lo que ningún niño debería perder y le dejó con un puñado de películas y más lágrimas de las que un crío debería poder derramar.

Lo he visto muchas veces, pero ahora, mirando a Natasha anhelar algo tan básico como la libertad que todo ser humano debería tener, la rabia me come. Yo puedo mostrarle los delfines y conseguir que se relaje unos minutos, pero es lo único que tiene, lo único que tenemos. Minutos.

Natasha parece ser consciente de que su tiempo se esfuma de pronto. Inspira con fuerza, se gira y nada hacia la orilla sin rechistar, como si se hubiese acostumbrado a tener retazos de vida que la ayudan a pasar por el encierro al que está sometida. Casi no la conozco, es cierto, pero no lo necesito para saber que lo que están haciéndole es intolerable. Una aberración. Nadie debería sentirse dueño de otro ser humano en ninguna circunstancia, con ninguna excusa.

—¿Por qué lo aguantas? —pregunto cuando tocamos la arena y la envuelvo en una toalla gruesa que he traído conmigo. Le castañetean los dientes y me mira sin entender—. ¿Por qué aguantas que se adueñe de tu vida?

Me mira como si yo no entendiera nada. Probablemente tenga razón. Lo que sé no es más que la punta del iceberg. Necesitaría ahondar mucho para conocer los detalles y Natasha no parece de esas mujeres que se abren con facilidad, pero eso no hace que quiera dejar de intentarlo.

—Es mi hermano —me dice cuando creo que ya no va a contestar.

—Tu hermano, sí. Tu dueño, no.

—Es más complicado que todo eso, Jorge.

—Pero...

—No lo conoces. No me conoces a mí tampoco. No lo puedes entender.

Me aguanto las ganas de decirle que no lo necesito para darme cuenta de que no es feliz. Se conforma, atraviesa sus días en una espiral de autoengaño que quizá la hace estar cómoda, pero no feliz. No puedo decirle eso porque tiene razón: no la conozco. Y aunque la conociera, no puedo hacer lo que critico. No puedo decirle cómo tiene que actuar o qué es correcto sentir en su situación. Sería absurdo. Yo jamás he sentido qué es que te restrinjan cada movimiento, así que lo único que tengo es un montón de consejos no pedidos salidos de una vida en la que no tengo tanto dinero como Natasha y su familia, pero tengo algo mucho más importante: el poder de hacer con mis días lo que quiera.

—Perdóname.

Ella sonríe y niega con la cabeza.

—No hay nada que perdonar, pero ahora tengo que irme.

—Asiento, lo entiendo, ella se quita la toalla para devolvérmela, pero niego con la cabeza.

—Quédatela. El aire es muy frío.

—Sí... —Me mira fijamente a los ojos y sonríe—. Es como si temblara.

Sonrío. Es lo que le dije cuando la vi por primera vez. Asiento.

—Sí, desde luego. —Natasha empieza a caminar hacia la zona en la que nos vimos antes y, antes de perderla de vista, la freno—. Tasha. —Ella me mira por encima de su hombro y juro por lo más sagrado que solo le falta la tiara para parecer una princesa. Una preciosa, helada y triste princesa rusa.

—¿Sí?

—Escríbeme. Cuando quieras, a la hora que sea. Escríbeme si lo necesitas, ¿vale?

Sonríe, pero no responde. Se aleja de mí y me deja con la sensación de estar mucho peor que antes de venir. Me convencí de que esto era lo que tenía que hacer para acercarme a ella, pero creo que no lo he conseguido y la idea de no verla de nuevo me agujerea el estómago, aunque no quiera.

Regreso a casa, me tumbo en la cama y me pregunto cuántos días pasarán antes de volver a saber algo de ella.

El último día del año el cielo amanece nublado. La lluvia se cierne sobre el mar y, desde el jardín de casa, lo único que puedo ver de la playa es la orilla. El resto lo tapa la niebla tan baja que hay. No he sabido nada de ella y, cada vez que la pantalla se ilumina con una notificación, ya ni siquiera sé si debería seguir mirando mi móvil con ciertos nervios. Tampoco sé si debería ir a la cafetería de Sia. No puedo actuar como un acosador ni insistir cada vez que ella se aleja de mí. Tiene mi número; si quiere verme, escribirá.

¿Y si no quiere...? Bueno, si no quiere, me tocará olvidar que en alguna parte de La Cala de Mijas hay una princesa encerrada en una suite de hotel. Rodeada de lujos, pero sin elecciones. Con la economía resuelta, pero sin sueños. Sin ilusiones. Sin vida.

—¡Te digo que no puedes poner eso! —grita Mario tan fuerte desde el interior que lo oigo, aun con puertas y ventanas cerradas—. ¡Tiene que ser algo de Navidad!

La canción «Delilah» de Tom Jones truena por los altavoces y me río. Vale, se trata de Felipe y ha ganado. Eso está claro. Doy un sorbo más a mi café y entro en casa.

Azahara y Camille bailan abrazadas mientras Felipe se ríe y Mario los mira a los tres de brazos cruzados. Tiene el ceño tan fruncido que es un milagro que los ojos no se le metan en la boca.

—¿Qué te pasa, gruñón? —pregunto pasándole un brazo por los hombros.

—Es Navidad. El último día del año. Tendríamos que poner música acorde a lo que estamos viviendo. Estoy hasta la polla de escuchar la música de Felipe solo porque es el mayor. Él no manda.

—No manda.

—Díselo.

Me río y miro a Felipe, que se muerde una sonrisa.

—No mandas, tío.

—¿Ves, tío? —insiste Mario—. ¡Tú no mandas nada! Lo que tienes que hacer es irte a tu puta casa ya.

—Mi puta casa no tiene cama, pero no te preocupes, que viene hoy mismo.

Miro sorprendido a mi primo Felipe, que me sonríe.

—¿Sí? —replico.

—Hemos pagado un extra para que traigan el colchón. Queremos empezar el año despertando en nuestro piso.

Camille, que sigue bailando con Azahara, suelta una carcajada y me mira.

—¡Os libráis de nosotros por fin!

—¡Me pido la habitación grande! —Mario levanta la mano—. Me lo he pedido *primer,* así que ya está. Sin discusiones. Es para mí.

Azahara se ríe, dándolo por imposible. Hay gente inmadura en el mundo y luego está mi primo. En realidad, no sé de qué extraño modo casa eso de ser superdotado con quedarse anclado en la niñez. No es que Mario sea inmaduro para todo. Estudia dos carreras a la vez y sus notas son tan buenas que todos nos preguntamos cómo demonios lo hace. Pese a tener memoria prodigiosa, da igual. Es un jodido crack en los estudios, la formación o retener información. En su vida personal, en cambio, todo gira en torno a las películas Disney, las chicas y la fiesta. Supongo que todavía es joven para preocuparse por algo más, pero a veces me pregunto si alguna vez dejará atrás todo eso. Si será capaz de dejar de hacer referencias de películas alguna vez.

Justo cuando lo estoy pensando, me doy cuenta de algo vital: no tiene por qué dejar de hacerlo. No hace daño a nadie. Es pesado, sí, mucho; pero, a fin de cuentas, quienes lo aguantamos somos nosotros y ya estamos acostumbrados. Solo espero que la chica con la que acabe tenga paciencia y sienta un profundo amor por las películas animadas. Son cosas vitales para estar con Mario de una forma seria.

—¿Qué te pasa? —pregunta el susodicho.

—Pienso en la futura mujer de tu vida, si es que llega, porque a día de hoy no te he visto una novia formal.

—Es que las que pasan por mi vida están más interesadas en mi cuerpo que en mi mente. Las entiendo, es más bonito un pack de abdominales que un cerebro, por mucha potencia que tenga.

Me río y veo a Felipe restregarse los ojos y la barba intentando por todos los medios no reírse también, porque nuestro primo necesita poco para venirse arriba. La canción de «Delilah» acaba y, cuando Mario apenas empieza a hablar, los acordes de «Y.M.C.A.» de los Village People resuenan a toda hostia en la casa, haciendo que Aza y Camille suelten tremendas carcajadas.

—¡No! ¡No! ¡Joder, no! ¡Tenemos que cantar villancicos!

Felipe pasa de él, se sube en la mesita del salón y empieza a bailar la mítica canción de una forma pésima. Pésima, en serio. He visto elefantes con más ritmo que él. El problema es que en casa no tenemos mucho sentido del ridículo y, para cuando llega el estribillo, yo mismo estoy en la mesita con él y sigo los pasos como buenamente puedo. Camille da palmas a destiempo y Azahara nos graba con el móvil mientras intenta controlar la risa. Conociéndola, estaremos en directo en su cuenta de Instagram, pero me la pela porque la música está sonando y en esta familia pocos pueden resistirse a un ritmo pegadizo. Hasta Mario, que ha despotricado durante media canción, ha salido del salón para volver un segundo después con el casco de la obra de Felipe y se ha subido en la mesita. Estamos justos. Tan justos que apenas podemos movernos, pero eso no nos impide cantar a voz en grito. A lo mejor es por eso por lo que no oímos el crac. Ya sabes, ese crac que te avisa de que algo no va bien.

Caemos como el *Titanic,* por orden. La mesita se ha reventado por donde está Felipe, que es el más grandote. Cae al suelo, medio segundo después caigo yo encima de él y medio segundo más tarde es Mario el que cae sobre nosotros. El casco sale disparado, lo que lleva a otro crac, esta vez proveniente de la pantalla de la tele.

—¡Joder, mi espalda! —grita Felipe.

—¡Joder, mi pierna! —exclamo como puedo por el dolor.

—¡Joder, la tele! —dice Mario a punto de echarse a llorar.

Camille se ríe tanto que acaba cayéndose de culo. Eso solo hace que Azahara dé botes como una histérica porque, vamos a ver, si de esta no salimos en el telediario ya no salimos nunca. Que la canción acabe y dé paso a Gloria Gaynor y su mítico «I will survive» solo es un indicativo de que la vida nos odia.

Nos cuesta nuestros buenos diez minutos recomponernos del golpe y darnos cuenta de que vamos a empezar el año sin mesita y con una grieta en el televisor.

—Uf, menos mal que desde esta noche estaremos en nuestro piso, Sióg. Imagínate vivir aquí con la tele rota y...

—Un momento, un momento, un momento —repone Mario—. La tele tenemos que arreglarla entre todos. Si la tele se muere, me muero con ella, así os lo digo.

—Solo es una tele —le replico—. Cálmate.

—¡No es «solo» una tele! ¡Es nuestra tele! ¡Es mi razón de vivir!

—Este dramatismo tuyo tenemos que mirarlo, en serio, Mario. No es sano —le dice Felipe.

—Lo que no es sano es la hostia que voy a darte como no pongas tu parte para arreglarla o comprar otra.

Felipe se echa a reír. A ver, es que la amenaza muy real no es. Mario está muy definido porque hace mucho deporte, pero Felipe es más alto, más ancho y el tiempo trabajando en la obra le ha dotado de una fuerza que... Vamos, que le podría arrancar la cabeza a Mario de un tortazo. Aun así, nuestro primo enciende la tele, para ver cómo de irreparable es el daño. Se ve, lo que es una buena noticia. Hay una grieta en el centro, sí, pero se ve.

—Asunto arreglado. —Felipe se encoge de hombros.

—¡Yo así no puedo ver bien! ¡No me meto en el papel!

—¿Qué papel es ese? —pregunta Azahara riéndose.

—No es gracioso.

—Bueno, gracioso o no, este mes no tenemos dinero para comprar una nueva, así que después de Navidad ya veremos —le recuerdo.

—No me puedo creer que me hayáis dejado sin el amor de mi vida y estéis actuando como si nada —murmura Mario abatido.

Nos reímos y vamos a arreglarnos porque, a ver, a este asunto hay que darle la importancia que tiene y no más. A Mario, como le alimentemos el drama, acabamos acompañándolo a un entierro para la tele, que lo conocemos.

Nos vestimos para la ocasión y nos vamos a la casa grande, donde toda la familia nos espera para celebrar el último día del año. Comemos hasta reventar, bailamos, brindamos con vino dulce y le pedimos a Mario, por millonésima vez, que deje de sobornar a todo el mundo para que le dé dinero para una tele nueva.

—Si todos ponemos un poquito...

—Se parece a Lola Flores, cuando pidió dinero a los españoles para pagarle a Hacienda —dice mi hermana Adriana—. ¡Que no, niño! Que no hay y punto.

Me río, brindo con mis hermanas por el año que está acabando y, aunque no quiera, miro mi teléfono de reojo.

Nada.

Me pregunto de qué modo estará celebrándolo ella. Me pregunto eso y si se acordará de nuestro rato juntos en el mar, aunque sea una milésima parte de lo que me acuerdo yo.

Horas después, ya por la noche y después de cenar, me coloco frente a la tele junto a mi familia. Tengo listas las uvas, la copa de champán y los abrazos que le daré a todo el mundo. Como cada año, mi único propósito de año nuevo es dejar en mi vida todo lo bueno que el pasado me ha traído y sacar de forma limpia y rápida lo que no me aporta nada.

Eso es lo que pido cada año.

Este, en cambio, hay algo más. Este año quiero que la chica que no ha acabado de entrar en mi vida lo haga de una vez por todas. Que irrumpa en ella a patadas si es necesario y que me desvele todo lo que me muero por conocer, aunque no lo reconozca.

Las campanadas llegan, me lleno la boca de uvas y, cuando el año nuevo da comienzo, abrazo a mi familia olvidándome de todo, menos de ellos, porque lo merecen. Ellos merecen todo lo bueno que la vida tenga para dar. Pasado el momento inicial de euforia, al menos para mí, los dejo brindando, besándose y abrazándose. Camille y Felipe están en un rincón, besándose con tanta dulzura que no puedo evitar sonreír, es evidente que están haciéndose un montón de promesas en la intimidad. Promesas de futuro. En el centro del salón, la madre de Camille y mi familia hablan de sacar el postre, que siempre dejamos para después de las campanadas porque pensamos que no hay nada mejor que empezar el año comiendo algo dulce. Yo saco mi móvil, por inercia, sin esperar encontrar nada.

Quizá por eso el pulso se me acelera al ver un whatsapp suyo enviado justo a las 00.00.

Tasha
Si pudiera pedir un deseo de año nuevo, si
supiera que va a cumplirse, pediría
trasportarme al único momento de todos los
vividos últimamente en el que me hubiese
encantado detener el tiempo. No sé cuándo,
no sé cómo, pero quiero volver allí. Contigo.
Feliz Año Nuevo, Jorge de las Dunas.

12

Tash

Observo el reloj de oro blanco que me regaló Nikolai por Año Nuevo. En realidad, ya me había comprado algunas cosas por Navidad, pero este mes está más generoso que de costumbre. O quizá debería decir que está generoso por motivos que desconozco. Normalmente, cuando Nikolai me compra cosas caras es porque está arrepentido por tratarme mal, atosigarme o controlarme en exceso. Los remordimientos lo superan y es su forma de intentar calmarlos. Esta vez no hay nada de eso o al menos creo que no lo hay. Lleva muchos días sin beber ni tomar pastillas, o eso creo. Es la vez que más tiempo ha aguantado yendo a terapia sin interrumpir las sesiones. No es mucho, apenas unas semanas, pero es más de lo que tenemos desde hace años. Se comporta como un hermano dulce y comprensivo, tal como era antes del accidente. Aunque no me deja salir sola todavía a menos que vaya Sia, creo que, si seguimos así, llegará un momento en que entienda que no puede encerrarme aquí para siempre. A lo mejor me equivoco al albergar esperanzas, pero es que pensar que mi vida será así siempre impulsa en mí un deseo ferviente de correr desesperadamente, lo que supone un problema porque ni siquiera sé en qué dirección hacerlo.

Observo mi teléfono por millonésima vez. No voy a abrir la conversación con Jorge de nuevo. No debería. Nikolai está mejorando, tengo que centrarme en él y no hacer nada que pueda provocar que dé un paso atrás. Pero cada vez que cierro los ojos, el mensaje de Jorge aparece en mi cabeza.

Jorge

Ven conmigo de nuevo. Si no puedes un día entero, entonces unas horas, o minutos. Da igual, pero ven conmigo de nuevo. Prometo hacer que valga la pena, Tasha.

Paso las yemas de los dedos por la pantalla del móvil. Suelto un suspiro tembloroso y llamo a Sia.

—Ey —contesta al instante.

—Ey, ¿estás ocupada?

—Para ti nunca.

La música de la cafetería suena de fondo, pero se amortigua de pronto, así que sé que se ha metido en el almacén.

—Todavía no he tomado una decisión, Sia.

—Lo sé.

—¿Cómo lo sabes?

—Porque, de haberla tomado, estarías mucho más nerviosa, incluso por teléfono. —Me mordisqueo el labio y ella sigue hablando—. Hoy es viernes.

—Ajá, ¿y qué?

—Nikolai tiene terapia. ¿Crees que irá?

—Sí. Últimamente no falla nunca.

—Aprovecha, Tash.

—No sé...

—O di la verdad a medias. Dile que quieres salir un rato con alguien. Conmigo.

—¿Contigo? Tú estarás en la cafetería.

—Él no tiene por qué saberlo.

—Sabes que sí. Se pasará por allí para comprobar si estás o no.

—Entonces no estaré en la cafetería.

—Vives en la cafetería, Sia. ¿Dónde vas a estar, si no es allí?

—No sé, escondida en alguna parte. ¿Qué más da?

—¡Claro que da!

Ella guarda silencio y me siento mal. Sé que intenta buscar una solución, pero Sia está durmiendo en el almacén de la cafetería mientras alza un poco el vuelo y consigue ahorrar para un apartamento propio. No puedo pedirle que se encierre en el almacén.

—Entonces iré con vosotros.

—¿Qué?

—Quedarás con Jorge y conmigo. No le estarás mintiendo a Nikolai y sacarás una tarde entera.

—Sia, no puedes...

—Tash, está decidido. Tienes que empezar a vivir tu vida, quiera tu hermano o no. Y, si para sentirte segura con todo esto tienes que hacerlo así, al menos por ahora lo haremos así. Díselo y, si no le importa que yo vaya, saldremos esta misma tarde. Puedo alejarme en varios momentos para daros intimidad o...

—Esto es una absurdez. No soy una niña, no necesito carabina y...

—Entonces hazlo sola. —Guardo silencio. El miedo me paraliza y ella lo sabe—. O llamas a Jorge o lo llamo yo y quedo con él. ¿Vas a soportar estar toda la tarde en la suite sabiendo que estamos pasándolo bien?

—Tú no... —Trago saliva—. Tú no te acostarías con él y...

—¿Qué? ¡Claro que no! Me refería a pasarlo bien como amigos y... Un momento. ¿Eso son celos, Natasha?

—Menuda tontería —murmuro en voz baja.

—¡Son celos! —Una carcajada suena a través de la línea—. Alabado sea el Señor. ¡Mi amiga por fin está despertando a la vida!

—Estoy muy despierta a la vida, no digas estupideces. No me gusta que hables así y no...

—Oh, venga, Tash, era broma. No tiene nada de malo que Jorge te guste, cariño. Es guapísimo, amable y te ha hecho sentir más en un rato que todos esos libros tuyos en mil años. —Eso no puedo negarlo, aunque quiera—. Saldremos esta tarde, Tash. Irá bien. Nikolai podrá localizarte en tu móvil y en el mío y tú podrás estar con él. No será como una cita convencional, pero, cariño, si ese hombre quiere algo contigo, debe saber que tu vida es de todo menos convencional.

Trago saliva. ¿Jorge querría tener algo conmigo? Eso es absurdo. Es estúpido. Pero no sé, tampoco estaría tan mal, ¿no? Cierro los ojos. Es una locura. Ni siquiera debería estar pensando algo así.

—Está bien —musito—. Quiero quedar con él.

—¡Bien! Llámalo a ver qué le parece el plan.

—Si me dice que no...

—No pasa nada, Tash —replica con suavidad—. Si te dice que no, te quedarás como hasta ahora. No es lo mejor, pero no se acaba el mundo. Has superado cosas infinitamente peores.

Tiene razón. Lo mejor es ser práctica y recordar todo lo que he superado hasta el momento. La muerte de mi madre y de mi abuelo. La vida con Nikolai. El abandono de mi padre, aunque él no lo vea así. En comparación, decirle a un chico que solo puedo salir con él si viene mi mejor amiga no es lo peor del mundo. Me doy cuenta, mientras marco el número de Jorge, de que en realidad no es miedo lo que siento, sino vergüenza. Siento una profunda vergüenza porque no tengo la libertad de poder quedar con alguien a solas sin estar preocupada todo el tiempo por lo que ocurrirá si se entera Nikolai y...

—¿Sí? ¿Tasha?

Un nudo de emociones se me atraviesa en la garganta. Su voz. Dios, es la voz más bonita que he oído en mucho tiempo.

—Hola, Jorge.

—Hola —murmura—. ¿Todo bien?

—Sí, eh... sí. —Cierro los ojos e intento controlar la respiración. No es para tanto. Cuanto antes lo suelte, mejor—. Verás, yo, eh... Me preguntaba si tenías algo que hacer esta tarde.

Jorge guarda silencio por lo que me parece una eternidad, pero, al responder, juraría que lo oigo sonreír. Lo sé, una estupidez, porque esbozar una sonrisa no provoca sonido, pero aun así lo oigo.

—Nada. En realidad, estoy deseando que alguien me dé una excusa para no pasarme la tarde trabajando o haciendo el vago en casa.

—Ya, entiendo. —Carraspeo—. Pues... Bueno, el caso es que, si quieres...

—¿Sí?

—¿Te estás riendo de mí? —pregunto, sin poder quitarme la sensación de encima.

Su risa suena alta y ronca. Es demasiado bonita y yo quiero mantener mi enfado.

—No, Tasha, claro que no. Solo estoy contento de que me llames.

—Ya...

—¿Quieres quedar esta tarde?

—Sí, bueno, era la idea. Si quieres.

—Claro. ¿Qué te apetece hacer? Podemos dar un paseo por el litoral o...

—Tenemos que ir a Fuengirola.

—Oh, vale.

—Es que... Es que no puedo quedar contigo a solas.

—¿Qué...? ¿Por qué no?

Odio esto. Odio la sensación de que algo tan sencillo como quedar con un chico se convierta en una ristra de impedimentos, uno detrás de otro. Que la ansiedad me coma ante el más mínimo contratiempo y sentir tal inseguridad que apenas me salgan las palabras.

—Nikolai no... Él no me dejaría salir si supiera que voy contigo, así que Sia me propuso unirse. Es un poco raro, ya lo sé, pero es que no podría de otra forma. Hoy tiene terapia, pero solo va una hora. Si queremos hacer algo más que charlar en la playa o salir de aquí, necesitamos más tiempo. Pero si no quieres, no pasa nada, lo entiendo y...

—Natasha, eh, escúchame un momento. —Lo hago. Guardo silencio y lo escucho—. Me cae muy bien Sia. No hay problema. Lo pasaremos bien.

—¿No te importa?

—Claro que no.

—¿Seguro?

—Sí. —Se ríe—. Estoy bastante seguro de que no tengo inconveniente en pasar la tarde con vosotras. De hecho, si te hace sentir más cómoda, puedo llevar a alguno de mis primos. Si somos un grupo más extenso y tu hermano nos pilla, no se fijará tanto en mí.

Su ofrecimiento me sorprende. Es cierto que, si pudiera, no elegiría salir con él y un montón de gente haciendo de acompañantes, pero también lo es que Sia se ha portado muy bien al querer acompañarme y la situación puede resultar un tanto violenta si vamos solo los tres. De este modo, con suerte, Jorge y yo encontraremos algún que otro momento para hablar a solas sin que yo esté pensando que Sia está sola y aburrida.

—¿No les importará?

—Diría que no, pero espera, le pregunto a mi prima que está aquí conmigo. Eh, Aza. ¿Quieres venir esta tarde con Natasha, su amiga y conmigo a dar una vuelta?

—Vale —oigo que dice una voz de chica.

—¡Yo voy! —grita alguien más.

—¡Si Felipe va, yo también voy! —otra voz de chico que no reconozco.

—Pues no voy a quedarme sola en casa —dice una chica distinta a la primera—. ¿Puede venir Bella?

—¡No, Camille, no puede venir Bella! —exclama Jorge—. Y, por cierto, ¿por qué sigue la perra de tu madre en nuestra casa? ¡Se supone que tu madre está instalada! Maldita sea, ¡se supone que vosotros estáis instalados también!

—Oye, tranquilito, ¿eh? Con mi novia no te pases, que te reviento.

—Madre mía, la agresividad. —Una chica se ríe, pero estoy tan confusa que no abro la boca.

—Vamos todos y punto —dice un chico—. Yo necesito despejarme. Los nervios por los Reyes Magos me tienen en un sinvivir.

—El día que madure un poco, repico las puñeteras campanas de la iglesia —murmura Jorge.

Aprovecho que lo oigo a él para carraspear, me da la sensación de que ha olvidado que estoy aquí. Él suelta un insulto por lo bajini.

—¿Todo bien? —pregunto dubitativa.

—Sí, eh, oye... ¿Recuerdas eso que he dicho hace un segundo de que no habría problema para que viniera alguien más?

—Ajá.

—Bien, pues hemos tenido tan buena suerte que se vienen mis tres primos y la novia de uno de ellos.

—¡Y Bella! —exclama una chica.

—Y Bella —repite Jorge entre dientes—. Es la perra de la madre de la novia de mi primo.

—Oh.

Su risa resuena a través del auricular.

—Suena enrevesado, pero es más fácil de lo que crees. En fin, ¿te parece bien?

—Sí, claro. ¿A ellos no les importa?

—No, no les importa. Y yo quiero estar contigo. Quiero verte, Tasha. Me muero por verte.

Trago saliva y procuro no sonreír como una tonta, pero no lo consigo. Una risita estúpida se me escapa. No lo veo, pero sé que Jorge sonríe al otro lado de la línea.

—Creo que no tendré problema con Nikolai, pero te confirmo la hora en cuanto hable con él.

—Vale —musita—. Espero tu mensaje.

Colgamos y me muerdo el labio con fuerza. Con tanta fuerza que siento el ardor justo antes de llamar a Sia y contarle la increíble y confusa conversación que hemos tenido. Ella se muestra encantada con eso de que vengan todos sus primos, a los que al parecer ya ha visto más de una vez en la cafetería. Le agradezco que haga esto por mí porque sé que, de otra forma, jamás lograría tener una cita con Jorge. Si es que a esto se le puede llamar cita.

Voy al dormitorio de Nikolai, toco con los nudillos en la puerta y, cuando me abre, lo hace recién duchado y con el pelo aún húmedo. Mi hermano es guapísimo. No lo digo como algo salido desde el amor que pueda tenerle, sino como algo objetivo. Es rubio, de ojos azules y labios carnosos. Nos parecemos mucho, en realidad. Yo también soy guapa. No es algo de lo que me vanaglorie, simplemente es genética. A mí, en particular, la belleza ni me da ni me quita porque mi vida siempre es igual de triste. Pero él... Es que él podría tenerlo todo. Podría ser un hombre feliz y triunfador y, sin embargo, se pasa los días en una espiral de dolor, arrastrándome con él.

—*Printsessa*.

Su sonrisa me duele por miles de razones: la principal, por lo sincera que es. Antes, cuando buscaba en internet situaciones parecidas a las mías, siempre llegaba a perfiles de páginas de psicología en las que explicaban el perfil típico de maltratador psicológico. Parecía que era lo que más se adaptaba a mi situación, pero no veo en Nikolai las actitudes de un maltratador, mucho menos en esa sonrisa sincera. Puede que sea verdad que me maltrate, no lo sé. Yo no siento que lo haga. O sí, pero sé que no lo hace queriendo. Sus demonios son tantos que se somete a un infierno del que no puede salir y me arrastra con él porque piensa que es mejor eso que dejarme volar. Ni siquiera puedo imaginar el miedo que debe de sentir a perderme, no es sano. Eso sí lo sé. Esto no es sano, pero no sé cómo hacerlo para...

—¿Estás triste? —pregunta ensombreciéndose tan rápido que sonrío de inmediato.

Es otro de los problemas de Nikolai. Su humor, a menudo, depende del mío. Y como yo no soy feliz, su amargura se intensifica. Quiere que acepte esto como algo normativo de una vez y, aunque me encantaría porque todo sería más sencillo, no puedo.

—Estoy bien. Estoy muy bien —aseguro—. De hecho, venía a preguntarte si te importa que salga hoy con Sia. —Sus hombros se tensan en el acto—. Iremos a dar un paseo por Fuengirola. Nada peligroso, te lo prometo. Puedes llamarla, si quieres.

—Estaría más tranquilo si te quedaras en casa.

Me trago la frustración y las ganas de decirle que nosotros no tenemos casa. Tenemos cada uno una suite y tanto dinero que no podemos contarlo, pero ni tenemos casa ni tenemos una familia. A esto no se le puede llamar familia.

—Me gustaría mucho salir, Nikolai. No haremos nada malo ni peligroso.

—Te llevo yo.

—Puedo ir en el bus y seguro que Sia me acompaña a la vuelta. —Casi lo suplico, pero es que necesito que me deje hacer esto sola—. Nikolai, por favor... Tú tienes terapia, de todas formas. Vas a ir, ¿no?

Guarda silencio un instante y la ansiedad que siento es tal que pienso que me desmayaré si no consigo respirar con cierta normalidad.

—Sí, vale. —Sonríe un poco—. Me está yendo bien. La psiquiatra dice que avanzo, pero no quiere mandarme nada para que esté más calmado.

Intento no mover ni un músculo de la cara. No puedo decirle justo ahora que su mayor problema es la adicción a los calmantes y las noches de fiesta que se pega. No soy psicóloga, pero es evidente que no van a darle pastillas para superar su adicción a las pastillas.

—Pues mejor, ¿no? Así luego no tienes que dejarlas.

Él me mira atentamente, como si intentara penetrar en mi mente para descubrir todo lo que hay dentro.

—Supongo. —Se pasa una mano por el pelo húmedo y suspira—. Te llevará Misha. Nada de buses, por favor. Y debes tener el teléfono operativo y el GPS activado en todo momento. —Asiento de inmediato—. Lo mismo para Sia.

—Sí, claro.

La puerta del dormitorio se abre y nos sorprendemos porque ni siquiera han pedido permiso. El que aparece es nuestro padre y mi cuerpo se tensa tanto que apenas logro saludarlo.

—Hola, chicos. ¿Qué hacéis?

Me quedo en silencio. En otros tiempos, habría intentado tratar con él el tema de mi salida, pero hace mucho que perdí la esperanza de tener a mi padre de mi lado. Hace mucho que asumí que no es más que un hombre que donó esperma a mi madre y luego se dedicó a hacer dinero. Cuando ella murió, la tristeza lo consumió de tal forma que se concentró en hacer aún más dinero. Todo lo demás no importa.

—Natasha me estaba contando que va a salir esta tarde con Sia.

Mi padre me mira con el ceño un tanto fruncido.

—¿Cómo le va con su familia? Su padre está muy disgustado con toda esa fantochada de la cafetería.

—Le va bien —murmuro—. Creo que tiene bastantes clientes.

Mi padre bufa con socarronería y yo procuro disimular el odio que me produce que se ría de mi amiga.

—Si esa amiga tuya fuera lista de verdad, se dedicaría al negocio familiar. Qué tristeza debe de dar tener hijos tan desagradecidos.

Aprieto los dientes, no pienso saltar. No puedo saltar. No hoy.

—Le decía a Natasha que tiene que activar el GPS para que podamos localizarla. Y tener el teléfono siempre operativo.

Mi padre mira a mi hermano, sonríe tan lleno de orgullo que me revuelvo por dentro. Le da unas palmaditas en el hombro.

—Eres un gran chico, Nikolai. —Luego me mira a mí y me besa en la frente con una dulzura que está lejos de sentir. Estoy segura—. Pásalo bien, *mi vida*.

Mi vida. Es curioso, me trata como a una rehén, me ignora la mayor parte del tiempo y luego usa apelativos cariñosos como «mi vida». No protesto. No tiene sentido y, además, he conseguido el permiso para salir, así que me limito a sonreír, desearle un buen día y verlo partir. No sé si volveré a verlo en unas horas, días o semanas. Con él nunca se sabe.

Nikolai me propone que coma con él y accedo, no quiero que hoy nada empañe su ánimo. Así que me quedo en su dormitorio, dejo que me hable de sus cosas, comemos y, mientras tanto, le envío un mensaje a Jorge para que me espere junto a sus primos en la cafetería de Sia.

A las cuatro de la tarde, Misha, el chófer de nuestra familia, me deja en la puerta. Bajo y entro, saludo a Sia con un abrazo y centro la mirada en la mesa del fondo, donde Jorge y sus primos me miran. Observo la puerta, Misha sigue ahí, así que mi estómago se encoge. Si se acercan a mí y me saludan, tal vez se lo cuente a Nikolai. A veces pienso que es otro que cree que mi hermano solo me protege de los peligros del mundo; otras veces me hace dudar, porque me trata bien y siempre está dispuesto a ayudarme, claro que lo que le pido son cosas básicas. Aun así, dudo. Algo debe de ver Jorge, porque les llama la atención a sus primos, saca el móvil y se pone a enseñarles algo. Todos le hacen caso y yo consigo soltar el aire con cierta calma.

—Irá bien —murmura Sia—. Tú solo mantén la calma. —Justo en ese instante alza un brazo y despide a Misha, que asiente una sola vez y, por fin, se va—. Muy bien, bienvenida a un ratito de libertad, *krasavitsa*.

Sonrío al apelativo ruso, que significa «belleza», y siento el alivio recorrer mi cuerpo de tal forma que se me saltan las lágrimas. Cuando Sia se da cuenta, se preocupa, pero niego con la cabeza y carraspeo.

—Estoy bien. Estoy bien. Es solo que... tenía muchas ganas de salir una tarde.

Ella sonríe y me lleva de la mano hasta la mesa, donde todos siguen disimulando.

—Está bien, sois grandes actores —dice Sia entre risas—. Me quito el delantal y nos vamos, ¿os parece?

Todos asienten y me concentro en sus caras. Los conocí la noche que cené con los Dunas, pero a la luz del día y sin el entumecimiento recorriendo mis huesos, puedo fijarme mejor en ellos.

Azahara es la primera que me guiña un ojo. Tiene un gorro de lana puesto y, aun así, su cabello se ve espectacular. Felipe y Camille estiran la mano y se presentan. A él lo conocí en la cena y a ella la vi apenas unos segundos antes de que se marcharan. Mario, el chico que me hizo reír varias veces, también me aprieta la mano justo antes de llevársela a los labios para besarme los nudillos.

—Estás preciosa.

—Tan temprano y ya con ganas de cobrar... —murmura Felipe.

Todos se ríen, pero yo me concentro en Jorge. Se muerde el labio inferior mientras me mira con una intensidad que me desarma.

—Tasha —dice. Sonrío en respuesta y él se levanta, me pasa la mano por la nuca y me abraza. Su gesto me sorprende, pero consigue que suelte un suspiro tembloroso—. Me alegro de verte —susurra cerca de mi oído.

No sé si será el frío de enero, los nervios o el hecho de que huela mejor que nadie que haya olido en mi vida, pero lo cierto es que cierro los ojos y descubro con sorpresa y cierta tristeza que, sin contar a Sia, esto es lo más cerca que he estado jamás de sentirme a salvo.

13

Jorge

Todo ha merecido la pena. Todo. Las risitas de mis primos cuando han descubierto que en realidad venían de acompañantes a una cita con Natasha, las bromas cuando he asegurado que ni siquiera sé si esto es una cita y el viaje interminable en coche. Al final Bella no ha venido porque su dueña, es decir, la madre de Camille, se ha pasado a por ella antes de marcharnos, así que al menos hemos venido todos en el mismo coche, porque a mi primo Felipe lo matas y sigue diciendo que la perra tiene que ir en un asiento para ella sola.

De todas formas, da igual. Eso ya da igual. Lo importante es que estamos aquí y que Natasha está a mi lado. Entre mis brazos, de hecho. Cuando soy consciente del gesto, intento separarme. Pienso que a lo mejor me he excedido con las confianzas, pero Natasha ha alzado las manos y las ha colocado a mis costados, así que me recreo unos segundos en la sensación de tenerla tan cerca. Al separarme, me fijo en lo preciosa que está. Sus ojos son tan azules, su piel tan pálida y sus labios tan rosados que pienso que habría inspirado a toda la Generación del 27 a escribir cientos de páginas en su honor. Yo, por desgracia, tengo poco de poeta.

—¿Cómo estás? —pregunta con su marcado acento ruso.

—Bien, muy bien. ¿Tú?

—Bien.

No es cierto, pero intuyo que no va a contarme nada más. Me limito a sonreír y a mirar a mi familia, que nos observa con una mezcla de ternura y socarronería que me pone los pelos de punta.

—¿Nos vamos?

—¡Nos vamos! —exclama Mario—. Oye, pero ¿puedo llevarme un helado?

—Has dicho que no querías helado porque la última vez te dio ardor —le recuerda Sia.

Yo cierro los ojos y procuro no acordarme de nuestra entrada triunfal, como siempre. El día que este chico aprenda a comportarse le dan un premio. Aunque la que más se lo merece ahora mismo es Sia, porque la paciencia que tiene es infinita.

—Es que estaba muy bueno. Creo que esto es como el atún, que me cae como el culo, pero si veo a alguien comerlo, tengo que comerlo yo. ¡Y aquí hay mucha gente tomando helado!

Mucha gente es un total de dos personas en un rincón. El resto toma café o postres de otro tipo. Pongo los ojos en blanco, pero cuando oigo a Natasha reírse, suavizo un poco el tono y le digo a mi primo que haga el favor de pedir lo que sea antes de irnos. Lo hace, se pide un cucurucho de tres bolas y salimos a la calle, en pleno enero, con él haciendo malabarismos y la gente mirándolo porque, por mucho que esto sea Fuengirola, la imagen es rara.

—¿A dónde queréis ir? —pregunto.

—¡Al zoo! —grita Mario—. Me encanta el zoo.

Me froto los ojos. Esto va a ser difícil. Miro a Felipe, que entiende mi petición al instante.

—No vamos a ir al zoo y tú no decides.

—¿Y entonces por qué Jorge ha preguntado en plural?

No respondo, pero miro a Natasha. Ella sonríe, se acerca a mí y, para mi sorpresa, da un pequeño tirón cariñoso a mi chaqueta.

—En realidad, no me importaría ir al zoo. No he estado nunca.

—¡Bien! —grita Mario.

Azahara y Camille se ríen, Felipe bufa y Sia pone los ojos en blanco. Yo veo todo eso, pero no me concentro en ello. Mi concentración está puesta en Natasha. Sonrío y asiento.

—Está bien, el zoo es un buen plan.

—Ahora es un buen plan, ¿eh? ¡Ay! —exclama Mario cuando alguien le da una colleja, o espero que se la hayan dado. No lo sé porque sigo mirando a Natasha.

—Lo ideal para llegar es caminar, ya sabéis —dice Sia—. Un pie detrás de otro. Eso es, Tash, lo haces genial, querida.

Nos reímos y me recreo en el tono rosado que adquieren sus mejillas. Caminamos hacia el zoo en grupo. Aunque al principio es un poco follón, mis primos se las ingenian para adelantarse y arrastrar a Sia, que se queda justo delante de nosotros hablando con Azahara de tintes veganos para el pelo. Ni sé de qué va el tema ni pienso preguntar.

—¿Cómo has estado? —pregunto a la única que de verdad me importa hoy.

—Bien —responde tímida.

—¿Bien? —replico. Ella se ríe—. ¿Bien? ¿Genial?

—Solo... bien. —Asiento, metiéndome las manos en los bolsillos, y ella sigue hablando—: Ha estado mejor —susurra, rezagándose un poco de los demás—. Nikolai —aclara—. Ha estado mejor. Estas fiestas han sido... distintas.

—Eso es bueno. Me alegro por ti.

Ella guarda silencio. Es un tema tan delicado que no sé qué más decir sin que sienta algún tipo de presión por mi parte. Al final, para mi sorpresa, se lanza a hablar de nuevo.

—Antes de venir aquí, le he tenido que pedir permiso para salir con Sia, ya lo sabes. —Asiento sin querer interrumpirla—. Mi padre ha venido a nuestro dormitorio y, cuando ha visto que Nikolai estaba ordenándome mantener el GPS activo, se ha limitado a dejar ver su orgullo por él. Porque me cuida y me protege.

El tono es de lo más irónico, aun así, me ando con pies de plomo.

—¿Y qué piensas tú de eso?

—¿Importa?

—Pues claro que sí, Tasha. Claro que importa. Es tu vida.

—No me pertenece. —Encoge los hombros al mismo ritmo que a mí se me encoge el estómago ante su actitud—. Yo solo me ocupo de respirar, comer y dormir. El resto no me pertenece.

No respondo. Si yo fuese Felipe, le diría de inmediato lo que creo que debe hacer. Si fuese Mario, dejaría que mis impulsos tomaran las riendas. Pero yo soy Jorge, yo actúo distinto y, en este momento, lo mejor es meditar bien mis palabras. Algo me dice que tengo las mismas posibilidades de acercarla más a mí que de que salga corriendo.

Llegamos al zoo, pagamos las entradas y, ya en el recinto, cuando mi familia y su amiga se han alejado un poco de nosotros, retomo el tema.

—¿Quieres que cambie? —Ella me mira sin entender. Me explico—: ¿Te gustaría que tu vida cambiase y empezara a pertenecerte?

—Claro que sí, pero no puedo...

—¿Qué? ¿Ponerte en contra de tu familia? ¿No es lo que hizo Sia? —La sorpresa se dibuja en su cara—. Hemos hablado un par de veces.

—Oh.

No sé distinguir su tono. Viaja entre la sorpresa y algo más que no detecto. Sí, Sia y yo hemos hablado un par de veces, pero solo porque me ha pedido paciencia. Me ha contado muy por encima su propia situación: vive en el almacén de la cafetería porque ha cortado los lazos con su familia e intenta alzar el vuelo sola. Pero solo me lo ha contado para decirme que la situación de Natasha es peor, porque está Nikolai, y eso lo complica todo.

—Solo sé algunas cosas —admito—. Quiero entender por qué te quedas al lado de alguien que te corta las alas de esa forma.

—Está enfermo.

—Lo entiendo y me parece genial que le prestes tu ayuda, pero no a costa de ti misma, Tasha. Estamos hablando de tu vida, o más bien de la falta de ella. —Su silencio se me atraviesa en la garganta—. Lo siento. No es de mi incumbencia.

—No, no lo es —dice en tono serio antes de que sus ojos se agüen—, pero quiero que lo sea. —La miro atónito y ella continúa—: Ese es el problema. Quiero hablar contigo, contártelo todo, pero algo me dice que no debo porque solo empeoraré las cosas. Mi vida no va a cambiar por mucho que te cuente que, algunas noches antes de dormirme, me pregunto si de verdad sería tan malo no despertarme más.

La realidad de sus palabras, saber que de verdad piensa y siente lo que dice, me transporta automáticamente a las rocas en las que nos conocimos. Ella sigue manteniendo que no quería tirarse y la creo, pero una parte de mí cada vez más grande se pregunta cuánto más podrá soportar la situación que atraviesa. No es que esté esperando que un día decida acabar con todo. No es eso. Es que me da pánico que los motivos para despertarse cada vez sean menos y acabe muerta en vida.

—A lo mejor tu vida no cambia mucho ahora —le digo—, pero tendrás a alguien a quien contar tus cosas, además de a Sia. Sigues viviendo en una cárcel, Tasha. Yo eso no puedo negártelo, pero a lo mejor, si me dejas, puedo hacer que en ratitos pequeños y controlados sientas la libertad. Como doblar los barrotes de tu celda y respirar aire puro de vez en cuando.

—Solo de vez en cuando.

—Es mejor que no respirar nunca. Tienes a Sia, respeto eso profundamente y estoy feliz de que así sea, pero quiero estar en tu vida. Quiero ser parte de ella del modo que sea.

—Es demasiado complicado. No sé si aguantarás el estrés que supone...

—Deja que eso lo decida yo. —Ella parece dubitativa y yo lo suelto todo, porque soy incapaz de guardarme lo que pienso—: Dime una cosa. ¿Consideras esto una cita o una salida de amigos? —Sus mejillas se tiñen de rosa tan rápido que conozco la respuesta antes de que hable—. Para mí es una cita. Me da igual que esté aquí parte de mi familia y Sia. No me importa que tengamos que vernos rodeados de gente, en sitios públicos o a escondidas. Me da igual todo siempre y cuando pueda volver a verte. Si solo puedes darme un minuto de tu tiempo, haré hasta lo imposible por hacer que parezca una hora. Si puedes darme una hora, conseguiré que parezcan cinco. No sé cómo,

Tasha. No tengo ni la más remota idea, pero lo conseguiré. Solo necesito que me digas si tú sientes esta química igual que yo. Y si solo quieres que seamos amigos, también está bien. Tú decides. Tienes todo el poder.

A ella se le escapa una risa temblorosa.

—¿Yo? ¿El poder? Eso suena demasiado raro.

—A mí me suena precioso.

Sus ojos se clavan en los míos. Esto no va a ser fácil, pero da igual. Lo fácil siempre me ha aburrido. No necesito que sea fácil, solo real.

—No soy como cualquier otra chica de veintitrés años. Mi madre murió cuando tenía quince y, desde entonces, mi vida ha sido esto que ves. Las amigas que tenía en el instituto se esfumaron cuando mis estudios obligatorios acabaron y me hicieron seguir estudiando online si quería. Solo está Sia. No tengo experiencia con grupos grandes porque incluso cuando mi madre vivía me vigilaban muy de cerca y no me permitían salir tanto como al resto. No sé manejarme abiertamente con mucha gente y, Jorge, nunca he salido con un chico. Yo no...

—Deja que te diga cómo lo veo yo, ¿vale? —interrumpo—. Te han robado lo más preciado que tiene el ser humano. Te han quitado tu derecho a vivir durante ocho años. No te estoy diciendo que quiero de ti más de lo que puedes darme. Un paseo a escondidas, una salida en grupo para disimular, un abrazo furtivo. Me conformo con lo que sea, siempre que sepa que tú quieres estar conmigo. Con que lo que me des lo hagas porque quieres, sintiéndote libre, aunque no lo seas. —Las lágrimas que ha retenido hasta ahora caen y las limpio con las yemas de mis dedos—. Solo quiero seguir viéndote. Al ritmo que tú impongas, eso me da igual. Sé que tienes una vida complicada, no me engaño. Pero eso no va a impedirme intentar llegar a ti una y otra vez.

—¿Por qué? Soy un caos. Un saco de dudas que rebosan cada día.

—A lo mejor me encantan los sacos de dudas. —Una sonrisa aflora a sus labios y me atrevo a colocarle un mechón de pelo detrás de la oreja—. A lo mejor me encanta complicarme la vida. O puede que sea porque estoy bastante seguro de que por ti, Tasha, merece la pena todo. Tus dudas, tu caos, tus millones de problemas. Me lo quedo todo.

Ella cierra los ojos y, para mi sorpresa, se deja caer hacia delante hasta que su frente se apoya en mi pecho. La abrazo con cuidado, temo que se rompa o salga corriendo, y me enfrento al hecho de que con Natasha las cosas no serán fáciles, pero serán. Y eso es lo único que me importa.

—Voy a dejarte plantado un millón de veces. A lo mejor tu familia me odia y a veces no sé ni de qué hablar, porque es como si viviera aparte del mundo normal que conocéis los demás, pero aun así... Sí, quiero pasar más tiempo contigo, Jorge. —Se despega de mí, me mira a los ojos y sonríe, avergonzada—. Quiero más citas.

Sonrío, asintiendo una sola vez porque lo que de verdad me nace es besarla aquí mismo y no sé cómo reaccionaría a algo así. Lo que sí hago es cogerle la mano, entrelazar sus dedos con los míos. Natasha sonríe, mira nuestros dedos y acaricia los míos de una forma que levanta un cosquilleo justo en mi nuca. Una demostración más de que esta chica podría derrumbarme si se lo propusiera.

—¡Eh, tortolitos! —grita mi primo Mario—. ¡Venid! Vamos a ver al leopardo y quiero que escuchéis todos los motivos por los que pienso que somos almas gemelas.

—Creo que querías decir chimpancés —dice Sia mientras nos acercamos.

Mario responde algo, pero ella no está pendiente. Se centra en nuestras manos unidas y luego en la cara de su amiga, y Sia asiente levemente. La sonrisa que se dibuja en su rostro es tal que no puedo dejar de sonreír. Algo me dice que tener la aprobación de Sia es vital para que esto salga bien. No me engaño. No es como si diera por hecho que esto saldrá bien porque sé que nos esperan un millón de impedimentos, empezando por todo lo que Natasha cree que debe hacer por su hermano, pero tener a Sia de mi parte lo hace todo más fácil.

Recorremos el zoológico observando a los animales y gastándonos bromas al más puro estilo Dunas. En un momento dado, Camille me pide que le haga una foto junto a Felipe al lado de unos jardines. Posan juntos, abrazados y sonrientes. Les hago la foto y espero unos segundos porque suelen besarse cada poco y algo me dice que esta vez no será distinto. Lo hacen y aprovecho para hacer una foto justo en ese momento. Camille me lo agradece sorprendida pero encantada de tener una imagen tan natural y tan de ellos. Felipe se limita a reírse y la arrastra hasta otra zona del zoo.

Llegamos hasta la zona del leopardo y todo se descontrola. Mario se pone a cantar canciones de *El Rey León*, porque no encuentra a los leones. Yo ni siquiera sé si hay, pero lo que sí sé es que está montando un numerito bochornoso. Azahara se empeña en que le hagamos medio millón de fotos que probablemente acaben en la memoria del teléfono de Nil y, después de unos minutos, Sia nos arrastra a la zona de serpientes porque está empeñada en que le dejen coger una.

—Es que eres una siniestra de la vida —le suelta Mario.

—¿Siniestra por querer coger una serpiente?

—Total. Maléfica.

—¿Y tú qué eres? —replica ella de mal humor.

—El rey de la selva, evidentemente.

—No vas a poder con ella, Mario. —Natasha interviene hablándole directamente a mi primo—. Si se le ha metido en la cabeza coger una serpiente, lo hará. A menos que esté prohibido.

—¿Tú la vas a coger? —pregunta Mario.

—Puede.

—¿La vas a coger? —repito yo, esta vez sorprendido.

Ella me mira sonriendo y, joder, me quedo embobado con lo guapa que es.

—Creo que me gustaría. Las serpientes son tranquilas, pero peligrosas. Nadie las controla.

—Bueno, eso es relativo —dice Mario—. A fin de cuentas, están aquí, encerradas en terrarios. El otro día ya hablamos de la aberración que supone encerrar animales para disfrute de unos cuantos. Lo pienso hasta yo, que acabo de cantar *El Rey León*...

Dejo de oír a mi primo, aunque tenga razón, y me centro en Natasha. Mira a través del cristal a una pitón que me provoca repelús solo de pensar lo que se tiene que sentir al tocarla. Apoya la palma de la mano en el cristal y sonríe con dulzura.

—Puede que esté encerrada, sí, pero eso no quita que sea más peligrosa que muchos de los animales que hay aquí.

—Poco hará desde ahí encerrada —murmura mi primo.

Miro a Natasha, embobada con la serpiente. Entiendo tantas cosas de pronto que solo me sale colocar mi mano sobre la suya y responderle a mi primo, pero sin quitar mis ojos de ella:

—Puede que esté privada de libertad, pero es más poderosa que muchos de los que estamos aquí.

Los ojos de Tasha se desvían del terrario, centrándose en mí. Lo sabe, claro que lo sabe. Lo ha entendido perfectamente.

Recorremos el resto del zoológico en menos tiempo del que pensábamos y, al salir, decidimos ir a tomar algo antes de que Natasha tenga que marcharse. El problema es que, justo en la puerta de la cafetería, su teléfono suena. En cuanto se lo saca del bolsillo, a juzgar por su cara, sé de quién se trata. Pero me lo confirman sus palabras cuando responde.

—Hola, Nikolai. —No sé qué oye al otro lado de la línea, pero sé que sus ojos se aguan tan rápido como a mí me nace el rencor en las entrañas—. Voy enseguida. No te muevas, ¿vale? Y no tomes nada más, por favor. Por favor, Nikolai, no tomes nada más.

Sia maldice por lo bajo. Cuando Natasha cuelga, sé que todo se ha esfumado, salvo su preocupación por él. Me mira de inmediato, dispuesta a darme una excusa, pero no la necesito. No quiero mentiras ni rencores. No es así como funcionará esto, así que solo le beso la frente y luego apoyo la mía sobre la suya.

—Ve con él y llámame en cuanto puedas, por favor.

Asiente una sola vez y se va. Sia la acompaña y se lleva con ella la poca calma que habíamos logrado alcanzar hoy.

—¿Estará bien? —pregunta Azahara acariciándome el brazo.

—Eso espero.

No le digo que no tengo ni idea. Tampoco le digo que estoy acojonado porque en esta historia hay un millón de cosas que pueden salir mal. No hago nada de eso. Solo sonrío, abro la puerta de la cafetería y entro dispuesto a tomarme un café y hacer que el tiempo pase lo más rápido posible antes de volver a saber algo de ella.

14

Nil

Observo de nuevo las fotos que me ha ido enviando Azahara a lo largo de la tarde. Intento evitar el pellizco de nostalgia que se me agarra al estómago cada vez que me doy cuenta de que esta es otra de esas cosas que no podemos hacer juntos. Ir al zoo parece una tontería, pero no lo es cuando 1.014,4 kilómetros te separan de la persona con la que quieres ir. Eso según Google. A mí algunos días me parecen dos millones.

No me quejo porque tengo a Eric y Ona. Ellos hacen que mis días estén ocupados al máximo, pero es distinto. Esta añoranza que siento es distinta. No se va con nada. Puedo salir a dar una vuelta, pasar horas en el parque con ellos o jugar hasta rendirnos y tengo la certeza de que, al cerrar los ojos por la noche, ella me seguirá faltando.

—¿Qué estás mirando? —pregunta Ona acercándose a mí.

Se ha empeñado en hacerse tres coletas y, aunque me gustaría decir lo contrario, no podrían estar más disparejas. Esta niña pasará a la historia del colegio por ser la peor peinada y lo peor es que ella está orgullosa.

—¿Te acuerdas de mi amiga Azahara? ¿Esa que fui a ver? Os hablé de ella un poco.

—Ajá. Tiene el pelo rizado y muyyy largo. Yo de mayor voy a tenerlo así.

Sonrío. Ella es tan rubia que sus cejas apenas se ven, su pelo es tan liso como el mármol, pero no seré yo quien le diga que no puede tener una melena castaña y de rizos indomables cuando sea mayor.

—Estaba viendo unas fotos que me ha enviado del zoo. —Eso capta la atención de Eric, que me mira de soslayo—. ¿Queréis verlas?

—¡Sííí!

—¿Son aburridas? —pregunta Eric.

Sonrío. Su carácter está empezando a mejorar, pero todavía sigue siendo un niño serio y empiezo a comprender que es simplemente su carácter. Eric siente distinto, con intensidad y de forma más reservada. Aunque me ha costado un poco, empiezo a darme cuenta de que eso es igual de bueno que ser como Ona, extrovertida y dicharachera. Él es feliz así, aunque yo me preocupe por si en un futuro no consigo llegar hasta él del mismo modo que hasta su hermana. De todas formas, ¿quién sabe? Igual en el futuro es ella la que más problemas me da. No sufrir por eso en el presente es una meta que me he puesto a corto plazo.

—Son de animales. Hay serpientes.

Eso hace que Eric se levante y se siente en el sofá, a mi lado. Ona está al otro lado. Observamos las fotos de serpientes, tigres, cocodrilos y un sinfín de animales antes de ver algunas de Azahara riéndose frente a la cámara. Está preciosa, pero no es una novedad. Ella siempre lo está y salir con sus primos y hermanos tiene un efecto inmediato en ella. No soy tonto, sé que los idolatra hasta el punto de que sus problemas le afectan como propios. Últimamente, por ejemplo, su preocupación está centrada en Jorge, pero antes de eso lo estuvo en Felipe.

Lo bueno es que también se nutre de las alegrías de todos ellos. Así que, si en una salida en grupo lo pasan bien, ella aparece radiante. Para mí es raro ver a alguien con un medidor de intensidad familiar tan claro. No estoy acostumbrado a familias grandes, ni mucho menos con ese nivel de compromiso. He de admitir que, cuando miro a Ona y Eric, me encanta pensar que de mayores serán así. A mí nunca me verán como a un hermano ni a un igual. Para ellos soy su padre, pero si entre ellos consiguen verse y apoyarse del mismo modo que Azahara y su familia, seré un hombre muy muy feliz.

—¿Ya no hay más? —pregunta Eric.

—No.

—El zoo de Barcelona es mucho más grande.

—¿Y tú cómo lo sabes? No hemos estado.

Eric encoge los hombros en actitud desganada.

—Da igual, pero es más grande y tiene muchos más animales.

—¿Te gustaría ir? —le planteo. Él guarda silencio, así que insisto—. Quizá podamos organizar una salida en familia un día de estos. Antes de que acaben las Navidades y tengamos que volver al cole. O si queréis, cuando empecéis el curso, buscamos un día que no tengáis mucho lío y yo no tenga demasiado trabajo, así habrá menos gente.

—¿Y faltar al cole? —replica Ona—. ¡Bien!

—No deberíamos faltar al cole —sigue Eric—. Podemos ir en finde.

—En finde está llenísimo de gente —contesto.

—Da igual, los planes familiares se hacen en finde. Pau dice que sus padres todos los findes lo llevan de excursión. Y esta Navidad han estado esquiando. Le han comprado una tabla de snowboard nueva chulísima. Yo ni siquiera he visto la nieve nunca.

Me guardo el pensamiento de que la madre de Pau es una cornuda consentida y eso lo sabe todo el colegio, y el padre, cuando llegan las vacaciones, tiene tales ataques de culpabilidad que se pasa los días invirtiendo dinero en su mujer e hijos para así, a la vuelta, poder tirarse a su secretaria de nuevo sin complejos. Me lo guardo porque no es apropiado contarle eso a dos niños y porque no quiero que esta conversación me lleve a preguntas aún más embarazosas.

—Nosotros también hacemos planes en familia.

—Ir al parque no es un plan en familia.

—Me gusta nuestra familia y me gusta el parque —dice Ona—, así que me gusta nuestro plan en familia.

Intento no reírme porque veo que Eric está molesto por algo. Ojalá pudiera meterme en su cabeza y averiguar de qué se trata, pero mi única alternativa es la comunicación.

—¿Te gusta nuestra familia, Eric? —pregunto.

Él me mira sorprendido, como si no esperase que le preguntara algo así. La verdad es que no sé si hago bien, pero de pronto el pensamiento de que alguno de los dos es infeliz me carcome. Necesito respuestas casi tanto como respirar. Puedo soportar cualquier cosa: problemas en el trabajo, discusiones, el estrés continuo de tener dos niños pequeños en casa mientras intento trabajar. Lo que sea, menos la idea de que ellos no sean felices. Eso es algo que simplemente no entra en mi sistema.

—Me gusta nuestra familia —susurra—, pero me gustaría más si, en vez de estar aquí viendo fotos de serpientes, pudiéramos verlas en vivo. O si me compraras una tabla de snowboard.

Sonrío. Son cosas normales. Todo esto es normal en un niño de siete años con unas prioridades muy distintas a las mías.

—Organizaré algo antes de que volváis al cole, así no tendrás que faltar.

—¿Y lo de la tabla?

—Aquí no nieva y tú no sabes esquiar, Eric.

—Podría aprender. En YouTube hay vídeos que te enseñan.

Me río. Dios, ojalá volver a tener esa edad en la que piensas que ves un par de vídeos en YouTube y automáticamente sabes hacer cualquier cosa.

—Ya veremos.

—¿Puedo enviarle un audio a Azahara?

La pregunta de Ona me coge totalmente desprevenido. Hemos hablado de Azahara, saben que es una amiga especial. Intuyo que ninguno de los dos sabe exactamente qué significa eso, pero quiero que vayan comprendiendo las cosas poco a poco. La han visto en fotos y los dos disfrutan una barbaridad con el micrófono que me traje gracias a ella, pero nunca me habían pedido interactuar directamente con ella y no sé si es buena idea.

—¿Qué quieres decirle? —pregunto con cierta cautela.

—Quiero contarle que ahora mi pelo es del color del sol y está un poco liso, pero cuando sea mayor voy a tenerlo como ella, así podremos jugar juntas.

—Cariño... —Me río, pero luego me pongo serio, porque no quiero que piense que no me importa lo que dice—. Puedes jugar con Azahara aunque no tengáis el mismo pelo. Por ejemplo, no tienes el mismo pelo que tu amiga Luna, que lo tiene negro, pero jugáis juntas, ¿no?

—Pero es que yo quiero tener el pelo como ella.

—Bueno, pero, aunque no lo tengas todavía, puedes ser su amiga de todos modos.

Ella me mira fijamente, como si acabara de abrirle un mundo de posibilidades.

—Vale, entonces vamos a grabarle un audio diciéndole que puede venir a cenar, y así me cuenta qué le va a pedir a los Reyes.

—Ay, Ona.

La risa se me sale. Los Reyes Magos vienen mañana por la noche y en esta casa los nervios están a flor de piel. Es la primera vez que de verdad los veo ilusionados. Sin miedo. Sin la tensión de oír las toses de fondo. De inmediato me siento mal hijo por pensar que ahora somos más felices, pero es que la última etapa de mi madre no fue feliz, ni para ella ni para nosotros. Intento convivir con esta contradicción de la mejor manera que sé.

—Ay, Ona, ¿qué? —repite ella—. ¿Tampoco podemos hacer la carta juntas?

—Ya te expliqué que Azahara vive muy lejos de aquí.

—¿Cómo de lejos?

—Bueno, pues para ir a su casa tendríamos que coger un avión o un coche durante muchas horas.

—¿Cuántas horas?

—Muchas. Diez, doce. No sé, muchas.

—Si vamos de noche, estaremos allí por la mañana —dice Eric, sorprendiéndome.

—¿Qué?

—Que si vamos de noche, aunque sean diez horas, da igual porque estaremos dormidos y llegaremos allí por la mañana.

—Alguien tiene que conducir.

—Conduces tú, papá. Eres el adulto.

—¿Y cuándo duermo?

Su silencio me hace reír. Por otro lado, ojalá fuera todo tan fácil como coger el coche, conducir una noche y estar allí mañana. Joder, me muero de ganas, en realidad. Pero no puedo hacerles eso a Eric y a Ona, aunque ellos ahora piensen que sí. Van a pasar la primera noche de Reyes Magos en casa sin el recuerdo de nuestra madre moribunda en la habitación del fondo. Quiero que creen recuerdos nuevos y felices aquí porque creo que es importante. Por otro lado, nos imagino llegando de sorpresa a La Cala de Mijas y...

—Sería un viaje agotador —murmuro.

—Pues salimos ya. Si salimos ya, podemos parar algunas veces para que descanses. O podemos coger un avión.

—Sale carísimo en esta época del año.

—Pues entonces...

—Eric —lo interrumpo—. ¿Por qué quieres que viajemos tantas horas para ver a Azahara?

Él me mira serio, pero no enfadado ni molesto, sino pensativo. Hay una razón. Lo tengo claro. No insistiría tanto de no ser así. Cuando se pone a rascarme los tatuajes de las muñecas con la uñita del dedo índice lo confirmo. Solo hace eso cuando quiere soltar algo y no sabe cómo.

—Cuando hablas con ella por teléfono, sonríes un montón. —El corazón se me aprieta un poquito—. Ya sé que también sonríes cuando estás con nosotros, pero a lo mejor, si vamos, podemos hacer cosas de familia todos juntos, si ella quiere.

—Claro, y así sonreímos todos un montón —termina Ona, como si su hermano estuviera diciendo lo más normal del mundo.

Los miro con la boca abierta. Literalmente abierta. Yo en ningún momento he dicho que tenga una relación con Azahara ni que ella vaya a formar parte de nuestra familia. No sé qué conclusiones han sacado de lo que han visto, pero sé que he intentado ser muy cuidadoso con el modo en que me relaciono con Aza, procurando no robar el tiempo que es de ellos. Aun así, Eric está aquí diciéndome esto y creo que es posible que en el fondo todo sea fruto del anhelo que siente por tener una familia tradicional. Eso me destroza por dentro, no sé si algún día seré capaz de darle lo que quiere. Ni siquiera sé si estoy haciéndolo bien, aunque a menudo me convenza a mí mismo pensando que, de no ser así, no serían tan educados, buenos y cariñosos como son.

—Verás, Eric. El problema es que necesitaríamos alquilar una habitación de hotel para los tres y esas cosas ahora salen muy caras. —Él frunce los labios y yo me guardo para mí mismo la frustración—. Podemos planearlo para algún momento, aunque no pueda ser ahora.

—¿En serio?

Me trago los nervios que me provoca siquiera hablar de este tema y sonrío.

—Sí, claro. Si os cae bien Azahara..., podríamos plantear un viaje para conocerla.

—¿Y ver su casa de la playa? —pregunta Ona entusiasmada.

Ah, sí, también les conté que Azahara vive en una casa a los pies de la playa. Pero se han hecho una idea equivocada, creo. Ahora Ona, cada vez que ve *Vaiana,* me pregunta si Azahara vive así. Creo que el pelo rizado y el tema del mar la han confundido.

—Supongo que sí —respondo.

—¡Qué genial! —exclama Ona.

Yo, por mi parte, miro a Eric. Parece más relajado, aunque aún está pensativo.

—¿Podemos mandarle un audio de todos modos?

—¿Por qué quieres mandarle un audio? —pregunto.

—Si hablamos mucho, tanto como tú, y nos hacemos amigos, a lo mejor nos invita a su casa de la playa y así no tenemos que pagar una habitación de hotel.

Suelto una carcajada antes de poder controlarme. La lógica aplastante de los niños es lo puto mejor del universo, lo digo en serio. Tanta gracia me hace su respuesta que abro la conversación de WhatsApp de Azahara, pulso la tecla del micrófono y lo acerco a los labios de Eric. No sé qué cojones estoy haciendo ni si es buena idea meter a mis hijos de esta manera en la vida de Azahara. Pero sé que, llegados a este punto, su existencia ha cambiado mi vida y también la de ellos. Tienen derecho a decidir de qué modo se relacionan con ella. Es más, tienen derecho a conocerla, si eso es lo que quieren. A cambio, solo espero que ella sepa valorar lo mucho que me importa que ellos quieran acercarse así.

—Hola, Azahara —dice Eric un tanto tímido. Me mira de soslayo y traga saliva—. Soy Eric. Papá nos ha enseñado tus fotos en el zoo y están chulas, aunque en el zoo de Barcelona hay más animales, me parece, porque en YouTube salen un montón. —Se me escapa la risa. Jodido YouTube. Eric me mira y sonríe un poco—. Bueno, solo quiero decirte que, si tú quieres, podemos ser amigos y hablar por el móvil de papá alguna vez. Y si quieres, puedes venir a ver el zoo de aquí y así nos dices si es más grande o no.

Se aleja del teléfono y me mira expectante, como si lo que vaya a ocurrir a continuación fuera cosa mía. Antes de poder darle una respuesta, Ona me tira del jersey.

—Yo también quiero.

Elevo una ceja, veo que Azahara está conectada y los nervios me aprietan el estómago como nunca antes, pero aun así aprieto el micro de nuevo y acerco el teléfono a los labios de Ona.

—Ya puedes hablar, cariño.

—Hola, Azahara. Le he dicho a papá que podías venir a hacer la carta de los Reyes conmigo, pero dice que no puedes porque estás muy lejos y tendríamos que conducir una noche entera. —Se para un segundo, abre los ojos como platos y me da un manotazo en la pierna—. ¡Ah, claro! ¡Ya sé! Para que sea menos tiempo, como tú tienes una casa en la playa, a lo mejor tienes que montarte en un barco y cruzar el arrecife, como Vaiana, y como hace tanto frío a lo mejor no te apetece mucho. Seguro que te mojabas un montón y mi ropa no te cabe. Bueno, pues si tú quieres, cuando sea verano, si te apetece cruzar el arrecife, te vienes y a lo mejor entonces mi ropa ya te está bien. ¡Ah, sí! Me estoy dejando el pelo largo para que se convierta en uno como el tuyo. Y como el de Vaiana. ¡Y así podré tener yo también un barco!

La miro con los ojos como platos. Así que ese era el misterio del pelo... Se me escapa una carcajada justo antes de enviar el audio y de que ella proteste.

—¡No había acabado!

—Creo que sí —contesto riéndome—. Bien, es hora de ir haciendo la cena. ¿Qué tal si ponéis la mesa mientras tanto?

—¿Qué tal si nos pones la tele un ratito? —contraataca Eric.

Me río, enciendo el televisor y les doy el mando para que elijan los dibujos que quieren ver. Me meto en la cocina para preparar la cena. Cuando el sonido de mi móvil me avisa de que tengo un whatsapp, lo abro con tantos nervios que la mano me tiembla un poco. Parece absurdo, pero no lo es, porque la primera reacción de Azahara a un contacto directo con mis hermanos es vital. Es tan vital que no dejo de desear que su respuesta esté a la altura de las expectativas de mis hermanos. Cuando abro su audio para escucharlo yo primero, por si debo filtrar algo, el aire contenido escapa entre mis labios y algo parecido a la calidez más absoluta se esparce por todas mis terminaciones nerviosas.

—¡Hola, chicos! No sabéis lo contenta que me pone escuchar vuestras voces. Vuestro padre habla un montón de vosotros, pero me encanta que me hayáis hablado directamente a mí. Eric, el zoo de Barcelona es mucho más grande, es cierto, pero ¿sabes lo bueno de este? Que, si te pierdes, te encontraríamos enseguida. —Se ríe y consigue que yo me ría con ella—. Ona, pequeña, me encantaría que vieras mi casa en la playa. No tengo barco, pero tengo una tabla de surf en la que podrías montar, si tu padre te deja y siempre con nuestra supervisión. Quizá en verano... —Se calla, carraspea y sigue—: Me encantaría que alguna vez conocierais mi hogar y conocer el vuestro. Un beso enorme, chicos.

Apenas he acabado de escuchar el audio, cuando me fijo en que hay un mensaje escrito.

Azahara

Espero no haberme excedido con la respuesta. Nil... Gracias. De verdad, muchas gracias por darme un trocito de ellos. Es el mejor regalo de Reyes de este año.

Me muerdo el labio intentando contenerme. Tengo que hacerlo por los niños, que pueden entrar en la cocina en cualquier momento, pero es que esto... es que ella...

Nil

Joder, Aza, ¿cómo no voy a darte un trocito
de ellos, si estás metiéndote dentro de mí a
la velocidad de la luz?

En cuanto lo envío, Ona entra en la cocina armando alboroto a causa de una peli que ella no quiere ver y la rutina toma el mando de la situación, pero en mi cabeza... En mi cabeza no dejo de imaginar a Azahara manejando un barco, cruzando el arrecife del mar que nos separa, dirección Barcelona, lo que da una idea bastante aproximada de lo loco que está volviéndome esta mujer.

15

Jorge

—¡Arriba! ¡Venga! ¡Arriba todo el mundo! ¡Han venido los Reyeees!

El grito de Mario me hace abrir los ojos de golpe, asustado. Miro el reloj de la mesilla de noche: las siete de la mañana. Yo lo mato. Lo voy a matar con mis propias manos por hacernos esto. Es domingo, quiero dormir y, además, ayer no supe nada de Natasha. Por eso se me jodió el día hasta el punto de dormirme ya de madrugada y pensando por qué demonios no me escribe ni contesta a mis mensajes. Hoy el plan era levantarme tranquilamente, ir a comer con la familia y, por la tarde, volver a escribirle; pero si me levantan estresado y a estas horas, intuyo que mi humor no va a ser el mejor.

—¡Ya vienen los Reyes Magos, ya vienen los Reyes Magos, ya llegaron a La Cala!

Mi primo canta su propia versión del villancico «Ya vienen los Reyes,» a mí se me despiertan instintos asesinos y Azahara sale de su dormitorio con la cara hinchada de sueño y los pelos disparados en todas las direcciones.

—¿Por qué no vas a cantarles a Felipe y a Camille? Seguro que te lo agradecen mucho —propone Azahara.

—Es verdad, es la primera vez que Camille vive los Reyes Magos. ¡Voy a cantarle una serenata!

Bufo y mi prima ríe. Mario sale de casa y se pone a cantar a voz en grito en nuestro jardín. Ni dos minutos pasan antes de que vuelva calado hasta los huesos de agua.

—¿Qué demonios...? —pregunto.

—Felipe acaba de matar a su niño interior echándome un cubo de agua desde la ventana. Mi niño interior sigue intacto, pero mojado.

Me río a carcajadas mientras lo veo meterse en el baño para darse una ducha caliente. Una cosa es innegable: en esta familia no nos aburrimos nunca.

Diez minutos después del incidente del agua, todos estamos en el salón, Mario recién duchado y Felipe con una sonrisita de suficiencia. Los regalos aguardan rodeando el árbol de Navidad y Mario, como cada año, se vuelve loco repartiéndolos todos y dejando los suyos para el final. Con lo entusiasta que es, cualquiera pensaría que lo que más le gusta es abrir los suyos, pero creo que disfruta casi más viendo cómo los demás se emocionan y rasgan sus paquetes. No le busques mucha explicación, ya te he dicho más de una vez que es un chico muy raro.

Pijamas, perfumes, zapatillas de deporte, cintas de pelo y hasta algunos enseres para entrenar que le han traído a Azahara y nos han hecho bufar porque mi prima tiene muchas virtudes, pero deportista no es.

Yo abro mis regalos, los agradezco y sonrío todo lo que puedo durante el desayuno. Me bebo una taza de chocolate caliente y empiezo a notar el final de las Navidades en cada gesto. Otros años me da pena que se acaben las fiestas, pero este todo es raro. Me importan más otras cosas. Miro a mi lado, a Azahara, que observa la pantalla del móvil con una sonrisa triste.

—¿Se han portado bien los Reyes en Barcelona? —susurro.

Ella alza los ojos y sonríe de nuevo, pero, una vez más, es un gesto excesivamente triste.

—Sí. Ona y Eric están flipando. A Nil le han traído un vaquero que se pidió y compró él mismo, ya sabes. Yo le he comprado algo, pero... bueno, ya se lo mandaré mañana por Correos.

—Lo importante es que llegue, ¿no?

—Sí. ¿Has sabido algo de Natasha? —El cambio de tema es tan brusco que sé que está conteniéndose para no echarse a llorar aquí mismo.

—No —admito. Ella guarda silencio y yo también. No es un tema del que me apetezca charlar.

El ambiente se enrarece tanto que hasta Felipe, Camille y Mario guardan silencio. Eso hace saltar mi alarma interior y, antes de exponerme a una charla que no necesito, me levanto con la excusa de prepararme para pasar el día en casa de la abuela. Azahara me imita y Mario se queda jugando con el dron que nos ha obligado a regalarle. Menos mal que en casa no hay muchos objetos valiosos, porque de esa cosa no se salvará ni uno.

Me ducho, me pongo un vaquero con rotos, un jersey azul marino de cuello alto y la chaqueta de cuero y salgo para esperar al resto. El camino hasta la casa de la abu Rosario lo hacemos en dos coches entre gritos, protestas y una parada para recoger a la madre de Camille y a Bella. ¿Que podrían haber venido hasta aquí solo Felipe y Camille, que son quienes las han recogido? Pues también, pero somos así de apretados. Nosotros vamos juntos a todas partes, hasta cuando es innecesario.

Llegamos a casa y saludo a mis hermanas, que están pletóricas y deseando enseñarme sus regalos de Reyes. El resto de la familia se dispersa en el salón, la cocina y la planta superior, donde los más jóvenes se entretienen con sus cosas.

—He pensado que podríamos hacer un TikTok familiar —dice mi hermana Alma—. Hay un baile que es...

—Yo no pienso hacer el ridículo —salta Felipe.

—¡Yo sí! —grita Mario—. A mí apúntame para lo que sea.

Mis hermanas me miran con cara de pena y me río.

—Si convencéis a la mayoría, vale.

Se lo toman tan en serio que, antes de la hora de la comida, ya tienen un porcentaje bastante alto de aceptación, lo cual significa que voy a pasarme la tarde haciendo vídeos para una red social que ni siquiera uso y que me hace sentir viejo. ¡Y solo tengo veinticinco años! Claro que, cuando veo a mi padre realizar cada movimiento casi mejor que mis hermanas, me doy cuenta de que es cierto eso que dicen: la edad solo es un número. La madurez va por otra línea. Si no, solo tengo que mirar a Mario.

Nos sentamos a comer o más bien a reventar, porque en esta casa no sabemos controlar el tema de las cantidades y siempre acabamos haciendo comida para una semana. Me lleno un vasito de vino dulce, a petición de nuestra abuela, que quiere hacer un brindis, y lo alzo en alto cuando ella empieza a hablar.

—Otras Navidades que se van y no pueden conmigo —comienza diciendo, provocando algunas risas—. Me gustaría mucho que el abuelo estuviera aquí y pudiera ver la familia que hemos creado. Hijas fuertes y sanas enamoradas de buenos hombres que nos han dado nietos fuertes y sanos. —Se emociona un poco, lo que hace que algo se apriete dentro de mí. Odio verla sufrir, pero aprendimos muy pronto que, en lo referente a la muerte de mi abuelo, ninguno podemos ayudarla a superarlo porque simplemente no lo quiere superar—. Muchas gracias por estar conmigo un año más. Bien sabe Dios que sois la única razón por la que todavía sigo en este mundo. Vamos a por un año más. Salud, mis Dunas.

Alzamos más los vasos para brindar, bebemos y luego, pasado el momento de emoción, empezamos a comer como auténticas bestias. Lo hacemos hasta el postre, cuando mi abuela mira a Azahara y le increpa que siga mirando el móvil.

—Perdona, abuela —dice mi prima—. Solo... Nada, da igual.

—¿Estás hablando con el chico que trajiste? —Mi prima asiente—. ¿Cómo va eso? ¿Estáis juntos pero sin estar?

La familia entera guarda silencio. Es un tema delicado y mi abuela no es la más moderna, aunque todos la adoremos.

—Bueno... —Mi prima mira a sus padres, que le sonríen con cariño y aprobación—. Algo así.

—¿Algo así? Explícamelo claro, hija, porque no me entero.

—Él vive en Barcelona, abu. Su vida es mucho más complicada que la nuestra y...

—Tu padre se enamoró de tu madre y se quedó aquí.

—Es distinto.

—¿Por qué? Si se ha enamorado de ti, que se venga. ¿Acaso no trabaja en lo mismo que tú?

—Sí, pero...

—¿Acaso sus jefes no son los mismos que los tuyos?

—Sí, pero...

—Y son malagueños. Trabaja en una empresa malagueña, tiene una novia malagueña. ¿Por qué no iba a venirse?

El nerviosismo de mi prima tensa a la mesa por completo. Todos, menos mi abuela, sabemos que Nil tiene dos hermanos que, a todos los efectos, son sus hijos. Según mi prima, no tenía sentido que se lo dijera la única vez que se vieron porque ella ni siquiera sabía cómo saldría la cosa con Nil.

—Verás, abuela, es complicado...

Lo cuenta todo de un modo revelador para la familia al completo. Aunque yo sé cuál es la situación actual, no tenía ni idea de cómo había llegado hasta esto. Sí, sabía que su madre había muerto y él se había hecho cargo de sus hermanos, pero no sabía que había empezado a hacerlo desde que eran bebés. Cuando pienso en la carga que ha soportado durante años, me convenzo aún más del valor que tiene como persona. Me alegra que mi prima haya encontrado a alguien así, aunque eso no quita que sufra en silencio la incertidumbre. A la larga, para que esa relación funcione, o él se tiene que venir o ella se tiene que marchar. Y la idea de que mi prima se vaya a la otra punta del país me aprieta por dentro de un modo tan doloroso que, por lo general, opto por ignorarlo.

—¿Lo entiendes ahora? —le pregunta mi prima a mi abuela.

Ella guarda silencio unos instantes que se nos hacen eternos. Somos conscientes de lo importante que es para Azahara la aceptación de nuestra abuela. Lo es para todos nosotros.

—Solo hay una cosa que no comprendo.

—Dime.

—Si él no ha podido venir porque está allí con sus chiquillos, ¿por qué diantres no has ido tú? El día de Reyes es un día especial.

—Pero, abuela, yo quería pasarlo aquí, en familia.

—Ellos también serán tu familia si sigues enamorándote a esa velocidad de él.

Mi prima se queda blanca. Es la primera vez que oye la palabra directamente, creo. De hecho, creo que es la primera vez que piensa en la posibilidad de estar enamorándose de verdad de él. Coge una bocanada de aire y vuelve a mirar a sus padres y a sus hermanos. Todos le sonríen, como si lo supieran. En realidad, así es. Yo también he sido consciente del modo en que se está enamorando. Puede que todavía no lo esté al cien por cien, pero lo estará, estoy seguro. Creo que la historia de Azahara y Nil es de esas historias que están destinadas, aunque suene cursi. De las que tienen que suceder para que la gente siga pensando que el mundo tiene cosas muy buenas y hay amores que todo lo pueden.

—¿Sabes qué pienso, niña? —sigue mi abuela. Azahara niega con la cabeza—. Pienso que, si te das prisa, seguro que sale de Málaga algún vuelo a Barcelona hoy mismo.

El murmullo de sorpresa se oye en toda la mesa.

—Pero...

—Vamos a hacerte un regalo de Reyes entre todos, Azahara de las Dunas. Vete al aeropuerto, mira el primer vuelo y dinos cuánto cuesta. Tus primos y tus tíos dividirán el precio y te lo ingresarán por eso tan moderno. El bum.

—El Bizum, abuela —dice Mario riéndose.

—Eso he dicho. ¿Estamos o no estamos de acuerdo?

Todos aceptamos. En realidad, nuestra familia se caracteriza por eso. Puede que nos llevemos a matar, a veces. Puede que seamos intensos, desmedidos y nos saltemos la línea de lo normal a menudo, pero cuando nos necesitamos, sabemos estar. Siempre. Sin excusas ni preguntas. Aza nos mira y, cuando llega a mí, se echa a llorar mientras me abraza.

—No sé qué hacer —confiesa en mi oído.

—Ve con él —murmuro—. Es nuestro regalo de Reyes.

—Ya me habéis comprado...

—Aza —la corto—. Ve con él.

Ella me mira a los ojos justo antes de que su padre se levante y le dé la mano.

—Hay algo de ropa tuya aquí que aún no te has llevado —dice su madre—. Puedes meterla en cualquiera de las maletas que tenemos.

La risa histérica de mi prima es toda la respuesta que necesitamos para que la familia se ponga a funcionar. Mi tía y mi madre le preparan la maleta, mi tío busca un billete por internet y nosotros le damos un millón de instrucciones para que tenga cuidado en Barcelona, como si en realidad mi prima tuviera tres años y no supiera cuidarse a sí misma, pero es que somos así de pesados.

Cuando por fin está todo, mi prima vuelve a abrazarme, pero esta vez su finalidad es muy distinta.

—Escríbele, Jorge. Haz que tu día de Reyes también sea inolvidable.

Lo susurra junto a mi oído y se va, acompañada de sus padres y más alterada de lo que la he visto en mucho tiempo.

—¿Y tú, Jorge? —pregunta mi abuela—. ¿Por qué no has traído a Natalia?

No tengo que preguntarle quién es Natalia. Se refiere a Natasha.

Podría hacerme el tonto, pero mi abuela sabe que no la habría traído aquí si no fuera alguien especial, en cierta medida. Puede que aquella noche la acabara de conocer, pero yo ya sabía que ella, de un modo u otro, dejaría huella en mi vida.

—Imagino que estará con su familia —murmuro recordando lo poco que sé de su familia y la animadversión que despiertan en mí.

—Una pena, era una chica muy educada. Y le encantaron mis boquerones. Te voy a dar un táper para que le lleves cuando la veas.

—Abuela, no sé cuándo voy a verla —admito.

—Bueno, pues se lo llevas a su casa. Hace más el que quiere que el que puede, Jorge.

Me ahorro explicarle la situación tan delicada que vive Natasha y acepto el táper pensando que me los llevaré directamente a casa y me los acabaré comiendo yo. Es mejor eso que discutir. Pero cuando media hora después miro el recipiente de cristal, lo que de verdad me sale es hacerle una foto y adjuntarla en un mensaje para ella.

> Jorge
> No tengo la esperanza de que me responde, pero tienes que saber que mi abuela me ha dado esto para ti. Son boquerones y algunas croquetas caseras. Creo que deberías aceptarlo. La abu Rosario no se toma bien las negativas. Un beso y felices Reyes.

Devuelvo el teléfono a mi bolsillo con la esperanza perdida, pero me sorprende vibrando cuando apenas lo he guardado. Lo saco, extrañado y más nervioso de lo que me gusta admitir, y veo que se trata de ella.

Natasha

Quiero los boquerones, las croquetas y verte
de nuevo. ¿Puedes ir esta noche a la playa?

Jorge
¿A qué hora?

Natasha

A las diez de la noche. Nikolai está tomando
unas pastillas para dormir durante unos días,
con suerte, no se dará cuenta de que salgo.

Me muerdo la lengua todo lo que puedo para no decirle que no debería ser así. No debería esperar a que su jodido hermano duerma para poder salir a algo tan inocente, pero sé que es inútil. Natasha se cerraría en banda, así que solo me queda pasar la tarde con mi familia y, a las nueve, partir de casa de mi abuela para volver a La Cala.

El paseo hasta el punto de quedada se me hace eterno, no solo por el frío y el viento, sino por los pensamientos negativos. ¿Y si no viene? ¿Y si la pillan? ¿Qué pasaría? ¿Cuál sería el castigo?

Cuando la veo sentada en el bloque de hormigón que hay bajo el paseo de madera, junto a las rocas, el corazón me late tan rápido que respiro hondo un par de veces para intentar calmarlo. Me acerco a ella y, en cuanto me ve, sale disparada hacia mí de un modo que me deja fuera de juego. Me abraza y de inmediato siento el olor de su pelo. Huele a almendras y a algo más. Miel, quizá. Algo dulce que me hace cerrar los ojos y disfrutar de la manera en que sus brazos se ciernen sobre mi cintura.

—¿Cómo has estado? —murmuro junto a su oído justo antes de que se separe de mí.

La he rodeado con un brazo, porque en el otro llevo la bolsa con el táper, pero aun así, se me hace difícil soltarla y dejarla ir.

—Han sido días difíciles. —Guardo silencio y ella se muerde el labio antes de mirarme, alzar una mano temblorosa y acariciarme la mejilla, provocando un tsunami en mi interior—. Quiero contártelo todo, Jorge. Absolutamente todo. Y cuando lo haga, tú decidirás si quieres seguir viéndome o, por el contrario, te alejas para siempre.

Asiento una sola vez. Intuyo que le ha costado una vida llegar a esto, pero me encantaría decirle que da igual lo que me cuente, porque creo que nada podría impedir que volviera a ella una y otra vez. Ni siquiera yo mismo.

16

Tash

He soñado con este momento. Puede parecer una nimiedad, pero no lo es. De verdad he soñado con el momento de volver a abrazar a Jorge. Con su olor. Incluso con el tacto de su mano sobre la mía.

Estos días no han sido sencillos. La recaída de Nikolai trajo consigo un mar de tristeza, como siempre, sobre todo porque volvió a intentarlo. Estoy agotada. Emocionalmente no soportaré mucho más y siento que, si no empiezo a contar con la gente que me tiende la mano, pronto dejaré de tener fuerzas para salvar a Nikolai de su infierno y me dejaré llevar con él de una vez por todas.

En este instante él me mira como si nada importara, salvo este momento. Y aunque me encantaría que eso fuera cierto, no lo es. Importan muchas cosas. Esto no es una película de Netflix o una novela romántica. Esto es la vida y los hilos son mucho más complicados de manejar. No hay soluciones rápidas ni casualidades que faciliten las partes difíciles. Arrastro a Jorge hasta la roca, lo hago sentarse a mi lado y empiezo a hablar mientras miro al suelo. No lo hago porque no pueda mirarlo a la cara, sino porque temo perder el valor si lo hago.

—Yo no iba a saltar aquella noche de las rocas, pero no por falta de ganas, sino porque sé el daño que haría a los que me rodean. Sia se hundiría en la miseria durante muchísimo tiempo. Probablemente incluso mi padre sufriera, del mismo modo que sufrió la muerte de mi madre y mi abuelo. Lo demostraría aferrándose a su trabajo aún más y eso acabaría con él. Y Nikolai... —Trago saliva. Es la parte difícil. Jorge me aprieta la mano, pero no me atrevo a mirarlo—. Nikolai ya lo ha intentado tantas veces que le abriría la puerta definitivamente, lo que acabaría con mi padre del todo.

—¿Él ha intentado...? —Asiento—. Entiendo.

—No, no lo entiendes. —Intento controlar el torrente de lágrimas y me atrevo a mirarlo. Solo quiero que, pese a la oscuridad y el frío, sea consciente de cuánto me cuesta esto—. Soy el único hilo que ata a mi hermano a la vida, Jorge. Soy lo único que impide que abandone y ni siquiera consigo que cumpla sus promesas siempre. El día que me llamó...

Me interrumpo ante los recuerdos de Nikolai postrado frente a la taza del váter, llorando y convulsionando, admitiendo haberse tragado más pastillas y alcohol de la cuenta.

—Necesita ayuda, Natasha.

—¿Crees que no lo sé? Lo he intentado todo. He pedido auxilio a mucha gente. Para mi padre, solo es la depresión por lo que pasó y se curará con tiempo o trabajo, si es que quisiera trabajar. Según él, Nikolai solo intenta llamar la atención. No hay nadie más. He conseguido que vaya a terapia en un centro, pero no cumple siempre y necesita muchas más sesiones, o eso dice su psiquiatra. Ni siquiera puede contarme nada de las sesiones con él. Lo único que sé es que está muy mal y no mejora. —Me tiembla el labio y me lo pinzo con fuerza antes de hablar—. Lo que necesita, en realidad, es internarse y que lo ayuden especialistas de todo tipo con sus adicciones, sus pensamientos suicidas y su sobreprotección enfermiza, pero no lo acepta y yo no sé cómo ayudarlo. A veces odio que seamos mayores de edad. Si fuéramos menores, podría recurrir a alguien, pero es un adulto. ¿Qué haces cuando una persona adulta decide que no quiere seguir adelante? No puedo dejarlo ir. No puedo... Es mi hermano.

Las lágrimas me impiden seguir hablando y Jorge me abraza con tanta fuerza que lo único que hago es cerrar los ojos y abandonarme al miedo. Me permito tener miedo porque sé que, al menos, durante el tiempo que dure este abrazo, él cuida de mí. Es maravilloso que alguien cuide de mí, para variar.

—Buscaremos una solución, Tasha —me promete al oído—. No sé cuál, pero daremos con algo.

—No hay soluciones. —Me separo de él para mirarlo a los ojos. Me sorprende lo mucho que brillan los suyos aun en la oscuridad que nos rodea—. No puedo arrastrarte a esta vida. Tú tienes una familia increíble, un trabajo que requiere tu tiempo y... estar conmigo es demasiado caótico.

—Eso no puedes decidirlo tú.

—Jorge...

—No, Natasha. —Se levanta y se aleja de mí, moviéndose con soltura entre la arena y las rocas. Demostrando lo bien que conoce el terreno—. Soy un hombre adulto, tengo veinticinco años y yo decido lo que puedo o no puedo soportar. No puedes decidir por mí lo que me conviene. Puedes decirme que no quieres verme porque no te gusto, porque no quieres complicarte la vida o, simplemente, porque te apetece. Pero no me lo digas alegando que me haces algún tipo de favor porque no es cierto.

—Esto se va a complicar cada vez más. Y tú no...

—Yo no ¿qué? ¿No voy a soportarlo? —El sollozo que escapa de mi garganta es suficiente para que vuelva a acercarse a mí—. Quiero conocerte. Me da igual que sea difícil, me da igual el equipaje que lleves a cuestas. Quiero estar cerca de ti.

—¿Por qué?

—Porque, por alguna inexplicable razón, cuando estoy cerca de ti mi mente se calma.

—¿Cómo es posible eso? Soy un desastre, Jorge.

—Puede ser. —Se ríe sin humor—. Pero eres el desastre que yo elijo. Y quiero ser el desastre que tú elijas. Vamos a intentarlo, Tasha. Si después de intentarlo unos días decides que es demasiado, vale, pero al menos vamos a intentarlo.

—Intentarlo supone que nuestras citas siempre sean a escondidas. Que no puedan vernos en público. Que yo desaparezca la mayoría de las veces si Nikolai me llama. Es duro, parece injusto para ti y...

—Acepto. —Guardo silencio y él me aprieta las manos—. Acepto, Natasha, ¿me oyes? Es mi decisión y decido que acepto. Si tengo que verte bajo este paseo de madera siempre, vale. Si tengo que soportar que te vayas de repente, vale. Si un día me plantas porque a última hora no puedes escapar, vale. Sin remordimientos. Sin exigencias en ese aspecto. Solo quiero una cosa a cambio.

—¿Qué? —pregunto con un hilo de voz.

—Sinceridad. Quiero que me cuentes siempre cómo te sientes de verdad y no intentes camuflar la importancia del problema que tienes entre manos. Quiero la verdad acerca de Nikolai siempre. Sus caídas, sus crisis, todo lo que tenga que saber. Para poder comprender tu modo de actuar, tengo que conocer los motivos reales y no los que te inventes para protegerlo a él.

El asombro apenas me deja pensar mientras lo miro. Es como... como un regalo de Navidad. Como si la vida me lo estuviera dando para compensar todo lo sufrido con Nikolai. A lo mejor es una ilusión, pero, en cualquier caso, es una ilusión que me reporta sonrisas. Estoy tan falta de ellas que asiento con intensidad, dejándole claro que estoy de acuerdo. No será fácil, pero tampoco lo fue con Sia al principio y ahora es una de las personas imprescindibles de mi vida.

No sé si Jorge será así de imprescindible alguna vez, pero algo me dice que, pase lo que pase con esta decisión, me será imposible olvidar a Jorge de las Dunas.

—De acuerdo.

Jorge me tira de la mano para levantarme de la roca.

—¿De acuerdo? —pregunta con una sonrisa ladeada que me hace reír.

—Eso he dicho. De acuerdo.

—¿Tenemos un trato?

—Eso parece.

—Bien. Vamos a cerrarlo definitivamente, ¿te parece? —Lo miro sin entender y el pulso se me acelera cuando se acerca a mí, sin perder la sonrisa—. Un beso, Tasha, por cada trato que cerremos de aquí en adelante.

No tengo tiempo de responder. Sus labios encuentran los míos de una forma tan suave y natural que solo puedo cerrar los ojos y disfrutar del tacto. No es mi primer beso como tal, había besado a algunos chicos antes de que mi madre muriera, cuando era adolescente, pero hace tanto que casi había olvidado el modo en que puede hacerte sentir un acto tan íntimo.

O quizá es que siento la seguridad aplastante de que podría besar ahora mismo a cien chicos y ninguno me haría sentir lo mismo que Jorge. Subo la mano por su pecho, acariciándole la chaqueta y buscando su cuello de un modo tan natural que, cuando toco su piel, me alzo de puntillas, como si necesitara fundirme más con él. Jorge me abraza por completo y me siento tan cubierta por sus brazos que es casi como estar en una cabaña en medio de la nada, con el fuego crepitando y a salvo de todo lo malo del mundo.

—Iremos tan lento como necesites —murmura sobre mis labios.

Abro los ojos y me encuentro con los suyos, brillantes e intensos. Lo ha captado. No hay que ser muy tonto para no hacerlo. Aun así, el modo en que trata el tema, con naturalidad, hace que sonría y me ponga de puntillas para besarlo de nuevo.

—A lo mejor no es tan lento como crees.

Su expresión torna a sorprendida y de inmediato me besa de nuevo, haciéndome reír.

El problema es que mi teléfono suena, no con una llamada, sino con la alarma que puse para no excederme del tiempo de que dispongo. Jorge se separa de mí, me besa la frente y se aleja un paso.

—¿Hora de volver?

El modo en que lo intuye y acepta, sin preguntas ni rencor, es lo que hace que mi corazón termine de derretirse.

—Te escribiré desde mi habitación, si quieres.

—Estaré esperando —murmura—. Supongo que no puedo acompañarte. —Mi cara de pánico le hace sonreír—. Está bien, Tasha. Está bien. Me voy a casa. —Asiento con la cabeza, hablar supondría suplicarle que se quede un poco más y no puedo hacer eso—. Disfruta de la comida de mi abuela.

Se gira y se marcha caminando con paso firme por la arena y uniéndose al paseo de madera para perderse en la lejanía mientras yo pierdo un par de minutos en observar cómo desaparece de mi vista. Las ganas de correr en su dirección y perderme con él durante horas son tantas que cierro los ojos para contener las lágrimas. Mi vida nunca será fácil, pero, al menos ahora, tengo una razón más para levantarme cada mañana.

Dos días después, Nikolai me sorprende entrando en mi habitación recién duchado, oliendo a perfume y sonriendo con dulzura.

—He pensado que podríamos ir a merendar.

Estoy tocando el violín. No me apetece ir a merendar con él, pero sé lo frágil que es su estabilidad emocional ahora mismo, así que valoro el esfuerzo que ha hecho, sonrío y asiento. Además, me conviene que esté contento porque mañana tiene terapia y, con suerte, podré ver a Jorge.

—Deja que me vista con algo más que un chándal. Estás muy guapo.

Él sonríe agradecido, lo que me hace sonreír. Lo cierto es que Nikolai es un hombre muy muy guapo. Su pelo, del color del trigo, luce despeinado, pero de un modo que hace que sus facciones sean aún más atractivas; sus ojos azules y lo alto que es hace que muchas mujeres se giren a mirarlo. Sobre todo antes, que no estaba tan delgado como ahora. Aun así, sigue siendo un hombre muy atractivo. Su aspecto desgarbado solo hace que resulte más interesante, como esas estrellas de rock pasadas de rosca que, pese a todo, resultan atractivas.

Me pongo un jersey mostaza de cuello alto, un vaquero con rotos y unos botines negros de tacón. Me recojo el pelo en una coleta alta y me aplico un poco de rímel. Cuando salgo, Nikolai alaba lo guapa que estoy. Es una señal más de que tiene un buen día. Un gran día. Es tan bonito verlo así de lúcido que siento constantes ganas de llorar. Recuerdo al chico que era antes del accidente, dulce y cariñoso, un buen hermano, y no puedo evitar que el miedo me atenace la garganta. ¿Y si nunca más vuelve a ser así? Sé que es estúpido, pero mantengo la esperanza de que esto pase algún día. Necesito que esto pase algún día.

—He estado pensando... —dice mientras salimos—. A lo mejor debería volver a tocar el piano.

—Lo hacías de maravilla —murmuro con suavidad—. Me encantaba oírte tocar.

Asiente, como si de verdad estuviera pensando en ello. Aunque intento no hacerlo, no puedo evitar pensar cuándo se romperá esta burbuja. Me siento como una cínica, pero es que estoy demasiado acostumbrada a esto.

—A lo mejor podríamos tocar un día juntos, como cuando éramos pequeños.

Intento mantener la calma. A menudo, hablar de la época en la que nuestra madre vivía rompe su estado emocional, así que solo sonrío un poco y asiento.

—Claro. ¿Vamos a la cafetería de Sia?

Él me mira pensando algo y el pánico me invade. No soy creyente, pero si lo fuera, rezaría para que no se rompiera en mil pedazos de nuevo. Por fortuna, Nikolai aguanta. Acepta ir a la cafetería de Sia y, para mi sorpresa, conversamos durante todo el camino. Se ha empeñado en conducir y es algo que no me gusta, pero está tan calmado que no me he sentido con ánimo de sugerir que cogiéramos un taxi o pidiéramos a algún chófer que nos llevara.

Su deportivo se desliza suavemente entre las calles de Fuengirola, llamando la atención de la gente joven, lo que solo despierta mi nerviosismo. Si Nikolai intenta impresionarlos, su estado empezará a variar y...

—Fíjate —dice sonriendo—. Aparcamiento en el paseo a la primera. Es como un milagro atrasado de Navidad.

Me río, tiene razón, en esta zona no es fácil aparcar. Bajamos del coche y caminamos hasta la cafetería. Nada más entrar, Sia nos mira con una sonrisa comedida. Cuando se concentra en mí, puedo ver la pregunta en sus ojos, aunque no la formule. Asiento, para que comprenda que todo está bien y me giro para elegir mesa.

Entonces los veo.

Jorge y Mario sentados al fondo. Hablan amigablemente, hasta que sus ojos dan conmigo. Jorge deja una frase a medias, lo que hace que su primo le llame la atención, pero al girarse y mirarme parece comprenderlo, o eso espero. Aparto la vista de inmediato y siento la mirada de Nikolai en mi hombro.

—*Printsessa?*

—¿Sí? —pregunto.

—¿Todo bien?

—Sí, claro. —Sonrío, pero lo cierto es que no va bien.

Estoy muriéndome de nervios por si Jorge o Mario me hablan. Sobre todo, el segundo, que tiende a expresarse sin pensar antes. Nikolai me guía hacia la mesa que está justo al lado de la de ellos, lo que solo hace que esto sea mucho más difícil. No miro a ninguno de los dos porque no quiero que mi hermano sospeche ni por asomo que nos conocemos. Estoy tan nerviosa que estoy a punto de vomitar.

Sin embargo, cuando nos sentamos y Sia viene a tomarnos nota, descubro que Mario no solo no me ha saludado, sino que ha iniciado una conversación acerca de alguna película que no reconozco. Me pido un batido de vainilla y Nikolai pide un trozo de tarta de queso, lo que hace que, pese a mis nervios, le sonría.

—¿Tienes hambre? —pregunto sorprendida, últimamente me cuesta mucho que pruebe bocado.

—Estoy famélico y la tarta de queso de Sia es increíble, ¿no crees?

Sonrío y asiento, encantada con su actitud. Me atrevo a mirar de soslayo a la mesa de al lado, pero Jorge parece completamente concentrado en algo que dice Mario. Solo tengo que afinar un poco el oído para escucharlos.

—... y entonces me dijo que el problema de los tíos como yo es que no nos comprometemos. ¡Que no nos comprometemos! ¿Te lo puedes creer? Ni siquiera sabía su apellido y quería que, no sé, me declarara o algo así.

—¿Y qué hiciste? —inquiere Jorge.

—Lo único posible en un momento tan tenso como aquel. Le canté «Hay un amigo en mí» de *Toy Story*. No se lo tomó nada bien. Y no lo entiendo, es una canción brutal.

—Eres increíble —dice Jorge riéndose. No me extraña, porque yo tengo que hacer grandes esfuerzos para no reírme también—. Ni siquiera puedo imaginar qué tipo de mujer querrá quedarse contigo en un futuro.

—«El ayer es historia. El mañana es un misterio. Sin embargo, el hoy es un regalo, por eso se le llama presente.»

—Te voy a matar como no me digas ahora mismo de qué peli es. Referencias, Mario. ¿Te acuerdas de lo que te dijo Camille? Referencias.

—Venga, tío, era muy fácil. *Kung Fu Panda*. —Un suspiro lastimero escapa de sus labios—. Siento que esta familia me corta las alas.

Jorge bufa y dice algo, pero yo desconecto. Nikolai los mira de pronto y la sangre se me hiela. La única vez que Jorge y mi hermano se han visto fue cuando nos conocimos, hace meses, en el restaurante de la playa. Nikolai iba colocado, así que di por hecho que no se acordaría, pero...

—*Kung Fu Panda* —murmura entonces antes de mirarme—. Me encanta esa peli.

Intento no soltar el aire a trompicones, pero me cuesta un mundo. El alivio es tal que podría desmayarme aquí mismo.

El resto de la merienda es relativamente tranquila. Jorge y Mario acaban sus batidos y helados, y se marchan sin ni siquiera mirarme. Cuando oigo la puerta de la cafetería cerrarse tras ellos, recibo un mensaje en mi móvil.

Jorge
Ojalá mañana puedas escaparte, porque
verte y no besarte... Joder, Tasha, creo que
me costaría menos bailar un vals con
tiburones.

Me muerdo el labio con fuerza para no sonreír, lo borro de inmediato y miro a Nikolai que, por fortuna, está distraído con la carta.

Unas horas. Solo unas horas más y, si mi hermano consigue mantener su ánimo e ir a terapia, podré volver a sentir los labios de Jorge sobre los míos. Con suerte, podré sentir algo más que eso, aunque solo pensarlo me corte la respiración.

17

Jorge

Veo a Sia acercarse a nosotros a paso rápido y frunzo el ceño de inmediato, porque no es normal en ella.

—Vale, Natasha está llegando con Nikolai. —Miro de inmediato por la cristalera y, en efecto, la veo llegar a lo lejos, por la calle. Trago saliva. Está preciosa, pero esta situación va a ser... rara—. Escúchame bien —dice Sia colocando las manos en la mesa y mirando fijamente a los ojos a Mario—. Esta vez no hay cagada que valga. Cierra la boca, no la mires, no le hables. Haz como si no existiera o te juro por toda tu colección Disney, principito, que vas a arrepentirte de haber puesto un pie en esta cafetería hoy.

Mario hace amago de replicar, pero Sia se marcha patinando a toda prisa hasta la puerta. Justo cuando Natasha entra, ella la saluda de un modo totalmente casual. Trago saliva y miro a Mario. Deberíamos irnos. La va a cagar. Joder, es que la va a cagar.

—No voy a fallarte, primo —dice de pronto, sorprendiéndome.

Lo miro y me doy cuenta de que su semblante es serio y su mirada intensa.

—Lo sé —susurro justo antes de que Natasha y Nikolai avancen en nuestra dirección.

Y es cierto. Mario puede haberla cagado muchas veces, pero sabe cuándo una situación se vuelve delicada. Además, nunca antes habíamos visto a Sia verdaderamente asustada o preocupada y a los dos nos ha impactado.

Natasha y su hermano se sientan y me fijo de reojo en él mientras mi primo se pone a parlotear de su último ligue para disimular. Está demacrado, pese a que es evidente que ha hecho un esfuerzo por arreglarse. Aun así, es un tipo con planta. La lástima me invade antes de tener tiempo de gestionarla. Podría tenerlo todo en la vida y está metido en la mierda por culpa de un mazazo. Es curioso el modo en que la vida puede cambiarnos de un momento a otro. El problema es que, en esta ocasión, no solo le ha cambiado a Nikolai. Natasha se ha visto arrastrada a una situación del todo injusta y dolorosa para ella. Me encantaría hacerle ver que no va a ayudar a su hermano más dejándose manipular por él, pero creo que no está lista para oír mi opinión con respecto a ciertas cosas. De momento, mi único cometido es apoyarla y hacerle ver que lo nuestro puede funcionar, pese a su delicada situación. Nos acabamos los helados y le hago una señal a Mario para que nos marchemos. Cuando ya estamos en el coche, mi primo suspira y habla en tono serio, algo raro en él.

—No debería ser así —me dice—. Nada justifica que esté dando ese tormento a su hermana. Nada.

—Perdió a su madre y a su abuelo —murmuro.

—También Natasha. No iba en ese coche, pero da igual. Se quedó huérfana de madre igualmente y ahora, además, tiene que tirar de él.

—Nadie elige tener depresión, Mario.

—No, desde luego, pero Nikolai elige quitarle la vida a su hermana. Eso no es justo, por mucha depresión que tenga. —Abro la boca para darle la razón, pero me corta, sorprendiéndome una vez más—: Si todos los que perdemos a nuestro padre o madre en circunstancias fuera de lo común fuésemos así por la vida, el mundo sería un lugar insostenible.

Medito sus palabras. Tiene razón. No es que yo pretenda justificar a Nikolai, porque no lo hago, pero intento comprender el modo de pensar de Natasha.

—Si lo miras con perspectiva —me dice mi primo—, él se enganchó a los calmantes y al alcohol, y yo a las películas de dibujos animados. Como familiares directos, habéis salido ganando.

Me río, aunque un segundo después me arrepiento. Darle alas a Mario nunca es buena idea, pero él solo sonríe, arranca y nos marchamos a casa acompañados de la BSO de *Enredados*. Yo, por mi parte, no dejo de pensar en Natasha y en el modo en que se ha tensado. Le envío un mensaje, pero no recibo respuesta. Tampoco la espero. Aprovecho el camino para escribirle a Azahara, que ha enviado fotos nuevas de su estancia en Barcelona al grupo de WhatsApp de la casa. Sonrío y le digo que tiene mucho que contarnos.

Azahara

Esto es una pasada. Va a sonar muy cateto,
pero los de allí deberíamos venir más aquí.
¡El mundo es más grande de lo que parece!

Felipe

Pues sí, pareces una cateta.

Azahara

Imbécil.

Felipe

Mejor imbécil que cateta.

Jorge

Haya paz. Aza, ¿Cuándo vuelves?

Camille

Si es que vuelve, jiji.

Felipe

Claro que va a volver. Ella vive aquí.

Camille

Pero el amor de su vida está en Barcelona.

Azahara

Creo que llamarlo «amor de mi vida» es un
poco excesivo, al menos de momento.

Felipe

Y que ella vive aquí. Tiene su trabajo aquí.
Su vida. Nosotros. No puede irse así como
así.

Camille
Yo lo hice.

Felipe
Es distinto.

Camille
¿En qué es distinto, Felipe? ¿En que lo dejé
todo para estar contigo?

Bajo del coche mientras me río entre dientes. Alguien acaba de
cagarla y va a verse en un embolado para salir del lío.

Mario
Es distinto porque se tiene que mover el que
tenga que trasladar menos familia. Tú te
trajiste a tu madre y mi primo no podía
llevarnos a todos a Irlanda porque yo el frío
lo llevo fatal.

Azahara
Yo no sé hasta qué punto es aceptable esa
explicación.

Mario
Lo es. En tu caso es igual. Si un día Nil
insinúa que tienes que irte, debes decirle que
no, porque tienes tres hermanos, un padre,

una madre, tíos, primos y una abuela que no
te dejan. La abuela se muere como te vayas,
yo te lo digo.

Azahara
Sin presión, así me gusta.

Felipe
Es mejor que lo sepas de antemano. Como
te vayas a Barcelona para siempre, tu abuela
se muere, y después tu padre y tu madre.
Y yo un poco, a lo mejor.

Jorge
No puedes morirte a medias, imbécil,
y dejad de agobiar a Azahara, por Dios.
Está pasando unos días
en Barcelona.
Vacaciones. Solo vacaciones.

Azahara
¿Qué haría yo sin ti, Jorge?

Jorge
Lo mismo, pero con más esfuerzo.

Mi prima se carcajea por escrito y nos envía un audio despidiéndose porque tiene que hacer no sé qué cosa con Nil. Yo, que a estas alturas estoy en el sofá, dejo el teléfono en la mesita y miro a Mario, que sigue a mi lado, aunque aún observando la pantalla.

—No puede irse —me dice de pronto—. Me importa tres mierdas que Barcelona sea más grande y tengan una iglesia la hostia de bonita pero sin terminar. Azahara tiene que vivir aquí, los Dunas no sabemos vivir en otra parte.

—Cálmate, Mario, nadie ha dicho que vaya a irse. Y, de todos modos, eso que dices no es cierto. Somos seres humanos libres, aunque algunos en la familia penséis que debemos permanecer juntitos como una piña.

—Como Azahara se vaya, voy a entrar en depresión, yo aviso ya. Nikolai se va a quedar en nada a mi lado.

Resoplo y me restriego la cara con las manos.

—Te has pasado.

—Lo que tú quieras, pero lo digo de verdad.

—Vale, muy bien. ¿Puedes, por favor, dejarme ver la tele un rato tranquilo?

—¿Vas a pensar en Natasha mientras te amargas?

—Mario.

—Puedes irte al cuarto a masturbarte pensando en ella, si quieres, así me dejas esta tele libre. Está rota, pero es más grande que la del cuarto.

—¡Mario!

—Vale, joder, me voy a masturbarme yo. Tienes un genio que al final se me va a pegar y vamos a acabar los dos cabreados.

Cierro los ojos. Desmedido. Es demasiado desmedido. Me pregunto si algún día dejará de serlo y me doy cuenta en el acto de que es una pregunta absurda. Mario es así. Puede gustarte o no, pero no podemos esperar constantemente que cambie porque esta es su personalidad. Me interrumpo cuando mi teléfono vibra de nuevo y me doy cuenta de que es Natasha.

Tasha
Nikolai está en el baño. Ojalá mañana
podamos vernos. Estabas
muy guapo.

Me río y elevo las cejas, sorprendido por su piropo. Me pinzo el labio inferior y tecleo.

Jorge
Tú sí que estabas guapa. Hoy lo he visto un
poco mejor.

Natasha
Sí, parece que está algo más animado.

Jorge
¿Pero...?

Natasha
¿Cómo sabes que hay un pero?

Jorge
Intuición 😃

Natasha
Está demasiado comedido. Eso no suele ser
bueno. Finge que no pasa nada y, en algún
momento, la situación lo supera y estalla.

Jorge
A lo mejor esta vez no.

Natasha
Ojalá... Ya viene, tengo que dejarte. Mañana,
mismo sitio y misma hora de siempre. Ojalá
pueda escaparme.

No respondo, no quiero que Nikolai pueda intuir que está hablando con alguien. Eso no quiere decir que me retrepe en el sofá pensando en toda esta situación. Por fortuna, Felipe entra en casa con cara de pocos amigos y, al parecer, necesidad de compañía.

—Que soy un egoísta y no valoro el esfuerzo que ha hecho viniendo aquí, dice. Que, si yo tuviera que irme allí, seguro que no lo hacía. ¡Estuve a punto de hacerlo! Lo sabes, pero ella no era feliz allí. ¿Ahora tengo yo la culpa de que Azahara quiera vivir en Barcelona?

—¡Es que siento que no valoras lo suficiente lo que hago!

El grito de Camille se oye incluso antes de que entre en casa, lo que da una idea de lo rápido que se ha adaptado al sistema de comunicación más usado por los Dunas. Entra un segundo después mirándonos tan mal que me levanto para quitarme de en medio. El problema es que Felipe me coge del brazo y me devuelve al sofá, sentándose a mi lado.

—No puedo creer que Azahara quiera irse con un tío que casi no conoce. ¡Es lo único que he dicho!

—Conoce a Nil desde el mismo tiempo que nos conocemos tú y yo.

—Pero ¡por ordenador! No es igual. No es un contacto real. Tú y yo hemos tenido mucho contacto real, Sióg.

Camille se sonroja, lo que hace que mi primo esboce una sonrisa chulesca que le dura hasta que ella vuelve a mirarlo mal.

—Si tu hermana decide marcharse con él, pienso apoyarla solo para llevarte la contraria.

—No serás capaz.

—¡Considéralo una promesa!

Felipe me mira, con la indignación brillándole en los ojos.

—¿Tú no piensas decir nada?

Los miro a los dos, alterados al máximo, justo cuando Mario sale de su habitación silbando y con un rollo de papel higiénico que me hace cerrar los ojos. El cabronazo viene de lo que viene. Esta casa es un circo. En serio. Es que ni pensar se puede. Me levanto y los miro a los tres muy serio.

—Punto número uno: Azahara en ningún momento ha dicho que tenga pensado irse, pero como siempre, os vais en el primer jodido tren. Punto número dos: si al final, por lo que sea, lo decide, a nosotros solo nos queda apoyarla y aceptarlo porque la queremos y queremos que sea feliz, aunque eso implique echarla de menos. Punto tres: me tenéis hasta los huevos. ¡Hasta los huevos! ¿Tú no tienes tu piso ya acabado?

—Sí, pero...

—¿Y por qué cojones os pasáis el día entero aquí? ¡Y tú! —le grito a Mario—. Empieza a ser más discreto con lo que haces y dejas de hacer en tu dormitorio, joder.

Mario me mira sin alterarse lo más mínimo.

—¿Es porque me he masturbado? Tranquilo, hombre, no he pensado en Natasha. Eso solo lo hice una vez.

Me abalanzo sobre él, pero Felipe me para.

—No merece la pena ir a la cárcel por él. Créeme, lo he pensado muchas veces.

—¡Que es broma! ¡Bromita! —grita Mario—. En esta casa sois unos tristes. Debería irme a vivir con Natasha y Camille. —Mira a esta última y nos señala a Felipe y a mí—. ¿Qué me dices? Los abandonamos y nos vamos nosotros juntos.

—¿Y a dónde iríamos?

—Al piso que ha construido mi primo Felipe. Que se venga él aquí.

—Ya, es buena idea, pero hay un problema —dice Camille con un suspiro.

—¿Qué problema?

—Quiero demasiado a ese imbécil que tienes por primo.

Felipe destensa los hombros de inmediato, sonríe, se acerca a ella con paso seguro y la rodea con los brazos.

—Recorrería el mundo entero por ti, Sióg. Lo sabes, ¿verdad? —Ella lo abraza por respuesta y yo me quedo observando con cierta nostalgia la facilidad con la que ellos pueden abrazarse.

Los observo besarse mientras Mario empieza a cantar alguna canción de Disney que no reconozco. Por surrealista que sea la escena, solo puedo pensar en lo mucho que me gustaría que Natasha estuviera aquí, disfrutando de la locura de mi familia, abrazándome, sin mirar el reloj y sin miedo a estar en cualquier sitio sin su hermano. En realidad, lo que deseo es que Natasha sea libre, completamente libre. Pero, por desgracia, estoy aprendiendo a marchas forzadas lo inalcanzable que parece ese sueño.

18

Azahara

Volar en el día de Reyes en España es toda una experiencia. He visto familias enteras subir a mi avión después de amanecer con familiares y despedirse de ellos por la tarde. He visto gente viajar completamente sola, como yo, pero con semblante serio y taciturno. Es lo malo de las Navidades, supongo. Aunque me gustan, se me olvida que para mucha gente es una época más bien triste. Mi abuela, por ejemplo, cada año nos dice que, desde que se fue mi abuelo, la Navidad es un recordatorio de todo lo que le falta.

No sé si habrá mucha gente en mi situación en este vuelo, pero a mí me da la sensación de que soy la única que ha cogido un avión para plantarse de sorpresa en casa del chico con el que tiene algo, aunque solo lo haya visto una vez en persona.

Es una locura. Una puñetera locura. Nil estará con Eric y Ona, y yo no soy nadie para irrumpir en un día tan importante en sus vidas. A lo mejor debería ir al hotel que me ha buscado Felipe y no avisarlo hasta mañana, cuando ellos vuelven al colegio y no tienen por qué verme.

El problema es que estoy aquí precisamente para conocerlos, si es que Nil quiere. Una parte de mí no deja de gritar que soy una intrusa, que no debería presentarme así. La otra, recuerda el modo en que

Nil me ha introducido en la vida de los niños, aún sin yo pedirlo, y se anima pensando que esto saldrá bien.

En cualquier caso, un vuelo de algo más de hora y media se me hace eterno. Cuando por fin aterrizamos, tengo las mismas ganas de seguir adelante que de coger un avión de vuelta a Málaga.

Trago saliva, enciendo mi móvil y me encuentro con un montón de mensajes, no solo de mi familia y por distintos medios, sino de Nil. Abro la conversación con él y leo.

Nil
¿De verdad vais a comeros todos esos
roscones de Reyes? Nosotros solo tenemos
uno pequeño que probablemente solo me
comeré yo, porque Eric y Ona dicen que
ellos prefieren los dónuts. Lo sé, es
incomprensible, pero así son los niños
pequeños.

Sonrío y leo los siguientes, escritos con varios minutos de diferencia entre sí.

Nil
¿Estás muy ocupada? Si es así, podemos
hablar más tarde.

Nil
¿Aza?

Nil

Nena, ¿estás bien?

Nil

He preguntado a Mario por Instagram, que está
haciendo un vídeo de sus regalos. Dice que
estás comiéndote el postre, pero a no ser que
lleves así dos horas, creo que es otra cosa.

Nil

Bueno, me pongo a jugar con Eric y Ona.
Cuando quieras hablar, avísame.

Sonrío un poco, pese a notar claramente el tono molesto de sus
palabras. Para otra persona quizá sería solo un mensaje educado, pero
he llegado a conocer tan bien el modo en que Nil se expresa que puedo determinar su estado de ánimo por cómo los escribe o cómo de
espaciados en el tiempo lo hace. En su caso, el último lo he recibido
hace apenas unos minutos y confirma mis sospechas.

Nil

¿He dicho algo que te ha sentado mal?
Podemos hablarlo, pero me sorprende
mucho esta espantada. ¿Dónde estás? Odio
sentirme como un niño enfurruñado.

Alzo la vista, observo el aeropuerto de Barcelona y suspiro temblando. Guardo el móvil en mi bolsillo solo unos minutos más, porque no

sé bien cómo hacer esto. Salgo con mi maleta y agradezco llevar una de mano para no tener que entretenerme más. Una vez fuera del aeropuerto, con el sol y el frío que me despejan un poco la mente, cojo el móvil de nuevo, abro la conversación y le hago una foto a un taxi negro y amarillo. Aquí los taxis son negros y amarillos. Es una tontería, lo sé, pero yo no tenía ni idea. No sé, mi cabeza decide guardar datos como estos solo porque sí. Supongo que eso ayudará a Nil a averiguar mi paradero, pero, por si acaso, adjunto mi ubicación y un mensaje.

Azahara
Estaba un poco liada jugando a las
aventuras, perdóname.

Mi teléfono suena con una llamada entrante casi de inmediato y el corazón se me acelera tanto que me paralizo. Me lleva unos segundos contestar y, cuando lo hago, ni siquiera tengo tiempo de saludar.

—¿Estás aquí, Azahara? ¿Estás en Barcelona de verdad?

Su tono es sorprendido, pero no distingo si para bien o para mal. Borra lo que dije antes. Reconozco el tono de Nil por escrito y por teléfono casi siempre un noventa por ciento de las veces. Estoy viviendo el diez por ciento que desconozco.

—Aquí los taxis son negros y amarillos.

Ah, sí. Muy bien. Era un dato muy necesario que seguro que él, que lleva toda la vida viviendo aquí, no conoce. Nil se ríe al otro lado del teléfono de una forma un tanto histérica. Casi lo imagino rascándose la barba y pensando que estoy como una jodida cabra.

—Sí, son negros y amarillos. ¿Qué te parece si subes en uno y vienes a la dirección que voy a darte?

—Tengo una habitación de hotel. No quiero molestar. Mi hermano me ha cogido uno y tengo la dirección apuntada en Notas, y también por duplicado en los grupos de WhatsApp de la familia, de mis primos y apuntado en un papel, por si perdía el móvil. —Nil vuelve a reírse y yo trago saliva—. Yo... eh... —Cierro los ojos, intentando calmarme, y suelto una risa temblorosa—. Todavía estoy intentando procesar todo lo ocurrido desde el postre en casa de mi abuela.

La risa de Nil resuena al otro lado de la línea, esta vez mucho más fuerte.

—Está bien, nena, puedes pensar en ello mientras vienes aquí.

—Pero tengo un hotel y...

—Sé que tienes un hotel, pero no puedo dejar a los niños aquí para ir a verte. Es el día de Reyes, están un poco exaltados y la canguro hoy no tiene ganas de trabajar.

—Tú no tienes canguro. —Sus carcajadas se desatan.

—Estás en shock, cariño. No te preocupes, prometo hacer que se te pase en cuanto te vea. —No respondo, la respiración acelerada no me deja, y su voz suena de nuevo, dulce y calmada esta vez—: Vamos, Azahara de las Dunas, ven a casa.

«A casa.»

Trago saliva y me agarro con más fuerza al móvil.

—Si crees que es pronto para Eric y Ona, puedo ir al hotel y nos vemos mañana, cuando vayan al cole.

—Está bien, creo que está bien. Quiero que os conozcáis —susurra—. Vamos... ¿Vas a hacerme suplicar?

—No, claro que no —digo antes de reírme temblorosa—. Está bien, mándame la dirección y cogeré uno de estos taxis tan raros.

Su risa se desata de nuevo, me promete mandármela ahora mismo al WhatsApp. Él aún se ríe cuando colgamos y yo siento que todas las panderetas de Navidad de España están en mi estómago retumbando al mismo tiempo.

Ya en el taxi, observo por la ventana Barcelona por primera vez y siento algo extraño. La seguridad de que esta ciudad, igual que Nil, va a quedarse una parte importante de mí. No sé lo que viviré entre estas calles, pero tengo la seguridad de que será inolvidable y eso basta para que intente no perderme detalle de nada, aunque sea imposible. El taxista no me habla y lo agradezco, no tengo la mente como para mantener una conversación ahora mismo. Cuando llegamos frente a un bloque un tanto antiguo, pero bien conservado, trago saliva.

—Aquí es —me dice el conductor.

Le pago, agradezco que me saque la maleta del maletero y, cuando se marcha, me quedo de pie, observando la entrada. Pienso a partir de cuántos latidos por minuto hay riesgo de sufrir un infarto. Creo que estoy a punto.

Adelanto un paso detrás de otro y aprieto el botón del portero que Nil me ha indicado. Su voz resuena un segundo después, como si estuviera al lado, esperando mi llegada. Sonrío, seguramente porque así haya sido.

—¿Aza?

—Ajá —consigo pronunciar.

Su risa vuelve a sonar. Es una risa histérica, creo. Está tan nervioso como yo o eso espero. El sonido chirriante que me da paso me hace reaccionar. Empujo la puerta y entro. Subo en el ascensor, aprieto el botón de su planta y cierro los ojos un segundo. Necesito un segundo. Solo uno, pero este ascensor es el más rápido del mundo o mis nervios no me dejan medir el tiempo con claridad. Cuando las puertas se abren, salgo con paso indeciso y lo veo.

Está en el rellano con un pantalón lleno de rotos, una sudadera negra con capucha y los ojos clavados en mí. Ya no se ríe, pero en sus preciosos ojos azules transcurre un mundo de emociones justo antes de dar un paso largo, tirar de mi abrigo y pegarme a su cuerpo, alzándome sobre mis puntillas y enterrando la cara en mi cuello.

—No puedo creerme que estés aquí —susurra mientras me abraza.

Cierro los ojos, inspiro su olor y, automáticamente, como si de un truco de magia se tratara, mi corazón se calma. Aun así, un pequeño sollozo escapa de mi garganta, lo que hace que él se separe de mí para mirarme a los ojos.

—Eh...

—Estoy bien —aseguro mientras mis manos se aferran a su sudadera y las suyas se posan en mis mejillas—. Es solo que... pensaba que te echaba de menos, pero no sabía cuánto hasta que te he tocado de nuevo.

El modo en que su mirada se dulcifica me dice todo lo que necesito. Me pongo de puntillas y rozo sus labios un instante. Solo uno. Nil traga saliva y repite el gesto.

—Un segundo —susurra—. Chist. Solo un segundo.

Se separa de mí, coge la llave que hay en la cerradura y cierra con delicadeza, sin hacer ruido. Luego tira de mí hacia las escaleras y me pega a la pared, sorprendiéndome.

—Hola —digo sonriendo al ser consciente de sus intenciones.

—Hola. —Ríe entre dientes antes de besarme, esta vez de una forma mucho más profunda.

Su boca. Dios, su boca empieza a ser el lugar en el que encuentro todas mis respuestas, por peligroso que suene. Nil me besa con urgencia, demostrándome cuánto ha necesitado esto. Lo entiendo, me he sentido exactamente igual desde nuestro primer y último beso.

Un grito nos saca de nuestro reencuentro. Miro rápidamente hacia el rellano, donde las voces de Eric y Ona resuenan.

—¿Están bien?

—Sobreexcitados por los regalos, el azúcar y la noticia de que la chica de pelo rizado viene a verlos.

Trago saliva y lo miro a los ojos. No hay duda en ellos, lo que consigue calmar mis nervios. Aun así, antes de nada, quiero aclarar esto.

—No hace falta que sea ahora —le digo—. De verdad, Nil. No voy a enfadarme ni ofenderme. No quiero acelerar esta situación ni obligarte a...

—No me estás obligando a nada. Joder, Aza, me estás haciendo increíblemente feliz ahora mismo, aun con tus dudas.

—No son dudas, es que... —Suelto una risa temblorosa—. Es que estoy muy nerviosa. —Nil se muerde el labio inferior y mi torrente de sangre se altera solo por eso—. Dios, qué guapo eres.

Se ríe en voz alta, lo que atrae la atención de los niños. Se callan de inmediato y puedo oír perfectamente sus pasos.

—Paredes de papel —murmura él justo antes de besarme con fuerza y rapidez una vez, cogerme la mano y arrastrarme hasta el rellano.

Justo cuando llegamos, la puerta se abre. Eric y Ona hacen su aparición en persona ante mí por primera vez.

Tienen los ojos de Nil. Es algo que ya había apreciado en foto y vídeo, pero ahora, en persona, mientras me observan a mí, no puedo dejar de fascinarme con el grado de parecido que tienen. Son absolutamente preciosos y me observan con tanto interés que me aterrorizo porque ¿y si no consigo estar a su altura? ¿Y si no me aceptan?

«Venga, Aza, tú puedes.»

Es un pensamiento, pero casi lo oigo con la voz de todos y cada uno de los miembros de mi familia. Doy un paso al frente, sonrío y me preparo para meterme de lleno en la parte más importante de la vida de Nil sin apellidos.

19

Tash

El miércoles por la mañana me levanto ansiosa. A veces me pasa el día que Nikolai tiene terapia. Parece que el tiempo no pasa, porque quiero que llegue la tarde de una vez para poder ir con Jorge. Pero tengo que calmarme. Nikolai es muy sensible a mi modo de comportarme y hoy necesito que vaya. Que me dé una hora de libertad.

Justo cuando me levanto de la cama, él toca con los nudillos en la puerta. Sé que es él, esa forma inconfundible de tocar es suya.

—Adelante.

Nikolai entra ya duchado, vestido y con dos tazas de café.

—Buenos días, *printsessa*.

Sonrío. Antes, hace muchos años, era mi abuelo quien me llamaba así. Nikolai no empezó a hacerlo hasta mucho después del accidente. La primera vez que lo hizo, de forma natural y sin pretenderlo, los dos pasamos un buen rato llorando. Supongo que son los daños colaterales del duelo. Ahora, lo hace a menudo. No me molesta. Me ayuda a saber cuándo tiene un buen día y cuándo no. Me alegra infinitamente saber que hoy es uno de los buenos.

—Buenos días. ¿Me traes café?

—Sí, no es de Sia, pero no está mal. —Se sienta en mi cama, a mi lado, y me tiende una taza.

Lo pruebo y me relamo al darme cuenta de que está justo como me gusta.

—Gracias, eres un cielo.

Él sonríe, pero no es una sonrisa alegre. Nikolai ya casi nunca sonríe de verdad porque le apetezca. Es otra de las cosas que se llevó aquel accidente.

—Oye... Hoy vas a venir conmigo a terapia.

Lo miro frunciendo el ceño y con el corazón acelerado. Por un momento, se me pasa por la cabeza la posibilidad de que haya descubierto lo mío con Jorge y quiera llevarme a terapia por eso, pero no. No puede ser eso. Si Nikolai se enterara de lo de Jorge... No quiero ni pensarlo.

—¿Por qué?

—La psiquiatra me sugirió que llevara a mi familiar más directo para charlar. Papá se ha largado esta misma mañana y tardará unos días en volver, según me dijo. Pero, aunque no fuera así, da igual. Mi familiar más directo eres tú, Tash.

—¿Es una especie de terapia familiar?

—Sí —admite—. Ahora que estoy un poco más centrado y comprometido, según sus palabras, sugiere que esto... No sé, supongo que será bueno.

Asiento. Me acuerdo de Jorge de inmediato, pero a esto me refería exactamente cuando le dije que iba a ser muy difícil estar conmigo. Planes que se rompen por un millón de motivos distintos y mi tiempo disponible al cien por cien para Nikolai. Supongo que no es sano. Además, me pone nerviosa la perspectiva de que la psiquiatra hable conmigo, por si considera que yo también necesito terapia. A veces pienso que estoy tan concentrada en Nikolai que olvido que esta situación, psicológicamente, también me afecta a mí. Que yo también perdí a mi madre y a mi abuelo.

—De acuerdo. Allí estaremos —murmuro acariciándole la rodilla para tranquilizarlo, porque es evidente que le ha costado pedirme esto—. ¿Estás contento?

Nikolai sonríe un poco y asiente, pero no es cierto. No está contento. Dudo mucho que alguna vez vuelva a estarlo, pero que lo intente me parece suficiente.

—Anoche me llamaron los chicos para salir de fiesta.

Tiemblo. Los chicos son sus amigos, pero no los de hace años. Esos eran buenos y recomendables. Estos chicos son solo niños ricos descarriados demasiado apegados a la fiesta, la irresponsabilidad, las drogas... Personas que lo único que quieren es derrochar y atravesar los días como si cada uno de ellos fuera la fiesta más importante del año.

—Nikolai...

—Les dije que no iba a salir nunca más con ellos. Y es verdad, Natasha. No pienso hacerlo.

No contesto. No sé qué decir. Nikolai, que debe de intuirlo, se levanta de la cama, me besa la frente y se despide de mí hasta más tarde.

Yo, por mi parte, le mando un mensaje a Jorge explicándole los motivos por los que no podemos vernos. Recibo uno de vuelta antes de que pasen dos minutos. Manejo como puedo la desesperación que me sube por la garganta al darme cuenta de que, si fuera una mujer libre, libre de verdad, podría ir ahora mismo a su casa y pasar la mañana con él. Miro hacia el exterior, por el balcón. Hoy está lloviendo y casi lo agradezco porque los días que hace sol no soporto quedarme aquí encerrada. Enciendo la tele, donde aparece un programa de cocina. Lo observo durante unos minutos. Creo que podría gustarme cocinar. Siempre lo he pensado, pero nunca me he atrevido a irrumpir en la cocina del hotel. La única vez que sugerí coger una habitación con cocina, mi padre se negó. A veces pienso que le gusta que seamos unos inútiles. Sé tocar el violín porque aprendí desde pequeña. Sé un poco de mecanografía y tengo muchos conocimientos teóricos acerca de muchas cosas que no sirven de mucho en la vida real.

Suspiro. No parece una vida muy interesante, ¿verdad? Sin embargo, cualquiera que me vea pensaría que tengo una vida de ensueño.

Me retrepo en la cama. Me niego a pensar hoy en eso y dejo lo de vestirme para más tarde. Total, ya no tengo prisa por arreglarme lo más mínimo.

Por la tarde, ya en la sala de espera de la consulta, los nervios me atenazan el estómago. Cuando nos dan paso al despacho, solo puedo pensar que a lo mejor la psiquiatra de Nikolai se da cuenta de que yo también necesito ayuda y empieza a sugerir sesiones conjuntas. Si eso pasa, ya puedo despedirme de mi poquísimo tiempo libre. Ya puedo despedirme de Jorge.

Que ese pensamiento haga fluctuar mi respiración me da una idea de hasta qué punto estoy enganchándome a un hombre al que podré ver, con suerte, dos horas a la semana.

—Buenas tardes, Natasha. Me alegra verte.

Asiento. Hemos hablado en alguna ocasión, puesto que fui yo

quién contactó con ella para que tratara a Nikolai, así que ya nos conocemos. Eso no quiere decir que mis nervios se aflojen. No, ni siquiera un poco.

—Igualmente.

—Nikolai ha estado haciendo grandes progresos.

Me siento mal de inmediato, no por sus palabras, sino por las ganas de bufar que me sobrevienen. No debería desmerecer los esfuerzos de mi hermano por salir adelante. La depresión es algo muy serio, no es su culpa el modo en que se siente. Pero la manera en que me trata cuando sus adicciones se hacen cargo de él, el recuerdo constante de Nikolai drogado, borracho o ambas cosas hace que, a veces, cuando alguien me habla de su esfuerzo, me sienta escéptica. Ojalá pudiera sentirme de otro modo, pero no es así. Aun así, después de unos segundos, como suele ocurrir, el entendimiento llega a mí. Me doy cuenta de que realmente es la primera vez que la psiquiatra me llama no para decirme que se ha saltado las sesiones, sino para todo lo contrario. Miro a mi hermano, que parece nervioso y tenso.

—Está esforzándose —respondo. No quiero pensar en la última vez que acabamos en el hospital, hace apenas unos días.

—Hemos hablado largo y tendido acerca de lo que pasó el otro día. —Eso sí que me sorprende. Miro a Nikolai, pero no me devuelve la mirada, así que la doctora sigue hablando—: He sugerido encarecidamente a Nikolai que se interne en una clínica. De hecho, estoy convencida de que, de repetirse el episodio, ni siquiera en la clínica privada a la que vais podrán pasarlo por alto. Los intentos de suicidio reincidentes y poco espaciados entre sí pueden acabar con el paciente dentro de un programa de internamiento, aun sin su consentimiento.

Observo de nuevo a Nikolai. El corazón me va a mil por hora. Cada vez que yo le pedía que fuéramos a una clínica especializada que lo pudiera ayudar, se ponía hecho una furia. Se descontrolaba tanto que acababa drogándose o bebiendo, así que, en algún momento, decidí que era mejor no insistir más. Ahora el miedo me atenaza la garganta, por si decide salir de aquí y hacer alguna de las suyas, pero no parece excesivamente alterado ni sorprendido. Eso solo me deja más desconcertada.

—Quiero hacerlo. —Ahogo un gemido de sorpresa cuando lo oigo, pero él sigue, aunque lo hace sin mirarme—: Quiero entender las cosas. La doctora dice... —La mira de reojo, pero de inmediato devuelve la vista a sus manos—. Dice que no soy tu dueño. Sé que no lo soy, pero, al parecer, soy el único que piensa que solo intento protegerte de lo malo de la vida. Bueno, papá también lo entiende, dice, pero nunca está aquí, así que, para el caso...

Tomo aire. Sí. Sé que nunca está aquí. Eso es parte del problema. Ojalá pudiera reprocharle a mi padre el tiempo ausente que ha estado. Una parte de mí no puede evitar odiarlo. Nos quedamos sin madre y sin abuelo y él, en vez de estar a nuestro lado, se encerró aún más en su mundo de negocios, donde nosotros no tenemos cabida.

—¿Quieres decir que...?

—Voy a internarme. —Me mira a los ojos y hace el amago de sonreír, pero no puede evitar que el gesto acabe en una mueca marchita—. Mañana mismo. La doctora dice que, cuanto antes lo haga, mejor.

Las lágrimas acuden a mis ojos. Intento frenarlas cerrándolos con fuerza, pero me resulta imposible. Llevo ocho años soñando con este momento. Ocho años viviendo bajo su vigilancia estricta. Ocho años aguantando sus recaídas constantes, su tono agresivo, su chantaje emocional continuo y su arrepentimiento cuando se daba cuenta de lo que hacía, solo para volver a hacerlo poco después. Ocho años de días eternos mirando por el balcón un mundo al que sentía que no pertenecía. Ocho años de noches aún más eternas, soñando con algo tan complejo como la libertad. Ocho años deseando algo que debería tener por derecho, algo que deberían tener todos los seres humanos.

—¿Cómo te sientes, Natasha? —pregunta la doctora.

La miro. Me doy cuenta de que me observa sonriendo, pero yo no puedo devolverle el gesto. No sé cómo me siento. Asustada. Feliz. Esperanzada. Sobre todo, esperanzada. Y es increíble, porque pensé que ya no me quedaba esperanza. Tuve muchas al principio, cuando estuve en plena fase de duelo de nuestra madre y nuestro abuelo, pero fueron muriendo con cada intento de salir a la calle sola, con cada prohibición y con cada grito o puerta rota. Ahora mismo me siento tan débil que creo que no podría sostenerme en pie. Pero no puedo decirle todo eso a la doctora y mucho menos delante de Nikolai. Imagino que está intentando soportar sus propias emociones, así que solo sonrío mirando a mi hermano y asiento.

—Creo que esto va a irte muy bien. Deseo como no imaginas que te cures y recuperar a mi hermano. El de antes.

Él aprieta los labios en una fina línea. Quizá no he debido decir eso. Es parte del problema: nunca sé qué debo decir.

—Sí, bueno...

—Nikolai, ¿cómo te sientes? —lo interrumpe la doctora.

—Bien. —La doctora lo mira paciente. No hace ningún gesto que denote que es evidente que no es cierto. Al final, para mi sorpresa, mi hermano sigue hablando—: Tengo miedo. No sé... —Se cruza de brazos—. Sé que pensáis que ella puede cuidarse sola, pero el mundo es peligroso y... tengo miedo.

Las lágrimas que a duras penas he retenido hasta ahora, me salen sin disimulo ya. Me limpio las mejillas a toda prisa, acerco mi silla a la suya y le agarro la mano.

—Estaré bien, Nikolai. No tienes que preocuparte por mí.

—Tu hermana es una mujer adulta —añade la doctora—. Ella debe tomar sus propias decisiones. Vivir su propia vida. —Nikolai asiente, pero es evidente que no la cree—. No somos dueños de la vida de nadie más que la nuestra.

Nikolai asiente de nuevo, pero la verdad es que, a partir de ahí, no dice mucho más. Al salir de la consulta, me pide que vayamos a la cafetería de Sia, donde pide su tarta de queso. Mi amiga se sienta a nuestro lado, como otras veces, pero esta vez mi hermano me sorprende hablando de pronto y contándole todo lo ocurrido:

—Mañana me interno. —Sia no puede disimular su sorpresa—. Sé toda la mierda esa que dice la psiquiatra. Que no soy el dueño de Natasha y todo eso, pero... —Se frota la frente y hace el esfuerzo, no pequeño, de mirar a Sia—. Tienes que prometerme que tú vas a cuidar de ella.

—Nikolai... —intervengo.

Sia me interrumpe. Coloca las manos en los hombros de Nikolai y lo mira fijamente, hasta que él hace lo mismo. Esta semana lleva el pelo rubio platino. Está pensando empezar a usar pelucas de colores porque dice que así su cabello no sufriría tanto y podría cambiar cada día. La veo capaz de hacerlo. Sus labios están rojos y son hipnotizantes, incluso para mí, así que imagino que los hombres se quedan a menudo embobados mirándola. Sia es guapísima y muy muy llamativa, como una muñeca de esas preciosas que colocan en la parte alta de los escaparates. Pero eso da igual. Lo mejor, sin duda, es que su corazón y su personalidad son aún mejores que su exterior.

—Cuidaré de ella, te lo prometo. Estás haciendo lo correcto y estoy muy contenta por ti.

Nikolai no responde. Solo asiente y sonríe forzadamente. Después de eso, nos comemos la tarta de queso, no hay mucho más que podamos decir, y nos vamos a casa.

—¿Crees que podrías darme una pastilla de dormir? —plantea Nikolai.

Desde hace un tiempo, se supone que soy yo quien controla los fármacos. Es una tontería porque Nikolai sabe perfectamente dónde conseguir todo lo que quiere, incluso sin receta, pero aun así lo miro preocupada.

—¿Por qué?

—Estoy ansioso. Aún tengo que hacer la maleta y... No sé. Solo quiero dormir medianamente bien. Estoy nervioso.

Asiento. Eso puedo entenderlo, por eso le digo que vaya a su suite y ahora se la llevo. He aprendido a no sacar las pastillas delante de él porque, si averigua dónde las guardo, me las roba en cuanto me descuido. Así lo hacemos. Le llevo la pastilla, pero antes de dársela, lo ayudo con la maleta. Tenemos toda la información de la clínica. Es privada, tiene muy buenos médicos y un programa excelente. No digo que vaya a ser fácil, porque tiene mucho trabajo por delante, pero podrá hacerlo en un entorno bonito y con gente especializada. Eso es lo importante.

—¿Me la das ya? —pregunta Nikolai.

Su estado de nerviosismo es visible. Pasea por la habitación constantemente, se retuerce las manos y se muerde el labio inferior sin parar.

—Antes, cenaremos algo.

No quiere, pero no protesta, lo que me parece un gran paso. Pedimos un par de tortillas francesas y, cuando se la come, le doy la pastilla y un vaso de agua.

—*Printsessa*.

—¿Sí?

—Voy a echarte mucho de menos. Y voy a... —Se rasca la frente—. Voy a intentar hacer lo que sea mejor para ti.

—Lo sé, cielo.

—¿Podemos tocar juntos?

—¿Quieres que toquemos? —Asiente y sonrío—. Vale. Está bien.

Voy a por mi violín, vuelvo a la habitación y lo veo frente al piano, en posición de tocar. Me siento en el borde de la cama y lo miro.

—¿Qué quieres tocar?

—«Für Elise» —murmura sin mirarme.

Me emociono en el acto. Cuando éramos pequeños, nuestra madre tocaba con nosotros «Für Elise». Ella tocaba el violonchelo, Nikolai el piano y yo el violín. Desde que murió, él se negó a tocarla. Como si evocar ese recuerdo pudiera con él. Que me lo pida ahora es una promesa sin palabras. Está dispuesto, por fin. Soy tan feliz por él y por mí que no sé qué decir, así que me limito a asentir y a colocar el violín en posición.

Los acordes llenan la habitación, las notas musicales se elevan con belleza y precisión. Apenas puedo pensar en otra cosa que no sea la libertad que estoy rozando con los dedos. En eso y en Jorge. En que mañana podré verlo sin ataduras, sin horario, sin restricciones. Es egoísta sentirme así cuando mi hermano sufre tanto, pero confío en que esto sea el inicio de una etapa nueva, por fin.

Cuando acabamos de tocar, Nikolai suspira, se levanta y viene hacia donde estoy. Me levanto y aquí, a los pies de su cama, nos abrazamos con fuerza antes de sonreírnos el uno al otro como hacía tiempo que no lográbamos hacerlo: con amor y con la comprensión de todo lo sufrido estos años.

—Voy a dormir, la pastilla está haciendo efecto.

—De acuerdo. Mañana vendré temprano para acompañarte a la clínica.

Nikolai asiente y yo salgo de su suite. Entro en la mía, me doy una ducha, me pongo el pijama y me meto en la cama. Solo entonces reparo en el mensaje que tengo sin leer.

Jorge
¿Cómo fue?

Quiero responderle, pero hay tanto que contar... y no creo que una llamada me sirva. Me mordisqueo el labio inferior. Alguna vez, cuando me he sentido al límite, he escapado del hotel por la cocina el tiempo justo de respirar. Podría salir y... A lo mejor podría hacerlo. Puedo dejar mi móvil aquí, por si Nikolai se despierta y controla mi localización. Miro el reloj. Son las once y media de la noche. Trago saliva y decido esperar a las doce. No sé por qué. Supongo que superar la medianoche me da confianza para hacer ciertas cosas.

Me pongo un pantalón vaquero, una sudadera negra y me dejo el pelo suelto para pasar más desapercibida y no tener la cara tan descubierta. A las doce y cuarto bajo por las escaleras de servicio. Entro en la cocina, en la que todavía hay gente limpiando y recogiendo, y salgo sin decir ni media palabra. El aire frío de la noche es renovador, pero no me distraigo. Mi padre no está, pero Misha, nuestro trabajador de confianza, podría verme y hacer preguntas. Echo a correr en cuanto piso las tablas del paseo del Litoral. Corro en dirección de la casa de Jorge y no me paro hasta llegar. No tardo demasiado tiempo, pero esos minutos sirven para que mis pulmones ardan. Tengo miedo por si Nikolai se despierta, pero necesito verlo y explicarle lo que sucede. Necesito que entienda cómo acaba de cambiar mi vida. Abro el pequeño portón que da al jardín, entro y toco con los nudillos en la puerta, aliviada de ver luz a través de la ventana.

Me abre Mario y se queda tan sorprendido que, de primeras, no dice nada. Al final, se aclara la voz y sonríe.

—Hola, cielo. ¿De paseo nocturno? —No respondo y se ríe entre dientes—. Llegas en un momento perfecto. Justo esta noche tenía una fiesta de pijamas con Felipe y Camille, así que Jorge se va a quedar solo, el pobre.

—Oh, ¿en serio?

—Sí. De hecho, estaba a punto de salir para el piso.

Entiendo que el piso está en el jardín, pero Mario está descalzo, en pijama y lleva el cepillo de dientes en la mano. Más bien parecía que estaba a punto de irse a dormir.

—No quiero molestar.

—No molestas. ¡Eh, Jorge! ¡Mira lo que ha traído el levante! —Tira de mi mano, me cuela en casa y luego me guiña un ojo—. Buenas y felices noches.

Se va, cierra la puerta tras él y me deja frente a frente con un Jorge que me mira con los ojos desorbitados.

—Tasha...

No puede decir más. Corro hacia él y lo abrazo con tantas ganas que nos tambaleamos. Por fortuna, Jorge entiende cuáles son mis prioridades y me estrecha entre sus brazos como si no quisiera soltarme nunca.

Justo como quiero que sea.

20

Jorge

Abrazo a Natasha con fuerza. Con tanta que, pasados unos instantes, me obligo a soltarla para poder mirarla de frente.

—¿Qué ha pasado? ¿Estás bien? ¿Y Nikolai?

—Se va a internar. —Suelta una carcajada, pero un segundo después se echa a llorar, así que la miro atónito—. Perdón, lo siento. Estoy muy nerviosa.

La hago pasar hasta la cocina, la siento en una silla y pongo agua a hervir para prepararle una infusión.

—Cuéntamelo todo.

Ella lo hace mientras esperamos que el agua esté lista. Cuando está hirviendo, preparo la infusión, la llevo hasta el salón, nos sentamos en el sofá, le doy la taza y sigue hablando. Se emociona, hace aspavientos con las manos y suelta risas histéricas de vez en cuando. Todo eso es comprensible, teniendo en cuenta que debe de sentirse como un preso condenado a cadena perpetua por error que recupera su libertad. Es increíble que, algo que nosotros damos por hecho, sea un regalo de magnitudes tan impresionantes para ella. Ha sido privada de vivir su propia vida durante ocho años. Ocho años de su vida, los más importantes, además, pues han ocupado toda su adolescencia y los primeros años de adultez. No ha podido estudiar en una universidad con personas de su edad. No ha podido salir a comer con quien ha querido. No ha podido ni siquiera ir a un gimnasio sola. Todo eso cambiará ahora, y me alegro sobre todo porque espero que parte de todo ese tiempo libre que por fin tendrá lo dedique a estar conmigo, siempre que ella quiera.

—Es maravilloso —le digo después de mucho hablar, mientras le acaricio el pelo y ella sonríe con labios temblorosos—. Tu vida empieza mañana, Tasha. ¿Estás contenta?

Asiente y sonríe, pero las lágrimas siguen brotando de sus ojos.

—Es que... —Niega con la cabeza y mira al techo, intentando controlarse—. Es que siento dolor por mi hermano.

—Esto es lo mejor para él. Es la mejor ayuda que puedes darle.

—Lo sé, lo sé. Pero está pasándolo mal y yo no debería sentirme tan contenta de quedarme sola, ¿verdad? Y...

—Es normal, Tasha. Has estado presa demasiado tiempo —murmuro—. En cuanto a Nikolai, aún es joven. Con la ayuda adecuada, dejará atrás sus adicciones y vivirá el resto de su vida siendo medianamente feliz.

—¿Medianamente?

—Todos tenemos altibajos. Soy de los que piensan que es mejor vivir medianamente feliz. Significa que sabes que tu vida no es perfecta, pero la aceptas, disfrutas y la valoras de todas formas.

Ella sonríe y me acaricia la mejilla. Ya no me sorprende notar sus dedos fríos, aunque estemos en el interior. He aprendido pronto que Natasha siempre tiene las manos frías. Aun así, las encierro entre mis propias manos y me las llevo a la boca, donde soplo intentando que entre en calor.

—Estoy bien —musita.

Sonrío, le beso los dedos y un segundo después, los labios. Ella se acerca a mí, pasa una pierna sobre las mías y se sube en mi regazo abrazándome. Me sorprende que lo haga y que se entregue a mi boca de un modo que hace que me resulte imposible no reaccionar. Intento mantenerme sereno. Sé bien que Natasha es virgen, aunque no me lo haya dicho con todas las palabras. Estar encerrada durante ocho años le ha robado también poder disfrutar de algo tan básico y carnal como el sexo. Por eso quiero que sea especial. Por eso, cuando ella se pega a mí, moviendo sus caderas en círculo, pese a mis infinitas ganas, la paro.

—¿No quieres? —pregunta con una voz dubitativa que me parte el alma.

—Claro que quiero, pero no tiene que ser ahora. —La beso con suavidad y dejo reposar mi frente en la suya—. Podemos hacerlo en otro momento, Tasha. Desde mañana, eres libre.

—Lo sé —susurra ella, pasando una mano por mi pecho y levantando en mí un mundo de sensaciones. Solo llevo puesto un pijama y eso, con tanta cercanía, se nota—. Pero quiero que sea hoy. Quiero que lo primero sea esto. —Me besa y vuelve a presionar sus caderas contra mí, arrancándome un gemido—. No soy una pobre virgen. No me he acostado con nadie antes porque he estado encerrada, no porque no quiera hacerlo. Sé lo que es el placer, me lo he dado yo sola durante años, pero ahora quiero disfrutarlo contigo. Lo deseo, Jorge. Te deseo.

Sus firmes palabras se mezclan con la vulnerabilidad de sus ojos. No tiene miedo al sexo, sino a ser rechazada. Joder, me muero por tocarla. Una vocecita me grita que no lo haga. Que le dé más espacio, pero la mayor parte de mí ya no puede pensar en nada que no sea disfrutar de todo lo que ella quiera darme. Así que decido dejarla pasar y entregarme a mis propios deseos. La alzo en brazos, la llevo al dormitorio grande y la deposito sobre la cama. Le abro las piernas, dejando un hueco para meterme entre ellas, y esta vez soy yo quien se sube sobre su cuerpo y presiona en su centro con mi entrepierna.

—Si quieres parar en algún momento, sea el que sea, lo haremos —susurro besándola y despojándola de la sudadera, no sin cierto esfuerzo—. Si necesitas que me detenga, solo dilo, nena, y todo acabará. Pero si lo que necesitas es más o que acelere... —Sonrío de medio lado y muerdo la base de su pecho antes de desabrochar su sujetador y ahogar un gemido. Joder, es perfecta.

—¿Si necesito que aceleres...? —repite ella con voz ahogada.

La miro por encima de sus preciosos pechos, muerdo uno de sus pezones y luego soplo la rojez que queda en ellos.

—Bueno, en ese caso, yo decidiré el ritmo. Creo que llevas años esperando y sería muy injusto que esto acabara en un abrir y cerrar de ojos, ¿no te parece? —Natasha se arquea cuando mi lengua se enreda en su otro pezón y gime frustrada cuando me alejo, provocando mi risa baja y ronca—. Eso pensaba.

Protesta, pero no es una protesta de verdad. Es la anticipación haciéndose patente. Me arrodillo en la cama, desabrocho su pantalón y lo bajo por sus piernas. He visto a Natasha con bañador, así que sé bien que sus piernas son larguísimas, pero no imaginé cuánto hasta verla ahora. Está desnuda, a excepción de las braguitas negras, de las que me ocupo de inmediato. Ella alza las caderas, facilitándome el trabajo, y se queda tumbada sobre la cama sin nada, mirándome con anhelo y deseo. Es... joder. No hay palabras para describirla. Su cuerpo es perfecto, su pelo rubio esparcido por el colchón hace que quiera pasar mis manos por él constantemente y sus ojos azules me miran como si yo fuera alguien especial. Como si fuera alguien importante. Espero que entienda, por mi modo de tratarla, que lo es, pero un segundo después recapacito. Me despojo de mi propia ropa, provocando que su mirada se vuelva más oscura. Me tumbo sobre ella, sintiendo la calidez de su piel con piel por primera vez y besando sus labios.

—Eres importante para mí, Natasha. —Sus ojos se abren, sorprendidos, pero no me detengo—. Eres muy importante para mí —repito.

Ella levanta una mano temblorosa, me acaricia la mejilla y sonríe con dulzura.

—Demuéstramelo y deja que yo te lo demuestre.

No tiene que decir más. Vuelvo a bajar por su cuerpo, plagándolo de besos. Me distraigo con el lunar de su ombligo y sonrío cuando su mano se enreda en mi nuca y me lleva más abajo, exigiéndome sin palabras lo que quiere. Me encanta su actitud. No disimula su deseo ni lo que quiere. Puede que nunca se haya acostado con nadie, pero ha experimentado ella sola lo suficiente como para saber qué le da placer y qué no. Y, joder, eso me parece perfecto.

Separo sus pliegues con mi lengua. Natasha se arquea de placer y sonrío. Joder, esto va a gustarme mucho. Le sujeto las caderas con las manos para impedirle que se mueva. Beso, muerdo y lamo hasta que su cuerpo se tensa y su voz resuena en la habitación pidiéndome más. Me hago una idea del nivel de placer cuando murmura algo en ruso, lo cual me enciende aún más, si eso es posible.

Natasha se retuerce, gime. Cuando succiono su clítoris, estalla con un gemido tan profundo que me obligo a cerrar los ojos. Creo que podría llegar al final solo con oírla. Le beso el muslo mientras me arrodillo en la cama y la observo volver a la realidad poco a poco. Sus ojos azules se abren pesados, diluidos en el placer. Sus labios, carnosos y rosados siempre, ahora están hinchados debido a sus propios mordiscos. Su cara es el sexo hecho persona.

—Eres tan perfecta que me mata un poco mirarte.

Ella me devuelve una mirada sorprendida durante un segundo. Luego se alza, se arrodilla frente a mí y me pasa los dedos por el pecho. Las yemas llegan a la base de mi cuello y ella me mira como si me estudiara. Sonrío, puede que sea así. Acaricio sus costados y cierro los ojos cuando sus labios se posan en mi cuello, subiendo por mi mandíbula y atrapando mi boca. Nos besamos durante lo que podrían ser minutos u horas; luego Natasha se separa de mí y desciende sus manos por mi torso. Cuando llega a mi pubis, trago saliva y me fijo en su cara, pero la determinación es tal que me quedo embobado. Sujeta mi dureza con firmeza, sin miedo, explorándome con curiosidad y deseo. Gimo, inevitablemente, y ella me mira a los ojos.

—Me toca.

Empuja mi pecho con suavidad y observo, atónito, el modo en que sus labios se apoderan de mí mientras sus ojos siguen conectados a los míos. Me mira en todo momento, dejándome claro que esto no la avergüenza ni le cuesta ningún esfuerzo. Intento contenerme todo lo que puedo, pero es que esta visión es... Es que no existen las palabras para esta visión, así que la separo de mí, abro el cajón de la mesilla de noche y rezo para que Mario tenga condones por aquí, porque es él quien duerme en esta habitación. Encuentro una caja y rezo para que sean normales; mi vida no ha sido igual desde que me habló de los condones fluorescentes. Rasgo uno, me lo pongo y respiro aliviado al ver que mi polla no brilla. No sé cómo encajaría Natasha algo así. No sé cómo encajaría ninguna mujer algo así, pero tampoco lo pienso más, porque ella ocupa toda mi atención.

—¿Estás lista? —pregunto antes de tocarla otra vez.

Ella, de nuevo, me sorprende empujándome con suavidad para que me tumbe. Se sube sobre mi cuerpo y, aunque no me hace entrar en su cuerpo, sí se ocupa de que la fricción sea constante, consiguiendo que me ponga al borde del delirio.

—Quiero hacerlo yo —murmura.

Asiento, no puedo hacer más. Observo el modo en que me agarra y me introduce en su cuerpo. No sé si esta es la mejor postura, pero ella tiene todo el jodido control y sé que eso me gusta porque no sé cuántas veces en su vida se ha podido sentir tan poderosa como ahora. Me usa para acariciarse, darse placer y luego, poco a poco, baja por mi erección, contrayendo la cara un poco, pero sin detenerse.

—Tasha... —gimo—. ¿Estás bien?

Ella asiente, pero es evidente que no está muy cómoda. De ser otra chica, la giraría para facilitar las cosas y la colocaría en una postura más sencilla para la penetración, pero se trata de Natasha. Lleva ocho años viviendo del modo que le dicen, comiendo lo que le dan, sin elecciones, sin libertad, sin poder de decisión. Las cosas hoy se harán del modo en que ella desee. Quiero acostarme con ella, pero por encima de eso quiero que entienda que conmigo no existen las obligaciones. Que nos daremos todo lo que tenemos porque queremos, no porque el otro lo pida.

—Esto es... —Gime, pero no es un gemido placentero al cien por cien—. Guíame, Jorge. Ayúdame.

Ahora sí, la tumbo en la cama en un solo segundo, me coloco en su entrada y me introduzco en su cuerpo poco a poco, intentando controlar los temblores que me produce estar dentro de ella. Intentando que la cabeza no me estalle de placer. Ella me besa los hombros, el cuello y los labios; yo solo puedo mirarla y pensar en lo perfecta que es. En lo bien que se siente esto. Nos mecemos con lentitud, ella aún no está adaptada y se nota, pero cuando la oigo gemir y la siento alzar las caderas en busca de más profundidad, cierro los ojos y me dejo llevar. No hay grandes posturas ni grandes gestos. Estamos ella, yo y nuestras caricias, y eso es más que suficiente para hacerlo extraordinario.

Natasha construye su orgasmo poco a poco, pero estalla a lo grande, contrayéndose y arrastrándome con ella de manera inevitable. Me dejo ir, cierro los ojos y entierro la cara en su cuello, sintiéndome incapaz de mantener la cordura. Durante unos instantes lo único que puedo pensar es que no quiero que esta noche acabe nunca.

Convulsionamos juntos y, cuando vuelvo a mirarla, la veo tan sonriente, tan tranquila y tan... libre que solo me sale besarla en los labios y rezar para que entienda lo que esto ha significado para mí.

—Ha sido perfecto —murmura—. Eres perfecto, Jorge de las Dunas.

Su acento es muchísimo más marcado de lo habitual y eso, unido a los murmullos que me ha dedicado en ruso, me dan una idea de lo mucho que ha perdido el control. Sonrío, la beso de nuevo y froto mi nariz con la suya.

—Tienes un medidor de emociones en el acento.

Ella se ríe y deja que la arrastre conmigo cuando me tumbo boca arriba y la abrazo.

—No puedo quedarme a dormir.

No contesto de inmediato. Observo el techo, pensando en ello, y asiento.

—Lo sé. Sé que no puedes, pero dame solo un par de minutos, así luego te acompañaré al hotel.

—Si Nikolai...

—Te acompañaré solo hasta las rocas, pero no entraré.

Su cuerpo, que se había tensado, se relaja de inmediato. Yo, en cambio, me quedo pensando en lo injusto que es que tenga que sentirse así. Ya sé que su hermano tiene problemas de salud mental, pero no puedo evitar que la rabia intente burbujear en mi interior. Aun así, me callo. Natasha ya tiene suficiente, como para aguantarme a mí y a mis opiniones. Descansamos un par de minutos y luego, con esfuerzo, nos vestimos para que ella pueda volver a su jaula de oro.

Al salir, el viento helado del mar me cala los huesos y me fijo en Natasha, que ni siquiera trae ropa de abrigo.

—Espera un momento. —Entro en casa, cojo una chaqueta mía y se la doy.

—Te la devolveré antes de separarnos.

—De acuerdo —digo subiéndole la cremallera y sonriendo—. Te queda enorme.

—Parezco un globo.

—Estás preciosa. —Natasha sonríe y me empapo de la revolución que siento en el estómago al verla así, despeinada y satisfecha—. Dios, ojalá pudiera desnudarte ahora mismo de nuevo.

Sus mejillas se encienden y, pese a la oscuridad, puedo verlo. Sonrío, satisfecho, y ella palmea mi estómago, adivinando mis pensamientos.

—Desde mañana, podré desnudarme para ti tanto como desees.

—En cuanto te deje en el hotel haré un escrito de los motivos por los que Mario tiene que irse a tomar por culo de casa y Azahara no puede volver de Barcelona. —Su risa taladra el aire y me río con ella. Es increíble verla así. Tenerla aquí, conmigo—. Joder, creo que podría enamorarme de ti en un suspiro más. —Ella deja de reírse y me mira sorprendida. No me extraña, yo mismo tengo que carraspear al darme cuenta de lo que he dicho—. Quiero decir que...
—Frunzo el ceño, porque me doy cuenta de que eso es exactamente lo que quería decir—. Quiero decir que creo que podría enamorarme de ti, Tasha.

Ella sigue mirándome por lo que parece una eternidad. Al final, se acerca, me rodea el cuello con los brazos y me besa con una dulzura que me desarma por completo.

—Yo también lo creo —susurra.

Cierro los ojos y, aunque no quiera admitirlo, tiemblo un poco. Le beso los labios, la frente y le tiro de la mano porque debemos ponernos en camino. Pero daría lo que fuera por poder volver al interior de mi casa con ella.

Caminamos por el paseo con los dedos entrelazados, en silencio y oyendo el rugir continuo del mar. Me encanta vivir en la playa todo el año, pero en invierno el mar tiene algo... En invierno se alza poderoso y peligroso, como una amenaza, advirtiendo a todo el que se acerque lo que es capaz de hacer si sigue adelante. Pienso en Natasha la noche que la conocí y trago saliva. Pienso en mi tío, que se perdió para siempre en una noche como esta. Es irónico el modo en que algo tan bello puede acabar con todo.

Tan sumido estoy en mis pensamientos que no soy consciente del modo en que Natasha se tensa. Miro en la misma dirección que ella, hacia el hotel, y vislumbro las luces reflejadas en la fachada antes de ver la ambulancia en la puerta.

—Nikolai... —susurra ella en un tono que me eriza la piel—. ¡Nikolai!

Natasha sale corriendo y yo me quedo un segundo rezagado. No entiendo nada, salvo que no pienso dejarla así. Corro tras ella, pensando que no tiene por qué pasarle nada. Es un hotel, hay muchos clientes y trabajadores, pero cuando entramos en el vestíbulo y soy consciente del modo en que miran a Natasha los trabajadores, unido a la tensión que hay, trago saliva. Es Nikolai. Estoy seguro. Ojalá no lo estuviera, pero lo estoy. Ella se encamina hacia las escaleras, pero tiro de su mano y la meto en el ascensor, que está abierto.

—¡Deja que suba! —grita llorando.

—Es la última planta, Tasha, será más rápido así.

Las puertas se cierran y agradezco saber el número de planta en el que vive de conversaciones anteriores. Me percato de lo eterno que puede ser el tiempo en un ascensor cuando se trata de una urgencia. Es como si no llegara nunca. Natasha tiembla por completo, como si ya supiera seguro que se trata de él. Y, aunque me encantaría pensar algo distinto, lo cierto es que sus antecedentes lo preceden.

Las puertas del ascensor se abren, nos encaminamos hacia el pasillo y, a media altura, un hombre vestido de negro se interpone y abre los brazos para Natasha, que lo abraza llorando.

—¡Misha...! —exclama.

Caigo entonces en que es el hombre de confianza de su padre. El que alguna vez ha llevado a Natasha como chófer. Natasha me ha dicho alguna vez que, en cuestiones de cercanía, Misha es mucho más cariñoso con ellos que su propio padre, así que no me extraña que esté abrazándola e intentando calmarla con esa familiaridad.

—¿Dónde está? —pregunta con la voz amortiguada contra la chaqueta de él.

Misha la separa de su cuerpo, enmarca sus mejillas y en el brillo de sus ojos veo la respuesta, igual que ella, que llora mucho antes de que él hable.

—Avisó a recepción para que me llamaran a una hora concreta. Intenté hacer algo por él, pero no... —La voz se le quiebra—. Lo siento mucho, Tash.

Ella niega con la cabeza con tanta vehemencia que se me encoge el corazón. Hace a un lado a Misha, por más que él intenta que no siga, y entra en la que supongo que es la suite de su hermano. La sigo, solo porque no soy capaz de dejarla sola. Ya no.

En la habitación, un médico y varios trabajadores sanitarios se mueven, pero eso no es lo importante.

Lo importante es que Nikolai está tumbado en el suelo cubierto hasta la barbilla por una bolsa negra.

Lo importante es el grito desgarrador de Natasha.

Lo importante es la vida que se ha ido y la que se ha quedado, pero acaba de romperse en millones de pedazos.

21

Nil

Hay muchos tipos distintos de terror. Es algo que he aprendido a lo largo de mi vida.

Está el terror ante la muerte. Es desconocida y una despedida definitiva de alguien a quien quieres duele como pocas cosas. Yo lo sentí cuando mi madre se marchó.

Está el terror que provoca la inseguridad. No saber si lo hago bien o si hay algo en lo que esté fallando sin darme cuenta. Lo siento cuando Eric y Ona se duermen después de un día intenso.

Y está este tipo de terror. Uno que me atenaza la garganta ante la idea de que se conozcan y no se gusten. Eric y Ona son mi vida. Mi jodida vida entera. Ellos son lo primero siempre. Sin excusas. Sin excepciones. Pero Aza... Ella está ocupando un lugar importante en mi vida, lo cual es una locura. Vivimos cada uno en una punta del país y ella merece a alguien con menos cargas de las que yo tengo. Solo puedo ofrecerle distancia, problemas y...

No es momento de pensar en eso. Mis inseguridades deben quedar fuera porque necesito que esto salga bien y, para eso, Eric y Ona han de ver reflejado en mí lo bueno de esta situación. Solo lo bueno.

—Hala —susurra Ona adelantándose un paso—. Tu pelo es todavía más guay que mañana cuando lo vimos en el móvil.

—Se dice ayer, no mañana. —Eric resopla y mira a Azahara—. No hay manera de que no mezcle «mañana» con «ayer».

—Es difícil —murmura Ona un poco ceñuda.

Decido intervenir. Azahara no deja de mirarlos y no sé qué está pensando, pero no dice nada, lo cual hace que el corazón me lata más deprisa. Solo espero no haberme equivocado al presentársela. Estoy seguro de que solo está en shock, pero si no es así... Si ella, por los motivos que sea, no reacciona, no tengo ni idea de qué hacer.

—Chicos, ¿por qué no invitamos a Azahara a tomar algo calentito? Creo que el frío le tiene la lengua un poco adormecida.

Ona se ríe como una tonta y entra en casa parloteando sin parar, en su línea.

—¡Quiero chocolate calentito! ¡Con nubes!

—Creo que tu cuerpecito no necesita más azúcar —le digo riéndome entre dientes.

Me paro al entrar en el recibidor y darme cuenta de que Azahara no me ha seguido. La miro, deseando que reaccione. Me encantaría abrazarla, besarla y tranquilizarla, pero con ellos delante, esto es lo único que puedo ofrecer, al menos de momento. Quiero que la conozcan, que la vean como parte de mi vida, pero no sé si es demasiado precipitado que me vean besarla. No sé si es demasiado que me vean en actitud cariñosa con alguien que no sea ellos. Sin embargo, las ganas de besarla me están matando por dentro. Estoy a punto de decir algo cuando Eric se mueve. Lo miro atentamente mientras sale al rellano y le coge la mano a Azahara.

—Vamos —susurra con su seriedad habitual—. Es normal si tienes un poco de miedo. Algunas veces, los sitios nuevos dan miedo, pero todo está bien. Tranquila.

Azahara abre la boca formando una O y sus ojos se aguan tan rápido que tiene que carraspear para mantener sus emociones a raya. Me mira y entonces lo veo. El miedo. Las expectativas. El modo en que se presiona a sí misma es tan brutal que me maldigo por no haberme dado cuenta.

—Creo que me vendría bien un chocolate caliente —dice con una sonrisa.

—¡Bieeen! —grita Ona, que no ha perdido el hilo en ningún momento.

Eric sonríe y la lleva hasta la cocina de la mano. No la suelta hasta que se sienta junto a la pequeña mesa que usamos para comer.

—¿Podemos hacer chocolate, papá? —pregunta.

Sonrío y asiento, sin dejar de ver lo que le impacta a Aza verlos tratarme así en persona. Supongo que no es lo mismo saber algo a vivirlo. Eric y Ona siempre han formado parte de mi vida, pero ella está dándose cuenta ahora de que son reales. Dos personitas pequeñas, inocentes y perfectas que están totalmente a mi cargo. Abro la nevera para coger la leche y trago saliva. Si no lo acepta... Si ella no acepta mi vida, pese a todo lo que hemos hablado, no habrá nada que hacer. Cierro los ojos un segundo, sintiendo más pesar del que me gustaría, pero me giro con una sonrisa prefabricada cuando decido que lo mejor es ver cómo avanza esto. Ver cómo se desenvuelve con ellos y tener una conversación larga y tendida en algún momento acerca de nuestra relación. ¡Si es que a esto se le puede llamar relación! Estamos tan lejos... Y, aun así, cuando está en La Cala de Mijas, la siento más cerca de lo que he sentido a muchas personas de mi alrededor.

—¿Y qué tal se han portado los Reyes? —pregunta ella, iniciando, por fin, una conversación—. ¿Os han traído todo lo que queríais?

Eso da pie a que Ona se ponga a parlotear, lo cual le deja a ella un poco de tiempo para ir haciéndose con la situación. Yo, por mi parte, voy preparando el chocolate sin dejar de mirar la escena, intentando creerme que todo esto es real.

—Mira, ¿lo ves? —Ona mueve su muñeco frente a ella—. Le aprieto aquí y echa lágrimas. ¡Lágrimas de verdad!

—Va a ser jodidamente divertido ir fregando el suelo cada cinco minutos —murmuro.

—Has dicho «jodidamente», papá.

—Perdona.

—Tienes muy mala boca.

Azahara se ríe, algo más relajada. Coge al muñeco en brazos para inspeccionarlo de cerca.

—A mi primo Mario le encantaría.

—¿Tiene cinco años? —pregunta Ona.

—Oh, no, tiene unos cuantos más, pero le encanta jugar a estas cosas. ¿Y a ti, Eric? ¿Qué te han traído?

El niño la mira fijamente, como si no esperara que le preguntara. Con Eric siempre suele ser así. Ona habla tanto que él adopta el papel de reservado y, por lo general, la gente no se da cuenta de que simplemente es más tímido y necesita que lo involucren más en las conversaciones. Sale del salón y vuelve unos segundos después con varios de sus regalos.

—¿Esto es un bloc de acuarelas? —pregunta Aza cogiendo uno de ellos—. ¡Me encanta pintar!

—¿Sí?

—Sí, mi trabajo consiste en pintar cosas. Aunque ahora lo hago por ordenador y no puedo dibujar tanto como yo quiera, pero aun así es divertido.

—Podemos pintar algo juntos, si quieres.

—Claro, me encantaría.

—¡Yo también voy a pintar! —exclama Ona—. Voy a pintar a mi bebé llorón.

Eric resopla, Azahara se ríe y yo me río con ella. Sirvo el chocolate para los cuatro y hago que vayamos al salón. Dejo las tazas en la mesa y tiro de la mano de Aza.

—Ven, voy a enseñarte el piso.

Ella acepta, dejamos a los niños en el salón y, desde que encaminamos el pasillo, me estoy preguntando si podré besarla en algún momento, aunque sea fugazmente. Esta mujer me tiene la cabeza del revés.

—En realidad, no hay mucho que ver. No es una casa en primera línea de playa, eso está claro.

Azahara busca mi mano, entrelaza nuestros dedos y los aprieta.

—Es tu casa, y eso es lo único que importa.

La hago pasar al diminuto baño y, una vez dentro, sujeto sus mejillas y la beso.

—El baño —susurro en sus labios.

—Precioso —murmura ella en los míos, sin ni siquiera mirar alrededor.

Sonrío, le muerdo el labio inferior y dejo que lo vea antes de arrastrarla a mi habitación. En cuanto entramos, es Aza la que me besa, echándome los brazos al cuello y aprovechando que oímos a los niños hablar en el salón.

—Mi dormitorio.

Ella se ríe, pasa los dientes por mi mandíbula y yo cierro los ojos. Joder, qué bueno es sentirla así.

Salimos de la habitación, consciente de que tenemos el tiempo limitado, y la llevo a la que, en teoría, tendrían que ocupar los niños. Allí volvemos a besarnos y vamos a la última, la que ocupaba mi madre. En cuanto abro la puerta mis hombros se tensan. Está limpia, la he pintado de nuevo y solo se ve una cama perfectamente hecha, pero los recuerdos de lo vivido aquí no se van con pintura y amoniaco. Por mucho que limpie, los recuerdos siguen aquí. Cada vez que abro esta puerta me asaltan, como monstruos del armario deseando invadirme.

Azahara debe de notarlo, porque aquí no me besa, solo me aprieta la mano y me abraza por el costado con suavidad.

—Es un piso bonito —murmura—. Vamos, quiero beberme ese chocolate.

El modo en que ha captado mi cambio de humor es increíble, pero no me extraño. Ella es increíble. Punto.

Volvemos al salón, nos tomamos el chocolate y me alegra ver que Azahara empieza a ser ella con cada palabra que sale de su boca. Media hora después, habla animadamente con los niños sobre dibujitos y los tiene completamente encandilados. No me extraña, sé bien cómo es el efecto Azahara de las Dunas. Te atrapa en cuanto te descuidas. Te deja la cabeza embotada y el cuerpo temblando, aunque no quieras. Por eso, cuando se levanta para marcharse, pues se ha hecho de noche, tampoco me extraña lo más mínimo que Eric y Ona protesten.

—Puedes quedarte a cenar —dice Eric.

—¡O a dormir! —Ona sonríe—. Si estás de vacaciones para vernos, puedes quedarte a dormir y así mañana puedes llevarnos al cole con papá.

—Eh...

Azahara abre los ojos como platos y me mira. Me encantaría decir que reacciono, pero estoy tan sorprendido con que la quieran aquí hasta ese punto que tardo unos segundos en hacerlo. Suficiente para que ella se haga su propia idea, supongo.

—No te preocupes. Mañana, cuando vuelvas del cole, seguro que podemos vernos un rato.

—Pero...

—Y así podrás contarme qué te han dicho tus amigos de tus regalos de Reyes. ¿Te parece?

Ona parece decepcionada y Eric, aunque no habla, también. Yo trago saliva. ¿Y si...? ¿Sería tan malo? No podemos dormir juntos, eso es evidente, pero podría usar la habitación libre. Hay una cama vacía. Es una tontería que pague un hotel cuando...

—Quédate. —Incluso a mí las palabras me sorprenden cuando me salen de la boca. Azahara me mira con los ojos como platos, pero sonrío y encojo los hombros—. Puedes quedarte. Tenemos sitio. Es una lástima que gastes dinero en el hotel.

—Nil, no quiero molestar...

—¡No molestas! —exclama Ona—. ¡Va a ser genial! ¿A que sí, Eric?

Todos lo miramos. Ellas lo hacen expectantes y yo porque sé que, si alguien va a ponerse serio con este asunto, es él. Es quien tiende a ser más reservado. Sin embargo, Eric sonríe y asiente, mostrándose de acuerdo.

—Molaría que nos acompañaras al cole.

Azahara me mira y puedo ver el tren de pensamientos que atraviesa su mente.

—Chicos, voy con Aza a la cocina un momento.

No espero respuesta. Enciendo la tele y tiro de la mano de Azahara hasta la cocina. Cierro la puerta, aunque eso nos deje encerrados en un espacio diminuto, y enmarco sus mejillas entre mis manos.

—Dime qué piensas de todo esto —susurro.

Ella suelta el aire a trompicones, como si lo hubiese retenido durante mucho tiempo. Deja caer su frente en mi pecho y me abraza de un modo que me haría temblar si no estuviera preocupado por el tema que estamos tratando.

—No quiero importunar.

—No lo haces.

—Ellos... Ellos son lo primero y no quiero...

—Azahara, mírame. —Lo hace y puedo ver el rubor en sus mejillas—. Quiero que estés aquí y ellos también.

—Pero a lo mejor deberías preguntarle a su psicóloga si es recomendable que yo...

—No voy a preguntarle a la psicóloga si es recomendable que mi novia duerma en mi casa. Eso lo decidiremos nosotros.

Ella se queda quieta, mirándome con sorpresa, y yo frunzo el ceño.

—¿Soy tu novia?

Elevo las cejas. Me doy cuenta de que, por absurdo que parezca, no teníamos una etiqueta como tal. Nunca la hemos usado porque no ha sido necesaria. Azahara es la primera persona en la que pienso al levantarme y la última que cruza mi mente cuando me acuesto. Hablamos tanto que creo que conoce más de mí que la mayoría de la gente, incluyendo a todos los amigos que algún día tuve y desaparecieron cuando Eric y Ona pasaron a ser mi responsabilidad. La deseo. La...

Trago saliva, dándome cuenta de la enormidad de todo esto.

—¿No lo eres? —pregunto por respuesta.

Ella se ríe, palmotea mi pecho y se alza sobre sus puntillas.

—Suena bien —musita antes de besarme.

Y ese beso... Joder, ese beso encierra las respuestas a todas las posibles preguntas que puedan surgir en torno a nuestra relación.

—Quédate —le pido entre beso y beso—. Puedes dormir en la habitación libre.

—No. —La miro, un tanto decepcionado de que se niegue, pero ella sonríe y acaricia mi mejilla—. Quiero decir que no voy a dormir en esa habitación. No podría y tú no estás listo. Lo haré en el sofá.

—Eso es una tontería.

—No lo es. Las cosas llevan tiempo, Nil. Estaré perfectamente en el sofá.

Me muerdo el labio, frustrado. No puedo evitar que una parte de mí se sienta aliviado. Pese a lo que ella cree, verla dormir en la cama que fue de mi madre no me dolería porque la echo de menos, sino porque...

—Esa cama me hace pensar en la enfermedad. En la muerte. No quiero... —Trago saliva y miro al suelo—. No quiero que duermas en un lugar que me hace pensar en la muerte.

Azahara me acaricia las mejillas, como si este pensamiento fuera lógico, aunque yo creo que no lo es. Se alza sobre sus puntillas y me besa de nuevo.

—Está bien, Nil sin apellidos —susurra haciéndome reír—. Todo está bien.

—Ojalá pudieras dormir conmigo, pero... —Me río sarcásticamente—. Bueno, tenemos completo y no puedo...

—No, no puedes y no debes. Tu cama es para ti y para ellos. Lo entiendo. Yo me apaño con el sofá.

—Puedes dormir en la camita de Ona o en la de Eric. Total, para el uso que les dan...

Ella sonríe, asiente y, justo cuando va a besarme de nuevo, la puerta se abre, haciendo que los dos nos separemos con un respingo.

—Estoy pensando... —La pequeña Ona se acerca a Azahara, ajena a lo que ha interrumpido—. A lo mejor, si me peinas tú, se me pone el pelo así de rizado.

Me río y veo a Azahara agacharse y acariciarle el pelo rubio y liso como una tabla.

—¿Sabes? Podríamos ponerte rulos.

—¿Eso qué es?

—¿No hay rulos por aquí? No pasa nada, mañana por la tarde, después del cole, compraremos y te los pondré. Sirven para rizar el pelo.

Ona abre tanto la boca que suelto una carcajada.

—¿Voy a tener tu pelo?

—Bueno... No el mío, claro, el tuyo será mejor, porque es del color del sol.

—Yo no quiero que sea color sol. Quiero que sea color Vaiana.

Azahara y yo nos reímos, lo que hace que Ona frunza el ceño.

—Bueno, veremos qué podemos hacer para que quede parecido al de Vaiana, ¿de acuerdo?

—Es más fácil comprar una peluca —murmuro.

—El tuyo es igual. —Ona la mira frunciendo el ceño—. Si tú

fueras mi madre, sería como el tuyo, pero es como el de papá cuando era pequeño. —Me mira con horror—. ¿De mayor voy a tenerlo como tú?

Me río a carcajadas, la cojo en brazos y la saco de la cocina mientras le tiro de los mechones rubios.

—Lo tendrás del mismo color que yo, seguramente, pero tan largo como quieras.

—Uf, menos mal.

Todavía me estoy riendo cuando miro a Eric. Ha abierto el cuaderno de pintura y está concentrado en algún tipo de robot.

—Guau, ¿puedo ayudarte?

Azahara se sienta a su lado, en el suelo. Él sonríe, coloca el bloc entre ambos, y le pasa un pincel.

Y así, con una naturalidad que me pellizca por dentro, la veo integrarse en mi vida y hacerse con el cariño de las dos personas que más me importan en el mundo. No lo dudaba, como tampoco dudaba que, llegado el momento, el miedo cobraría vida dentro de mí. Azahara está aquí de visita, no de forma permanente y yo tengo por delante largas charlas para hacer que Eric y Ona comprendan que los tres nos estamos enamorando de una chica que solo tendremos algunos ratitos.

Después de cenar, cuando por fin conseguimos que Eric y Ona se duerman, me tiro en el sofá y miro a Azahara, para que se siente a mi lado.

—En realidad, me iría genial darme una ducha y ponerme el pijama. Ha sido un día tan intenso que creo que necesito algo que me relaje.

Sus palabras son casuales. Estoy completamente seguro de que no las ha dicho con ninguna doble intención. Sin embargo, lo único en lo que yo puedo pensar es que el baño es el único lugar de la casa con pestillo, los niños están dormidos y, aunque no sea lo más romántico del mundo, me muero por...

—¿Puedo acompañarte?

La pregunta nace ronca, teñida del deseo que no puedo esconder. Si me dice que no, lo aceptaré sin dramas. Lo que más me importa es tenerla aquí conmigo, pero si me dice que sí... Joder, si Azahara de las Dunas Donovan Cruz me dijera que sí, qué bueno sería.

22

Azahara

Miro a Nil fijamente. Creo que ni siquiera pestañeo, aun a riesgo de que se me sequen los ojos. Es tan increíblemente guapo que... Y quiere ducharse conmigo. Oh, Dios, quiere ducharse conmigo. Esta mañana solo tenía un beso con él como recuerdo y ahora estoy aquí, en Barcelona, en su piso, a punto de ducharme con él y sin recordar cuándo fue la última vez que me depilé las ingles. Si es que la vida me odia. ¿Por qué no pensé en esto?

—Si no quieres, no pasa nada, Aza. —Sigue sentado en el sofá y su mirada ha pasado de ser insinuante a seria—. No tiene que pasar nada que no quieras y...

—No sé si tengo las ingles depiladas. —Lo suelto así, del tirón, como se quita la cera. Cera que debí ponerme antes de venir—. No sé si estoy bien depilada y no... No lo había pensado hasta ahora.

Nil eleva las dos cejas, sus ojos azules se me clavan en el alma y su carcajada me sobresalta. Se levanta y me alza con tanta facilidad, haciendo que enrosque las piernas en sus caderas, que ahogo un gemido de sorpresa.

—Me importa una mierda tu depilación, Azahara. Yo tampoco me pasé la cera ayer.

—Ya, pero...

Su boca se estampa en la mía y cualquier pensamiento, racional o irracional, desaparece. La ansiedad se apodera de mí. Esta vez es ansiedad de la buena. De la que hace que no pueda esperar por quitarle la ropa. De esa que consigue que respire a trompicones porque la idea de tenerlo desnudo y dentro de mí hace que cada músculo de mi cuerpo se contraiga de anticipación. Llegamos al baño y Nil me sienta sobre el lavabo justo antes de girarse y cerrar la puerta con pestillo. Cuando se gira hacia mí, se saca la sudadera y la camiseta de un tirón dejándome ver por primera vez su torso. Ahogo una exclamación. Meses de conocernos. Intuía sus tatuajes, pero no imaginé que serían tantos y tan increíblemente perfectos. Tiene el pectoral y el brazo derecho, hasta la mitad del antebrazo, completamente cubiertos por algo que parece maorí. Son dos estrellas bajo el pectoral, junto a sus perfectos perfectísimos abdominales, y distintos tatuajes en el brazo. En la parte interna del bíceps, donde no pueden verse a menos que te fijes muy bien, en letra diminuta, tiene los nombres de Eric y Ona. Los acaricio cuando se acerca a mí, abriendo mis piernas y colándose entre ellas. Subo las yemas de mis dedos por sus brazos y su cuello, sintiendo cómo su mandíbula se tensa.

—Me pasaría la vida entera tocándote, inspeccionándote —susurro—. Averiguando qué significan todos tus tatuajes. —Lo miro a los ojos—. Intentando encajar las piezas de tu puzle, Nil sin apellidos.

—Ferrer —musita mirándome intensamente—. Me llamo Nil Ferrer.

Mi boca se abre de sorpresa. Parece una tontería, pero que todavía no conociera su apellido era, para mí, una demostración más de que Nil solo da lo que quiere y a quien quiere. Protege su vida y su intimidad con celo porque sabe lo fácil que es darles a las personas el poder de destruirte. Porque el dolor ya ha sido mucho. Lo beso en los labios, cerrando los ojos, inspirando por la nariz e intentando empaparme de cada sensación que recorre mi espina dorsal.

—Encantada, Nil Ferrer.

Él sonríe y sube las manos por mis muslos, haciéndome tragar saliva.

—No podremos hacer ruido, pero si pudiéramos... —Sonríe de medio lado, derritiéndome—. Si pudiéramos, yo ya estaría gimiendo.

Sonrío. Comprendo perfectamente sus palabras, sobre todo cuando paso un dedo por sus abdominales y cierra los ojos, como si estuviera afectado por una caricia tan simple. Porque no es simple, con nosotros nada lo es.

Nil me despoja de la ropa concentrado, como si fuese un trabajo que tiene que realizar con precisión. Delicadeza, decisión y, al final, cuando solo tengo el sujetador puesto, un ligero temblor de manos que me demuestra que está tan nervioso y superado como yo. La diferencia es que Nil está habituado a sobreponerse a sus propios nervios. Si las manos le tiemblan, las usa para agarrarse a mis costados y deja que sus labios vaguen por el lateral de mi cuello, bajando hacia mi pecho, dejando un reguero de besos que me hacen suspirar y morderme el labio. Su lengua toca el encaje y solo eso sirve para que me estremezca. Sus manos me acarician la espalda buscando el cierre y, para cuando la tela cae de mis pechos, estoy tan excitada que apenas consigo articular palabra. Por fortuna, no lo necesito.

—Joder, Azahara. Es que... Joder.

Me río entrecortadamente, pero cambio el sonido por uno de

sorpresa cuando su lengua se enreda en mi pezón. Mi mano vuela sobre su hombro y hasta su nuca mientras intento, en vano, desabrocharle el pantalón con la otra.

—A la ducha —gimo—. Necesito ir a la ducha.

Él se separa de mí con esfuerzo, como si no pudiera soportar la idea. Lo entiendo, me siento exactamente igual. Nil se aferra a mi pantalón y lo baja junto con la ropa interior, se arrodilla y me quita los zapatos y calcetines. Sus manos vuelan a mis gemelos, me acarician la parte trasera de las piernas levantando un cosquilleo en mi piel. Se agarra a mis caderas al mismo tiempo que su lengua encuentra mi ombligo. Ahogo una exclamación y, cuando vuelve a apoyarme en el lavabo para alzarme una pierna y colarse entre mis pliegues intento rogarle que entremos en la ducha.

—Primero esto —murmura—. Primero necesito esto.

Cierro los ojos, echo la cabeza hacia atrás y me dejo llevar por el placer más intenso que he sentido nunca. No sé si es el no poder elevar la voz, saber que tenemos el tiempo contado o, simplemente, que se trata de Nil, pero mi cuerpo responde como nunca lo ha hecho antes ni sola ni acompañada. En apenas un par de minutos me convulsiono sobre él, intentando avisarlo de que el orgasmo es inminente. No lo logro, pero no lo necesita porque lo siente y me penetra con un dedo, lanzándome al vacío del placer. Pierdo el sentido del espacio-tiempo y, cuando consigo volver a pensar, lo siento pegado a mí, con su mano sobre mi boca y una sonrisa socarrona en los labios.

—Sin ruido —susurra—. Aunque eso haya sido lo más excitante que he oído en toda mi jodida vida.

Me río contra su mano, le rodeo la muñeca con mis dedos y la bajo.

—La próxima vez que me des un orgasmo así, asegúrate de estar a mi altura, así podrás tragarte todos mis gemidos.

Mis palabras lo desatan por completo. Su pantalón cae tan rápido que, cuando quiero darme cuenta, los dos estamos en la ducha completamente desnudos. Nil intenta, sin mucho éxito, programar el agua para que salga a una temperatura adecuada. Primero nos helamos, luego nos quemamos y, al final, entre risas, nos dejamos caer contra los azulejos, besándonos y dedicándonos caricias cada vez más escurridizas.

Nil coge un bote cualquiera y me echa jabón en el pecho y, luego, sus manos. No descubrimos hasta que empieza a extenderlo que es jabón infantil. No es lo mejor para una ducha erótica, pero así es la vida real. Nos reímos mientras él baja una mano por mi estómago, buscando mi vértice de nuevo.

—No, no, te quiero a ti —jadeo—. Te necesito a ti.

Nil me besa y sale de la ducha, empapado y maldiciendo, para coger un condón del cajón superior de la vitrina. Yo agradezco en silencio que los guarde ahí, porque no sé cómo podría haber salido de esa guisa. Y que conste que no es una queja. Una de sus rodillas está tatuada. Sus oblicuos están tan marcados que no puedo evitar pasar la uña por ellos cuando entra en la ducha, lo que me lleva irremediablemente a su erección. El modo en que Nil sisea me indica cuánto le gusta. Empiezo a arrodillarme, dispuesta a devolverle algo del placer que me ha dado, pero me lo impide.

—No voy a poder soportarlo —dice con voz ronca—. Te quiero a ti. Te necesito a ti.

Repite mis palabras, pero hay una profundidad en ellas que eriza mi vello. Me pongo de puntillas, lo beso y me separo lo justo para dejarlo ponerse el condón. Cuando me alza en brazos sin esfuerzo, pegándome a los azulejos y mirándome como nadie me ha mirado en la vida, solo puedo pensar que esto es lo que quiero para el resto de mi vida, por abrumador y aterrador que suene. Quiero a Nil en cada maldito día de mi vida. No se lo digo, convencida de que no es eso lo que necesita oír. En su lugar le doy mi boca, me amoldo a su cuerpo. Cuando me penetra lentamente, gimo en su boca y enrosco mis brazos en sus hombros con toda la fuerza que tengo, segura de que esto será sublime.

Nil se mueve con lentitud, como si no tuviera prisa. Como si tuviéramos toda la vida para estar así. Me abandono al placer y me doy cuenta, con cierta incredulidad, de que incluso nuestras respiraciones se acompasan, pese a ser cada vez más trabajosas y pesadas. Nos besamos mientras el agua nos empapa, intentamos coger bocanadas de aire entre besos y gotas. Cuando estoy a punto de llegar de nuevo, se lo digo. Necesito que esta vez me mire a los ojos mientras alcanzo el punto máximo de placer.

Nil asiente, como si entendiera a la perfección lo que quiero. Me muerde la barbilla mientras acelera su ritmo sin perder un ápice de intensidad. Sus bíceps se tensan ante el esfuerzo, pero no me siento insegura en ningún momento. De algún modo, sé que jamás me dejaría caer, en ningún sentido. Por eso lo beso y me dejo caer sobre los azulejos, apoyando los hombros y dejándole a él todo el peso. Nil lo recibe con un gemido de satisfacción, se sujeta a mis caderas y me impulsa con tanto brío que mi espalda se mueve por los azulejos.

—Vamos, nena, tócate. Necesito llegar contigo —gime.

Me muerdo el labio y le hago caso. Cuelo una mano entre nuestros cuerpos y me ayudo mientras él sigue moviéndose. El orgasmo se desata con rapidez e intensidad. Como si una caja de fuegos artificiales reventara de improvisto. La necesidad de gritar es tal que muevo mi cuerpo hacia delante y le clavo los dientes en el hombro, incapaz de llegar a su boca. Nil gime y se tensa, quedándose quieto y temblando por primera vez desde que empezamos. Lo noto alcanzar el orgasmo. Lo siento en mi interior, pero también en el modo en que me agarra con más fuerza, como si no pudiera controlar su fuerza. Lo abrazo y apoyo una pierna en el suelo, consciente de que está perdiendo fuerza. Nil tiembla un poco más y busca mi boca. Se la doy. Yo a Nil le daría cualquier cosa.

—Joder, Aza... joder.

Me río entre dientes, intentando recuperar la respiración. Lo beso por respuesta, porque lo que quiero decirle... Lo que quiero decirle, Nil no está listo para oírlo, creo. Ni siquiera estoy segura de estar lista para decirlo en voz alta, así que me empapo de su boca. Ahora sí, con la satisfacción recorriendo nuestros cuerpos y la calma que solo da el buen sexo, nos miramos a los ojos y nos enjabonamos de verdad, con el propósito de lavarnos.

—¿Puedo lavarte el pelo? —Enarco una ceja y se ríe—. No te imaginas cuántas veces he fantaseado con enterrar mis manos en tu pelo.

Me río, me giro dándole la espalda y dejo que me aplique el champú, me masajee el pelo y me lo enjuague. Nil lo hace con intensidad y concentración, como si lavarme el pelo fuese la cosa más importante del día. Cuando acaba, me besa el hombro y sale de la ducha para deshacerse del condón y coger una toalla que se enrolla en las caderas. Descuelga su albornoz de la puerta y me lo pasa por los hombros, haciéndome meter los brazos.

—Ni siquiera he cogido el pijama, está en la maleta —le digo risueña.

—Yo me ocupo de traértelo.

Me guiña un ojo y sale del baño dejándome sola, temblorosa y con una sonrisa que, intuyo, no voy a poder borrar de mi cara en semanas.

Cuando vuelve lo hace con un pantalón de chándal puesto, aunque le caiga sobre las caderas de esa forma que me vuelve loca. En una mano trae mi pijama y en la otra, dos bragas: unas de algodón, blancas y con florecitas celestes; las otras negras, de transparencias y encaje.

—No tengo nada en contra de ninguna de las dos y estoy bastante seguro de que te las arrancaré por igual en cuanto tenga ocasión, pero diría que estas van a darte frío para dormir. —Alza las de encaje y me río. Yo cojo las dos un tanto avergonzada.

—Hice la maleta con lo que tenía en casa de mi madre y no dejé demasiado antes de mudarme.

—No me verás quejarme. —Su voz suena ronca mientras me ve meter las piernas por las braguitas de algodón—. ¿Te guardo las de encaje? Debajo de mi almohada, por ejemplo. Me parece un buen lugar.

Me río. Chasqueo la lengua y lo miro con cierta ironía.

—¿Y qué harás si Eric u Ona las encuentran?

Frunce el ceño de inmediato, lo que provoca mi risa una vez más.

—Deja que te ayude —murmura de pronto, repentinamente serio.

Lo dejo, parece muy concentrado en la tarea de quitarme el albornoz y ponerme el pijama. Me resulta dulce, pero está muy serio y eso es algo que me preocupa.

—¿Todo bien? —pregunto algo nerviosa.

Él me mira a los ojos cuando me visto del todo, enmarca mi rostro entre sus manos y me besa.

—Es solo que esto no parece muy justo para ti.

—¿El qué?

—Esto. Todo. —Se pasa una mano por el pelo húmedo—. Que nuestra primera vez haya sido en una ducha e intentando permanecer en silencio. Que tengas que dormir en una cama infantil y...

—Eh, Nil. —Lo detengo poniéndole una mano en el pecho y asegurándome de que me mira a los ojos—. Sabía lo que había cuando decidí empezar algo contigo. Ellos siempre van a ir primero. Siempre.

—Lo sé, pero...

—Sin reproches. Sin quejas. Esto... Esto me hace muy feliz.

Él me mira con intensidad. No saber qué está pensando hace que el corazón me lata un poco más deprisa, pero entonces me besa, apoya su frente en la mía y me abraza de un modo que evapora todas mis dudas.

—Eres la alegría de mi vida.

Cierro los ojos, sintiendo cada una de sus palabras. Lo beso convencida de que esto es perfecto. No necesito grandes actos ni escenarios perfectos. La vida real no es así. En la vida real, a veces, lo más bonito es tener con quien esconderte en un baño, alguien con quien tomar chocolate caliente y un hombro en el que apoyarte, pase lo que pase.

Nos separamos después de unos instantes, conscientes de que tenemos que ir a dormir si no queremos que Eric y Ona noten la falta de Nil. Nos despedimos en el pasillo, él con una mueca que pretende ser una sonrisa y yo con un guiño y una sonrisa totalmente descarada.

Entro en la habitación de los niños, elijo la cama de Ona y me tumbo entre sábanas de caricaturas sabiendo que dormiré mejor que en mucho mucho tiempo.

Por la mañana, cuando abro los ojos por el ruido que viene del exterior, confirmo lo que pensaba. He pasado una noche maravillosa, aunque ahora los gritos me desconciertan. Por fortuna, vengo de una familia en la que gritar es el pasatiempo favorito del 99,9 por ciento de sus componentes. Salgo al pasillo restregándome los ojos, siendo consciente de que mi pelo se dispara en todas las direcciones. De hecho, me duele la cabeza, como siempre que me acuesto con el pelo húmedo, pero no es nada que no solucione un buen café y un paracetamol.

—Te lo digo en serio, Ona. Tienes que peinarte con una coleta.

—¡Es que me tiraaa!

La pequeña Ona está sentada en el váter mientras Nil, con cara de frustración, intenta pasarle el cepillo por el pelo.

—Ya sé que te tira, pero acuérdate de la nota que nos mandaron antes de las vacaciones. En el cole volvía a haber piojos y en el grupo de WhatsApp dicen que es mejor si te lo recoges. Así no te los pegan.

—¿Los piojos tiran?

—¿Qué?

—Si los piojos no tiran, prefiero los piojos antes que peinarme.

Nil se ríe, medio histérico, mientras se aprieta los ojos con las manos. A mí se me escapa la risa, lo que llama la atención de los dos. Me sonríen de inmediato con tanta calidez que me derrito un poquito así, de buena mañana.

—¿Todo bien por aquí?

—Papá no sabe peinarme.

—¡Sí sé, Ona! Pero si no te estás quieta, es normal que te tire.

—Quiero que me peine ella.

—Ni hablar. Prefiero aguantar tus gritos yo.

—¡Quiero ella! —Ona arranca a llorar, lo que hace que Nil resople y murmure un montón de cosas que no oigo bien, pero están relacionadas con «los piojos de los cojones»—. ¡Has dicho «cojones»!

—¿Sabes qué? Tengo una técnica buenísima para peinar sin que tire nada. —Me meto en el baño, aun sin saber si Nil recibirá bien la intromisión, y le quito el cepillo—. Puedes ocuparte de Eric, yo controlo esto.

—¿Segura? Se pondrá a gritar y...

—¡Yo no grito! —dice Ona.

Si no lo hubiera dicho gritando, le habría quedado genial la declaración.

—Muy bien, veamos. —Me coloco detrás de ella y olvido el cepillo, centrándome en recogerle el pelo con las manos—. ¿Vas bien?

—Sí, no me tira nada porque lo haces muy bien.

—Vaya, muchas gracias por la aprobación —contesto riéndome—. Ahora voy a cepillar solo un poco para que quede bien sujeto, ¿de acuerdo? —La niña hace amago de protestar—. Recuerda que esta tarde voy a ponerte rulos para rizarte el pelo. No querrás venir del cole con piojos y que no podamos hacerlo, ¿no?

Eso hace que lo piense. Agradezco como nadie se imagina haber crecido rodeada de hermanos y primos que montaban el pitote por prácticamente nada. En mi familia otra cosa no, pero de intensidad vamos sobrados desde siempre.

En apenas tres minutos, Ona está peinada y se ha puesto los zapatos, además de hacer pipí.

—Es que, si no hago pipí, papá se enfada porque luego me meo encima porque siempre se me olvida.

Me río mientras la sigo al salón y pienso en lo geniales que son los niños. Sobre todo estos dos. Eric está tomándose un vaso de leche y Ona se toma un biberón que le da Nil justo antes de meterse en la cocina y que yo lo siga, mirando la hora.

—¿Me da tiempo a tomar café antes de cambiarme? —pregunto.

—Te da tiempo, pero date prisa, salimos en quince minutos.

—Voy a salir de la cocina cuando me tira de la mano y me pega a su pecho. Me besa los labios con fuerza, pero brevemente. Demasiado brevemente para mi gusto—. Buenos días, preciosa.

—Quiero más.

Soy perfectamente consciente de mi tono lastimero y no me importa en absoluto que Nil se eche a reír y se acerque para darme otro, aunque sea igual de corto. Señala hacia el salón y carraspea.

—Por la mañana son imprevisibles, pero en cuanto los dejemos en el cole, tú y yo vamos a volver aquí. Y entonces...

—Y entonces nos pondremos a trabajar —le digo fingiendo casualidad.

—Entonces voy a arrancarte esas bragas tan monas de flores y voy a...

—¡Papá, está frío! —exclama Ona entrando y haciendo que demos un respingo. Mueve el biberón y se queja—. Está frío.

—Si no tardaras un siglo en vestirte, peinarte y hacer pis, no se enfriaría cada mañana, Ona.

La niña se rasca la cabeza, despeinándose y haciendo que Nil resople.

—Tranquilo, papi, no son piojos. ¿Ves? —Se abre una raya de pelo, despeinándose más—. Nada de piojos. Me pica de normal solo.

Intento contenerme, pero me resulta prácticamente imposible no reírme, pese a la frustración de Nil. Tiro de la manita de Ona y la saco de la cocina.

—Vamos a ver qué podemos hacer con esa coleta.

Los minutos siguientes pasan en una rutina algo alocada que me recuerda las mañanas de estrés en casa cuando yo era pequeña. Me visto a toda prisa y, al final, no tengo tiempo de tomar esa taza de café que necesito, pero no importa, porque el camino hasta el cole es genial. Ona y Nil van delante, discutiendo acerca de los motivos por los que el bebé llorón no puede entrar en clase y Nil viene detrás conmigo.

—¿Tienes ganas de volver a clase? —Eric se encoge de hombros y yo le acaricio el pelo—. ¿Estás bien?

—No me gusta el cole —admite—. Solo cuando puedo dibujar.

—Entiendo... Bueno, si quieres, puedo tenerlo todo listo para que dibujemos algo chulo esta tarde. Podría enseñarte a usar algún programa de ilustración desde el ordenador de tu padre.

—¿En serio?

—Claro, ¿por qué no?

Su sonrisa me encoge algo por dentro. Es tan parecida a la de Nil y a la vez tan distinta que hace que me maraville, una vez más, con la magia de la genética.

Llegamos a la puerta del cole justo a tiempo de que entren y me percato, no sin cierta sorpresa, de que son varias las madres que saludan a Nil y me ignoran deliberadamente. Él les contesta con educación, pero no da conversación excesiva a ninguna. Aun así, antes de salir, cuando los niños ya han entrado, una mujer joven, de unos treinta años, se acerca a nosotros con una sonrisa tan falsa que tengo ganas de bufar.

—¡Buenos días, Nil! ¿Qué tal las vacaciones?

—Hola, Diana. Bien, muy bien, gracias. ¿Vosotros?

—Muy bien. ¿Sabes? Marc está deseando jugar con Ona alguna tarde. Podríais venir a casa a merendar hoy si os apetece. Así se ponen al día con los regalos de los Reyes.

Entrecierro los ojos, no por sus palabras, sino por el modo tan deliberado en que me ignora. Nil, que parece darse cuenta, me pasa un brazo por los hombros, sorprendiéndome, y sonríe con educación a la tal Diana.

—Te lo agradezco, pero va a resultar imposible. —Me adelanta un poco, pese a que no tengo ningún interés en ser parte activa de la conversación—. Esta es mi novia, Azahara. Vive fuera y ahora está pasando unos días en casa, así que entenderás que estamos muy... ocupados.

Miro a Nil sorprendida, pero no más de lo que me quedo cuando ella me mira abiertamente mal. ¿Y esto...?

—Claro, como quieras. Bueno. —Carraspea—. Acuérdate de que el miércoles es la reunión para asignar los papeles de la obra de fin de curso en teatro.

—¿Dan teatro en el cole? —pregunto sonriendo—. Eso es genial.

—Son extraescolares, querida —me dice ella con una sonrisa tan falsa que hasta Nil me aprieta más los hombros.

Como siga así, me voy a llevar a Málaga sus dedos tatuados.

—Si podemos, nos pasamos. Si no, ya me dirás qué papel le toca a Ona.

—Pero tienes que venir. Los mejores papeles se dan en la reunión.

—El año pasado fue una roca.

Me aguanto la risa como puedo. Esto es absurdo. No sé a qué viene la actitud de esta señora, pero empiezo a entenderla cuando veo a un corro de tres o cuatro madres mirándonos sin demasiado disimulo.

—Intentaremos ir.

—Solo padres, acuérdate.

El ronroneo con el que pronuncia las palabras sí me hace fruncir el ceño. Entiendo que puede estar soltera y fijarse en Nil porque, vamos a ver, está muy bueno. Pero de ahí a coquetear con él cuando estoy delante, me parece pasarse.

—Yo puedo quedarme con los peques —le digo a Nil, que me mira sorprendido—. O ir a la reunión mientras tú te quedas con ellos.

No pienso ir a la reunión. Espero por lo más sagrado que Nil se dé cuenta de que solo quiero molestar a esta señora. No tengo el más mínimo interés en meterme en una reunión con un montón de arpías. La risa de Nil confirma lo que ya sabía: me interpreta a las mil maravillas.

—Algo pensaremos. —La tal Diana hace amago de protestar, pero él la corta—: Ahora, si nos disculpas, nos vamos a casa. Llevamos muchos días sin vernos y... ya sabes.

Le guiña un ojo. Cuando veo a Diana ruborizarse, casi siento lástima de ella. Casi.

—Es una víbora —le digo en cuanto nos alejamos.

—Oh, lo es. Bienvenida a mi mundo —admite riéndose.

Pongo los ojos en blanco, pero lo cierto es que todo este tema me genera un poco de inseguridad.

—¿Siempre es así?

—¿El qué?

—El cole. Las madres. Te miran como si fueras... —Frunzo el ceño—. Como si acabaran de comer y tú fueras el postre.

Nil suelta una carcajada. Me aprieta contra su cuerpo y, aun caminando, entierra su boca en mi cuello.

—Por suerte, yo solo quiero ser tu postre.

En otro momento no le habría dejado desviarse así del tema, pero estoy divisando el portal de su casa. La idea de llegar al piso y disfrutar de su cuerpo a placer es tan increíble que lo dejo estar. Sin embargo, bajo la mano hasta su culo, lo palmeo y me suelto de él.

—El último que llegue al portal, empieza haciéndole sexo oral al otro.

Echo a correr y oigo sus carcajadas. Llego al escalón del portal, me giro con la respiración agitada y lo veo caminar con paso lento y seguro hacia mí.

—Es la primera vez en mi vida que estoy feliz de haber perdido. Ve preparándote, Azahara de las Dunas Donovan Cruz.

Un escalofrío me recorre la columna y me muerdo el labio. Creo que, en todo lo referente a Nil Ferrer, no podría prepararme ni aunque quisiera.

23

Tash

Observo la urna que contiene los restos de mi hermano. Han pasado cuatro días desde que se fue y todavía no consigo salir del estado en el que tengo que asumir que Nikolai está muerto. Muerto. Pienso en nuestros últimos momentos juntos, tocando música, y me doy cuenta de que no se despedía para entrar en la clínica, sino para abandonar el mundo definitivamente. Sin fallar esta vez.

No lo entiendo.

Cierro los ojos mientras dos lágrimas me recorren las mejillas. No soy capaz de comprender por qué lo hizo. No quiero culparlo ni sentir rencor, pero una parte de mí le reprocha no haber pensado en mí. Una parte egoísta, pues la racional, la objetiva, sabe que Nikolai luchaba contra demasiados demonios. Sabe que estaba enfermo y necesitaba urgentemente ayuda.

Entonces pienso en mi padre, al que tantas veces se la he pedido. Mi padre, que lloraba desconsolado el día que lo encontraron, pero esta mañana se ha ido de viaje de nuevo. Lo sé, sé que esta es su forma de afrontar su pena, pero es que ni siquiera habiendo perdido a mi madre, a mi abuelo y ahora a mi hermano comprende lo realmente importante en la vida. O a lo mejor es que le importo tan poco que no le compensa quedarse a mi lado. Me abrazó la noche que Nikolai se ahorcó y al día siguiente estuvo pendiente de mí, pero luego entró en ese estado en el que nadie consigue acceder a él. Se centró en responder correos y organizar trabajo porque eso le ayuda a no pensar. Lo entiendo, ya no espero que intente animarme. Ya no espero que se comporte como un padre. No lo ha sido nunca, mucho menos desde que murió mi madre. ¿Por qué iba a ser distinto esta vez?

Mi teléfono vibra y lo levanto de la cama. Es Jorge. Mis lágrimas aumentan de inmediato. El sentimiento de culpa con el que convivo me asfixia hasta el punto de que no he podido verlo desde esa noche. Una parte de mí no deja de gritarme que, de haber estado aquí, podría haber hecho algo. La otra me convence de que eso no es así. Nikolai se fue a dormir, supuestamente. ¿Cómo iba a saber yo que tenía pensado ahorcarse en el vestidor de su suite? Era impensable. Él no quería seguir ni por mí ni por él mismo. No quería y punto. Es hora de asimilarlo, aunque su partida me haya destrozado.

A su vez, aunque no quiera admitirlo en voz alta, siento cierto alivio porque se acabó. Ya no tengo que esconderle más pastillas, ya no tengo que temer que un día se pase bebiendo y se ponga violento. Ya no temo que haga una locura que acabe con su vida porque eso ya ha pasado. No vivo con el miedo constante de lo que pueda pasar, ya ha pasado.

Creo que soy una pésima persona por sentir esto, pero Sia dice que no. Dice que es completamente normal y que necesito ayuda psicológica para superar todo lo que estoy tragándome. A lo mejor tiene razón, pero llevo cuatro días en mi suite, primero llorando y luego, cuando llegó la urna de mi hermano, mirándola fijamente. Intento asimilar el hecho de que su cuerpo, tan lleno de vida hace menos de una semana, ahora reposa ahí dentro.

En cuanto a Jorge... Lo extraño. Lo extraño tanto que he empezado a no respirar con normalidad cuando pienso en él. Pero hasta hoy no he tenido valor para verlo y dejarme arropar por él. Pensaba que esto era algo que tenía que pasar sola y todavía no estoy muy segura de que deba ser así. Abro su mensaje y leo.

Jorge
La familia entera está en casa. Todos me
han preguntado por ti. Podrías venir, Tasha.
Te echo de menos. Quiero saber cómo
estás. Dime, al menos, si quieres hablar un
rato por teléfono.

Suspiro y vuelvo a mirar la urna. Ayer pedí que me dejaran ver los vídeos de seguridad de la noche que Nikolai murió. Estaba obsesionada con la idea de que él hubiese ido a mi suite antes y hubiese descubierto que no estaba. Así que me pasé un buen rato sentada, mirando la cámara que enfoca a nuestro pasillo y cerciorándome de que no fue así. Él no se fue porque descubriera que yo me había escapado. No fue mi culpa. Estaba enfermo. Enfermo. Cierro los ojos y noto cómo otro par de lágrimas escapa de ellos. Si ya lo sé, ¿por qué me cuesta tanto comprenderlo?

Decido que es hora de hacer algo más que lamentarse. Me pongo un pantalón vaquero, un jersey y unos botines negros y salgo del hotel. Lo hago por la puerta principal, sin avisar a nadie, sin que nadie me diga nada. Y la sensación es... liberadora. Puedo ir a donde quiera, aunque la pena me coma desde dentro. Los sentimientos se me enrevesan y me doy cuenta de lo contradictoria que soy ahora mismo, cuando me descubro sonriendo mientras camino por el paseo y el viento me da en la cara.

Llego a casa de Jorge por inercia, inmersa en mis pensamientos. Oigo el ruido y vislumbro el jaleo que hay montado en la parte trasera. Tomo aire con fuerza y siento el salitre entrando por mis fosas nasales. Hay pocas cosas que me calmen tanto como respirar profundamente en este lugar.

Los abrazos de Jorge. Eso es lo que me calma más que el mar, pero no sé si...

—¿Natasha? —La voz de Felipe me sobresalta.

Miro a un lateral del césped y lo veo, cerveza en mano, mirándome fijamente.

—Hola —susurro—. Yo... pensé pasarme un rato y...

—Entra. —Se acerca a la valla y abre la puerta del jardín. En cuanto doy un paso, me abraza con una cercanía que me emociona—. ¿Cómo estás? —susurra cerca de mi oído.

Me encantaría responder, pero el mundo se me ha atravesado en la garganta y lo único que puedo hacer es sonreír. Se supone que debería bastar con eso. Nos enseñan desde pequeños que una sonrisa educada es la mejor respuesta muchas veces. El problema es que en mi sonrisa hay tanta tristeza que siento que el alma se me desborda por las comisuras de los labios.

—Ven. Vamos fuera la parte de atrás, tenemos estufas enormes, como en los bares. Las compró mi abuela hace mucho para su jardín y, como han decidido que muchas barbacoas ahora se harán aquí, las hemos trasladado temporalmente. Podrás sentarte al lado de una y tomar algo calentito o algo fuerte. Tenemos chocolate y vodka. Lo que tú prefieras. —Me río ante su intento de hacerme sentir mejor y, justo antes de entrar en el jardín de atrás y que todos nos vean, se para y me mira a los ojos—. Imagino que tu mundo ha perdido sentido y ahora mismo estás intentando recuperar el equilibrio, que no es poco, pero déjame decirte algo, ¿vale? —Asiento y él me mira tan intensamente que me pierdo en el azul de sus ojos—. No estás sola, Tash. Tienes a Jorge, que está deseando poder apoyarte, y nos tienes a nosotros. Los Dunas repararemos tus partes rotas si tú nos dejas.

Las lágrimas se me saltan tan rápido que no tengo tiempo de retenerlas. Por suerte, Felipe no es un hombre que se sienta incómodo ante ellas. Me abraza y me besa la cabeza con tanto cariño que no puedo más que agradecerle sus palabras, su gesto. Su presencia.

Me adentro en el jardín y entiendo, a golpe de imagen, que puede que yo tenga más dinero que todos los que están en este césped, pero nunca seré tan rica como ellos.

Me concentro en localizar a Jorge. Cuando lo veo semitumbado en una hamaca, con el teléfono en la mano y gesto serio, me doy cuenta de que es probable que siga esperando mi respuesta. No tiene buena cara y pienso, por primera vez, en el modo en que esto le habrá afectado a él. Pasamos juntos nuestra primera noche y luego todo se desmoronó como un castillo de naipes. Me resulta inevitable pensar que, desde que llegué a su vida, lo que más he hecho ha sido alterarla para mal. Aun así, cuando me descubre en su jardín y sus ojos se concentran en los míos, la sonrisa que se expande por su rostro bastaría para animar a todo el pueblo.

Se levanta y camina hacia mí con ligereza, lo cual agradezco, pues yo tengo los pies pegados al suelo. Sus brazos me rodean en cuanto llega a mi altura y su olor es un golpe directo a mis emociones. Hace solo un minuto me abrazaba Felipe, pero esto... Esto es distinto. Los abrazos de Jorge me sanan a otros niveles, a unos mucho más intensos. Es como si pudiera abrazar mi alma y restaurarla, al menos durante unos segundos.

—Te he echado de menos, mi Tasha.

Me aferro a su espalda e inspiro con fuerza, para empaparme de su olor. Sé que, pase lo que pase, este olor será reparador siempre.

—Yo también te he echado de menos.

Jorge apoya su frente en la mía, pero no me basta con eso. Busco sus labios, segura de que eso ayudará todavía más, y es así. Claro que es así.

—Es casi magia —musito.

—¿El qué? —me pregunta intrigado.

—Nada. Nada. Yo... ¿puedo unirme?

Jorge se ríe, alza mis manos y las besa.

—No necesitas invitación. Ven...

—¡Natalia, hija! —La abuela de Jorge me llama desde un extremo de la mesa—. Ven aquí.

Miro a Jorge, que se tensa un poco. Imagino que está nervioso porque su abuela no suele tener pelos en la lengua, pero precisamente por eso a mí me cae bien. Me acerco a ella y me siento a su lado, después de saludar brevemente a la familia.

—¿Cómo está? —pregunto.

—Eso debería preguntarlo yo. —Sus dedos me sujetan la barbilla y me mira fijamente—. Tan joven y con tanto sufrimiento a cuestas —murmura—. Tú, muchacha, eres una valiente. —Las lágrimas hacen amago de salir de nuevo y niego con la cabeza, intentando retenerlas—. Lo eres. Eres fuerte, valiente y luchadora.

—Yo no me siento así —replico con la voz rota.

—Claro que no te sientes así, mi niña. Te han hecho mucho daño y es normal, pero vas a estar bien. La familia, Natalia. Tienes que apoyarte en la familia.

—No tengo familia —admito. Pienso en mi padre, y me reafirmo aún más—. Yo ya no tengo familia.

—Nos tienes a nosotros. Siempre nos vas a tener. —Cierro los ojos, sobrepasada, y ella me da unas palmaditas en la mejilla—. Jorge, dale algo de beber y de comer. Estás muy delgada, tienes que comer más. —Me río un poco y abro los ojos, entonces me encuentro con su mirada dulcificada—. Y dormir más.

—Está siendo difícil.

Ella solo asiente. Nada más. Y eso es precisamente lo que más me reconforta. No intenta decirme que tengo que superarlo cuanto antes. No intenta quitarle importancia a esta situación. Solo me muestra su preocupación por mí, me ofrece a su familia y me deja claro que están aquí para mí. Es tan increíble que no me salen las palabras.

Cuando Jorge me ofrece una taza de chocolate caliente y me pregunta si quiero entrar un rato, acepto sin pensar. Nos sentamos en el sofá y, aun con el jaleo que hay en el jardín, siento una tranquilidad inusual. Sobre todo, cuando me abraza.

No hacemos nada más. No hay palabras, porque no las necesitamos. A veces tengo la sensación de que el propósito de que Jorge apareciese en mi vida era ayudarme a superar mis muchos problemas. Aunque esa idea me consuela, no veo que sea muy justo para él.

—No te he ignorado a conciencia —le digo.

—Lo sé —murmura—. No te reprocho nada.

—Aun así, quería decírtelo. Mi padre se ha marchado de viaje.

—No dice nada, pero el modo en que se tensa su mandíbula me da toda la información que necesito acerca de lo que piensa de esto—. Nikolai me ha dejado todo lo que le corresponde a mí. Todo. Ha dejado por escrito que no quiere que mi padre tenga nada, ni de la parte que le correspondía de la herencia de mi abuelo ni de la de mi madre.

—¿Eso incluye el hotel?

—No —murmuro—. El hotel le quedó a mi padre en herencia. Nosotros teníamos otros inmuebles y... —Niego con la cabeza—. Es mucho dinero. —Jorge no dice nada—. De hecho, ahora, con mi parte de la herencia y la de Nikolai, tengo más dinero que mi padre. Tengo... —La voz se me rompe y los ojos se me llenan de lágrimas—. Tengo mucho dinero y ¿sabes lo que no puedo dejar de pensar? —Él me mira en silencio, esperando—. Que todo este dinero, solo me sirve para elegir ataúdes bonitos y caros, porque la gente que más me ha importado en la vida ya no está. —La voz se me rompe y Jorge me abraza—. No dejo de pensar que lo daría todo por tenerlos aquí del mismo modo que lo habría dado todo por ver a Nikolai bien. El dinero de mi familia me hace pensar constantemente que no tengo familia, Jorge.

Él me abraza con fuerza. Con tanta fuerza que siento la presión de sus brazos en cada parte del cuerpo. Curiosamente, eso me ayuda. Me recuerda que, aunque lo parezca, no estoy sola. El problema es que no sé si cuando deje de abrazarme, la oscuridad volverá a por mí. No le digo a él ni a nadie que por las noches el miedo a caer en lo mismo que Nikolai me invade. Que esa es la razón por la que no me permito tomar ni siquiera una tila. Que tengo pavor de refugiarme en las drogas o el alcohol para superar el dolor que me come las entrañas. Pero no decirlo, no contar con ayuda, también está acabando conmigo.

—Me encantaría poder decirte algo que te ayude, pero creo que no puedo —murmura después de unos minutos—. No voy a decirte que sé por lo que estás pasando porque no es así. Ni que te entiendo, porque no puedo entenderte sin haber vivido tu dolor. Solo puedo estar aquí para ti, Tasha. Tanto como necesites. Siempre, si así lo quieres. Estoy aquí para ti.

Cierro los ojos y suspiro, sintiendo una calma repentina.

—Eso es, en realidad, lo que necesitaba escuchar.

El silencio nos invade largos minutos, contrastando con el jaleo que se oye fuera. No sé cuánto tiempo estamos así, pero solo nos separamos cuando Camille entra en el salón y nos mira, como pidiendo disculpas por adelantado.

—A lo mejor importuno mucho, pero desde que te he visto, no dejo de pensar que me gustaría decirte algunas cosas. No como amiga, sino como persona que perdió a su padre en una situación fuera de lo común y luchó contra la culpabilidad muchísimo tiempo.

Sé su historia por Jorge. Todo lo que ocurrió con su padre fue horrible, más aún por la culpabilidad que Camille debió de sentir, por eso me sorprende que quiera hablar conmigo de ello. Me parece muy valiente que pueda hacerlo así, sin derrumbarse, y me pregunto si algún día yo seré capaz de lo mismo. Miro a Jorge, que de inmediato entiende lo que necesito y se levanta, cediéndole su sitio a Camille.

—Estaré fuera —musita justo antes de besarme en la frente y salir.

Cuando nos quedamos a solas, le sonrío a Camille y me miro las manos.

—No hace falta que me cuentes nada. Sé que tu vida tampoco ha sido fácil.

—No, no lo ha sido. Pero quiero que sepas que puedes preguntarme cualquier cosa. Lo que sea. Hablaré de ello siempre que quieras, si eso te hace sentir mejor.

Su intención, el modo en que intenta ayudarme, me emociona, pero ya ni siquiera me extraña. En esta familia todos son así. Y Camille ya forma parte de la familia.

—¿Tuviste pesadillas? —pregunto con voz temblorosa. Ella asiente—. ¿Aún tienes?

Su silencio momentáneo es toda la respuesta que necesito. Su mano rodea la mía y la aprieta. Cuando habla, su voz también suena inestable.

—Ahora no son todas las noches —admite—. Al principio era mucho peor. Las pesadillas no se distinguían mucho de la realidad y eso era lo que más me aterraba. Eso y que despierta pensaba cosas mucho peores que dormida.

Trago saliva. Comprendo perfectamente la sensación.

—¿Y qué hiciste?

—Luché. En aquel momento no lo parecía, porque iba a la deriva, pero en algún momento decidí luchar. Vine aquí, deseando sanar, y con esa decisión empecé el camino de la cicatrización. —Suspira y sonríe un poco—. Yo no te voy a mentir, Tash. Todavía es difícil porque hay cosas que necesitan mucho tiempo y esfuerzo. Esto no es una película, donde todo pasa sin más. En la vida real, el dolor no se va tan fácilmente. De hecho, empiezo a pensar que no se va nunca.

—La miro emocionada y sonríe—. Pero se transforma. Cambia. Adaptas tu vida al dolor y se suaviza tanto que te deja respirar y disfrutar de los días, aunque algunas noches aún se hagan eternas.

La miro en silencio. Intento encajar sus palabras en mi experiencia y, al final, le confieso lo que no he sido capaz de decir en voz alta nunca.

—Tengo miedo de acabar como él —susurro.

Camille me observa sin alterar el gesto de su cara. Sonríe con la dulzura que la acompaña y asiente una sola vez, suavemente.

—Lo sé —murmura—, pero no lo harás.

—¿Cómo lo sabes?

—Porque hasta no hace tanto, yo pensaba lo mismo que tú.

—Nikolai no pudo...

—Nikolai tenía problemas, Natasha. Tú no podías solucionarlos. No tenías modo de salvarle la vida porque necesitaba ayuda especializada y urgente. Hiciste todo lo que pudiste por él y más. Le diste tu libertad. Le entregaste tu vida durante ocho años. Puedes llorar su muerte, puedes echarlo de menos, pero no deberías culparte por algo que nunca estuvo en tus manos.

Asiento, entendiendo sus palabras. Objetivamente, sé que tiene razón, pero todavía siento que algo arde dentro de mí. De pronto, estar aquí me ahoga tanto que la propia Camille me pregunta qué necesito.

—No lo sé —admito llorando—. Si estoy en el hotel, siento que me ahogo. Si salgo, también. No sé qué necesito y ese es el problema.

Ella me abraza y cierro los ojos, sintiendo su sororidad, su amistad y su entendimiento. No me siento mejor, eso es imposible, pero al menos, después de venir, siento que no estoy sola. Y eso ya me parece un avance.

Ahora solo necesito que el tiempo pase y me demuestre que de verdad puedo con esto.

Que el final de Nikolai no es el principio del mío.

24

Jorge

Salgo de la casa después de dejar a Natasha con Camille. Aún no me he sentado cuando mi abuela Rosario me llama desde un extremo del jardín.

—Ven aquí, hijo. Tengo que hablar contigo.

Me acerco, pero lo cierto es que no me apetece. No quiero hablar con ella ni con nadie. Solo quiero estar con Natasha. Intentar ayudarla a que supere esto porque sé que piensa que en parte es culpa suya. Creo que necesita ayuda, pero no sé cómo dársela. Durante toda mi vida he sido resolutivo y decidido. Cuando mis hermanas o algún primo tenían un problema, acudían a mí porque no me dejaba llevar por mis sentimientos para actuar. Fue así como metí a Camille en casa y como hice otras muchas cosas que resultaron ser buenas decisiones. También fue así como tomé malas decisiones, porque no soy perfecto. Pero, en cualquier caso, siempre he creído saber lo que toca hacer.

En cambio, ahora no sé qué hacer. Estoy completamente perdido. Solo sé que ella no está bien y no va a estarlo en un par de días. No es una caída que se cura con un poco de agua oxigenada. Su hermano se ha suicidado. Ha perdido en ocho años a su abuelo, a su madre, a su hermano y a su padre. Bueno, este último no está muerto, pero ya ha dejado claro que no tiene el menor interés en permanecer en su vida. Y ha perdido, por encima de todo eso, la libertad y el derecho a vivir su vida como quisiera. Tiene veintitrés años y está más sola de lo que estará mucha gente a lo largo de su vida.

—Esa niña tiene que volar.

La miro con el ceño fruncido, sin comprender sus palabras.

—¿Qué niña?

—Natalia. Esa niña... no está bien, Jorge.

—Acaba de perder a su hermano —digo con cautela—. Es normal que no esté bien.

—No puede atarse a ti ahora. Tiene que vivir. Tiene que saber lo que es la vida antes de pensar en atarse otra vez a alguien.

Miro a mi abuela dolido, sin poder creerme sus palabras.

—Yo jamás le haría lo mismo que Nikolai. Si está conmigo es porque quiere. Yo no...

—No te enfades, hijo, no te estoy diciendo esto a malas.

—Pero ¡me estás diciendo que ella tiene que dejarme!

Mi abuela suspira de un modo que me eriza el vello de la nuca. Del mismo modo que lo hace cuando algo le disgusta profundamente. Algunos en la familia nos miran, incluidos mis padres, pero cuando yo los miro, desvían los ojos. Si la abu Rosario tiene que decir algo, lo va a decir, me guste o no.

—No, cariño, no estoy diciendo que ella tiene que dejarte. —La miro sin entender y soy consciente, por una milésima de segundo, de lo mucho que le cuesta decirme esto—. Te estoy diciendo que tú tienes que dejarla marchar.

—No... no, no te entiendo.

Mi abuela sonríe, pero es una sonrisa triste. Me agarra la mano, lo cual no me ayuda porque le tiembla y me hace ser consciente de que esto no le gusta. Sería más fácil si pensara que no le importa. Que me lo dice para hacerme daño. Es un pensamiento malo, sí, pero podría descargar la culpa en alguien.

—Esa muchacha lleva ocho años viviendo a través de lo que los demás querían de ella. No pudo ni llorar a gusto a su madre. Le dio a su hermano su vida, su libertad. Ahora que él no está, no puede atarse a ti por mucho que te quiera. Si lo hace, Jorge, no seréis felices.

—Necesita ayuda, pero si va a un psicólogo...

—Necesita vivir, mi niño. Necesita descubrir la vida por ella misma, sin nadie que le diga cómo hacerlo ni siquiera en lo más mínimo. Sin responsabilidades en su espalda, sin cargas, sin culpas. Necesita descubrir qué le gusta y qué quiere. Solo así podrá decidir si le gusta estar aquí y te quiere a ti.

Es como una daga clavándose dentro. Ella lo sabe, por eso me coge la mano con fuerza, como si temiera que me fuese a ir. De ser cualquier otro primo, ya lo habría hecho, pero soy yo. No puedo hacer eso ni siquiera en momentos como este.

—¿Y yo? —pregunto en tono bajo—. ¿Qué pasa con lo que quiero yo? Siempre hago lo que se espera de mí, abuela. Siempre. Ayudo a todo el mundo, antepongo las necesidades de la familia a las mías cada vez que toca hacerlo, todas y cada una de las veces. Y no me importa, abuela, te juro que no me importa, pero ahora que yo quiero algo, ¿ahora no puedo...? —Me callo cuando me tiembla la voz—. No es justo.

Mi abuela se emociona hasta las lágrimas.

—La vida no lo es, tesoro mío. Ya sé que parece que te pido que sacrifiques mucho otra vez, pero no quiero que hacer lo incorrecto te pese toda la vida. Tú te mereces todo lo bonito que pueda darte la vida. Te mereces que alguien te mire y vea su mundo en tus ojos.

—¿Y no crees que ese alguien pueda ser ella?

—Creo que puede ser ella, pero solo después de encontrarse a sí misma. Tiene que ser consciente de todo lo que puede lograr en la vida. Si entonces decide que quiere estar contigo, entonces sí, Jorge, entonces podréis estar juntos en igualdad de condiciones. —Guardo silencio, me duele demasiado oírla—. Sé que para ti parece injusto, pero es ella la que no ha tenido vida durante ocho años. Es ella la que ha perdido todo lo que tenía. Es ella la que va a la deriva ahora. Si quieres a esa chica, tienes que dejarla ir.

Me cruzo de brazos y observo a Felipe y a Camille riéndose de algo que él ha dicho. Hace solo unas semanas mi primo se paseaba por aquí como alma en pena, he visto lo que hace el desamor en un hombre, pero su situación no era la mía. Y la situación de Camille, aun siendo mala, no era igual que la de Natasha. Al menos ella tenía a su madre. Miro a mi abuela, que espera pacientemente que yo piense en todo esto. Sé bien que no tiene dudas de lo que haré. Es lo que hago siempre. Jorge el responsable. El decisivo. El que se preocupa por todo el mundo. Jorge, el que siempre da y no tiene claro si alguna vez recibirá.

—Hablaré con ella luego —murmuro tan bajo que no estoy seguro de que me haya oído.

Un sollozo llega hasta mí y la miro, emocionada y tapándose la boca con sus manos temblorosas.

—No le hagas caso a esta vieja —dice con voz entrecortada.

—¿Por qué lloras?

—Porque tú... —Me acaricia la mejilla y sonríe con tristeza—. Te miro y es como ver a tu abuelo. Siempre has sido el más parecido a él.

—No me gusta que estés triste.

Ella niega con la cabeza.

—Tú no puedes evitarme el dolor, cariño. Es parte de la vida. Ojalá yo sí pudiera evitártelo a ti. Ojalá la vida deje de pedirte un día y empiece a darte todo lo que mereces, que es mucho, Jorge de las Dunas. Muchísimo.

Me emociono, pero bajo la mirada para que no lo vea. Mostrar mis sentimientos hasta este punto tampoco es lo mío. Ella me da unas palmaditas en la nuca, me entiende, y se levanta dejándome a solas unos minutos para que me reponga.

Lucho contra el deseo de rebelarme. De negarme y desoír sus consejos, pero cuando Natasha sale al jardín acompañada por Camille y la miro, me acabo de convencer de que esto no trata de lo que yo sienta o yo merezca. Esto trata de una chica a la que conocí perdida entre las rocas y necesita encontrarse para poder ser feliz. Y es difícil. Es muy difícil dejar ir algo importante, porque a mí me da igual que la conozca desde hace solo unas semanas. Eso, de hecho, es peor porque tengo la sensación de que ni siquiera me ha dado tiempo a empezar. Hay demasiadas cosas que quiero saber de ella. Yo quería empaparme y apenas he podido mojarme los labios.

Natasha sonríe cuando oye una vieja canción de los noventa. Seguramente la haya puesto mi primo Felipe. La observo mientras camina hacia mí, intentando mantenerse en pie, pero tan rota que no sé cómo lo consigue. No ha viajado sola nunca. Es un pensamiento fugaz, pero intenso. En ocho años no ha salido de su habitación más de una hora, salvo para ir con Sia. Ha sido prácticamente una prisionera y por mucho que me gustaría, mis abrazos no van a suplir eso. A menudo se dice en libros y películas que el amor todo lo puede. Es cierto, pero no tiene que ser el amor externo. Es el amor personal el que lo puede todo. El amor por uno mismo. Natasha ni siquiera sabe si le gusta cocinar porque no la han dejado hacerlo. Sería fácil para mí mantenerla a mi lado, intentar protegerla de todo lo que le hace daño, pero eso es difícil cuando lo que le hace daño vive dentro de ella. Tiene que olvidar el infierno que ha pasado. Romper lazos y averiguar qué quiere de la vida. Entonces, quizá con suerte, descubra que yo entro dentro de lo que quiere.

Me estoy enamorando de ella, no soy ningún idiota. Voy a darle lo que nadie más ha podido. Algo que no le ha dado nadie. Voy a darle la oportunidad de volar y de sentirse libre.

Y si no vuelve... Aprieto las manos justo cuando llega a donde estoy, se sienta a mi lado y me abraza. Me empapo de su olor e intento que las emociones no me desborden.

Si no vuelve, es que su felicidad no estaba conmigo, por mucho que eso duela.

25

Nil

Entro en la habitación de Eric y Ona, donde Azahara intenta cerrar su maleta sentándose sobre ella. Me río y la levanto para hacerlo yo. Estos días la he llevado a visitar Barcelona y he descubierto hasta qué punto lleva a su familia con ella. Ha comprado regalos para todos. En serio, para todos. Ha pasado aquí una semana y al tercer día su teléfono echaba humo con videollamadas y audios diciéndole que la echaban de menos. Yo sonreía, divertido, porque estaba aquí, conmigo. Pero hoy vuelve a Málaga y se me hace difícil sonreír, pese a que ellos estarán locos de contentos. Empiezo a intuir que van a recibirla como quien llega de la guerra. No están muy acostumbrados a separarse, lo que puede tener sus partes negativas, pero desde luego una muy positiva. Azahara nunca va a sentirse sola y me alegro por eso, porque sé que tiene tan pocas ganas de marcharse como yo.

—Si te quedaras unos días más, no tendrías que hacer esto todavía —digo intentando cerrar la cremallera.

El silencio que se hace en la habitación me obliga a mirarla. Está mordiéndose el labio y se pasea de un lado a otro.

—Me gustaría —admite—, pero no tengo mi ordenador, ni mi tableta gráfica y...

—Lo entiendo —murmuro.

Ella se acerca a mí, me arrastra hasta la cama y me mira a los ojos. Veo lo mucho que le cuesta esto, igual que a mí. La primera despedida fue dura porque a los dos nos faltó tiempo juntos. Un solo beso en el aeropuerto es lo único que tuvimos y eso siempre me pareció injusto. No tenía ni idea de que sería mucho peor la segunda vez.

Una semana haciéndole el amor, besándola cada vez que tenía ganas, pero procurando que los niños no nos vieran, y abrazándola a la mínima oportunidad han servido para saber que, cuando coja ese avión de vuelta a Málaga, algo de mí se va a ir con ella. Hay un vacío que empieza a notarse y todavía no se ha ido. Aun así, ella tiene su vida allí y sería demasiado injusto pedirle más tiempo. Además, el vuelo que sale hoy ha sido más barato que ir al cine un día cualquiera, algo importante, porque no somos ricos.

—He activado las notificaciones de las dos aplicaciones de vuelos —me dice—. En cuanto salgan ofertas me irán avisando. Igual puedo volver pronto.

—Seguro que sí. —Sonrío.

—Y a lo mejor... —Frunce el ceño y se calla de pronto, lo que despierta mi intriga.

—¿A lo mejor? —pregunto.

Ella parece pensarlo unos instantes antes de hablar.

—A lo mejor podrías venir tú alguna vez a Málaga, con los niños... —En cuanto lo dice se ruboriza—. Ya sé que es difícil. Tres billetes salen más caros que uno y, además, no querrás sacar a los niños de su rutina y...

—En Semana Santa. —Ella me mira sorprendida y sonrío—. Puedo tirar de nuestros ahorros para vacaciones y bajar en Semana Santa. Si nos vamos el viernes anterior no será tan caro como el lunes, y volveremos al lunes siguiente, que aquí también es festivo. —Encojo los hombros—. Estoy pensando en alto, pero podría ser factible si lo miramos con tiempo y reservo algún piso en vez de hotel y...

—Podéis dormir en casa. —Elevo las cejas y se ríe—. En serio, Felipe y Camille ya están en el piso. Jorge y Mario pueden dormir en la habitación con dos camas, yo en la ratonera y tú en la cama de matrimonio con ellos. El alojamiento no es problema.

Eso abre aún más las posibilidades, así que sonrío, pensando en ello.

—Eric y Ona nunca han subido en avión. Me apuesto lo que sea a que les encantará y me volverán loco todo el vuelo. —Eso hace que se ría.

—Será genial. Lástima que aún falten unos meses.

El ambiente se carga de tensión así, de golpe. Los dos somos conscientes de que esto no va a ser fácil. No podemos coger un avión cada semana y las relaciones a distancia tienen un porcentaje altísimo de fracaso. Pero cuando la miro y pienso en dejarla marchar, en no tener nada con ella por la distancia, siento que el mundo se me atraviesa en el pecho, impidiéndome respirar con normalidad.

No va a ser fácil y hay un millón de cosas en las que deberíamos pensar, pero ahora mismo solo me importa abrazarla y empaparme de las sensaciones que llevan conmigo una semana.

Cierro su maleta después de descartar una sudadera, que tiene que quedarse aquí por narices porque no cabe, y salimos al salón, donde Eric y Ona juegan, un tanto ajenos a la despedida. Hace mucho, cuando Eric empezó el cole, le costó adaptarse. Lloraba cada mañana por mí y yo me venía a casa destrozado y sintiéndome el peor padre del mundo, hasta que su profesora me aseguró que los niños pequeños no tienen noción del tiempo. No diferencian media hora de tres. Eric lloraba unos minutos y luego, simplemente, asimilaba que tenía que ponerse a hacer cosas y las hacía, hasta que yo volvía. En aquel entonces eso me animó, porque pensé que no era consciente de estar separado de mí tantas horas. Ahora, creo que me pasa justo al contrario. La experiencia me ha enseñado que no se olvidan fácilmente de lo que quieren o les gusta, y Azahara les gusta. Les encanta.

Se han pasado una semana intentando tener toda su atención y disfrutando de ella tanto o más que yo. Le ha puesto rulos a Ona, han coloreado con ella infinitos libros, han hecho puzles de princesas juntas y han visto *Vaiana* un millón de veces. Eso no me extraña tanto, porque Ona es de abrirse e incluir a cualquiera en sus actividades, pero es que, además, ha conseguido que Eric esté más comunicativo estos días. Han dibujado en mi ordenador, en folios en blanco y, desde hace dos días, en una pizarra que Aza le compró mientras le contaba que, de pequeña, su padre le compró una así para no tirar tanto papel. Han jugado a la videoconsola y han hablado de todo lo que Eric odia del cole, que al parecer es mucho más de lo que yo pensaba. Les ha dado lo mejor que se le puede dar a un niño: tiempo de calidad. Y, por mucho que me gusta tenerla desnuda y entre mis brazos, es eso lo que más me ha enganchado a ella. Los ha colocado en lo más alto de la torre de prioridades y no ha dudado ni una sola vez a la hora de organizar cualquier cosa basándose en ellos. Ha pasado una semana cantando, dibujando, riendo y, cuando por fin caían rendidos, me ha dado a mí unas caricias que me han despertado mucho más de lo que puedo admitir en voz alta.

Ha removido mi mundo desde los cimientos en solo siete días y ahora tenemos que despedirnos sin saber cuándo volveremos a vernos. Sin saber siquiera qué finalidad tiene esta relación y sin querer pensarlo, porque la opción de dejarla ahora mismo es inviable. No puedo. Me cuesta respirar solo de imaginarlo. Y a lo mejor es un error, porque todavía me siento un poco culpable cuando pienso que ella podría estar con cualquier tío con menos cargas que yo, pero cuando veo la forma en que les sonríe a Eric y a Ona me cercioro de que la propia Azahara tiene razón. Ella decide con quién quiere estar y quiere estar con nosotros. Con los tres.

Es tan maravilloso que estoy aterrado.

—¿Cuándo vamos a vernos otra vez? —pregunta Ona visiblemente triste.

—Pronto, cariño. Voy a intentar coger un vuelo pronto para poder veros. Pero mientras tanto, quiero que me mandéis un montón de fotos, de audios y de vídeos contándome cómo van vuestros días, ¿vale?

—Vale.

—Y me tienes que contar cómo vas con los ensayos del teatro.

—Me ha tocado ser árbol.

Bufo intentando ocultar una risa. No fuimos a la puñetera reunión, pero no voy a sentirme mal. El año pasado fui y la pusieron a hacer de roca. Tal como yo lo veo, ha subido un escalón. A lo mejor con dieciocho años la dejan ser protagonista. Con la mafia que dirige el cotarro, nunca se sabe.

—Vas a ser el árbol más bonito de todo el cole.

Ona ríe tontamente y se abraza a Aza, que cierra los ojos e inspira junto a su pelo, dejándome ver lo mucho que esto le cuesta. Luego centra sus ojos en Eric, que la mira con su seriedad habitual.

—Si quieres, puedo mandarte fotos de los dibujos que haga en la pizarra antes de borrarlos.

—Me encantaría —dice Azahara—. Yo te mandaré fotos de los que haga en mi pizarra, ¿vale?

Eric sonríe y asiente antes de abrazarse a ella de un modo que se me atraviesa. En Ona lo normal es expresar su cariño hacia todo ser viviente, pero él es mucho más reservado. La adoran. La adoran tanto que me da pánico pensar que algún día...

—Bueno, ¿me acompañas abajo? Mi taxi estará a punto de llegar. —Su mirada busca la mía y me obligo a salir de mis pensamientos.

Asiento y les pongo la tele a los niños.

—Chicos, vengo enseguida. Cierro por fuera con llave. Portaos bien y no os peleéis, por favor.

Ellos asienten, pero están centrados en Azahara, que vuelve a abrazarlos y luego los deja sentaditos en el sofá.

Salimos del piso, ella con su chaqueta en la mano y yo con su maleta, y entramos en el ascensor en silencio. El ambiente se carga de tristeza en cuanto nos quedamos a solas. Ella sonríe, pero se nota mucho que ya no hace tanto esfuerzo como cuando estaban los niños. No puedo culparla, sé bien lo que cuesta fingir estar alegre frente a ellos y es agotador.

—Oye, Nil, respecto a las madres del colegio... —Elevo las cejas, sorprendido de que, de todos los temas que tenemos que hablar, saque ese—. Si alguna te tira la caña, voy a entrar en ese famoso grupo de WhatsApp y voy a dejarlas calvas, aunque sea virtualmente.

Me río a carcajadas y la abrazo, pero ella me mira completamente seria. Así que imagino que se le ha juntado la despedida con algún tipo de pensamiento al respecto y su cabecita está trabajando a mil por hora.

—Cariño, puedes estar muy tranquila. No te imaginas cómo paso de todas y cada una de las madres del colegio y componentes de ese grupo.

—Bueno es saberlo.

La beso, riéndome aún. Cuando las puertas del ascensor se abren, tiro de ella hacia la calle. El taxi aún no ha llegado, pero eso es bueno, porque nos da algunos minutos más de margen.

—Llámame cuando llegues a Málaga, ¿vale? —pregunto con suavidad—. Y ten cuidado en el aeropuerto. No dejes la mochila a la vista de cualquiera y... —Su risa me interrumpe—. ¿Qué?

—Nada, es solo que estás siendo muy papá Nil ahora mismo.

—¿Papá Nil?

—Sí, ya sabes... —Se ríe cuando frunzo el ceño—. No pongas esa cara. Papá Nil me resulta sexy.

—Ah, ¿sí? —pregunto elevando las cejas.

—Oh, sí. —Nos reímos. Cuando me besa, no puedo evitar suspirar y aferrarme a ella—. Échame de menos, aunque sea un poquito, ¿vale? —susurra con voz un tanto temblorosa.

Todo rastro de sonrisa desaparece de mi cara. Se va a ir. Se va a marchar y no sé cuándo volveré a besarla o abrazarla, lo que hace que la ansiedad coja asiento de primera en mi interior. Pero no puedo dejar que se dé cuenta o esta despedida se convertirá en un tormento.

—Te voy a echar de menos tanto que, cuando te vea de nuevo, posiblemente provoque una estampida corriendo hacia ti. —Eso despierta su risa—. Échame de menos, Azahara de las Dunas. Y escríbeme tanto como para que no pueda pensar que estás a más de mil kilómetros de mí.

Sus ojos se aguan, pero asiente y me besa la base del cuello, inspirando y haciendo que apriete su cuerpo aún más.

El taxi llega y Aza sube, con la mirada gacha y sin rastro de esa sonrisa que tanto me gusta, pero no voy a pedirle que se alegre. No lo haré, porque esto no es algo alegre. Esto es... Esto es una mierda. Ahora mismo lo es. Me siento como si hubiese tenido apenas unas migajas del mejor desayuno del mundo y tuviera que congelarlo para seguir comiendo otro día. Es tan raro, tan intenso y tan deprimente que ahora mismo solo atino a guiñarle un ojo y despedirme con la mano mientras el coche se aleja. Yo me quedo pensando en lo increíble que ha sido esta semana y que no sé cuándo volveré a vivir algo así.

Subo a casa, deseando empaparme de la alegría de Eric y Ona, pero cuando entro en casa los encuentro mirando la tele fijamente y serios, muy serios. Me siento en medio, con uno a cada lado, y suspiro cuando los dos me abrazan.

—La próxima vez que vea a Aza, voy a decirle que la quiero mucho, porque se me ha olvidado.

Las palabras de Ona me hacen cerrar los ojos con dolor. No es la única que se ha quedado con las palabras en la punta de la lengua.

—Tranquila —murmuro—. A mí también se me ha olvidado.

26

Tash

Observo a Jorge plegar algunas sillas antes de ir hacia Felipe y decirle algo. Este afirma y palmea su hombro mientras yo lo espero aquí, sentada junto a la verja. Está serio. Sé que parece extraño que lo diga yo, que tan perdida estoy, pero es que está muy serio.

—Ven, mi Tasha. Vamos.

Sonrío. Me encanta que me llame «mi Tasha». No por el posesivo, sé que Jorge no lo dice en ese sentido, sino por la intimidad que demuestra. Entrelaza sus dedos con los míos y me saca de casa en silencio.

Caminamos por el paseo mientras el viento revuelve mi pelo. Es extraño. Es la primera vez que salgo del hotel después de la muerte de Nikolai para algo que no sea arreglar o firmar documentación. La primera vez que puedo pasear sin pensar que tengo que volver de inmediato. En realidad, podría quedarme todo el día por aquí y nadie esperaría mi vuelta. Es... liberador, pero da un poco de miedo. Es una locura, pero creo que me acostumbré a que Nikolai siempre esperara por mí. Pasara lo que pasase, él siempre estaba esperándome. Ahora, aunque suene absurdo, siento que estoy un poco a la deriva.

—¿Estás bien? —pregunta Jorge a mi lado.

Asiento, pero lo hago partícipe de mis pensamientos.

—¿Crees que me acostumbraré en algún momento a salir a la calle sin pensar en volver antes de que Nikolai me descubra?

Su silencio me hace mirarlo. Tarda en responder.

—No lo sé —admite al fin—. Me gusta pensar que sí. Eres fuerte, Tasha. Saldrás adelante.

Sus palabras me inquietan y ni siquiera sé por qué. Caminamos en silencio hasta las rocas en las que nos vimos por primera vez. Nos sentamos en la plataforma de hormigón, bajo el paseo de madera, como tantas otras veces, pero hoy hay algo distinto.

—El aire tiembla hoy —murmuro, como tantas veces ha murmurado él. Eso le hace sonreír, pero su semblante se vuelve serio de nuevo—. ¿Qué ocurre? Estás raro.

—¿Te puedo preguntar algo delicado? —Asiento y él toma aire, como si le costara decir lo que viene a continuación—. Si Nikolai aún estuviera vivo, si hubiese ingresado en la clínica, ¿qué te habría gustado hacer?

Lo miro un instante, meditando su pregunta.

—No te entiendo.

—¿Qué habrías querido para ti, si hubieras tenido la libertad de un modo que no fuera... este? ¿Qué hubieses querido hacer con tu vida?

Guardo silencio, no porque quiera, sino porque no se me ocurre nada que decir. Pienso en ello. ¿Qué hubiese querido hacer? No lo sé. Antes de los quince años no tenía claro lo que quería ser. Cuando mi madre y mi abuelo murieron pasé a cuidar de Nikolai y solo tenía quince años. Miro a Jorge y me doy cuenta de que él está llegando a algún tipo de conclusión.

—Eh... —Intento decir algo, pero frunzo el ceño—. No lo sé.

—Me dijiste que te hubiese gustado cocinar.

—Sí, no sé. No he cocinado nunca, pero ¿te refieres a profesionalmente?

—En todos los ámbitos —me contesta—. ¿Qué sueños tenías?

—Muchos —murmuro.

—Dime algunos.

Su tono es suave, incluso sonríe un poco, pero hay algo... Hay algo a nuestro alrededor, envolviéndonos, y no sé qué es, pero me pone un poco tensa.

—Nieve.

—¿Nieve?

—Nieve. Quería ir a Moscú sola. Quería volver a vivir algún día de aquellos inviernos tan fríos y duros. Pasear por la nieve escuchando música y pensando en mi madre sin que todo lo demás se empañara. Sin tener que pensar en mi padre o en Nikolai. Pensaba en eso a menudo. —Jorge asiente, pero no dice nada, así que rebusco en mi mente qué sueños o anhelos he tenido en ocho años y me doy cuenta, con tristeza, de que ni siquiera en eso me atreví a acaparar mucho. Lo veía tan inalcanzable que no me permitía pensar en ello—. Cocinar, dibujar, pasear por distintos países con una mochila al hombro y sin estar pendiente de mi móvil o el maldito GPS por el que me controlaba. —Cojo aire y trago saliva—. No debería estar hablando así ahora que Nikolai está muerto.

—Sí, Tasha. Quizá deberías hablar precisamente así.

—¿Qué quieres decir?

Jorge coge aire y estira los hombros, como si se enfrentase a algo difícil. Yo tiemblo por anticipado.

—Querías ser libre, ver lo grande que es el mundo por ti misma, no por lo que pone en los libros o en internet. Ahora puedes hacerlo. Puedes coger tu pasaporte y visitar cada rincón de este planeta cargada con una mochila de ganas de hacerlo y de la libertad que te han negado ocho años.

Algo se resquebraja en mi interior. Lo siento. El miedo echando raíces a una velocidad de vértigo. Un agujero en el estómago que me empuja a un precipicio emocional. La demostración de lo inestable que estoy.

—¿Tú...? ¿Me estás dejando, Jorge?

Él niega con la cabeza rápidamente. Tan rápido que se me saltan las lágrimas.

—Yo jamás te abandonaría, Tasha. Solo te doy lo que necesitas.

—¿Y qué es, según tú?

—Tienes que intentar hacer todo lo que soñabas cuando Nikolai vivía y te asfixiaba. Eres libre, Tasha. Mira el mundo: es tuyo. Puedes ir a donde quieras, aprender tanto como quieras y cometer tantos errores como puedas, porque no hay nadie controlando los hilos de tu vida. Ahora mandas tú.

—No quiero ir a ningún sitio. No quiero...

—¿De verdad? —pregunta mirándome fijamente por primera vez—. Piénsalo, ¿de verdad no tienes sueños? ¿De verdad, después de ocho años, no hay nada que quieras hacer con todas tus ganas, aunque te dé miedo? —Guardo silencio, impactada—. Está ahí para ti, Natasha. Todo. Tienes el dinero de tu madre, de tu abuelo, de Nikolai y el tuyo propio. Tienes todas las posibilidades y no hay nada que te ate.

—Estás tú...

Lo digo sin pensar, solo porque di por hecho que... Me levanto, pensando en ello. ¿Qué di por hecho? ¿Qué me refugiaría en Jorge y él cargaría con mi lamento? ¿Que se ocuparía de mis dramas por tiempo indefinido?

—Yo siempre voy a estar para ti —susurra—, pero antes necesito que te asegures de que eso es lo que quieres. Ahora solo importa lo que quieres tú, aunque aún no lo sepas.

Guardo silencio. Sí. Lo sabía. Se suponía que lo sabía, pero ahora me pregunto si no me estaré aferrando al único hilo que me ata a esta vida tan encorsetada. Aun así, no me sacudo la sensación de que Jorge está deshaciéndose de mí, dejándome a mi suerte en un mundo que, de pronto, se me antoja demasiado grande.

—Hasta hace cuatro días el límite de mi mundo estaba en el balcón de mi suite —musito con voz temblorosa—. ¿Me estás diciendo que ahora tengo que coger un avión e irme sola y a la deriva?

Jorge se levanta y me da la espalda. Yo dejo de aguantarme las lágrimas. No dejo de caer por el precipicio de mi estómago y no sé qué hay abajo, pero no me gusta. Me siento sola, pequeña, perdida.

—Tienes que saber lo que quieres en la vida.

Quiero gritarle que lo quiero a él, pero solo hace unas semanas que lo conozco. Esto no tiene ningún sentido. No debería saber que quiero a una persona solo unas semanas después de conocerlo. Ni siquiera sé si el amor debería ser así, porque no he conocido nada y no... No sé si eso es lo que intenta decirme, pero creo que sí.

Aun así, no dejo de pensar que se está deshaciendo de mí. Y lo peor de todo, sin duda, es que no puedo culparlo. ¿Cómo podría hacerlo? Nikolai se hizo cargo de mi vida hasta el punto de asfixiarme, pero yo tampoco me impuse. Me dejé llevar a la deriva. Intenté ayudarlo, sí, pero nunca desafié su modo de hacer las cosas. Pedí ayuda a mi padre y, al sentir que me la negaba, simplemente asumí que mi vida sería así. Que él manejaría los hilos. Seguiría siendo así de no ser por los intentos de suicidio. Aún estaría a su sombra si no se hubiera quitado la vida. Aunque hubiese ingresado en la clínica, me habría manejado psicológicamente. Empiezo a preguntarme si alguna vez he tenido pensamientos propios. Decisiones propias. Sin darme cuenta, estas últimas horas he buscado la aprobación y el cariño constante de Jorge porque yo sola no soy capaz de reponerme de la muerte de mi hermano, y ya no sé si eso es normal o no.

No sé si estos sentimientos contradictorios son sanos. No sé si voy a volverme loca. Ni siquiera sé si acabaré teniendo el mismo tipo de pensamiento que Nikolai. Solo sé que, hasta hace unos minutos, pretendía volcar toda mi tristeza en Jorge y eso tampoco es justo.

—Yo te apoyaré decidas lo que decidas —murmura Jorge—, pero no me digas que así estás bien, porque no es cierto. Y no es solo porque haya muerto tu hermano, Tasha. Es porque no te atreves a dar rienda suelta a tus sueños. Ni siquiera eres capaz de pensar qué quieres de la vida sin echarte a temblar. Ojalá yo pudiera ayudarte. Te juro que, si pudiera, me lo cargaría todo para que tú no sufras, pero esto es algo que tienes que hacer tú.

Su voz suena ronca y profunda, como si su garganta se rasgara con cada palabra que sale de ella. Me encantaría decirle que lo entiendo, pero no sé si lo hago por completo. Hay sentimientos brotando en forma de rabia, aunque intente retenerlos. Estoy tan enfadada como entristecida e intuyo que voy a alcanzar algún tipo de límite en cuestión de minutos. Si algo me ha quedado claro con esta conversación es que no quiero llegar a ese límite con él presente, así que inspiro para llenar mis pulmones de oxígeno y hablo antes de romperme.

—Tengo mucho que pensar. Será mejor que me vaya. Se ha hecho de noche y no... no me gusta salir de noche.

No es del todo cierto. En realidad, no sé si me gusta. No lo he hecho desde hace ocho años y, cuando era adolescente, lo hacía acompañada por mis padres. Pero lo que sí sé es que no puedo quedarme aquí.

Él, que parece entenderlo, asiente una sola vez y hace amago de acercarse, pero doy un paso atrás. Veo el dolor reflejado en sus ojos, pero ahora mismo no puedo tocarlo. Si me permito tocarlo ahora, me desmoronaré como un castillo de naipes y eso es lo último que necesito.

—Por favor... —me dice, pero ni siquiera sé por qué suplica.

Mientras me alejo, me doy cuenta de que es posible que suplique para que me vaya y también para que me quede. Somos dos bombas emocionales, demasiado caóticos para estar juntos. Demasiado... demasiado.

Me giro y echo a correr por las rocas, sin importarme el peligro de caer. Salgo a la arena, de ahí al paseo de madera y, de ahí, hacia el hotel. Las lágrimas me empañan los ojos y, mientras subo las escaleras hacia mi suite a toda prisa, lo único en que puedo pensar es que he perdido en cinco días a todas las personas que me rodeaban. A Nikolai, que me robó la vida. A mi padre, que empezó a despedirse de mí el día que mi madre y mi abuelo murieron. A Jorge, que era lo único bonito en mis días. Lo malo, lo regular y lo bueno se han juntado para sumar la nada más absoluta.

Me tumbo en la cama, llorando y temblando. Me permito, por primera vez, caer hasta lo más hondo de mis emociones.

Me rindo.

Que mis monstruos me devoren o me dejen libre de una vez por todas.

27

Jorge

La veo marcharse como quien observa sus sueños alejarse a paso ligero. Me gustaría ir tras ella. Explicarle que si pudiera elegir y ser egoísta, la cogería de la mano, la llevaría a mi cama y no saldría de allí en un millón de años. O sí, saldríamos, pero solo a ver los amaneceres para que sintiera, como siento yo, que no hay rincón más bonito en el mundo que este.

Ese es el problema. No sabe si lo hay y no basta lo que yo diga.

Siento el dolor por la pérdida. También siento que no hemos podido despedirnos, porque me niego a pensar que esta es nuestra despedida, pero el modo en que se ha ido... Bueno, no es que alimente mis esperanzas de hacerlo de un modo mejor. Y de todas formas, ¿hay un modo mejor? ¿Cómo te despides de alguien a quien quieres tener siempre cerca? Creo que nunca estaría preparado y ninguna despedida sería perfecta porque lo único que quiero con Natasha son reencuentros.

Me voy a casa soñando con que todo fuera distinto. Pero me percato de que no sé qué quiero que sea distinto. Si Nikolai hubiese ingresado, ¿estaría ella mejor? Él estaría vivo, sí, pero ella seguiría sometida a sus emociones. A la deriva. Esperando resultados, atada a la clínica. Estoy seguro de ello. Nikolai ha muerto y ella está mal, pero algún día estará bien. Las personas como Natasha, capaces de aguantar tanto, al final consiguen sobreponerse casi a cualquier cosa.

El viento se intensifica y no puedo evitar pensar que hace un día muy parecido al día en que la conocí. Como si el viento la hubiese llevado a las rocas y yo la hubiese dejado allí tiempo después, a merced de ese mismo viento.

Llego a casa sin muchas ganas de nada y agradezco que toda la familia se haya ido. Miro a Mario, sentado en el sofá. Ve una película de Marvel y me siento a su lado. Permanece en silencio, lo que me hace fruncir el ceño.

—¿No vas a decirme nada? —pregunto.

Él mira fijamente la pantalla, me pasa un brazo por los hombros y aprieta mi cuerpo contra el suyo.

—¿Cómo estás?

No esperaba eso. Lo miro, él me mira y me doy cuenta de que lo sabe. No sé cómo, pero sabe que esto mío con Natasha se ha acabado. De ahí que no haya bromas ni frases Disney ni salidas de tiesto.

—He estado mejor —admito—. Ella... se ha ido. Creo que voy a tardar mucho en verla de nuevo, si es que la veo. Yo no podía... Bueno, no podía obligarla a quedarse conmigo cuando ni siquiera sabe si eso es lo que quiere.

Mario asiente, como si comprendiera la situación a la perfección y me pregunto, en silencio, cuánto de lo que muestra es parte de esa máscara que se fabricó de niño y cuánto guarda para sí mismo. No hablo de las frases Disney, esas van con él y no dejarán de hacerlo nunca. Hablo de su modo de, aparentemente, no preocuparse por nada en exceso.

—¿Sabes lo que más me gusta de Disney? —Enarco las cejas y

sonríe—. Que está siendo capaz de avanzar con los tiempos. Ya no hay princesas encerradas esperando a los príncipes. Ahora son ellas las que luchan. Me gusta eso. Cuando veo los clásicos, aunque me gusten y los disfrute, los meto en el contexto de la época porque, si no, bulliría de rabia. ¿Qué mujer quiere atarse a un tío y tener cinco hijos después de pasarse años durmiendo? Esa criatura abre los ojos y lo que quiere es un chupito y recorrer el centro de cualquier ciudad bailando hasta que le tiemblen las piernas. Quiere brindar con cerveza barata y reírse a carcajadas. Acabar follando en un portal con el príncipe o con su amigo el buenorro que no le dice lo que tiene que hacer. —Me río y Mario me imita—. En serio, entiendo que se hicieron en unos tiempos distintos a estos, pero, joder, cómo me alegra que nos demos cuenta del sinsentido que supone. —Suspira—. Natasha es como una de esas princesas antiguas en tiempos actuales. Podrías convencerla de que estar contigo es lo que le dará la felicidad, pero no lo sabe porque no ha experimentado la otra parte. Sería egoísta y tú, primo, no eres egoísta.

—Lo sé, por eso precisamente he hablado con ella y creo que no volveré a verla.

—De momento. Di que no volverás a verla de momento. Piensa que, si en el futuro vuelve, tendrás para ti a toda una princesa libre, con experiencia, con vivencias, que toma sus propias decisiones. Si eso pasa, vais a ganar muchísimo los dos. Mucho más que si lo hicierais ahora.

Lo pienso unos instantes, pero no necesito más que unos segundos para darle la razón.

—¿Cómo has sabido de qué iba todo esto? No me creo que tu intuición sea tan buena.

—Tu padre y la abu se han peleado. —Me tenso y él se ríe antes de dar un sorbo a su botellín de cerveza—. Nada excesivo, tranquilo. La abu ha contado todo lo que te ha dicho, tu padre le ha dicho que para qué se mete ella en nada, tu madre ha intentado calmarlo, Felipe le ha dado la razón a la abu, su padre se ha metido y... Bueno, hemos tenido un ratito muy interesante hasta que la abu ha dicho que le estaba subiendo la tensión y que no iba a permitir que una panda de malcriados desagradecidos le dijeran en su casa lo que estaba bien y lo que estaba mal. Luego nos ha explicado su modo de ver las cosas y, aunque a todos nos ha jodido en el alma el lugar en el que te deja todo esto, hemos acabado viendo que tiene razón.

—No sé si me gusta que mi relación y mis sentimientos sean de dominio público en la familia.

—Ay, primito, para evitar eso tendrías que haber nacido en otra familia. Y eso habría sido un problema, porque eres el que nos controla o al menos el que lo intenta.

Me río entre dientes y entiendo lo que dice. Ahora mismo no tengo ganas de nada, pero mañana, cuando me levante, habrá una casa llena de adultos y adolescentes dispuestos a brindarme su cariño, su tiempo y su paciencia para que esté lo mejor posible. Pienso en Tasha sola en esa suite de hotel y...

—No sé si puedo estar más de dos días sin verla, aunque haga tan poco que la conozco.

Mario aprieta la mano que aún tiene en mi hombro y está a punto de hablar cuando la puerta se abre. Da paso a una Azahara con gesto serio que, en cuanto nos ve, se viene abajo.

—Necesito un abrazo —murmura justo antes de echarse a llorar y que Mario y yo nos levantemos.

Deja su maleta junto a la puerta y la rodeamos, cada uno por un lado, cubriendo su cuerpo y llenándola de besos mientras solloza. En esas estamos cuando la puerta vuelve a abrirse y entran Felipe y Camille que, al vernos, se unen al abrazo. Aunque es un momento emotivo, no puedo evitar reírme. La intensidad de esta familia es tal que yo creo que nos llamamos con la mente cuando estamos jodidos.

—Voy a hacer infusiones para todos —murmura Camille unos minutos después, mientras Azahara hipa e intenta calmarse.

—Buena idea. Te ayudo. —Mario la abraza por el costado y caminan hacia la cocina—. Oye, ¿y si mejor bebemos vodka?

—No hay.

—¿No hay vodka? Pero ¿qué casa es esta? Me mudo.

Camille se ríe y pongo los ojos en blanco sin dejar de escucharlo.

—Se ha gastado.

—Qué familia, de verdad. El agua no la gastáis, ¿eh?

Azahara también se ríe. Nos sentamos en el sofá, junto a Felipe, que se queda pensativo.

—¿Sabéis una cosa? —pregunta—. Tendríamos que coger una buena cogorza. Como en los viejos tiempos.

Azahara y yo nos miramos y luego lo miramos a él.

—Que tú digas eso es raro —dice su hermana.

—No lo es tanto. No puedo animaros de ninguna forma y no digo que el alcohol sea la solución a vuestros problemas porque no lo es, pero una noche de fiesta en casa, como antiguamente, va a distraeros lo suficiente como para que mañana os pese más la resaca que la tristeza. Un día es un día.

—Pero tú mañana tienes trabajo y...

—Pues no voy. Voy a faltar.

—¿Vas a faltar? —pregunto sorprendido.

—Mi hermana y mi primo están jodidos, mi jefe es mi tío y, si no voy, no cobro. Pero un día menos de sueldo merece la pena con tal de hacer esta noche un poco más llevadera.

Guardo silencio. No quiero emborracharme solo porque sí. No dejo de pensar en lo que estará haciendo Natasha ahora, pero quizá por eso, porque no dejo de pensarlo y el impulso de ir a su hotel empieza a ser devastador, debería aceptar. Cuando Mario vuelve, lo hace con una botella de vino dulce y un plato de queso.

—No hay vodka, pero tenemos vinito y queso curado. Si esto no os anima, ya nada lo hará. —Coge un poco de queso y lo olfatea—. En serio, joder, esto levantaría a la Bella Durmiente mucho antes que un beso.

Me río y le doy un poco a Azahara. Está acurrucada a mi lado, coge el queso y me mira.

—¿Qué ha pasado? —inquiere en un susurro.

Felipe, Camille y Mario guardan silencio. Yo me debato entre decir la verdad o no. Ella no necesita más dramas, pero Azahara es una de las personas más importantes de mi vida. Es mi familia y la familia está para esto. Ella confía su carga en nosotros y yo debo hacer lo mismo, aunque me cueste. Aunque esté acostumbrado a ser el que busca las soluciones en vez de ser el que sufre. Le cuento todo lo ocurrido empezando por la muerte de Nikolai. No quise que se enterara estando en Barcelona. Ella no podía hacer nada desde allí. Ni siquiera puede aquí, así que no tenía sentido que sufriera y no disfrutara de su viaje y de sus días con Nil. Cuando acabo, nuevas lágrimas le corren por las mejillas, pero estas me duelen todavía más porque son por mí y no quiero eso.

—Creo que has hecho bien, pero, aun así, me parece muy injusto.

—Lo sé.

—Es que... —Se muerde el labio y ahoga un sollozo—. Es que no es justo.

Guardo silencio. No lo es, pero no hay más que pueda decir o hacer. Así que cojo la botella de vino y le doy un trago a morro, sin pensar en el resto. Es la primera acción de muchas que pienso realizar solo por egoísmo. He vivido mis días pendiente de los demás, intentando poner solución a cada problema que surgía, queriendo ser efectivo, discreto y relajado. No ha servido de mucho. Cuando llegó la hora de recoger lo sembrado, metafóricamente hablando, me vi más jodido que nunca. Así que esta noche voy a beber, voy a odiar al mundo y voy a autocompadecerme hasta caer en la cama borracho de emociones y rendido al dolor.

Mañana, cuando dé comienzo mi vida sin Natasha, me aferraré al café, al trabajo y a los pensamientos lógicos. Asumiré los días oscuros que vienen e intentaré olvidar que hubo una Navidad en mi vida en la que una chica de pelo rubio y mirada triste lo cambió todo. No la nombraré, porque cada letra de su nombre me remueve por dentro, pero la pensaré. La pensaré hasta que mi cabeza, mi jodida cabeza, me grite que no puede más.

Saldré a la puerta de casa, miraré el mar y pensaré en lo enorme que es el mundo y en que ella estará por ahí, como un puntito en el mapa, lejos. Ilocalizable. A la deriva. Inalcanzable.

Libre.

28

Azahara

Abro un ojo cuando suena una alarma, pero no es la mía. La mía suena a pajaritos de Blancanieves. Me encargué especialmente de poner la melodía porque todo lo demás me hace despertarme de mala leche y esta que suena es... es un taladro. Y no es por la resaca. Aunque, ya que estamos, Dios, es horrible.

—Tengo la boca como si me hubiera pasado la noche masticando arena —comenta Mario a mi lado.

Miro a mi alrededor. Estamos los dos en el sofá, cada uno para un lado, lo que significa que sus pies están al lado de mi cara. Pero no voy a quejarme, el resto ha tenido peor suerte. Jorge está en el único sillón en una postura que hará que su cuello esté jodido todo el día, y Felipe y Camille están en el suelo, sobre una manta y tapados hasta arriba con otra. Van a tener la espalda dolorida hoy.

—Dios, quiero vomitar —murmuro.

—Pues ya que vas, vomita por mí, que estoy fatal —dice mi primo Mario.

Sonrío, me levanto como puedo del sofá y voy a la cocina para servirme un vaso de agua. Olfateo mi ropa y me noto los ojos hinchados. Me parece que no me vendría mal pasarme enterita por agua, por dentro y por fuera.

—Qué borrachera, qué horror —murmura Camille entrando en la cocina y quitándome el vaso para beber—. Estas cosas me matan del todo la creatividad. Hoy ya no puedo escribir ni una palabra.

—Vaya, que vas a aprovechar la resaca y que mi primo se ha saltado el curro para tocarte el...

—Exactamente, sí. —Me interrumpe riendo—. ¿Y tú?

—Yo tengo un montón de trabajo pendiente. En casa de Nil fui haciendo lo básico, pero usábamos los dos el mismo ordenador y eso nos quitaba mucho tiempo.

—Ajá... —Su risita me hace elevar las cejas—. ¿Estás segura de que lo que os retrasaba era tener solo un ordenador?

—¿A qué te refieres?

—Me refiero a que Eric y Ona tenían clase y vosotros... ¿Trabajabais?

—Somos unos profesionales.

—Querida, nunca has tenido mejor cutis.

Suelto una carcajada de la que me arrepiento enseguida, porque reverbera en mi cabeza y me empeora la migraña.

—Digamos que nuestros desayunos eran muy muy muy completos.

—¿De qué hablamos? —pregunta Mario entrando y mirando a Camille reírse—. Yo también quiero divertirme, aunque me duela todo.

—De nada. No hablamos de nada. Voy a ducharme, porque huelo de pena.

—Yo no te lo quería decir porque soy demasiado prudente, pero la verdad es que sí —dice Mario.

—Toma, don Prudente. —Camille le da una taza de café riéndose y llena otra——. Voy a despertar a mi hombre, a ver si somos capaces de arrastrarnos hasta nuestro piso y dormitar allí todo el día.

Me despido con un gesto de la mano y me meto en el baño. La ducha dura más que de costumbre. Cuando salgo, Mario se ha ido a estudiar a su cuarto y Jorge ya está frente al ordenador, con auriculares y unas ojeras tan profundas que el tono azulado rivaliza con el de sus iris.

De inmediato me asalta la tristeza y la culpabilidad. No haber estado aquí para él me pesa y hace que el recuerdo de lo vivido con Nil se empañe, aunque no quiera. No es que me arrepienta, pero me hubiese encantado estar a su lado. Por otra parte, sé que, por desgracia, no habría podido hacer nada, como tampoco puedo hacerlo ahora. Así que me limito a llenar una cafetera, servir dos tazas nuevas y sentarme a su lado, en mi sitio, colocando una taza frente a él, que la mira y me sonríe sin despegar los labios.

Su mirada... Su mirada está vacía. Nunca lo había visto antes así y me asusta, pero no se lo digo, ya tiene suficiente por lo que preocuparse. Mi móvil suena y me levanto para cogerlo de la mesita, donde lleva desde anoche.

Nil
Buenos días, preciosa. ¿Cómo estás? Por aquí está siendo un lunes muy lunes. Ona ha montado un pollo tremendo para peinarse y Eric está un poco triste. Creo que te echa de menos. Yo al menos no dejo de pensar en ti. Joder, levantarme y no verte ha sido... ¿Qué me has hecho?

Sonrío, pero me sorprenden mucho las ganas de llorar que me asaltan. Es porque lo echo de menos, pero también porque esto es... Esto es un lío. Es un follón tremendo. Una historia a distancia en la que hemos metido a los niños sin pararnos a pensar hacia dónde vamos o qué queremos de la vida y de nosotros como pareja. Aun así, destierro el pensamiento, porque es lo último que mi resaca necesita, y me centro en contestarle.

Azahara

Tengo mucho que contarte, pero de momento te vale con saber que estoy cargando con una resaca tremenda y me está faltando un beso tuyo. Para colmo, en cuestión de minutos voy a tener a nuestros jefes encima metiendo presión con todo lo que no hemos acabado esta semana.

Nil

Hay que aceptar que han sido muy tolerantes con nuestras vacaciones improvisadas.

Azahara
Hemos trabajado.

Nil

Ya te digo que hemos trabajado. Me encantó trabajarte sobre la encimera de la cocina.

Azahara

¡Hemos hecho algo más que ese tipo de trabajo! Y, por cierto, le pongo mejor nota a la ducha.

Nil

¿La ducha por encima de la encimera? No me ofendas. Vamos a dejarlo en el momento sofá y así nos quedamos en paz.

Azahara

Mmm. Me encantó el momento sofá.

Nil

Claro que te encantó, nena. Fue conmigo.

Azahara

Dios, en persona no eres tan pedante.

Nil

Sí lo soy, pero mis músculos te distraen.

Me río entre dientes, pero ni siquiera así llamo la atención de Jorge, lo que incrementa mi preocupación.

Azahara

Te mando correo contándote lo ocurrido aquí. Escribo más rápido desde el ordenador.

Nil me contesta con un «Ok» inmediato y yo enciendo mi portátil. Me ocupo primero de contestar el correo que tengo pendiente de Lola y repasar que no haya nada urgente que no pueda hacer después de comer, aunque me toque quedarme hasta tarde trabajando. Le cuento a Nil lo ocurrido con Natasha en un correo que se vuelve más extenso de lo que tenía pensado, pero al cabo de cinco minutos tengo su respuesta.

De: Nil sin apellidos <nilsinapellidos@gmail.com>
Para: Azahara de las Dunas Donovan Cruz
<azaharadelasdunasdonovancruz@gmail.com>
Fecha: 13 ene. 09.53
Asunto: Jorge

Es una mierda, pero creo que Jorge ha hecho lo correcto. Esa chica no está lista para iniciar una relación. Primero tiene que aceptar la muerte de su hermano y que está sola. Aprender a vivir con ello. Luego podrá pensar en Jorge o en quien sea.

De: Azahara de las Dunas Donovan Cruz
<azaharadelasdunasdonovancruz@gmail.com>
Para: Nil sin apellidos <nilsinapellidos@gmail.com>
Fecha: 13 ene. 10.05
Asunto: RE: Jorge

Lo sé, vale, lo entiendo, pero ¿no puede pensar en ello estando cerca? O al menos poniendo una fecha de vuelta o diciéndole que no está enfadada. Según contó Jorge, cuando ya estaba borracho, ella lo odia. ¡Y no lo entiendo! No se lo merece.

De: Nil sin apellidos <nilsinapellidos@gmail.com>
Para: Azahara de las Dunas Donovan Cruz
<azaharadelasdunasdonovancruz@gmail.com>
Fecha: 13 ene. 10.09
Asunto: RE: Jorge

Está sola y asustada, Aza. Ha perdido lo único que tenía en el mundo, porque su padre no cuenta, visto lo visto. Y, aunque Nikolai no era bueno para ella, era su sangre. ¡Claro que está enfadada! Y claro que Jorge no lo merece, pero es que son dos cosas distintas. Ella intenta enfrentarse al mundo y él tiene que asumir que no es el momento, aunque él merezca tener una relación con quien quiera y ser correspondido.

Leo el mensaje un par de veces antes de responder, porque esto, inevitablemente, me lleva a nosotros.

De: Azahara de las Dunas Donovan Cruz
<azaharadelasdunasdonovancruz@gmail.com>
Para: Nil sin apellidos <nilsinapellidos@gmail.com>

Fecha: 13 ene. 10.14

Asunto: RE: Jorge

¿Te sentiste así con tu madre en algún momento?

Pulso la tecla de «enviar» y me quedo esperando, tensa y nerviosa como pocas veces. Nil no parece reacio a hablar de su madre, pero a mí me cuesta sacar el tema. Es como si supiera de antemano que voy a hacerle daño y odio esa sensación. La respuesta tarda en llegar, confirmando mi teoría de que esto es difícil para él. Me pongo a trabajar y pasa casi media hora antes de recibir una notificación de correo nuevo. Abro la bandeja de entrada con temor y leo.

De: Nil sin apellidos <nilsinapellidos@gmail.com>

Para: Azahara de las Dunas Donovan Cruz

<azaharadelasdunasdonovancruz@gmail.com>

Fecha: 13 ene. 10.42

Asunto: RE: Jorge

Es distinto. Yo tuve tiempo de asimilar que se iba a marchar. Mi madre no se suicidó. En mi caso, lo difícil fue asimilar que, aunque ella quería vivir, no era posible. La enfermedad avanzó inexorable mientras Eric y Ona crecían y ella se iba perdiendo cosas. El cáncer se la llevó y no puedo odiarla por eso, pero...

PERO, así, en mayúscula, aunque intento entender los motivos por los que se desentendió completamente de Eric y Ona, no entiendo cómo pudo conseguirlo. Esos niños son mi vida, Aza. Si me dijeran que me muero mañana, yo no podría despegarme de ellos, y eso me hace sentir egoísta. Querría tenerlos conmigo, disfrutarlos al máximo, sacarle todo el jugo a nuestro tiempo juntos y colmarlos de recuerdos bonitos junto a mí. Cuando mi madre vivía, no podía evitar mirar la puerta de su dormitorio con cierto rencor, sobre todo en los días en que me veía sobrepasado y ella no salía, porque no podía, pero también porque no quería. No me ayudó ni una sola vez. Le dijeron que se moría y decidió jugar a que ya no estaba desde ese mismo instante, y eso me destrozó durante mucho tiempo. Ahora que ya no está, veo que Eric y Ona ni siquiera preguntan por ella. No había lazos emocionales, más allá de que la oyeran toser o la vieran cuando salía para ir al médico, y me doy cuenta de que este era justamente lo que ella quería, pero me ha llevado mucho tiempo entenderlo.

Aza, esa chica lleva ocho años soñando ser libre con todo su ser y resulta que lo ha conseguido, pero porque su hermano se ha quitado la vida. Ahora mismo, ella siente, como sentí yo, que parte de esta situación es culpa suya. No sabe qué hacer con el tiempo libre y ha intentado refugiarse en tu primo, que le ha dicho que tiene que irse y explorar el mundo.

Nena, joder, me encantaría decirte otra cosa, pero creo que es posible que Natasha necesite tiempo para dejar de pensar que, en realidad, tu primo se ha quitado un problema de encima. A mí, al menos, me costó algo más que un par de días asimilarlo.

P. D.: Como te he soltado un rollo tremendo de buena mañana, adjunto una foto mía sin camiseta. Espero que una cosa
compense la otra.

Me río, pero su forma de quitarle seriedad al tema no hace que lo
piense menos. Miro de soslayo a Jorge, que sigue en su estado de mu-
tismo y apatía, y pienso que Nil tiene razón. Natasha acabará por ver
todo lo que mi primo ha hecho por ella, igual que acabará por librar-
se de la culpa que siente al pensar en Nikolai. Pero no será ni hoy ni
mañana. Cuanto antes lo asumamos todos, antes podremos ayudar a
Jorge a seguir con su vida.

Y en cuanto a Nil, le doy a la casilla de «responder» y tecleo sin
pensar demasiado.

De: Azahara de las Dunas Donovan Cruz
<azaharadelasdunasdonovancruz@gmail.com>
Para: Nil sin apellidos <nilsinapellidos@gmail.com>
Fecha: 13 ene. 10.47
Asunto: RE: Jorge

Eres lo mejor que les ha podido pasar a Eric y a Ona.
Y eres lo mejor que me ha pasado a mí, Nil sin apellidos.

Lo envío y me muerdo el labio, expectante. Por suerte, la respuesta llega solo un minuto después.

De: Nil sin apellidos <nilsinapellidos@gmail.com>

Para: Azahara de las Dunas Donovan Cruz

<azaharadelasdunasdonovancruz@gmail.com>

Fecha: 13 ene. 10.48

Asunto: RE: Jorge

Joder, nena, y tú eres, junto a Eric y Ona, lo que hace que mi mundo siga girando.

Trago saliva, consciente de que sus palabras significan muchísimo. Nil no es de mostrar sus sentimientos a la ligera y me arrepiento como no me he arrepentido nunca de no haberme girado antes de subir al taxi y haberle dado las gracias por una semana maravillosa, pero sobre todo por ayudarme a demostrar que sí, que esto es amor. Que lo quiero, con todo lo que eso significa y asusta. Que me he enamorado aun con todos los «imposibles» que pesan en nuestras espaldas y que llevaría este barco a la deriva sin importarme, siempre que él vaya conmigo. Quiero decirle todo eso, pero solo le contesto con un par de emoticonos.

Y no es porque no quiera hacerlo por escrito.

Es porque creo que, mientras retenga las palabras en mi interior, tengo una excusa para coger el primer avión a Barcelona cuando sienta que no puedo más.

El reto ahora es dejar de sentir que no puedo más.

29

Tash

—¿Lo llevas todo?

Sia observa mi maleta de mano y mi mochila. Las dos cosas son nuevas. Podría haber cogido alguna de las de mi padre o de Nikolai. Incluso mía, de cuando viajaba antes de que mi madre muriera, pero habría sido como llevar un recuerdo a rastras. Así que me fui al centro comercial y me pasé horas paseando y seleccionando la que más me gustara. Durante todo ese tiempo, me acompañó la sensación de estar donde no debía. Ahora que puedo recorrerlo todo sin horarios ni vigilancia, siento que no encajo en ninguna parte.

—Si voy a ver mundo, no debería llevar mucho más —le digo—. Es solo lo básico. O lo que he considerado básico. No sé, supongo que siempre puedo comprar lo que necesite allá donde esté.

Sia asiente, consciente de mi estado apático en general. No se ha separado de mí desde que la llamé, la misma noche en que Jorge y yo rompimos. La noche que me dejó, más bien. Lloré sobre su hombro y, aunque no me lo dijo, asumí que ella estaba de acuerdo con él cuando se negó a insultarlo.

—Te va a encantar Islandia. —Su intento de poner positivismo a esto es de valorar.

Ahora lleva el pelo corto estilo bob de su tono natural, castaño.

Dice que se lo está quemando con tantos tintes y va en serio con esa idea de comprar pelucas de colores. Le he hecho prometer que me mandará fotos de todas y cada una de ellas. Sus ojos verdes, tan llamativos e intensos, están fijos en mí. Lleva un vestido de media manga con cuadros escoceses que se estrecha hasta su cintura y luego cae con vuelo hasta medio muslo. Al más puro estilo *pin-up*, es llamativa, preciosa y tiene una seguridad con la que sueño día y noche.

—Eres tan bonita... —murmuro—. De verdad, Sia. Tan tan tan bonita...

Ella me mira sorprendida antes de sonreír e intentar, con esfuerzo, ocultar su emoción. Le han dicho de tantas maneras que su estilo, único y precioso, no es válido ni correcto ni adecuado que una parte de ella se lo ha creído. Intenta ocultarlo y me consta que la mayoría de las veces se siente tan segura como se muestra, pero hay una parte en ella vulnerable y herida. Una parte que no enseña a nadie y que me duele como si fuera mía propia, porque no conozco a nadie que merezca más la felicidad que Sia.

—Y tú, Natasha, eres una princesa. —Me río y ella me empuja con suavidad hasta el espejo de mi tocador—. Mírate. Tu pelo, tus labios, tus ojos. Eres tan bella, amiga mía, que no me extrañaría que los hombres empiecen a caer fulminados en todos los lugares que visites.

Sonrío, pero lo cierto es que sus palabras no me convencen del todo. Sé que soy guapa, es un hecho. Tengo una belleza fría, pero serena. Sin embargo, no me interesa lo más mínimo fulminar a nadie. No quiero saber nada de hombres. El único que me interesa no quiere estar conmigo, así que lo mejor que puedo hacer es no dar demasiadas vueltas a ese tema.

—¿Crees que podré hacerlo, Sia? —pregunto—. ¿De verdad lo crees?

—Lo creo. Necesitas esto, Tash.

—Él dijo lo mismo —le digo con voz ronca.

Sia asiente y veo a través del espejo el modo en que vacila, pero al final pregunta:

—¿Vas a despedirte de él?

Niego con la cabeza de inmediato. No, despedirme de Jorge no es una opción. Sé que, si le escribiera, podría hacerlo. Estaría dispuesto. Pero ya es bastante duro saber que no quiere estar conmigo ahora mismo, que no quiere a alguien tan rota como yo. Cierro los ojos. Eso no es del todo cierto y objetivamente lo sé, pero subjetivamente mi corazón no deja de gritarme que estoy sola. Más sola que nunca. Se supone que tengo que encontrarme, pero ni siquiera sé por dónde empezar a hacerlo. Para ser sincera conmigo misma, organizo viajes con la única intención de distraer mi mente. Aprenderé a esquiar, probaré las comidas de distintos países e intentaré cocinar algo propio. Haré lo que sea que consiga distraer mi mente y no pensaré en volver, más que para ver a Sia. No diré que mi hogar está aquí, porque no lo siento así.

El problema es que no siento que esté en ninguna parte.

—Deja que te acompañe al aeropuerto.

Niego con la cabeza de inmediato. No necesito sumar más drama a esto.

—Misha me llevará.

—¿Cómo está?

La pregunta no es rara. Misha es lo más cercano que he tenido a alguien de confianza en la familia. Además, encontrar a Nikolai ahorcado le ha afectado. Me ha informado de que, cuando me lleve al aeropuerto, enviará su dimisión por correo electrónico a mi padre. Siente que ha fracasado en su trabajo, aunque no sea cierto. Él no era el encargado de cuidarnos. Era el chófer y su trabajo era trasladarnos. Nada más. Ni siquiera la persona que se ocupaba de nuestras comidas debería sentirse responsable. Los dos somos mayores de edad. Nikolai está muerto y yo... Yo ya no necesito a nadie. O pretendo no necesitarlo, al menos.

—Ha estado mejor —admito—. Espero que encuentre trabajo pronto y pueda superarlo. Le he escrito una carta de recomendación, aunque no sé si servirá de mucho.

—Servirá, aunque solo sea por tu apellido. —Suspira y me besa la coronilla—. Bien, hora de marcharte, cielo.

Me levanto, cojo mi maleta y mi mochila y miro a mi alrededor. No siento absolutamente nada, salvo rechazo, así que no me distraigo en una despedida que no tiene sentido. Dudo mucho que vuelva a este hotel alguna vez y mi padre ya ha sido informado de mis planes. Ni siquiera me ha llamado, así que doy por hecho que ha asimilado tan bien como yo que ya no tiene hija ni yo padre.

—Deja que te dé un último abrazo —le digo a Sia, estrechándola con mis brazos por los hombros. Ella se emociona y vuelve a tragarse las lágrimas, sin dejar que caiga ni una.

—Penúltimo, Tash. Entre tú y yo no existe un último abrazo.

Sonrío, le beso en las mejillas y salimos del hotel juntas. Aunque en la puerta yo subo al coche con Misha y ella se queda en la acera, viéndome partir.

La veo despedirse de mí con un gesto de la mano y se lo devuelvo con una sonrisa, pero lo cierto es que, cuando la pierdo de vista, no puedo evitar que un par de lágrimas rueden por las mejillas.

—¿Estás bien? —pregunta Misha. Asiento de inmediato, intentando no preocuparlo—. ¿Lo llevas todo?

Vuelvo a asentir y él guarda silencio, consciente de que no va a sacarme mucho más de aquí a que nos despidamos.

Misha aparca en el aeropuerto y me bajo rápida, dispuesta a coger mi maleta.

—Deja te que ayude.

—No es necesario —le digo—. Si voy a cargar con esto por medio mundo, es mejor que me vaya acostumbrando desde ya.

Su sonrisa no es completa, pero eso en él es normal. Es reservado, no es demasiado expresivo, pero tiene un corazón de oro. O eso me ha demostrado siempre.

—Ten mucho cuidado. Si necesitas cualquier cosa...

—Lo sé. —Hago el amago de sonreír—. Muchas gracias por ser de las pocas personas que se ha preocupado por mí desde que mi madre y mi abuelo murieron. Y gracias por preocuparte por Nikolai. Ahora parece que no sirvió de mucho, pero creo que sin tu vigilancia y sin tu ayuda su final habría llegado antes.

Misha asiente una sola vez, como si no pudiera hacerlo de nuevo. Cuando habla, tiene la voz ronca:

—Nunca entendí el modo en que vuestro padre os trató. Nunca. Te lo digo ahora, que ya no le debo lealtad. Siento que debí intervenir antes.

—No fue tu culpa —le susurro—. No fue culpa de nadie. Él estaba enfermo.

Misha asiente, pero sé que en el fondo va a costarle mucho quitarse la culpabilidad de encima. Lo entiendo, yo me siento mucho peor que él y mis propios consejos no sirven de nada. Eché sus cenizas en el mar, no porque lo pidiera, sino porque no sabía qué hacer con ellas y me negaba a llevarlas conmigo por el mundo. Lo eché allí desde las rocas con el deseo de que su alma, si es que tal cosa existe, pueda descansar en un sitio que a mí me transmite paz.

—Si alguna vez necesitas ayuda, del tipo que sea, por favor, Natasha, acude a mí. —Me entrega una tarjeta temblorosa con su número—. Siempre estaré dispuesto para ti. Siempre.

Asiento rápidamente, intentando controlar las lágrimas. Este hombre me conoce desde que era una niña y jamás lo he abrazado, a excepción de la noche que Nikolai se ahorcó, por eso decido reemplazar ese recuerdo con un abrazo nuevo. Uno puro y limpio que nos deje a ambos con el mejor sabor de boca posible. Al separarnos, los dos estamos emocionados, solo que él puede controlarse y yo no.

—Será mejor que suba al avión antes de que acabe inundando Málaga con mis lágrimas.

Él sonríe, pero me aprieta el brazo una vez más con cariño antes de dar un paso atrás.

—Sé feliz, Natasha. No conozco a nadie que lo merezca más.

No respondo, solo le sonrío y me encamino hacia el interior del aeropuerto con mi mochila y mi maleta. Ambas van cargadas de cosas esenciales, pero sobre todo de miedo.

Tardo casi diez horas, con una escala de por medio, en llegar a Reikiavik. Cuando salgo del aeropuerto, enfrentándome a un frío helador, solo puedo pensar en dos cosas.

La primera, que comprar este abrigo polar fue lo mejor que pude hacer antes de marcharme de Málaga.

La segunda, que a Jorge le encantaría sentir cómo tiembla el aire aquí.

Cierro los ojos, sobrepasada por algo más fuerte que el frío. Intento controlarme con todas mis fuerzas, pero al final las lágrimas hacen acto de presencia. No puedo retenerlas más. Es como si tuvieran ojos propios y hubiesen visto el modo en que me he ido alejando de lo único que he conocido durante ocho años. Ocho años en los que pasar más de una hora fuera del hotel era un despropósito. Y ahora estoy aquí, a menos dos grados, con la lluvia a punto de empaparme la cabeza y sintiéndome lejos del hotel, pero no lejos de casa, porque yo no tengo casa.

Huérfana y con el corazón roto, doy un paso tras otro y me recuerdo a mí misma que este solo es el primer destino. Mejorará. Lo hará porque lo merezco, pero, sobre todo, porque no pienso rendirme hasta sentir que respiro con normalidad y el miedo empequeñece.

No pienso parar hasta sentir que mi vida merece la pena.

Aunque ahora no pueda verlo, tengo un lugar en algún rincón de este mundo.

30

Jorge

Me paro frente a la puerta de la cafetería. He venido arrastrado por Mario y mirándolo mal, la verdad. No me apetece una mierda estar en ningún sitio, pero aquí todavía menos.

Cinco días sin ver a Natasha me han bastado para comprobar que en cuestión de un mes una persona puede llegar a tu vida, ponerla patas arriba y dejarla así por tiempo indefinido tras su marcha. Lo peor es que no puedo culparla, porque fui yo quien la dejó. Fui yo quien la instó a marcharse. Aunque sigo pensando que es lo correcto, cuando pienso que no sé dónde está, ni con quién, algo me arde por dentro.

¿Y si está aquí? A lo mejor está refugiándose en Sia. Sería lo más normal, teniendo en cuenta que es su mejor amiga.

—Te lo juro por todos los secundarios graciosos de Disney, Jorge. O entras o te meto a empujones.

—¿Puedes dejar de tocarme los huevos? —le suelto a Mario en la puerta.

—«Nuestro destino está dentro de nosotros. Solo tenemos que ser valientes para poder verlo.» —Lo miro frunciendo el ceño y chasquea la lengua—. *Brave*. Joder, tu incultura es más dañina que tu corazón roto.

—Me tienes hasta la...

—Ey, chicos. ¿Entráis?

Miramos a Sia, que nos sonríe desde la puerta. Yo me tenso aún más, ahora no tengo escapatoria. Hasta este momento, podría haberme negado a entrar, haber amenazado a mi primo o, simplemente, haberme dado la vuelta. Pero ahora sería grosero no hacerlo. Y ya tengo suficientes enemigos, así que doy un paso al frente e intento sonreír. No me sale y no pienso repetir la jugada.

—¿Cómo estás? —pregunto.

—Bien.

—¿Dónde están tus patines? —Mario se pone a su lado mirándole los pies—. Con ellos no eres muy grande, pero es que sin ellos eres un llaverito.

—Cambio la frase. Ey, Jorge, ¿entras?

Me río, lo reconozco, sobre todo cuando veo la cara de desconcierto de mi primo Mario.

—¿Y ahora qué he dicho? Eres pequeña. ¡No puede sentarte mal que te diga que eres pequeña!

—Claro que sí, idiota. Es como decirle a alguien que canta mal que lo hace como el culo.

—No, porque ser pequeña no es delito.

—Cantar mal tampoco.

—Debería.

Sia se pinza el puente de la nariz con dos dedos e inspira hondo. Buena suerte con eso, porque no funciona.

—Me ofende que me digas que soy pequeña, Mario.

—Pues no lo entiendo. A mí no me ofende que me digan que soy alto. Y si alguna vez me ha sentado mal, me he defendido. Una vez, en el instituto, me preguntaron eso de: «¿Qué tiempo hace por ahí arriba?». Siempre he odiado esa pregunta, porque eso sí es reírse de la gente.

—¿Y qué hiciste? —pregunta Sia.

—No tenías que haber preguntado —murmuro.

—Le escupí en la cara y contesté: «Llueve». Nunca más me volvieron a hacer esa estúpida broma. —Sia lo mira con la boca abierta.

—¿Hizo eso? —inquiere.

—Ojalá pudiera decir que no, pero sí.

—Es que eso sí está mal. Reírse de la gente por su estatura está mal, pero yo no me estoy riendo de ti. Te estoy diciendo que eres como un llaverito para que entiendas que eres pequeña, nada más.

—Y dale.

—Pero sería mucho peor cantar mal. No sé cómo cantas tú, pero eres preciosa. Eso siempre es un plus.

—Vaya, gracias.

—De nada. ¿Qué ha pasado con tu pelo verde?

—Me lo he quitado. Voy a empezar a usar pelucas.

—Estarás de coña.

—No he hablado más en serio en toda mi vida.

—Pues no te recomiendo el chino del centro. Me compré la de Rapunzel una vez, para ver qué se sentía, y picaba una barbaridad.

Entra en la cafetería mientras Sia lo mira con la boca abierta y yo cierro los ojos. Lo voy a matar.

—¿Es en serio que se compró la peluca de Rapunzel?

—¡Qué va! —Sia relaja los hombros y yo sigo hablando—. Se compró una peluca rubia, sin más, y le dijo a todo el mundo que era de Rapunzel. Se pasó el día haciéndose trenzas y cantando la banda sonora de *Enredados* al completo. Al acabar el día tenía la frente y la nuca rojas de tanto restregarse el pelo sintético por la piel, pero no se quejó ni una sola vez porque ya sabía lo que íbamos a decirle.

Sia suelta una carcajada, se pinza el labio y mira al interior, donde Mario se ha sentado y observa la carta con detenimiento.

—Está muy zumbado.

—No te haces una idea —murmuro antes de inspirar. No pienso preguntar por ella, pero eso no quiere decir que no me muera de ganas. Así que, para evitar la tentación, sonrío y señalo la puerta—. Debería entrar a hacerle compañía antes de que le dé por pedir cuatro kilos de helado o algo así.

Sia sonríe y asiente, pero está tensa. Creo que los dos somos plenamente conscientes de que el hecho de que Tash y yo hayamos roto antes siquiera de empezar algo serio marca un antes y un después. Entro en la cafetería, me siento frente a Mario y, cuando Sia se acerca para cogernos nota, pido un café. Mi primo pide cinco bolas de helado con galleta y sirope de chocolate.

—Te juro que no sé dónde lo metes.

—Metabolismo de acero y algo de entrenamiento. Soy un as en esto. Creo que voy a pedir un chocolate para beber.

—Mario, para.

Él me mira un poco enfurruñado, pero me hace caso. Cuando nos traen los pedidos, miro alrededor. No puedo evitarlo. Sé que no está. Sé que, si hubiera sido así, Sia se habría puesto mucho más tensa. Pero hay algo que me obliga a buscar a Tash en todos los escenarios que hemos compartido hasta el momento. Lo hago cuando salgo a correr por la mañana y miro las rocas de manera inevitable. Lo hago cuando paso cerca del hotel de su padre y lo hago ahora, en la cafetería.

—¿Cómo vas con los exámenes?

—Lo tengo cubierto. Soy un puto crack.

Me río. Lo cierto es que sí lo es.

—No sé si te imagino como abogado en un futuro.

—Deberías, porque no será un futuro tan lejano. Pienso acabar antes de tiempo.

—Estás haciendo un doble grado, no te presiones.

—No lo hago, ya te lo he dicho: soy un puto crack. Las mujeres y los libros son lo mío.

Vuelvo a reírme. La verdad es que, por lo general, prefiero pasar el día con Azahara. Con ella todo es más tranquilo y relajado. Nos complementamos a la perfección. Siempre está dispuesta para hablar, pero sabe cuándo guardar silencio. Sin embargo, con Mario... Bueno, creo que con Mario todos nos juntamos cuando necesitamos un poco de positividad. Algo de esa magia que parece acompañarlo siempre.

—¿Nunca tienes días malos? —le pregunto entonces.

—No.

—Pero...

—Tengo el secreto de la felicidad eterna.

Sonríe mientras lo dice, pero hay algo... Es la primera vez que de verdad lo veo. Una especie de brillo en sus ojos. El modo en que sus hombros permanecen tensados pese a estar aparentemente relajado.

—A veces pienso que eres como un iceberg —murmuro—. Dejas

que veamos la punta y guardas la mayor parte de lo que piensas solo para ti. Por eso nunca pareces enfadado ni triste. Solo loco.

Mario, lejos de negarlo, me guiña un ojo y sonríe de medio lado.

—«A los locos hay que tratarlos con cariño.»

—*Alicia en el País de las Maravillas* —le digo con una sonrisa, captando la referencia al instante.

—Me hubiese muerto de pena si no la hubieras pillado. Era facilísima.

Sonrío, pero lo cierto es que pienso que, de nuevo, ha conseguido salirse por la tangente. Supongo que algún día Mario sentará cabeza o aprenderá que, en la vida, por desgracia, no todo puede solucionarse con frases aprendidas de películas, por mucha memoria fotográfica que tenga.

Por el momento, la verdad es que me gusta pensar que es feliz así. Que está bien tal y como está. Puede que sea un modo de autoengañarme, pero ahora mismo no puedo soportar saber que alguien más sufre en la familia. Con Azahara y conmigo considero que el cupo está lleno.

Acabamos nuestra merienda, pedimos la cuenta y, cuando Sia viene con ella, se sienta a mi lado y me abraza sin previo aviso. Le devuelvo el gesto, porque parece tan sincera que no me sale negarme. Cuando nos separamos, me mira sonriendo, pero un poco emocionada.

—Solo quería darte las gracias por ayudarla a hacer lo correcto, aunque ella todavía no pueda verlo.

Trago saliva. No estaba listo para esto. Miro a Mario que, como si de un milagro se tratara, cierra la boca.

—De nada. Era lo correcto. —Y yo siempre hago lo correcto. Aunque me toque perder—. ¿Está bien?

Sia niega con la cabeza. Aunque no quiera, algo se encoge dentro de mí.

—No, pero lo estará. Se marchó hace dos días.

—¿Se marchó? —La voz me sale rara, como si no fuera mía.

Ella se da cuenta, su gesto se suaviza de inmediato, lo que solo hace que me odie más. Estoy sonando como un jodido patético.

—Ella...

—No quiero saber dónde está. —Trago saliva—. Es mejor así.

Sia asiente de inmediato, lo entiende. Sin embargo, las siguientes palabras que me dice me dejan descolocado:

—Si ella quisiera volver a ti, ¿la aceptarías?

La miro en silencio y medito unos instantes mi respuesta. No quiero mentir, pero tampoco sé si decir la verdad es lo más sano. Aunque, teniendo en cuenta que ella ya no está, supongo que da lo mismo.

—Si después de descubrir quién es y qué quiere de la vida decide volver aquí, conmigo, no tardaría ni un pestañeo en acogerla entre mis brazos. —Miro de soslayo a Mario y me siento ridículo—. Suena muy patético.

—No suena patético —dice mi primo—. Suena sincero. Y yo creo que ella volverá, estaréis juntos y tendréis un montón de niños que malcriaré con todo el gusto del mundo. —Me río. Doy las gracias por que mi primo le quite hierro al asunto—. No te rías, estoy seguro.

—Ah, ¿sí? ¿Y cómo estás tan seguro?

Para mi sorpresa y la del propio Mario, es Sia quien responde:

—Porque le has dado lo más valioso del mundo: la libertad de elegir.

La miro en silencio, sin saber muy bien qué decir, así que opto por el silencio. Sia sonríe, vuelve a abrazarme y me besa en la mejilla.

—Si alguna vez quieres que la echemos de menos juntos, pásate. Estaré encantada de tener un ratito de charla.

Le sonrío en respuesta y asiento, agradeciendo el ofrecimiento. Luego miro a mi primo, que tiene los ojos fijos en Sia.

—¿Nos vamos? —pregunto.

—Sí —murmura—. Estaba buena la merienda, llaverito. —Sia lo atraviesa con la mirada y él sonríe ampliamente, como si estuviera esperando justamente eso—. Vendré pronto a por más.

—Será un placer. Con tu adicción al azúcar, me haré rica.

—Deberías sentirte orgullosa. Solo me engancho a las mejores cosas.

Sia bufa, pero cuando se levanta y se gira, puedo ver que le tiembla una sonrisa en los labios.

—Nos vemos, chicos.

Se marcha hacia la barra, donde un trabajador reclama su atención. Yo me quedó aquí, mirando mi taza de café intacta y pensando en todos los posibles lugares en los que Tasha puede estar.

Al salir de la cafetería, no puedo evitar mirar el cielo. ¿Habrá cogido un avión? ¿Estará en España? ¿En Europa? ¿Cómo se estará sintiendo al saberse dueña de todos sus pasos? Trago saliva, sobrecogido ante la idea de imaginarla sola y recorriendo mundo.

No es una mujer indefensa. Me lo repito una y otra vez, con la intención de creerlo y poder seguir adelante. Natasha es una mujer adulta descubriendo el mundo y eso no significa que vaya a irle mal. De hecho, si la vida fuera un poco justa, le daría ahora toda la felicidad que le ha negado durante ocho años.

Aunque eso signifique que yo tenga que olvidarme de lo único que he querido de verdad en mis veinticinco años de vida.

Aunque eso suponga tener que olvidarla.

31

Nil

Seis meses después

Salgo del avión más tenso que en toda mi vida. Eric echa a correr por la rampa de desembarque y lo cojo de la camiseta a duras penas.

—Nada de correr. Ninguno de los dos. Os lo advierto, como os separéis de mí, vais a empezar las vacaciones castigados.

—Me hago pipí —responde Ona.

Pongo los ojos en blanco. Así es imposible ponerse serio.

—Te dije que hicieras pipí en el avión.

—Eric dice que el váter del avión te traga y te escupe en el cielo.

—¿Le has dicho eso? —pregunto al niño, que me mira haciéndose el tonto—. ¿Eric?

—Era una broma. ¡No tengo la culpa de que se lo crea todo! —Resopla y la mira mal—. Adoptada y ahora esto. Es que...

—Yo no soy adoptada. ¿A que no, papá? —replica Ona con el labio tembloroso.

—No, cariño. El adoptado es él y, como siga así, lo devolvemos a la familia de jabalíes que lo dejó en la puerta.

Eso hace que los dos se rían. Me maravillo, como siempre, con la capacidad de adaptación de los críos. Con lo increíbles que son. Los empujo suavemente para que caminen y no obstruyamos más la rampa. Nos encaminamos hacia el baño primero y hacia la zona de recogida de maletas después. Ona lleva colgada su mochila de Vaiana, esa que le regaló Aza. Eric tironea de la pulsera de hilo que le hizo ella la última vez que vino a Barcelona. Está nervioso y no puedo culparlo. Teníamos pensado haber bajado antes, en Semana Santa, pero el precio de los billetes se incrementó tanto que Azahara decidió subir ella. A fin de cuentas, es más sencillo pagar un billete que tres. Lo pagué yo, por supuesto, pero sé que en el fondo se quedó con las ganas de que bajáramos a su Málaga adorada. Reconozco que estos seis meses han sido un caos soportable gracias a ella, que se ha hecho experta en coger billetes tirados de precio, aunque haya tenido que volar en horas intempestivas o entre semana. Nos sorprendió viniendo para el cumpleaños de los dos niños. Se las ha ingeniado para visitarnos en Barcelona una vez al mes desde enero, negándose a que le pague yo los billetes salvo el de Semana Santa.

La culpabilidad pelea dentro de mí con la satisfacción insana de saber que hace todo eso por ellos y por mí. Nuestra chica, porque es de los tres, ha demostrado ser incansable, cabezona y comprometida al máximo. Incluso algunas madres del cole han entablado cierta relación con ella, aunque no intimen mucho porque le tienen miedo a las cabecillas del grupo, que piensan que ella se cansará y desaparecerá en algún momento. Reconozco que al principio yo también lo pensé, pero aprendes mucho en seis meses teniendo una relación a distancia. Aprendes sobre la dificultad, la confianza y crear unas bases sólidas para conseguir que funcione. Sobre eso y sobre el sacrificio que ella ha hecho constantemente por nosotros. Por eso hace ya un mes que compré sin decirle nada billetes para el día siguiente de que los niños cogieran vacaciones de verano. Hablé con Jorge, que me prometió que no había problema en alojarnos a los tres, y aquí estamos, dispuestos a pasar dos semanas enteras junto a ella.

Reconozco que una parte de mí tiene miedo. Estamos acostumbrados a charlar largas horas por el móvil y estar juntos un par de días. Cuatro días en Semana Santa, fue la vez que más tiempo estuvimos juntos. Quiero que todo sea perfecto y doy por hecho que los niños no van a ser angelitos durante dos semanas. Y no es solo eso. ¿Y si Azahara encuentra alguna manía en mí y decide que no le gusto tanto? Resoplo para despejarme la cabeza. Todo esto son pensamientos provocados por la inseguridad que me genera estar viviendo algo completamente nuevo, pero saldrá bien. Son unas merecidas vacaciones. Una casa a orillas del mar, como siempre soñé, y la posibilidad de pasar los largos días viendo jugar a Eric y a Ona en la playa.

Claro que, por otro lado, está eso de presentarles a toda la familia de Azahara, que no son pocos. Ella no ha dejado de calmarme y de prometerme que todo irá bien desde que le dije hace dos días que veníamos. Está pletórica, pero yo no dejo de pensar que voy a pasar más tiempo con sus padres y su abuela. ¿Y si no les gusto? Después de todo, solo me han visto en una cena en la que yo apenas hablé. ¿Y si no me aprueban? ¿Y si no aceptan a Eric y a Ona? Puedo soportar que no me acepten a mí, pero ellos...

—¡Papá! —exclama Eric—. ¿Qué te pasa?

—Nada, hijo —murmuro—. Vamos, Aza tiene que estar esperándonos fuera.

Sus sonrisas son tan amplias que acabo riéndome con ellos. La adoran. Creo que están tan enamorados como yo de esa chica. La diferencia es que ellos sí le dicen constantemente que la quieren. Por teléfono, por audios, cuando va a vernos a Barcelona y se despiden antes de ir a dormir. Lo hicieron por primera vez aproximadamente a los tres meses de conocerla y desde entonces no han parado.

Yo, en cambio, que lo tengo claro desde que vino la primera vez a verme, aún no he encontrado el momento exacto de decirle que desde que llegó a mi vida he decidido cambiar el mundo por un planeta en el que solo estamos nosotros. No sé cómo decirle que, cuando la miro, veo todos los «para siempre» que nunca he querido desear y ahora no dejo de pensar en ellos. No sé cómo hacer que comprenda hasta qué punto enterrar mis manos en su pelo y besarla supone arreglarme el día. La semana. La vida. Cada vez que lo intento, algo se interpone entre nosotros y siento que se ha ido el momento. Así, de una vez a otra, veo cómo pasan los meses y me frustro cada vez más. Al principio quería decírselo para ver su reacción, pero ahora... Ahora necesito decírselo para sentir que todo está en su sitio. He visto de cerca lo que pasa cuando quedan palabras por decir y, aunque no tengo pensado irme pronto, si pasara, nada me daría más pena que irme con esto dentro.

—A lo mejor se ha mareado en el avión, como esa señora que ha vomitado.

Salgo de mis pensamientos para concentrarme en Ona, que cuchichea con Eric mientras ambos me miran de reojo. Me río, cojo sus cuerpos delgados e inocentes y los pego a mí, abrazándolos un segundo antes de dejarlos ir hacia Azahara y los suyos. Antes de mostrarles de cerca otro tipo de familia.

Recorremos los anchos pasillos hacia la salida y, al cruzar las puertas de cristalera, la veo. Lleva un vaquero suelto con rotos, un top con parte del estómago a la vista y el pelo recogido en una coleta que le despeja la cara y me deja ver la sonrisa que nos dedica en cuanto nos ve. En reencuentros, he dejado de soñar con algo romántico entre Azahara y yo; los niños se lanzan hacia su cuerpo menudo y yo me debato entre la alegría y el miedo de que la derriben en una de esas. Ella suelta una carcajada y se agacha para dejar que la abracen bien. En solo unos segundos lo único que puedo ver de ella son sus brazos y su cara parcialmente, cuando la gira para besar primero a uno y luego a la otra repetidas veces. Me muerdo una sonrisa y, cuando pasa la euforia infantil, la observo alzarse de nuevo y mirarme con esa intensidad que consigue desarmarme.

—Nil sin apellidos, bienvenido a Málaga.

Tiro de su mano y la atraigo hacia mi cuerpo. Creo que mis labios están sobre los suyos antes de que nuestros torsos se rocen. La alzo en brazos, ignoro su risa y profundizo el beso. Reconozco que hablar con Eric y Ona de esto hace meses supuso un alivio, porque reprimirme para besarla por si nos veían estaba siendo un infierno.

—Es la segunda vez que vengo y sigo pensando lo mismo.

—¿Qué?

—Que eres lo más bonito de Málaga, Azahara de las Dunas Donovan Cruz.

Su carcajada hace que varias personas nos miren.

—Ni siquiera hemos salido del aeropuerto.

—No lo necesito para estar seguro.

—¿Podéis dejar de besaros? La gente nos mira y os da igual. Es asqueroso.

Miro a Eric, que hace muecas mientras nos mira, y me río.

—Un segundo. —Saco mi móvil del bolsillo y activo la cámara—. ¿Puedes repetirlo?

—He dicho que besar a chicas es un asco porque la gente te mira y se te quedan los labios pintados.

—¡Eh! —Azahara protesta, pero me pasa las yemas de los dedos por los labios, limpiándome y haciéndome reír—. Es solo un poco de brillo.

—No tengo ninguna queja —le digo—. Y tú, chaval, ya estás grabado. Te pondré esto en cuanto te pases el día besando chicas o deseando hacerlo.

—Eso no va a pasar.

Aza y yo nos reímos y lo dejamos estar. No es bueno que empiece las vacaciones enfurruñado.

—¿Habéis traído suficientes bañadores, chicos? —pregunta ella.

Los niños se ponen a parlotear como locos y a mí me toca tirar de la inmensa maleta que traemos para los tres mientras ellos se agarran de las manos y salen del aeropuerto. En esta relación, para según qué cosas, no compensa ser el adulto, pienso risueño.

Subimos al coche y hacemos el camino con Azahara mostrándoles a los niños el paisaje, hablándoles de los pueblos vecinos al suyo y contándoles cómo es su casa.

—Cuando lleguemos, no quiero que os asustéis. Vais a ver a mucha gente porque estamos haciendo una barbacoa, pero están todos deseando conoceros, ¿de acuerdo?

—¿Y saben nuestro nombre? —pregunta Eric.

—Lo saben.

—¿Y no les importa que durmamos en tu casa?

—¡Al contrario! Hace ya algunos años que no tenemos niños en la familia y están deseando pasar tiempo con vosotros.

—¿Va a estar tu abu Rosario? —pregunta Ona.

—Ajá, ella será la mujer más mayor, pero también la más guapa de la familia. Lo decidimos por votación popular.

Me río y dejo que charlen para calmar mis propios nervios. Azahara, en cambio, parece relajada y feliz. Como si estuviera completamente segura de que esto saldrá bien. Transmite una seguridad tan aplastante que me extraña que las personas no se le peguen como moscas.

Llegamos a La Cala, aparcamos y Aza nos sugiere rodear la casa para entrar por la puerta principal y que así Eric y Ona puedan ver el mar.

—¡Está cerquísima! —exclama la pequeña—. ¡Como Vaiana!

Azahara se ríe y le revuelve el pelo rubio.

—Bueno, aquí no tenemos cocoteros, pero sí, está muy cerca del mar. Venid, vamos dentro.

La sigo, entramos en el salón, que está desierto, y dejo la maleta y las mochilas en una esquina. Justo cuando vamos a salir al jardín, Aza se gira, me guiña un ojo y con eso es suficiente para que mi seguridad aumente. Lo que yo digo: es adictiva.

En el jardín se mezcla la familia al completo, como es costumbre. Los primeros en acercarse son Jorge, Mario, Felipe y Camille, que son los que más conozco y con los que hablo ocasionalmente por las redes sociales.

—¿Cómo fue el vuelo? —se interesa Camille.

—Perfecto.

—¿Qué te parece el calor del sur? —pregunta Felipe riendo.

—Menos pegajoso que el catalán. De momento, no le pongo pegas.

Ellos se ríen, me estrechan la mano y luego se concentran en Eric y en Ona.

—¿Esa mochila es de Vaiana? —le pregunta Mario a la niña.

—Ajá.

—¿Te sabes las canciones? —La niña asiente con vigor—. Mi parte favorita es cuando canta la abuela.

—¡La mía también!

—Jo, es que la abuela es brutal. ¿Sabes que tengo el Disney+? Si quieres, la vemos esta noche.

—¡Sí!

Ona está tan extasiada que no puedo evitar reírme. Me concentro en Eric, porque es evidente que la niña ya ha dado con lo suyo.

—Eh, chaval, mi prima Azahara dice que te gustaría aprender a hacer surf. —Jorge lo mira con una pequeña sonrisa, sobre todo cuando el niño lo mira entre receloso e interesado—. Tengo varias tablas y, como estaré en la casa con vosotros, si algún día quieres intentarlo, no tienes más que decírmelo.

—¿En serio?

—Claro.

—¡Si quieres aprender surf, yo soy tu hombre! —exclama el padre de Jorge—. Soy Jorge, su padre. —Se ríe—. Y si quieres aprender surf de verdad, tienes que acudir a mí. ¿Quién crees que le enseñó a él?

Todos se ríen, incluso yo. Entonces uno a uno empiezan a discutir frente a nuestros ojos quién es mejor surfeando y quién debería enseñarle a Eric. La discusión se acaba cuando la abu Rosario se adelanta y me mira con una pequeña sonrisa.

—Me alegra volver a verte, Luis.

—Abuela, que es Nil —explica Azahara.

—Eso he dicho. —Suspira, ignorando el modo en que Aza pone los ojos en blanco—. Tú y tus hijos sois bien recibidos en mi casa.

Eric y Ona la miran embelesados y no es para menos. Esta señora tiene un porte que hace que todos la miren y quieran hacerle caso. No me sorprende eso, sino el modo en que me cuesta tragar saliva al sentir cómo nos reciben.

—Muchísimas gracias.

—No hay de qué. —Mira a los niños y tamborilea los dedos sobre el bastón que usa para apoyarse al caminar—. Y vosotros, ¿cómo os llamáis?

—Yo soy Eric y ella es Ona.

—Eres como la abuela de Vaiana, pero con carne —murmura Ona impresionada.

Azahara suelta una carcajada y yo me debato entre la risa y las ganas de frenarla. La abuela Rosario, en cambio, suelta una risita, le revuelve el pelo rubio y asiente.

—Y tú eres como esas flores de verano fuertes y preciosas. —Le acaricia la mejilla a Eric y sonríe—. Buenos genes —afirma—. Buenos genes. Anda, vamos a sentarnos. Estáis muy delgados. ¿Os gusta la tortilla?

Se los lleva hacia una mesa mientras el resto de la familia va presentándose ante ellos poco a poco, intentando no saturarlos. Eric y Ona sonríen, responden a las preguntas y se ríen de todas las bromas que les hacen. Yo me quedo aquí, sintiéndome un poco tonto por haberme preocupado tanto y, aun así, alegrándome de que todo parezca ir tan bien.

—¿Estás bien? —pregunta Azahara a mi lado.

Mis dedos van hacia su mejilla de un modo irrefrenable, apoyo la frente en la suya y, sin importarme que su familia nos mire, la beso con suavidad en los labios.

—Creo que nunca he estado mejor.

Azahara entiende que no me refiero solo a este momento. Lo sé por el modo en que se alza sobre sus puntillas, enlaza los brazos tras mi nuca e intensifica nuestro beso tanto que, cuando queremos darnos cuenta, la familia entera vitorea y nos recomienda ir a un hotel.

—Pero ¡si papá dice que dormimos aquí! —exclama Ona confusa, provocando las carcajadas de toda la familia.

Me río, abrazando aún a Aza, y me siento al lado de Eric y Ona, frente a la abuela, que no deja de sonreír.

—Una cosa te digo, Luis, estos niños tienen que comer más tortilla. Y más boquerones. Están muy delgados, pero no te preocupes que te los vas a llevar de vuelta a Barcelona más repuestitos.

Me río imaginando que va a dedicar las vacaciones a intentar cebar a los niños y paso un brazo por los hombros de Azahara, que no deja de mirarme y de reírse.

—¿Qué ocurre? —pregunto al final.

—Es que no puedo creer que vayas a estar aquí dos semanas. ¡Dos semanas enteras! —Se pinza el labio y vuelve a acariciarme la tripa—. Es un sueño.

—El sueño es estar contigo —le susurro al oído.

Ella me acaricia el torso y mi cuerpo responde de un modo nada apropiado, teniendo en cuenta que estamos frente a toda la familia. Debe de vérmelo en los ojos, porque los suyos se oscurecen de inmediato. Le beso la frente, me siento más recto en la silla y carraspeo.

—Necesito una cerveza bien fría.

—Te la traigo.

—No hace falta.

—Sí, hace falta. Tú ponte al día con los mensajes.

Frunzo el ceño, porque no tengo ningún mensaje, pero entonces la veo sacarse el móvil del bolsillo trasero del pantalón mientras camina. Un minuto después, tengo un whatsapp suyo.

Azahara

¿Tenías que ponerte la camiseta celeste?
Dios, vivo soñando que te la arranco
mientras empujas dentro de mí.

Agradezco en el alma no estar bebiendo nada en este instante, porque me habría atragantado.

Nil

Horas. Solo unas horas y luego... prepárate.

Azahara

Nací preparada, cielo.

Nil

Ya lo veremos.

Sale poco después de la cocina con un botellín de cerveza, las mejillas sonrosadas, el pelo despeinándole la coleta y una determinación en la mirada que me desarma por completo.

Joder, cómo quiero a esta chica.

32

Tash

Paseo por las calles de París disfrutando del calor de finales de junio. No imaginé que echaría tanto de menos sentir calor, pero supongo que pasar seis meses visitando ciudades donde el frío es el gran protagonista hace que valores más el buen tiempo.

Primero fue Islandia, donde me enamoré de la tierra de hielo y fuego, pero no me quedé ahí más de dos semanas. No conseguí ver la famosa aurora boreal, así que me marché a Finlandia. Caminé con raquetas, monté en moto de nieve y recorrí el área del gran lago Inari buscando la aurora boreal con una pasión que no había sentido nunca. No sé por qué se volvió tan importante para mí, pero cuando al fin logré verla, iluminando el cielo, lloré como una niña pequeña. Tanto que el guía me preguntó si estaba bien. No supe explicarle que era la primera vez que cumplía un sueño, aunque ni siquiera supiera que lo tenía. Aquello desató algo en mi interior. Una especie de estallido que hizo aparecer más metas, retos y sueños. Y con cada uno que cumplía, aparecían algunos más. Como una guía que debía cumplir.

Así fue como recorrí distintos pueblos y ciudades de Suecia, Noruega, Dinamarca, Suiza, Polonia y, por último, Moscú. Llegué una fría mañana de mayo, pero pasé tanto frío los meses anteriores que casi me pareció primavera. Recorrí cada calle que recordaba de mi adolescencia y busqué la tienda de joyas artesanales que tanto le gustaba a mi madre, en la calle Arabat. Me compré un par de pendientes y, por estúpido que parezca, me sentí más cerca de ella. Recordé a Nikolai en nuestros viajes allí, jugando con la nieve, riendo a carcajadas, abrazado a mi madre y a mi abuelo. Y lloré. Lloré por todo lo perdido y por los niños que no tenían ni idea de todo lo que estaba por venir. Lloré por la pequeña Natasha, tan llena de sueños y tan ajena al dolor. En aquellas lágrimas, inexplicablemente, encontré el entendimiento y el consuelo que llevaba meses anhelando.

Me permití recorrer cada lugar que recordaba y llamé a Misha para que me hablara de otros que ya había olvidado. Él me guio sorprendido, pero contento de que me enfrentara a mi pasado. Se convirtió en la voz de mi conciencia, una voz que actuaba cuando lo llamaba solo porque no sabía a quién más podía contarle que, al colocarme frente a la catedral de San Basilio, recordaba todas las fotos que mi madre nos hizo aquí. Recordé, incluso, la risa de mi padre mientras posábamos, y me di cuenta de que estaba sola. Estaba realmente sola en el mundo. Misha me aseguró que estaba bien llorar y aceptar mi nueva realidad, pero yo no estaba tan segura. Aun así, le pedí a un viandante que me hiciera una foto sola, sonriente, aunque las ojeras me enmarcaran los ojos y los tuviera enrojecidos por las lágrimas. Me la hice porque, en mi cabeza, aquello completaba el álbum familiar de los Korsakov. Puede que el apellido todavía me acompañe, pero ahora no es más que una palabra sonora, un leve recordatorio de que hubo un día, en un punto del mapa, en el que una familia apellidada así se hizo una foto frente a una catedral y fue feliz. Fue muy feliz. Luego desapareció, se descompuso en una bola de fuego, dolor y olvido.

Después de aquello, decidí que era hora de volver a sentir calor y, aunque mi mente me llevó de manera irremediable hasta España, sentí que no era el momento. Entendí, por fin, aquello que Jorge decía acerca de buscar quién soy. Todavía no lo había conseguido, pero ya sabía que él tenía razón y que yo tenía que seguir trabajando en ello. Así que elegí París y llegué aquí hace dos semanas. He mandado toda la ropa de invierno que he ido comprando a la cafetería de Sia, que la ha aceptado de buen grado y me ha asegurado que no le molesta, aunque sé que su almacén no es muy espacioso. No es mucha, pero sí la suficiente para incomodarme al querer viajar ligera de peso.

Quizá sea hora de pensar en un lugar donde dejar mis cosas de manera definitiva, pero creo que todavía no estoy lista para hacerlo. Sia pareció entenderlo, porque me aseguró que no tiene problema y puede guardarlo tanto como necesite. Sonrío al recordarla. Mis sentimientos por ella son prácticamente lo único que permanece intacto desde que salí de España. La seguridad de que da igual cuánto se desmorone mi realidad, porque ella permanecerá a mi lado, aun cuando nos separen miles de kilómetros.

La echo tanto de menos que, cuando paso frente a una preciosa floristería de Montmartre, no puedo resistirme a entrar para comprar algo que pueda enviarle. Allí, me sorprende encontrar a una pareja hablando en español tras el mostrador. Ella no deja de trabajar en un arreglo floral y él se apoya en el mostrador, mirándola con los brazos cruzados sobre el pecho. Son guapos, elegantes y desprenden ese «algo» adictivo que tiene esta zona de París.

—Solo digo que creo que es mejor anunciarlo en la web y dejar las alternativas... caseras para otro momento. Da más prestigio, más...

—*Mon Dieu*, a veces eres más arrogante que el francés más arrogante de París. ¡Y eres español!

Intento saludar, pero la chica sigue hablando y me veo atrapada aquí, en un punto en el que no puedo marcharme, pero tampoco creo que sea de buena educación interrumpir. Así que permanezco en modo estatua, incómoda y deseosa de que acaben.

—No soy arrogante. Simplemente creo que es mejor dar cabida a personas que de verdad sientan tal pasión e ilusión que hagan el mínimo esfuerzo de abrir una página web y dejar sus datos de inscripción. Eso ayudará a captar posibles alumnos para el futuro y...

—Escúchate. —La chica, aunque menuda, tiene una vitalidad que despierta mi envidia sana. Es rubia, absolutamente preciosa, con cara de hada y unos ojos que brillan incluso en la distancia—. Tú no quieres alumnos, Óscar León. ¡Tú quieres fans llenando tu cocina!

—¿Qué hay de malo en querer impartir el curso a gente que aprecie mi cocina?

—Una panda de personas deseosas de lamerte el culo y hacer todo lo que tú digas sin rechistar. Sin cabida para la creatividad porque la matas con tu ego. Te adoro, *mon amour*, sabes que te adoro, pero en esto no tienes razón. —Trago saliva y me giro, dispuesta a salir de la floristería porque la cosa se está poniendo seria, pero entonces la chica me para—: *Oh, pardon. Bienvenue! Vous cherchez des fleurs?*

La miro sin comprender muy bien. Hablo español, inglés y ruso, pero de francés creo que solo sé un par de palabras.

—¿Podría atenderme en español? —pregunto con una pequeña sonrisa.

—Genial, ha entendido todo lo que hemos dicho —dice el chico, que me mira y sonríe de un modo que roza lo angelical—. Discúlpanos, no queríamos ser groseros.

—Oh, no, no hay problema. En realidad, no quería importunar, es solo que...

—¡No importunas! —La chica sonríe con una cercanía que me hace tragar saliva. Como si nos conociéramos, cuando no es así—. Tienes acento. Poco, pero tienes. No eres de España.

—No, no lo soy —admito—, pero he vivido allí prácticamente toda mi vida.

—Maravilloso. ¡Yo soy española! —Enarco las cejas porque, incluso en español, su acento francés es indiscutible—. Me mudé aquí siendo muy pequeñita y mi acento lo deja claro, pero soy española. ¿No es maravilloso eso de nacer en un punto del mundo y no saber si acabarás en otro?

—Cuando eres recién nacido, en realidad, te da igual en qué punto del mundo nazcas —murmura el chico.

Ella lo mira mal, pero no es una mirada molesta de verdad, sino más bien un gesto de burla. Luego se ríe y me mira a mí, señalándolo con la cabeza.

—Mi marido es español de nacimiento y crecimiento, y parisino de corazón. A veces es más parisino que los nacidos aquí. Al final, supongo que es una cuestión de amor, ¿no? Cada persona nace donde le da la gana, porque somos del lugar al que pertenece nuestro corazón. ¿Tú qué opinas? —La miro con la boca abierta y se ríe—. Oh, lo siento, he vuelto a hablar sin control, ¿verdad? *Mon Dieu*, debería dejar de hacerlo un día de estos, pero es algo que no puedo controlar. Siento ser pesada, pero te prometo que lo compenso con las mejores flores de París. ¡Las mejores! Dime, ¿qué te interesa? ¿Un ramo para un enamorado? ¿Una enamorada, quizá? Tiene que ser un ramo de amor, es imposible que una mujer tan increíblemente bella como tú no sienta el amor y...

—¿Qué tal si dejamos que sea ella la que hable, *chérie*? —pregunta el hombre.

Yo no puedo evitar reírme. Verlos interactuar es completamente adictivo.

—¿Hacéis envíos a España? Querría mandar algo a mi mejor amiga. Aunque no sé muy bien qué. No entiendo demasiado de flores.

«Ni de nada», añade una voz interior. Suspiro con pesar. Es una de las cosas que estoy intentando solucionar. A menudo hago lo posible no recriminármelo ni sentirme inútil al darme cuenta de que no sé hacer prácticamente nada por mí misma.

—¡Por supuesto! Me encantará ayudarte a elegir, aunque, en mi opinión, nada demuestra tanto el afecto amistoso como un ramo de rosas amarillas. Además, representan el optimismo, la alegría de vivir y la energía. Sé que suena tradicional, pero a veces lo tradicional es justamente lo que una persona necesita y...

—Sí, vale. —Sonrío—. Rosas amarillas me parece bien.

—Oh, ¡qué fácil de complacer eres! Es maravilloso.

Su marido se ríe y yo sonrío. No quiero decirle que, en realidad, es fácil complacerme porque todo me resulta nuevo. O casi todo.

—Me gusta que signifique todo eso. Es lo que quiero transmitirle a Sia.

—Genial. ¿Le mandamos una docena?

La miro y, de pronto, me asalta un pensamiento. Es un poco absurdo y puede que sea una locura, pero no me importa. Precisamente para eso me marché, para hacer cosas nuevas y que, a priori, parezcan una locura.

—Quiero seis docenas. Una por cada mes que llevamos sin vernos.

La chica ahoga una exclamación y se agarra a su marido, que se ríe entre dientes.

—Acabas de darle a mi esposa una razón emocional para hacer algo, así que voy a compadecerme de ti, no te soltará fácilmente. Yo, en cambio, tengo que irme a trabajar.

Me río, los observo despedirse con un beso y, aunque giro la cabeza para darles intimidad, no puedo evitar que los recuerdos me asalten. No sé cómo se sentirá esta chica con el beso de su marido, pero sé lo que fui capaz de sentir yo con un beso. Hay sensaciones y recuerdos que no se borran con nada, ni queriendo.

Me despido de él, que se marcha después de coger algunas flores. Me quedo a solas con su esposa que, en efecto, se pone a hablar sin parar acerca de lo bonito que es demostrar el amor y la amistad con flores. Organizamos el envío, le pago y, cuando ya estoy a punto de marcharme, ella me regala un pequeño ramo colorido de flores variadas.

—Normalmente soy buena leyendo a las personas, pero en ti... Hay una tristeza en ti, mezclada con otro tipo de emociones, que me hacen sentirme un poco perdida. Por eso las flores. Creo que eres todos los colores y, a la vez, ninguno.

El modo en que me ve me emociona, porque creo que nunca nadie me ha definido tan bien antes.

—Estoy... —Hago un esfuerzo por hablar, aunque las palabras se me atraganten—. Estoy intentando averiguar si hay algún color particular que quiera ser.

—Me parece maravilloso.

—Gracias. Está siendo... —Vuelvo a emocionarme, y me odio por ello, porque deja patente que he necesitado hablar con alguien durante mucho tiempo—. Está siendo un viaje muy largo, no solo geográficamente. He pasado seis meses en países fríos y he descubierto que prefiero el calor. —Frunzo el ceño—. Seis meses pasando frío para llegar a algo tan simple como eso.

Me avergüenzo de inmediato, porque creo que no es algo que debiera contar a una desconocida, pero ella me mira con una sonrisa comprensiva y asiente.

—A veces, las pequeñas revelaciones son las que más nos dicen de nosotros mismos. —Asiento, pensando en la razón que tiene—. ¿Quieres escribir tú misma la dedicatoria para tu amiga?

—Sí, por favor.

Ella me señala un lateral de la tienda sin dejar de sonreír.

—Elige la tarjeta que más te guste.

Lo hago, selecciono una casi de inmediato. Es verde aguamarina y tiene una gramola antigua en el centro. Me recuerda tanto a Sia que siento ganas de llorar. Le pido un bolígrafo a la chica y escribo.

Algún día, cuando puedas permitirte coger vacaciones, vendremos a París juntas. Estoy segura de que te encantaría. De momento, te mando estas flores: un ramo por cada mes que llevamos sin vernos. Espero que adornen la cafetería y te recuerden que, en alguna parte del mundo, tienes una amiga echándote de menos y deseando volver a abrazarte.

Te quiero.

TASH

Le devuelvo el bolígrafo a su dueña y me incorporo para despedirme. Entonces lo veo, sobre el mostrador: el folleto sobre el que discutían. Un curso de cocina con el gran chef Óscar León.

—¿Puedo apuntarme?

La pregunta sale de mis labios antes de poder pensarla con claridad. Ella me mira sorprendida, pero entonces sonríe tan ampliamente que doy un paso atrás.

—¡Claro que puedes! A esto exactamente me refería cuando intentaba metérselo en la cabeza a mi marido. ¡A este tipo de magia! No sé si lograré convencerlo para colgar este cartel en las calles de Montmartre, pero tú, al menos, considérate seleccionada.

—No quiero crear un problema y...

—No creas absolutamente nada. Vas a hacer ese curso y, si eso ayuda a que te conozcas un poquito mejor, entonces todo habrá valido la pena. ¿Tienes conocimientos de cocina?

—No he cocinado nunca —admito avergonzada.

—¿Nunca? ¿Nada?

Niego con la cabeza, sintiendo cómo se me enrojecen las mejillas.

—Yo no... Mi vida ha sido complicada. —Suspiro, tensa—. No debería apuntarme, en realidad. Ni siquiera sé coger un cuchillo y...

—Quizá por eso precisamente deberías hacerlo. A lo mejor necesitabas esperar para aprender cómo hacerlo del mejor. Y, querida, el mejor es mi marido.

Trago saliva, insegura, pero ella se queda con mi nombre y mi número de teléfono y promete llamarme esta misma tarde. Cuando salgo de la floristería, lo hago con los nervios atenazándome el estómago y la sensación de que comprometerme a esto es una locura aún mayor que recorrer el círculo polar en busca de auroras boreales.

Entonces, de la nada, una carcajada brota de mi pecho y miro a un punto indefinido, con la respiración acelerada y la mente más despejada que en mucho tiempo.

A esto se refería él...

33

Jorge

Camino detrás de Azahara, Nil y los niños. No voy solo. Toda la familia viene. Eric y Ona querían bañarse y hemos decidido que esperar a mañana es una tontería. También lo es actuar como si no hubieran visto el mar en su vida, porque en Barcelona tienen. Pero según nos ha contado Nil allí han ido en contadas ocasiones porque él, cuando cuidaba a su madre, no podía alejarse mucho tiempo de casa. Ni siquiera puedo imaginar cómo será vivir así. En realidad, yo no puedo imaginar nada que no incluya un baño en el mar como mínimo una vez al día mientras haga buen tiempo y un par de veces o tres a la semana en invierno, con el neopreno.

—¿Te gusta mi bañador de Vaiana, abu Rosario? —pregunta Ona delante de mí, agarrada de la mano de mi abuela.

Me río. Ha sido mi abuela la que le ha dicho que podía llamarla así y ahora no para de repetirlo. Miro de reojo a Nil, que tiene una sonrisa perenne en los labios. Me alegra, porque me consta lo intensa que puede ser mi familia.

—Me encanta, pero esa muchacha tiene cara de Macarena.

—Vamos a dejar nombres sensibles fuera de la lista, abu —dice Camille.

Yo me río, recordando a la ex de mi primo Felipe.

—A don Escritor no le nombréis a la ex, que se le juntan las cejas con la barbilla —dice Mario.

—¿Puedes dejar de llamarme «don Escritor»?

—No, no puedo, porque eres escritor.

—No lo soy —farfulla.

Camille se abraza a él, sonriendo con un orgullo que se me contagia incluso a mí. Mi primo nos sorprendió hace un par de meses anunciándonos que había escrito un libro y la editorial de Camille está dispuesta a publicarlo. Él no tiene ninguna fe en sí mismo, por eso la única que sabía que estaba escribiendo era Camille, pero yo creo que le irá bien. Además, no podemos ser hipócritas. Camille vende muchísimo y va a hacerle promoción. Eso ayudará a captar lectores. El resto cae sobre el libro, claro. Si no gusta, por mucho que lo recomienden, no le irá bien; pero, aun sin leerlo, diría que va a ser bueno. Felipe no es de hacer las cosas a medias. De hecho, se niega a abandonar la construcción y eso da una idea de lo centrado que está.

Llegamos a la orilla mientras todos hablan a la vez y yo intento no perderme en mis pensamientos. Estoy poniendo en práctica eso de simplemente desconectar la mente. Apagarla para que deje de hacer ruido está resultando de lo más efectivo en algunos momentos.

Por desgracia, no funciona siempre, pero me imagino que es cuestión de tiempo.

Observo a mi familia pelearse por ponerle los manguitos a los niños y a estos encantados con la atención recibida. Quizá Eric está más serio, pero no creo que esté a disgusto. Simplemente, él es así y eso está bien. Yo he sido así toda la vida y aquí estoy...

Bufo de inmediato. ¿Aquí estoy? ¿Y cómo estoy? Quiero decir, mi vida no es una mierda, pero tampoco soy ejemplo de nada. No me veo yendo hacia ese crío y diciéndole: «No te preocupes, chaval, algún día serás como yo».

Dejo la tabla en la arena y me quito la camiseta. No soy un ejemplo de nada, pero, al menos, hago siempre lo correcto para los demás. ¿Me ha beneficiado? No demasiado, pero bueno, sería mucho peor ser un cabrón sin conciencia, supongo.

—Me voy al agua —le digo a nadie en particular.

—Antes, la crema —contesta mi abuela.

—Abuela, vengo todos los días. No necesito la crema.

—Ponte crema, Jorge de las Dunas. No es una sugerencia: es una orden.

Bufo, pero lo cierto es que obedezco. Sé bien que, en el fondo, yo haría todo lo que mi abuela me pidiera. No porque me guste o porque siempre haga lo correcto. No, lo haría porque a la abu Rosario no se le dice que no a algo. Nadie lo hace.

—Ven, Nil sin apellidos. Voy a ponerte crema. —Azahara tira de su novio, que niega con la cabeza mientras se ríe.

—Mejor voy a quedarme así.

—¿No vas a bañarte? —pregunta Mario—. Pues no te iría mal, tienes cara de estar sofocado.

Ahogo una carcajada. Me apostaría lo que fuera a que ese pobre vive rezando para tener un rato de intimidad con mi prima. Es una verdadera lástima que en esta familia disfrutemos siendo unos cabrones.

—Estoy bien así.

—Deberías bañarte, así te relajas para la cena —le digo.

—¿Cena?

—Cena familiar. —Felipe asiente, metiéndose en el juego de inmediato—. Hemos pensado hacer algo sencillito. Pedimos comida y jugamos a algo. Monopoly, por ejemplo. Me encanta el Monopoly.

—¡Me encanta el Monopoly! Lo mejor es que las partidas son larguísimas —exclama Mario.

—Larguísimas —repito.

Nil nos mira a los tres antes de fijar sus ojos en Azahara con una cara que dice todo lo que piensa. Me aguanto la carcajada a duras penas mientras ella nos fulmina con la mirada.

—Aquí nadie va a jugar a nada. Tal como salgamos del agua, cada mochuelo a su olivo.

—Mi olivo es el mismo que el tuyo —argumenta Mario—. Y el de Jorge. Además, ya que Nil se ha quedado la cama grande, lo mínimo es que cenemos juntitos, en familia.

—Mario... —dice Azahara.

—De hecho, estoy pensando que lo ideal es que tú y yo durmamos en la habitación de dos camas, Aza. La ratonera que se la quede Jorge, que le va muy bien. El celibato lo tiene que romper, aunque sea a solas, digo yo.

Bufo, no pienso responder a esa provocación.

—Mario, es más importante el celibato obligatorio que he tenido que pasar yo durante semanas, así que cierra la boca. Duermes con Jorge y punto. —Me mira y pone cara de pena—. Lo siento. Te prometo que no diré nada si tus duchas se alargan al doble.

Me río, pasándome la mano por la cara. Me avergonzaría si no fuera porque soy el primero que disfruta martirizando a otros.

—Podéis dejar de preocuparos por mi vida sexual, ¿sabéis? Me apaño bien —digo.

—Te apañarás bien, pero estás más solo que la una. A lo mejor es hora de aceptar que no va a volver, tío.

Las palabras de Mario me remueven algo por dentro. Azahara le da un empujón por un lado y Felipe le estampa una colleja, pero no importa, tiene razón. Han pasado más de seis meses y solo estuvimos juntos unas semanas. Eso, si cuento desde que la conocí. En realidad, no hemos pasado juntos más que una noche. Una noche buena de la hostia, pero que acabó de la peor manera posible, así que tampoco tiene mucho sentido que lo recuerde una y otra vez.

Pero me acuerdo. Maldita sea, me acuerdo, aunque no tenga sentido. No he visto en seis meses a ninguna chica capaz de despertar huracanes dentro de mí con la facilidad de Tasha.

Es absurdo. Todo esto lo es. Echarla de menos. El dolor cuando pienso en ella y rememorar una y otra vez momentos que no volverán. Ni siquiera he sabido nada de ella. Tampoco he preguntado, pero, con la actitud de Sia, a la que he visto a menudo, me ha quedado claro que ella tampoco es que esté acordándose mucho de mí. Y está bien. Tiene que ser así. Yo la empujé a hacer exactamente eso.

Pero, joder, cómo duele.

—Ey, Jorge, ¿por qué no ayudas a Eric a subir en la tabla?

Miro a Azahara y luego al pequeño Eric, que me observa desde no sé cuándo. Tiene los ojos azules de Nil. En realidad, se parece muchísimo a él, aunque su pelo sea dorado.

—¿Quieres probar, Eric?

Es como si le hubiera dicho que es Navidad y el día de Reyes a la vez. Lo veo en su cara, pero en el último segundo baja los hombros e inspira como si tuviera que obligarse a actuar así.

—No quiero molestarte. Ibas a hacer surf tú.

—Puedo hacerlo más tarde. Ven conmigo. ¿Sabes nadar? —El niño me mira un tanto avergonzado—. Bueno, ensayaremos en la orilla y mañana empezaré a darte clases de natación en la piscina de la casa grande, si a tu padre le parece bien.

Sus ojos vuelan a Nil, que está un poco serio, pero creo que más por la sorpresa que porque le parezca mal.

—No queremos molestarte, Jorge.

—No lo hacéis. La familia nunca molesta.

Sus ojos se muestran sorprendidos, pero sonríe y asiente una vez antes de que Mario tome el mando:

—En realidad, la familia molesta a menudo, pero nos jodemos porque es lo que toca. La frase sería más bien: en la familia todos somos como un grano en el culo, pero, como nos queremos, nos aguantamos.

Nos reímos, porque hay un poco de razón en sus palabras. Los dejo bromeando del tema mientras cojo de la mano a Eric.

—No quiero que te asustes, ¿de acuerdo? Solo vamos a movernos por la orilla.

El niño asiente y se concentra tanto en mis palabras que casi puedo ver cómo le sale humo de las orejas.

Los minutos se suceden mientras Eric aprende a deslizarse por la orilla, Ona salta y hace castillos de arena y Nil besuquea a mi prima a la mínima oportunidad. Azahara está tan feliz que apenas se tiene en pie entre risa y risa. Me alegro por ella. De verdad me alegro por ella. Se lo merece. Sobre todo porque sé que parte de sus pensamientos están en mí y en la preocupación que siente, pero no tiene por qué hacerlo.

Yo estoy bien. Y, de todos modos, yo no importo.

Le doy clases a Eric hasta que se cansa tanto que se deja caer en la arena, respirando entrecortadamente. Solo entonces dejo su cuidado al cargo de su padre y me adentro en el mar. Dejo que las olas me engullan una y otra vez, me deslizo por ellas y me tiro de vez en cuando solo por sentir el impacto contra mi piel.

Me entrego a lo único que no me falla, que es el mar. Lo hago hasta que mi respiración es entrecortada y, al mirar a la orilla, me doy cuenta de que toda mi familia se ha ido y me he quedado aquí solo. No es raro ni la primera vez que pasa. Aprovecho para flotar boca arriba en el mar. Está anocheciendo. Ni siquiera me había dado cuenta. Cierro los ojos y dejo que el sonido que provoca el agua taponando mis oídos se adueñe de todo. La tabla flota a mi lado, sujeta a mi tobillo. Dejo la mente en blanco y me concentro en mis respiraciones.

Entonces, como en mis mejores sueños y mis peores pesadillas, aparecen ante mí sus ojos de mirada dulce y triste y su sonrisa, tan escueta y maravillosa. Su pelo rubio ondeando a su alrededor y su cuerpo desnudo llenándolo todo. Cada rincón de mi memoria poseído por su imagen. Si me esfuerzo, casi puedo oírla gemir mi nombre mientras me abraza.

Abro los ojos, sobresaltado, y suspiro.

Se ha hecho de noche un día más y ella sigue aquí, demostrándome que no hay distancia capaz de llevarse lo que me hizo sentir. Se marchó a alguna parte del mundo y me dejó aquí, con todo esto que me come en los peores días.

Natasha.

Tasha.

Mi Tasha.

Como un jodido tatuaje hecho de recuerdos.

34

Azahara

—Venga, ahora tú te pones aquí de Vaiana y yo hago de Maui.

Mario se baja de la mesita nueva de café y sube a Ona, que se ríe histéricamente. Son las once de la noche y ya he perdido la cuenta del tiempo que hace que llevan imitando escenas de la película.

Por otro lado, está Eric, que ha descubierto los Legos que Jorge ha traído a casa. Son de cuando era pequeño y pensó que podría entretenerlos estos días. No se equivocó. Lo de este primo mío y su intuición para saber qué necesita la gente incluso sin conocerla es de órdago.

Felipe y Camille se marcharon a su piso después de cenar. Jorge está entretenido con el móvil, pero sus bostezos dejan claro que se irá pronto a la cama, y Mario... Mario sigue poniendo a tope a Ona, así que decido intervenir. A este ritmo estos niños no se acuestan y Nil y yo necesitamos intimidad con urgencia. Llevamos todo el día poniéndonos a tono con mensajes, palabras susurradas y gestos desapercibidos, pero estoy en un punto en el que, si me toca, no voy a poder contenerme más.

—Muy bien, chicos, creo que es hora de prepararse para ir a dormir.

—Pero ¿qué dices? ¡Si estamos en lo mejor! —exclama Mario.

—No, en serio. Es hora de dormir. No podemos empezar a romper las rutinas el primer día de vacaciones —añade Nil—. Vamos, Ona, Eric, al baño, a hacer pis, lavarnos los dientes y para la cama.

—Pero, papá...

—No, Ona. Mañana puedes seguir jugando con Mario.

La niña baja de la mesa poniendo morros. El propio Mario pone morros. Es tan tierno como surrealista.

—Mañana podemos jugar en la playa a que te entierro y tú usas tu magia para desenterrarte solito —le propone ella a Mario.

—¡Vale! Te ayudo a cavar. También te puedo llevar a saltar desde las rocas.

—Ni lo sueñes —intervengo.

—¿Qué? ¡Tú y yo saltábamos desde ahí con su edad!

—Tú y yo nos hemos criado aquí, Mario. Las rocas son peligrosas y ellos no van a saltar desde ahí. Ni siquiera van a bañarse en esa zona.

—Jod... —Mira a los niños y se corta a tiempo—. Jolines, eres una aguafiestas.

—Además, no sé nadar. ¡Que se te olvida!

Mario se ríe y se la lleva de la manita al baño.

—Pues mañana mismo empezamos a solucionarlo. Os enseñaremos a ti y a Eric.

—Yo quiero que me enseñe Jorge —dice el niño, llamando la atención de mi primo, que quita los ojos de la pantalla sonriendo.

—Dalo por hecho, colega. Mañana no trabajo, así que podemos ir a la hora que quieras. —Me mira de reojo y amplía su sonrisa—. De momento, ¿qué te parece si te preparas para ir a dormir?

Eric obedece y Nil lo acompaña, lo que me deja a solas con Jorge, que vuelve a centrarse en su móvil.

—¿Algo interesante? —pregunto.

Él se encoge de hombros y suspira.

—Hay una chica... Alguien le ha dado mi número. Dice que me conoce por Felipe y de verme aquí en La cala.

—¿En serio? ¿Quién le ha dado tu número?

—No quiere decírmelo, pero bueno, da igual.

Me muerdo el labio, indecisa. Hay conversaciones pendientes con Jorge. Muchas. Pero nunca sé cuándo es el momento de iniciarlas. Supongo que este es uno tan bueno como otro.

—¿Vas a quedar con ella?

Jorge hace amago de contestar, pero se frena antes de que la primera palabra sea pronunciada. Lo piensa unos segundos antes de hablar:

—No lo sé. No me apetece mucho, pero un café no hace daño a nadie, supongo.

—Han pasado seis meses... —susurro.

—Lo sé —contesta secamente.

—Estaría bien si quedaras con otras personas. Después de todo, no sabes si ella va a volver. Ni siquiera sabes si ha podido conocer a alguien o... —El modo en que se envara hace que me arrepienta al instante—. Lo siento. No debí decir eso.

—No, está bien. Tienes razón. Puede haber conocido a alguien. A estas alturas, podría estar en cualquier parte del mundo compartiendo vida con alguien. Está en su derecho.

—No encontrará a nadie mejor que tú —le digo con sinceridad. Él resopla, pero me reafirmo—. Lo digo en serio. Podrá encontrar hombres buenos y ojalá sea así, porque quiero que sea feliz, pero nadie será como tú. Tú eres... —Me emociono y él se mueve por el sofá, acercándose a mí y abrazándome—. Lo siento. Dios, es patético que tengas que animarme tú a mí.

Se ríe entre dientes y me aprieta el hombro.

—Está bien, Aza. Estaré bien, de verdad. No es como si mi vida se hubiera acabado. No he estado listo hasta ahora para ver a otras personas porque estaba centrado en mi trabajo y no me apetecía, pero en algún momento esa parte de mi vida arrancará de nuevo.

—Pero no eres feliz...

—La felicidad no es un estado permanente. Tú tampoco lo eres cuando Nil está lejos, ¿no? —En eso tiene razón—. Llegará mi momento de sentir que todo es perfecto y pasará, porque todo va por ciclos, pero tampoco soy infeliz. Estoy en tablas con la vida.

Sonrío, porque entiendo lo que quiere decir.

—Eso es muy sensato.

—Ese soy yo. —Se ríe y se levanta—. Ahora, si me disculpas, voy a ver si me duermo. Estoy pensando en salir en medio de la noche para ver a una desconocida que no quiere decirme cómo ha conseguido mi número, así que doy por hecho que ha llegado la hora de las malas ideas.

Se ríe, pero cuando se pierde por el pasillo me pregunto si no acabará cediendo. No porque le apetezca, sino por demostrarse a sí mismo que puede empezar a salir con otras mujeres. Trago saliva. No sé hasta qué punto entrar en una fase como esa sería bueno, pero no puedo decirle que se prive de nada. Da la sensación de que lleva toda la vida privándose de cosas.

Me levanto, voy al baño en el que Nil intenta que Eric y Ona se cepillen bien los dientes y me aposto en el marco.

—Vengo a desearos buenas noches.

—¡Vamos a dormir en la cama de Mario los tres! —exclama Ona.

—No es la cama de Mario —le aclaro—. Él piensa que sí, pero aquí todas las habitaciones son de todo el mundo. Nos turnamos para tener la grande. Y en vacaciones os toca a vosotros.

—¿Dónde duermes tú? —pregunta Eric.

—En la pequeña que tiene una camita sola. Jorge y Mario duermen juntos en la otra.

—¿Y por qué besas a papá en la boca, pero no duermes con él? —pregunta Eric en un estallido de sinceridad tan propio de él—. ¿Es porque no quieres dormir con nosotros?

El corazón se me aprieta en un puño a causa de distintas emociones entrechocando entre ellas. Miro a Nil, que se ha quedado como una estatua, con el cepillo de dientes en la boca llena de espuma. Sería una imagen graciosa, de no ser por su mirada de incertidumbre.

—Cariño, no es eso. Es que vosotros dormís con papá siempre.

—Pero los novios tienen que dormir juntos.

—No siempre —susurro.

—Pues mi amiga Luna dice que su papá duerme con su novia. Su papá se separó de su mamá porque ya no se quieren, pero son amigos —dice Ona—. Luna dice que son amigos porque lo dicen, aunque se griten sin parar.

Las relaciones, pienso, son complejas siempre, pero cuando hay niños por medio, son una puñetera bola de luces navideñas enredadas a más no poder. Puedes intentar deshacer los nudos, pero de alguna inexplicable manera volverán a enredarse. Aun así, miro a Nil en busca de ayuda y, al ver que sigue callado, intento salir del paso por mi cuenta.

—Es distinto. ¿Tu amiga Luna duerme con su papá?

—No, porque su papá dice que tiene que dormir en su cama, que para eso le costó una puta pasta.

—¡Ona! —exclama Nil.

—Es lo que dice Luna —susurra arrepentida—. Yo le dije que no diga «puta» porque es una palabra muy fea, pero dice que es lo que dice su papá.

Me muerdo una sonrisa y estoy a punto de contestar cuando Nil me interrumpe:

—¿Y os gustaría que ella durmiera con nosotros? —Los niños asienten y yo noto el modo en que mi corazón se acelera. Nil no parece darse cuenta, escupe tranquilamente la pasta de dientes, se enjuaga y se limpia la boca mientras yo permanezco en modo estatua. Ni siquiera los niños hablan. Al final, se endereza y me guiña un ojo.

—¿Qué dices, De las Dunas? ¿Quieres dormir con nosotros? Te advierto que Ona da patadas y Eric tiene por costumbre quedarse con todo el hueco de la cama, pero eres bien recibida.

—¡Lo hago sin darme cuenta! —protesta Eric un poco avergonzado mirándome—. Intentaré no quitarte tu hueco, pero si estoy dormido y no me doy cuenta...

—¿Estáis seguros, chicos? Puedo dormir en mi cuarto. No hay problema.

—Será como una fiesta de pijamas —dice Ona sonriendo—. ¡Me pido en medio!

No puedo decir mucho más. Me arrastran a la habitación eligiendo sitio en el colchón y sin darme tiempo a procesar el cambio de planes. Miro hacia atrás, a Nil, que nos sigue con una sonrisa y rascándose la nuca.

—¿De verdad no te importa y...?

—Eh. —Tira de la camiseta de mi pijama y me pega a su pecho, rodeando mi cintura con los brazos y besando mi cuello—. Me hubiese gustado más tenerte en una cama a ti sola durante horas y horas y horas... Pero me gusta que estés con nosotros. Me gusta que te acepten así.

Los miro mientras deshacen la cama y hablan sin parar, ajenos a nuestra conversación.

—¿Y si en medio de la noche extrañan que esté ahí y...?

—No te preocupes por nada, salvo por intentar no dormirte. —Mordisquea mi oreja y cierro los ojos—. Necesito arrastrarte al baño, a tu habitación o a cualquier otro sitio en el que pueda demostrarte cuánto te he echado de menos.

Me río y, cuando Eric y Ona empiezan a meter peluches en la cama, elevo las cejas.

—No hay sitio para tantos, chicos.

—¡Ya verás cómo sí! —grita Ona.

—Niños... Expertos en cargarse los momentos íntimos de los mayores en cero segundos —murmura Nil.

Suelto una carcajada y dejo que se acomoden antes de volver al baño, porque no me he lavado los dientes. Cuando estoy lista salgo al pasillo y entro un segundo en la habitación de Jorge y Mario. Ambos están dormidos ya, así que cierro la puerta con cuidado y voy a la habitación grande, donde la imagen me corta la respiración momentáneamente. Nil está en un extremo, los niños en medio y, al otro lado, hay un hueco que me señalan de inmediato. Me meto dentro, les doy las buenas noches y me emociono como una tonta cuando Eric se abraza a mí para dormirse. Puede parecer una tontería, pero la situación con niños de por medio es tan delicada y son tantos los tiempos y pasos que hay que respetar que, cuando llegan pequeños avances como este, saben a verdaderas victorias.

Busco la mirada de Nil a través de la maraña de pelo rubio, brazos y piernas. Está mirándome con una dulzura que se me atraganta, porque no sé si lo merezco.

—Me apuesto lo que sea a que nunca has soñado estar así conmigo... —susurra.

Pienso en los malabares que hemos hecho para acostarnos desde que nos conocemos. Somos expertos en probar todo tipo de superficies horizontales y verticales para hacer el amor, pero eso ahora ni siquiera importa. Esto es más importante. Esto es emocional, un lazo invisible que nos une a los cuatro cada vez más. Esto es la vida real y es mucho mejor que cualquier expectativa romántica.

—En realidad, ahora que lo vivo, creo que inconscientemente sí lo he soñado.

El modo en que me mira dice más que todas las palabras del mundo. Y con eso me basta para sentirme la mujer más feliz del mundo.

Solo serán dos semanas. Nuestro tiempo juntos está sometido constantemente a un descuento, pero hoy... hoy no importa nada. Ni la futura despedida ni la incertidumbre constante que rodea el futuro de nuestra relación. Hoy solo importa la mirada de Nil, su mano entrelazada con la mía encima de las cabecitas de los pequeños y el modo en que estos me abrazan.

Todo lo demás puede esperar.

35

Tash

Pruebo el café que he pedido y me reafirmo en algo que ya pensaba: no pagas por el café, sino por el sitio.

Sentada en un café cerca de la Ópera Garnier de París, observo a mi acompañante, que se relame como si hubiese probado el mejor café del mundo. No es que esté malo, pero los he bebido igual de buenos por mucho menos.

—¿No te parece maravilloso el modo en que la espuma tiene el aroma propio del buen café?

Miro mi café. La espuma me sabe a espuma. Vuelvo a mirar a mi acompañante. Conocí a Claude en el curso de cocina de Óscar León, hace una semana. Durante los cinco días siguientes se acercó a mí, entablando conversación, mostrándose amable y solícito cada vez que yo erraba en algo. Y, teniendo en cuenta que jamás he cocinado, erraba en prácticamente todo. Por fortuna, Óscar resultó ser tan paciente como el que más. Jamás podré agradecerle el cariño, la tranquilidad y el apoyo que me transmitió en un puñado de días. Claude también fue muy amable, por eso acepté tomar café hoy con él. Me dijo que era una lástima que perdiésemos el contacto y, bueno, cedí.

No fue una buena idea. No es solo que resulte tener un gusto excesivamente caro, a juzgar por el modo en que se comporta y por su conversación, sino el hecho de que no he necesitado más de cinco minutos para saber que, en este ámbito, estoy cubierta. No necesito tener citas para saber que no quiero tenerlas. No es eso lo que busco y no forma parte del aprendizaje que quiero hacer de mí misma. O sí, forma parte porque ahora sé lo que no quiero.

—En realidad, debería marcharme ya. Tengo que hacer unas gestiones antes de volver a mi hotel.

—¿Dijiste que te alojabas por aquí mismo?

Lo miro con frialdad. No me lleva esfuerzo. De hecho, es algo que me sale de manera innata. Supongo que ocho años de cautiverio hacen que me muestre distante. Mi carácter no ayuda a resultar más cálida, pero en este instante, eso me viene bien.

—Sí, bueno, muchas gracias por el café.

—Podría acompañarte. —Lo miro elevando una ceja—. Al hotel.

Sonrío. Eso no va a ocurrir. Eso no ocurriría ni en un millón de años. Principalmente porque, aunque le he dicho que me alojo en un hotel, es mentira. Estoy quedándome en un piso vacacional, pero, por supuesto, él no sabrá eso.

—Puedo ir sola, pero gracias.

Claude hace amago de decir algo, pero me levanto y doy un paso atrás. Hay gestos que no necesitan palabras, a no ser que seas estúpido, y Claude no es estúpido. Arrogante, ególatra y clasista sí es, a juzgar por lo que lo conozco, pero no estúpido.

—Quizá podríamos vernos en alguna ocasión.

—Quizá.

—¿Te puedo llamar?

Aquí es donde la Natasha del pasado se habría echado a temblar, sintiéndose presionada, pero sin querer disgustar a nadie. Por fortuna, seis meses y medio recorriendo el mundo completamente sola han hecho que mi seguridad se refuerce en algunos puntos.

—Preferiría dejarlo así, pero gracias por el ofrecimiento.

Su cara de disgusto es evidente, pero no me quedo aquí para ver su reacción o darle la oportunidad de hacerme sentir mal. Es otra cosa aprendida. No me quedo donde no quiero estar. Camino sin rumbo fijo durante media hora, aproximadamente, asegurándome de que Claude no me sigue. Hay ciertas partes de mí que aún se muestran paranoicas, pero considero que son cosas que no hacen daño. Es mejor caminar en círculos media hora que irme al piso que he alquilado pensando que hay una posibilidad de que él me encuentre. No lo digo porque Claude sea mala persona o vaya a hacerlo, pero después de un tiempo he comprendido que Nikolai me hizo tanto daño emocional que ahora pienso que cada persona que conozco pretende ejercer algún tipo de control sobre mi vida. Sé que no es lógico y trabajo en ello. De hecho, he llegado a la conclusión de que sería bueno hacer terapia en algún momento, aunque sea online. Estoy lista y no quiero acabar como mi hermano por no saber gestionar mis emociones a tiempo.

Entro en el pequeño estudio de una habitación que estoy ocupando y voy hacia las ventanas para abrirlas. Me quedo mirando las vistas a la calle. No son las mejores, pero así es como quería que fuera. Alojarme en suites caras no tenía sentido para mí. Ya he tenido bastante de eso durante toda mi vida. No es que vaya a convertir este sitio en mi hogar, pero ya he tenido experiencia con eso de vivir en un hotel para una larga temporada.

Me doy una ducha intentando mitigar el calor, me pongo un camisón y me tumbo en la cama. El atardecer se cierne sobre París cuando cojo mi móvil para hacer una videollamada a Sia, que contesta en un tono tan brusco que frunzo el ceño.

—¿Todo bien? —pregunto.

Lleva el pelo rubio platino, al estilo de Marilyn Monroe. Juro que no es amor de amiga, pero es que diría que es incluso más guapa que ella y ya es decir. Sus labios, pintados de un rojo intenso, aparecen fruncidos ante mí.

—¡Todo iría bien si consiguiera echar a esa sabandija de mi negocio!

Sonrío, dispuesta a divertirme un rato.

—Déjame adivinar: Mario de las Dunas.

—¡Es insoportable! ¿Por qué no deja de venir? ¡No lo entiendo!

Me río. Al principio, cuando Sia me contó que Mario se pasaba por la cafetería con frecuencia, me extrañó. Le pregunté si contaba algo de Jorge, pero me dijo que no. El propio Jorge había ido algunas veces a tomar café, pero la única vez que me atreví a preguntar si me había mencionado, el silencio fue toda la respuesta que necesité. Han pasado casi siete meses desde que nos vimos por última vez y, aunque he intentado no pensar en él, la práctica ha resultado un tanto nefasta. Está dentro de mí. Es así de simple y, con el tiempo, he aprendido que eso también está bien. No puedo martirizarme por recordarlo y echarlo de menos. Precisamente de eso iba esto, ¿no? De saber lo que quería. Otra cosa es que él, probablemente, ni siquiera se acuerde bien de mí. A estas alturas no debo de ser más que un recuerdo lejano de que, durante unas semanas, una chica irrumpió en su vida y lo puso todo patas arriba.

—¡Ni se te ocurra tocar eso! Te lo juro, principito, como pongas esa silla boca abajo te rompo el cuello.

—Esa agresividad tuya vamos a tener que tratarla. ¡Estoy ayudándote a recoger! —oigo a Mario, fuera de la pantalla.

—¡No voy a cerrar aún!

—¡Deberías! Esto está vacío y tienes que descansar.

—¡No quiero descansar!

La imagen se mueve rápidamente mientras Sia camina, apuntando al suelo. Creo que se ha olvidado de mí. Observo la cafetería vacía a ráfagas. En algún momento, me concentro en la conversación que mantienen, si es que a discutir de ese modo se le puede llamar «conversación».

—Esto es absurdo, hasta Maléfica necesita parar, comer y dormir de vez en cuando.

—No es absurdo. Es mi negocio. ¡Y deja de llamarme Maléfica!

—Es que eres igual igual. Bueno, hoy no. Hoy, con esa peluca, pareces la prima albina de Blancanieves. —Juro que oigo gruñir a Sia—. Pero ¡si estás preciosa! ¿Ahora por qué te enfadas?

—Mario, sal de mi cafetería. ¡Y de mi vida, ya que estamos!

—Y dale con echarme. Luego en mi familia el intenso soy yo, pero eso es porque no te conocen, porque si no... ¡Eh! ¿Esa es Tash? —La pantalla se mueve tanto que marea y, un segundo después, Mario me mira a través de la pantalla—. Tash! Pero ¡qué guapa! Joder, cómo lo peta ese camisón, ¿no?

Me tapo el escote de inmediato, aunque sé que no se me ve nada que no se vería con un traje de baño, pero es un camisón de encaje y... Bueno, digamos que he descubierto que me encanta sentir el suave roce de según qué tejidos de ropa interior. Una de las mayores aficiones de este tiempo es la ropa interior provocativa, pero solo porque, de alguna forma, me ayuda a sentirme segura conmigo misma. Como si al usar un camisón negro de encaje y semitransparencias pisara más fuerte, pese a sentirme más suave físicamente. Prometo que en mi cabeza tiene sentido.

—¿Cómo estás, Mario? —pregunto sonriendo.

—¡Cómo estás tú, nena! —Se ríe y se rasca la barba. Su pelo está despeinado en varias direcciones y tiene los ojos risueños, pero creo que Mario los tiene así siempre—. Sé de alguien que se moriría si te viera ahora mismo. —Me pongo seria de inmediato, sin poder remediarlo, y él chasquea la lengua—. Mierda, ya la he cagado, ¿no?

—¡Pues claro que la has cagado! —Sia suelta un par de improperios en ruso que me hacen reír de nuevo—. ¡Dame mi teléfono y lárgate de aquí!

—Eh, vamos, Sia, no seas tan dura —le digo a mi amiga, sorprendiéndolos a ambos—. Te echaba de menos, Mario.

Él me mira a través de la pantalla con la sorpresa reflejada en el rostro. Y no me extraña. Incluso yo estoy sorprendida, pero ahora que lo he dicho, las palabras cobran todo el sentido del mundo. De verdad lo echaba de menos. Y no solo a él. He echado de menos los momentos que pasé con su familia. Me he acordado con más frecuencia de la que me gusta admitir de nuestra visita al zoo y lo bien que lo pasamos como un grupo normal de gente joven. Como si fuéramos amigos. Fue de las primeras veces que me sentí integrada con más gente. Que sentí que podía tener amigos y una vida normal.

Me he acordado de Felipe y su modo de gruñir por todo lo que dice Mario. De Camille, sobre todo después de leer su libro y que me dejara consternada sabiendo, como sé por Jorge, que todo eso le ocurrió a ella. De Mario y su locura. De Azahara y su modo de sonreír. Solo los vi un puñado de veces, pero no necesitaron más para hacerme sentir parte de ellos. No todo el mundo consigue algo tan increíble con tanta naturalidad.

—Aquí nos acordamos mucho de ti, Tasha. —El modo en que pronuncia mi nombre, como solo Jorge lo hacía, me emociona tan repentinamente que no tengo tiempo de ocultarlo—. Oye, a lo mejor me estoy metiendo donde no me llaman, pero...

—Probablemente, sí, te estás metiendo donde no te llaman —dice Sia.

Los observo a ambos, con las cabezas juntas para poder entrar en pantalla a la vez. Veo la preocupación de mi amiga y las ganas de hablar de Mario, y decido que, sea lo que sea, quiero saberlo.

—Dime —susurro.

Mario mira de reojo a Sia.

—Bueno, aun a riesgo de que tu eterna defensora me degüelle en cuanto colguemos, voy a hacerte esta pregunta y voy a dejar que pienses en la respuesta. —Asiento y él me imita, como si necesitara esa aprobación—. No sé dónde has estado ni dónde estás ahora ni qué has hecho ni qué pretendes hacer con tu vida, pero independientemente de todo eso, ¿no crees que ya es hora de volver a casa? Te estamos esperando.

Trago saliva y noto como si mil alfileres aguardaran en mi garganta para hacerme daño.

—¿Todos? —pregunto.

Mario puede parecer despreocupado y hacer ver que no se entera mucho de qué va la cosa, pero, como bien decía Jorge, es el más listo de todos. Sus ojos se suavizan de inmediato y, cuando contesta, lo hace de una manera tan dulce que me dan ganas de llorar.

—Ven a casa, Tash.

Miro a Sia, pero ella está observando fijamente a Mario. No sé qué está pensando, pero sé lo que estoy pensando yo.

—Sí —susurro—. Puede que tengas razón.

Las dos sonrisas que recibo a través de la pantalla me reafirman.

Miro a mi alrededor, al estudio que me ha acompañado en los últimos días, y me descubro sonriendo.

Sí, definitivamente, es hora de volver.

36

Jorge

—¡Vamos, vamos, vamos! —les grito a Eric y a Ona. Están nadando en la piscina sin manguitos por primera vez.

Me río, porque parecen perritos, pero que lo hayan conseguido en tan pocos días es increíble. Claro que, siendo justos, se han pasado tantas horas al día en la piscina y en el mar que lo raro sería que no se sintieran seguros para intentarlo.

—¡Eso es! —grita Azahara desde un extremo de la piscina. Desde el otro extremo, Nil suelta una carcajada—. ¡Abuela! ¿Los has visto?

—Los veo, claro que los veo.

Mi abuela Rosario asiente y sonríe mientras les aplaude a los niños. Está sentada junto a mi tía, la madre de Mario, bajo el porche, en un butacón que hemos sacado para que esté más cómoda. El resto de la familia está desperdigada por todas partes. El calor de julio es intenso, pero a nadie parece importarle.

—Esta tarde deberíamos ir a la playa —dice mi abuela—. ¡Que se deslicen por la orilla! Nada curte más a un niño que el mar. Además, los baños en el mar son buenísimos. Mejores que los de la piscina, porque evitan que te resfríes.

—Esa teoría no la ha probado nadie —replica mi primo Felipe.

—¡La pruebo yo, que he criado a tres hijas y ocho nietos ahí dentro!

—Y a mí, abu, que te olvidas de mí —dice mi padre.

—Es que los yernos llegasteis ya criados —repone ella riendo y palmeándole la mejilla cuando se acerca—. Pero yo os mejoré. Igual que he mejorado a Camille. —Bufo y me mira mal—. ¡Ahí está su madre! Pregúntale a ella.

Miro a la madre de Camille. Está sentada en una hamaca con Bella en los brazos, se ríe y alza su copa de tinto de verano.

—Doy fe, Rosario, de que mi hija tiene mejor color desde que estamos aquí. No sé si es el amor o tus cuidados, pero...

—Ah, bueno, eso sí. Mi Felipe la hace muy feliz. Y al revés también. Qué alegría da que, por lo menos uno, esté en el buen camino.

—Perdona, ¿en qué camino estamos los demás? —pregunto ofendido.

—No me hagas hablar, Jorge. ¡No me hagas hablar!

Me río y miro a Ona. Se ha puesto en un extremo del jardín y ha echado a correr hacia la piscina, donde la espera Nil con los brazos abiertos.

—¡Soy Vaiana! —grita antes de saltar en bomba y que Nil la coja entre carcajadas.

—¡Lo eres, pequeña!

Miro a Mario, acaba de entrar por el lateral del jardín. A su lado, una Sia ceñuda se deja arrastrar de la mano.

—¡Hombre! —exclama mi abuela—. Hasta que te dignas a venir... Es el día familiar, Mario. Estoy muy decepcionada, que lo sepas.

—Pero, abuela, que vengo tarde porque estaba convenciendo a la hermana rabiosa de Ariel para que me acompañara. —Eleva la mano de Sia, que lo mira con los ojos como platos. Hoy tiene el pelo de un color rojo intenso, supongo que de ahí la comparación de mi primo—. ¡A ver, un momento, familia! Para todo el que no la conozca. Esta es Sia. Sia, esta es mi familia.

He visto a cerdos de camino al matadero con mejor cara que Sia ahora mismo. Me acerco, compadeciéndome de ella, y la abrazo momentáneamente.

—¿Cómo estás?

—No sé cómo me he dejado convencer —susurra—. Si me sacas de aquí, pongo a tu nombre la cafetería.

Me río entre dientes y le paso un brazo por los hombros, lo que hace que Mario me empuje.

—Que corra el aire, que con este calor no es sano tanto juntarse.

Elevo las cejas, sorprendido. Mario no es de ponerse así por... Un momento. Lo miro con la boca abierta, pero Sia interrumpe mis pensamientos:

—No entiendo por qué se supone que tengo que venir aquí.

—Tiene que darte el aire. Venga, quítate la ropa y quédate en traje de baño.

—Ni lo sueñes —le dice entre dientes.

Mario suspira como si se le estuviera agotando la paciencia.

—Tienes que ponerte en traje de baño para bañarte. A no ser que quieras bañarte así, que tampoco es que tenga yo problemas, pero igualmente te vas a poner crema en los brazos y la cara porque el sol es fatal y tú eres muy pálida.

—No te imaginas las ganas que tengo de ejercer la violencia contigo.

—Pues vale, pero eso no quita que el sol siga siendo peligroso. Hasta Maléfica debería temer al sol. Venga. —Se saca un bote del bolsillo del pantalón—. ¿Cómo va a ser? ¿Con ropa o sin ella?

Sia lo mira bullendo de ira y yo me debato entre interceder u observar cómo lo despedaza en trozos. Si se salva es porque Ona llega hasta nosotros y se para ante ella.

—¡Hola! ¿Tú quién eres?

—Eh, hola, soy Sia.

—No puedes ser Vaiana, porque Vaiana soy yo y Maui es Mario.

—¿Qué? ¿Quién?

—Vaiana. Aunque vengas con Mario, da igual, no puedes ser Vaiana. Mario es Maui y Maui es de Vaiana.

Elevo las cejas y miro a Azahara, que suelta una carcajada.

—Salió un pelín posesiva, al parecer.

Varios en la familia reímos, pero Sia está como bloqueada, lo que hace que me apiade de ella.

—Eh, ven, voy a darte algo de beber.

—¿Jugamos? —pregunta Ona insistentemente.

Sia se relame, nerviosa.

—Vale, sí, jugamos.

Sia se agacha, coge una pelota y la tira a lo lejos.

Ona la mira rebotar y luego mira a Sia con las cejas elevadas. Yo me muerdo el labio inferior y Mario no se calla. Porque el día que Mario se calle revienta.

—¿Acabas de tirarle una pelota como si fuera un perro?

Las mejillas de Sia se encienden de inmediato.

—¡No sé tratar con niños! No sé tratar con familias —se lamenta entre dientes—. Ni siquiera sé qué hago aquí ni por qué me he dejado arrastrar y...

—Porque te he prometido que toda mi familia pasará por tu cafetería esta semana dos veces. Por eso.

Ella está tan nerviosa que Camille se acerca, preocupada.

—Es que no entiendo por qué no me dejas en paz —estalla Sia.

Mario la mira y me doy cuenta de que es una de esas pocas veces en las que va a ponerse serio.

—Porque sé lo que se siente cuando parece que el mundo se apaga a tu alrededor y las personas importantes te dejan.

El silencio se hace tan de repente que nadie tiene tiempo de procesarlo. Miro a mi primo y lo siento. A veces pasa que, de pronto, nos llega la certeza de que en medio de toda esa inmadurez y mundo infantil hay un dolor lacerante que no ha curado bien. El problema es que no permite que nadie se acerque ni siquiera a su herida por miedo a que empeore, así que, en algún momento, nos acostumbramos a esto. Todos salvo mi tía, que lo mira con la tristeza más profunda que he visto nunca reflejada en los ojos.

—¿Sia? —Mi abuela se hace cargo de la situación, como pasa siempre que ocurre esto, atrayendo la atención de Sia—. ¿Qué nombre es ese? ¿Por qué no traéis muchachas con nombres normales, hijos míos? Entre Camila, Natalia y ahora esta chica... —Niega con la cabeza—. Vais a conseguir que me haga un lío con tanto nombre moderno. —El nombre de Natalia me quema por dentro, pero me esfuerzo por sonreír mientras mi abuela sigue—: Anda ven, ven aquí, deja que te vea de cerca. Mario, tráela.

—Tienes que ir —susurra mi primo—. Ella es la que manda aquí.

Me río y el ambiente se relaja poco a poco de un modo gradual. Sia camina, pero solo porque parece estar confusa con lo que acaba de pasar. Se sienta al lado de mi abuela, que le pasa una mano por la mejilla sin preguntar, con las confianzas propias de quien ha vivido tanto que empieza a saltarse ciertas reglas sin remordimiento.

—Tan bonita como las luces navideñas. —Sia la mira sorprendida—. Aunque ese pelo rojo debe de llenarte la bañera de tinte cada vez que te duches.

—Es una peluca —susurra ella, como hipnotizada por mi abuela.

—¿Una peluca? —Cualquier persona podría pensar que aquí viene la crítica, tratándose de una persona mayor, pero solo asiente—. Pues muy bonita, sí señor, y así no despinta. —Eso hace que Sia ría un poco y mi abuela le agarra las manos—. ¿Cómo es tu nombre completo?

Sia la mira en silencio. Puedo ver perfectamente el modo en que está pensando si decirlo o no, pero al final sonríe, un poco más tranquila por la confianza de mi abuela y sus constantes caricias en sus dedos.

—Mi nombre es Anastasia Ivanovna Kuznetsova, señora.

La familia entera vuelve a quedarse en silencio, pero esta vez los motivos son bien distintos. Todos miramos a Mario, que deja caer el botellín de cerveza que acababa de coger, estrellándolo contra el suelo.

—¿Te llamas Anastasia?

—Sí, ¿qué pasa? —pregunta Sia. La familia intenta reaccionar, pero solo se oyen algunas risitas nerviosas—. ¿Supone un problema?

—¿Cómo va a suponer un problema? —Mi abuela Rosario le palmea las manos, que todavía tiene sujetas—. Es un nombre precioso. De princesa.

Ahogo una carcajada y miro a Mario, que sigue observándola con la boca abierta. Está en shock. Lo mismo se queda así de por vida.

—Estoy muy lejos de ser una princesa —dice Sia riéndose entre dientes—. Me gusta que me llamen Sia.

—¿Así te llama tu familia?

Su sonrisa se congela y niega con la cabeza. Soy consciente de que solo responde porque se trata de mi abuela. De ser cualquiera de nosotros, probablemente ya se habría cerrado en banda o esa es la impresión tengo. Entiendo entonces algunos de los motivos por los que ella y Tasha son inseparables.

—Nastia —susurra—. Ellos me dicen Nastia.

Mi abuela debe de verlo igual de claro que lo vemos todos. Puede que sea una mujer un poco chapada a la antigua y se meta donde no la llaman a menudo, pero también es una mujer que sabe cuándo parar: antes de infligir dolor. Así que se limita a darle de nuevo unas palmaditas en las manos y a suspirar.

—Pues yo voy a llamarte Anastasia, porque me resulta más fácil de recordar, aunque sea más largo. ¿Te parece bien?

—Sí, señora.

—Dicho queda, entonces. Ahora, deja que te aparte unos calamares. Esto, con alioli, es gloria bendita. Tienes que comer, estás muy delgada.

En realidad, Sia es una mujer con curvas, pero da igual, a mi abuela todas le parecen excesivamente delgadas. No lo digo como algo malo, porque es preciosa, pero no puedo evitar acordarme de su amiga, que sí estaba muy delgada cuando la vi por última vez. De pronto, la necesidad de saber si se alimenta bien o es feliz me carcome con una intensidad exasperante. Han pasado casi siete meses, joder, esto es enfermizo.

Cojo un botellín nuevo de cerveza, lo estampo en el pecho de Mario, que sigue mirando a Sia sin decir ni una palabra, y lo obligo a ir hacia la piscina.

—¿Cómo estás? —pregunto obligándolo a sentarse en el borde.

—Ella... Ella... Se llama Anastasia.

Me reiría, pero creo que, en su cabeza, está ocurriendo algo tremendamente importante. Así que me limito a darle unas palmaditas en el hombro y dejarlo a solas con sus pensamientos. Por mi lado, me levanto y entro en casa, camino hasta mi antiguo dormitorio y me encierro dentro. Cojo mi móvil y, por primera vez, no evito el impulso de marcar su número y llevármelo a la oreja. Un segundo. Solo un puto segundo para oír su voz. No es malo. No es como si la obligara a nada y no... La respiración se me acelera ante la posibilidad de volver a oír su voz. Cuando alguien parece descolgar, el corazón se me para, pero lo único que oigo es una voz de contestador informándome de que el número de teléfono al que intento llamar no existe.

No existe.

Suelto el aire poco a poco, intentando no marearme, y apoyo la cabeza en la puerta. Natasha ha dado de baja su número de teléfono. No debería dolerme, pero me duele. Joder, cómo duele.

Cierro los ojos y me obligo a tragar saliva y a sobreponerme. Tengo que hacerlo por mi familia, pero también por mí mismo. Aunque cueste, aunque duela y aunque una parte de mí esté deseando romper todo lo que hay a mi alrededor.

Es hora de aceptar que el final que no he querido ver en seis meses ya está aquí.

37

Nil

Cojo un nuevo plato de filetes recién salidos de las brasas y lo llevo a la mesa grande, donde la familia al completo está comiendo lo que va saliendo de la barbacoa. Hoy se encarga de cocinar el padre de Felipe y Aza, y se nota porque la carne está poco hecha.

Es increíble, pero en solo dos semanas con esta familia he averiguado más cosas sobre todos ellos de las que sé de mis vecinos, y llevo toda la vida en mi bloque. Supongo que es por el modo de abrirse que tienen. No guardan nada para sí mismos, sin medidas.

Pienso en las maletas que hay junto a la puerta e inspiro con fuerza. Sabía que el tiempo se acababa. Lo sabía. Siempre es así, pero esta vez, al haber sido dos semanas en vez de dos o tres días, todo es mucho más intenso y doloroso. Azahara no deja de emocionarse y yo no sé cómo dejar de sentir que la abandono, cuando no es eso lo que quiero. Es la parte fea de las relaciones a distancia. Duelen todo el tiempo. Mientras estamos separados sufrimos los kilómetros que nos separan y, cuando estamos juntos, no dejamos de pensar que el tiempo se nos agota. Como una carrera en la que no queda muy claro si hay ganador.

Pongo un filete sobre una rebanada de pan y lo coloco delante de ella, acercándome por detrás.

—No has comido nada —le murmuro al oído abrazándola por los hombros.

—No tengo mucha hambre. La migraña me está matando.

Siempre tiene migraña el día que nos despedimos. Como si su cuerpo presintiera el sufrimiento y lo expresara de ese modo. Le beso la coronilla y me aprieto el abrazo. Hago el amago de hablar, pero ¿qué puedo decir? No hay mucho que pueda animarla, como tampoco hay nada que pueda animarme a mí.

Eric y Ona no están mucho mejor. No dejan de poner morros por todo y hoy, para variar, no quieren bañarse. Estamos en julio, en plena costa del sol, así que hace un calor importante.

—¿De verdad no queréis aprovechar para daros un par de baños? Tenéis tiempo —les digo. Ellos no responden y yo me exaspero—. Chicos...

—¿Y por qué tenemos que irnos? No vamos a entrar al cole todavía. ¡Vamos a estar aburridos como ostras en el piso! —exclama Eric.

—Venga, colega, ¿no quieres ver a Jan?

—Jan está de vacaciones en el pueblo con sus abuelos.

Mierda. Es verdad. Nuestro vecino se va todos los veranos con sus abuelos porque sus padres trabajan y no pueden dejarlo solo en casa, así que van a verlo los fines de semana y el niño no vuelve a Barcelona hasta septiembre. Miro a Azahara, esperando algún tipo de ayuda, pero está tan absorta en sus propios pensamientos que no se da cuenta. A su lado, Lola, mi jefa, pone cara de circunstancias. Ha venido a despedirse y me apuesto lo que sea a que no contaba con un numerito familiar.

—Yo no me voy a ir. Ya tengo el pelo más moreno y hasta que no se me ponga de color Vaiana, no me voy.

Miro a Ona con la boca abierta. Ella está tan pancha, comiendo pinchitos, con la boca llena de churretes, en bañador y con las gafas de sol de Mario puestas en la cabeza.

—Tú te tienes que venir conmigo, Ona. Es hora de volver a casa.

—Vete tú. Yo me quedo aquí.

—Yo me quedo con ella. —Eric me mira desafiante—. Si tantas ganas tienes de irte, pues vete tú.

Los miro con la mandíbula tensa. No es que yo tenga ganas de irme, joder, es que tenemos los billetes de vuelta para hoy y quedamos en que vendríamos dos semanas porque pensé que más tiempo arruinaría nuestros ahorros. Es verdad que, al final, apenas hemos gastado, porque hemos dividido los gastos de la comida y hemos salido lo justo para no derrochar. Un par de veces al chiringuito y poco más. Aun así, yo eso no podía saberlo y...

—Te tienes que ir, Eric. Vuestro sitio está con papá.

Eric parece dolido por las palabras de Aza, lo que hace que ella suspire con fuerza, dolida. Ha hecho esto solo por darme la razón, pero no parece mucho más contenta que los niños. ¡Y yo tampoco! Pero ¿qué se supone que tengo que hacer?

—Lo que tienes que hacer es quedarte —dice la abu Rosario—. No entiendo yo esas prisas. ¿No te tratamos bien?

—No es eso, abu... —murmuro incómodo—. Tenemos los billetes de vuelta y el trabajo... los niños...

—Los niños no empiezan el colegio hasta septiembre, el trabajo lo puedes hacer aquí como hasta ahora, que hasta tu jefa vive aquí, ¿sí o no, Lolita?

—Cuanto más cerca, mejor —conviene mi jefa antes de dar un sorbo a su vino.

—Ahí lo tienes. Si te quieres ir, hijo mío, pues vale, pero que sepas que puedes quedarte. Tienes techo, trabajo y entretenimiento. Otra cosa es que no quieras.

Miro a Azahara, que se ha puesto tan roja como un tomate. En realidad, creo que todos en la familia la miran. Después observo a Eric y a Ona que, supongo que por intuición, han cerrado el pico y me miran con todas las ilusiones del mundo puestas en sus ojos. Me pinzo el labio. ¿Todo el verano aquí? Joder, quedan dos meses prácticamente. Dos meses disfrutando de Azahara día y noche. El corazón me salta en el pecho, no solo por eso, sino porque serían dos meses de ver a Eric y a Ona disfrutar del mar y de estar con otras personas y no solo conmigo. Y, para qué mentir, serían dos meses de conseguir tener al menos un par de conversaciones con adultos al cabo del día. En Barcelona soy feliz, es mi hogar, pero reconozco que hay días en los que, cuando me doy cuenta, apenas he cruzado alguna palabra con las madres del cole y lo único que hablo es con los niños. Estas dos semanas he podido sentarme a disfrutar de una cerveza y una charla con casi todos los de la familia y ha sido... increíble. Jodidamente increíble, aunque una parte de mí haya envidiado en secreto el tipo de relación que mantienen, porque nuestra familia no es así. En nuestra familia somos tres y tenemos una mochila emocional muy grande. Y no es que me queje. Soy el primero que explica una y otra vez a los peques que todas las familias son válidas y buenas. No es que vea solo lo bueno de los Dunas y lo malo de la mía. No. Igual que veo la parte buena, veo que son intensos, desmedidos y que, a menudo, montan un show por cosas que se solventarían con una conversación calmada. Aun así creo que, por alguna razón, si me fuera, echaría de menos el bullicio constante. Como quien abandona su piso del centro por algo a las afueras y no puede dormir sin ruido. Algo así, supongo.

—Chicos, es mejor que terminéis de comer. Tenemos que recoger lo que falta para poder llegar con tiempo al aeropuerto. —Aza habla con la voz tomada.

La miro y me doy cuenta entonces de que me he quedado en silencio todo este tiempo y ella lo ha asumido como una negativa.

—Pero...

—Abuela, no. Nil tiene que irse y no somos nadie para impedirlo ni intentar convencerle de que se quede. Él tiene cosas que hacer allí.

El tono en que lo dice pretende ser convincente, pero está claro que piensa igual que el resto de la familia. Maldita sea, tiene razón. ¿Qué tengo que hacer en Barcelona que no pueda hacer aquí? Perderé el dinero del billete de vuelta, sí, pero al final solo es dinero. No sé, supongo que tendría que hacerme a la idea de que lo he gastado en una comida supercara para los tres. A cambio, tendría dos meses de ella, de todos ellos. Cuando Aza se levanta para retirar su plato, la sujeto del brazo y la pego a mi pecho. Sujeto su barbilla con un par de dedos y sonrío.

—¿Qué me dices, Azahara de las Dunas Donovan Cruz? ¿Me quieres aquí todo el verano?

Ella me mira con los ojos como platos, como si no entendiera ni una palabra de lo que digo. ¿Y acaso puedo culparla? Hace solo un minuto estaba diciéndole a los niños que teníamos que irnos sí o sí y ahora... Ahora me he dado cuenta de que la abu Rosario tiene razón y es una estupidez marcharme. No hay nada que nos espere en Barcelona hasta septiembre.

—¿De verdad lo estás pensando? —susurra ella emocionada.

—No —le aclaro—. Ya lo he pensado. He necesitado un par de minutos, pero eso es porque soy un poquito lento de mente.

—Pero...

—Quiero quedarme aquí hasta septiembre. Quiero que te hartes de tenernos en tu vida y en tu cama. En septiembre, cuando llegue la hora de despedirnos, lo haremos con las maletas rebosantes de recuerdos de un verano inolvidable. —Aza se ríe, pero su cuerpo tiembla, así que la pego más a mí y beso su frente—. ¿Qué me dices?

—Sí —susurra llorando—. Dios, lo siento. —Apoya la frente en mi torso—. Estaba tan convencida de que te irías que ni siquiera me atreví a soñar con otra posibilidad. Mucho menos sugerirla.

—Menos mal que tenemos a la abu, ¿eh?

—Pues sí, Luisito, menos mal, porque no te veo muy avispado yo —contesta la propia abu. Me río, un tanto exasperado, pero ella no se corta—. Pero bésala, hombre, ¿no ves que la pobre está que se muere por un besito?

—Mamá, por Dios, déjalos en paz —dice la madre de Aza—. Ellos se besarán cuando quieran.

—Si yo solo digo que estos jóvenes de hoy día corren mucho para unas cosas, pero luego, para lo importante, no dejan de perder el tiempo.

Suelto una carcajada mientras ellas se pelean, alzo en brazos a Azahara y la meto en casa, pese a los silbidos de algunos en la familia. Me da igual. Ahora mismo me da igual todo menos el jodido éxtasis que siento al saber que voy a estar junto a ella dos meses completos.

—¿De verdad estás seguro de esto? —pregunta.

—No he estado más seguro en toda mi jodida vida. Solo hay una cosa que quiera más que quedarme aquí ahora mismo.

Ella me mira extrañada y me acaricia la mandíbula.

—¿Qué?

—Hacer el amor. Ahora.

—¿Ahora?

—Ahora. En el baño. Donde sea. Ahora.

Aza me mira entre la sorpresa y la lujuria. Si algo bueno tiene mi chica es que se enciende con la misma rapidez que yo. Suelta una carcajada y me arrastra hasta el baño, donde bajo los labios hasta su cuello mientras le desabrocho el vaquero.

Por desgracia, esto está lejos de ser una película o una escena de libro. Los golpes en la puerta resuenan apenas un minuto después de empezar a besarla, y la voz de Eric y Ona nos saca de un golpe seco de nuestro estado de excitación.

—¡Que dice la abu que no podéis hacer lo que vais a hacer porque tenemos que comernos la tarta de despedida ahora que ya no hay despedida! —chilla Eric—. ¿Qué es lo que no podéis hacer? ¿Vais a bañaros? ¡Si tenemos la piscina...!

Suspiro frustrado mientras Aza intenta controlar su ataque de risa. Hace unos días nos pillaron otra vez en el baño, que es el único sitio con pestillo, y alegamos que solo nos estábamos duchando. En aquel momento, por fortuna, ya habíamos acabado. Esta vez no he tenido tiempo ni de empezar. Para según qué cosas, la paternidad no compensa en absoluto.

—¡Ahora salimos! —grito antes de mirar a Aza—. Yo no sé si puedo aguantar hasta esta noche.

Ella se ríe, se pone de puntillas para darme un beso y se vuelve a abrochar el pantalón.

—Piensa que, en realidad, ibas a aguantar semanas. Ahora tienes la posibilidad de hacerlo esta noche.

Lo hago. Pienso en ello y ese es el motivo por el que una inmensa sonrisa se extiende por mi cara.

Ahora mismo la vida es tan bonita que lo único que me da miedo es abrir los ojos y darme cuenta de que todo era un sueño. Por eso me acerco a Aza, le muerdo el labio inferior y, cuando ella me devuelve el mordisco con la misma fuerza, me quejo y me río.

—Sí, vale, no era un sueño.

—¿Eh? —Me mira confusa y con los labios hinchados. Vuelvo a besarla. Estaría loco si no lo hiciera.

—Vamos fuera, esta noche te lo explico.

Le guiño un ojo y salimos al pasillo, donde Eric y Ona nos esperan para comernos la tarta de despedida que ya no es de despedida. Cuando los veo correr extasiados de alegría hacia la abuela de Aza, comprendo que este verano no va solo de tener vacaciones en el sur. Este verano trata de entender, por fin, que haber estado solo hasta ahora no significa que tenga que estarlo lo que me queda de vida.

Y ese simple pensamiento sirve para tenerme en una nube todo el día.

38

Tash

Cuando el taxi se para frente a la cafetería de Sia, son varios los pensamientos que me asaltan la mente.

El primero, que debería haber llamado, por si no está.

El segundo, que Sia debería hacer como el resto de las cafeterías y establecer un día de descanso.

El tercero, que alguno de los Dunas esté por aquí.

—¿Todo bien, muchacha?

Miro al taxista, que espera su pago con cara de circunstancias, como si temiera que fuese a negarme después de haberme paseado buena parte del día. Tengo que sacarme el carnet de conducir. Es una cosa que antes ni siquiera pensaba, porque tenía a Misha, pero ahora quiero mi propio coche y el carnet para conducirlo. Sonrío solo de imaginarme conduciendo por el paseo marítimo o cualquier parte de la costa. Sola y libre. Le pago al taxista, le dejo propina y salgo del coche. Me agarro a la cadena de mi bolso y aguanto a duras penas el impulso de entrar arrasando con todo hasta dar con mi amiga y abrazarla.

Abro la puerta con calma, como si haber estado unos meses fuera no me hubiese pesado. Pero en cuanto la veo tras la barra, la emoción me puede y una sonrisa temblorosa asoma en mi cara mientras me adentro con decisión.

—Buenas tardes, ¿crees que podría tomar un pedazo de esa tarta de tres chocolates que tanto me gusta?

Los ojos de Sia vuelan hacia mí de inmediato, sorprendidos y cautivadores a partes iguales. Hoy lleva una peluca con mechas gruesas negras y amarillas. La teoría de que da igual lo que se ponga porque está preciosa con todo nunca ha cobrado tanta fuerza como ahora.

Sia sale de detrás del mostrador, patina hacia mí y me abraza con tanto ímpetu que cierro los ojos. Esto es lo más parecido a un hogar que he tenido nunca. Ella es lo más parecido a un hogar que he tenido nunca.

—¿Cómo estás? —me pregunta al oído con la voz tomada—. ¿Cuándo has llegado?

—Empecé a prepararlo todo hace una semana, cuando hablamos y Mario me pidió que volviera.

—¿Llevas aquí una semana? —pregunta separándose de mí un tanto indignada—. ¡Natasha!

—Tranquila, no es así —contesto riéndome—. Llevo aquí desde ayer, pero estuve todo el día un tanto ocupada y esta mañana también.

—¿Qué puede tenerte más ocupada que venir a ver a tu mejor amiga y...? —Una sonrisa se dibuja en su cara—. ¿Has ido a verlo a él?

El estómago se me encoge solo ante esa posibilidad. Niego con la cabeza.

—No, aún no. ¿Puedes sentarte un rato?

—Sí, claro. Tenemos trabajo, pero a esta hora la cosa suele estar tranquila.

Nos sentamos en un rincón, cada una en un sofá rojo de estilo retro. Sia se ocupa de que nos sirvan un café y un trozo de tarta para compartir y, cuando lo tenemos todo, me mira interrogante.

—¿Y bien? Cuéntame cómo estás. Y deja de lado las frases educadas. Quiero saber cómo estás de verdad.

—Estoy bien. Han sido meses duros, pero reveladores. Echo de menos a Nikolai y volver aquí ha desencadenado muchos recuerdos. Pero si te digo la verdad, lucho contra la culpabilidad y estoy decidida a hacer terapia para que todo esto que siento no acabe comiéndome desde dentro. —Me tomo un segundo para dar un sorbo de café—. No quiero acabar como él. Me da pavor.

—No acabarás como él.

—¿Cómo lo sabes?

—Porque durante los ocho años que te tuvo prácticamente cautiva, nunca pensaste en desaparecer.

Guardo silencio un instante. La imagen de las rocas de La Cala acude a mi mente y no puedo evitar recordárselo.

—La noche que conocí a Jorge...

—No habrías saltado.

—Eso me gusta pensar, pero...

—Tash, si algo hemos aprendido de todo lo de Nikolai, es que cuando una persona no quiere estar aquí, no está. No se conforma con un intento. Tú estabas desbordada, triste y desesperada, pero no habrías saltado porque querías vivir. Precisamente estabas así porque necesitabas vivir.

Tiene razón. Siempre he mantenido esa misma versión para mí, pero agradezco que alguien más lo vea. Me ayuda a anclarme a esa idea y no desvariar.

—Aun así, creo que la terapia es buena idea —murmuro.

—Yo también lo creo. Necesitas aprender a gestionar tus emociones y, aunque recorrer mundo sea una buena alternativa, no puedes pasarte la vida así.

—En eso tienes toda la razón. —Recupero el ánimo y saco mi móvil—. Por eso quiero enseñarte esto.

Abro la galería, selecciono la carpeta que creé hace unos días y se lo doy para que la observe. Ella desliza los dedos por todas y cada una de las fotos, al principio con el ceño fruncido y, a medida que avanza, con una sonrisa.

—¿Vas a comprar una casa?

—Ya lo he hecho. —Ella me mira sorprendida y me río—. Hace unas semanas llamé a Misha. Hemos mantenido el contacto estos meses, por raro que resulte. Pensé que cortaría todos los hilos con mi antigua vida, pero él se preocupa por mí. Para ser sinceras, es lo único bueno que he sacado de estos ocho años, así que en una de esas conversaciones le dije que me gustaría tener algo cerca de la playa, en La Cala. —Sus ojos se abren más, si es posible—. Él se puso a buscar y justo hace unos días, cuando le avisé de que volvía, me habló de esta casa.

—Se ve en muy buen estado —comenta ella sin dar crédito—. ¿Cómo lo has conseguido tan rápido?

—Miré las fotos por internet, Misha hizo una visita, me grabó algunos vídeos, y consiguió que nos hicieran un hueco en el registro un poco antes de lo que se tarda normalmente. Me he convertido en la propietaria oficial esta mañana. —Sia se queda sin palabras, lo que provoca mi risa—. Lo sé. Suena a locura, pero es una casa, Sia. Es una casa que puedo convertir en mi hogar. He recorrido buena parte del mundo durante meses y he decidido que es hora de echar mis propias raíces. Y quiero que tú las eches conmigo.

—¿Qué? ¿Cómo?

—Vente a vivir conmigo, Sia. —Su boca se abre al compás de sus ojos.

—¿Yo? ¿Vivir aquí? —Vuelve a mirar las fotos—. No... no sé. No se supone que es a mí a quien tienes que pedírselo. —La miro elevando las cejas—. Jorge...

—Eso es otro tema. De momento, lo que quiero es que mi mejor amiga me diga que se viene conmigo. Estar en esa casa y pensar que tú estás durmiendo en el almacén de esta cafetería va a matarme por dentro. Por eso y porque siempre he soñado con ser libre, pero teniéndote a mi lado. Hay sitio de sobra, está en La Cala, a diez minutos en coche de aquí y...

—Sí. —Sus ojos se llenan de lágrimas, lo que es rarísimo en Sia y me deja completamente bloqueada. Ella carraspea y las mantiene a raya, pero, aun así, cuando habla, lo hace con la voz tomada—. Claro que me voy contigo.

No aguanto más. Rodeo la mesa, me siento en su sofá y la abrazo cerrando los ojos y perdiéndome en la forma en que me aprieta y en el aroma dulce que siempre desprende. Es curioso, Sia es una chica fuerte, un tanto arisca, independiente y segura de sí misma en apariencia, pero siempre huele a canela y a galletas. Siempre.

—Eres lo más parecido que he tenido nunca a un hogar —murmuro en su oído.

Ella solloza y me aprieta más. Doy por hecho que no quiere que vea sus lágrimas, así que le doy unos minutos, hasta que es ella misma la que se separa de mí y me observa con ojos emocionados y una preciosa sonrisa.

—Es increíble, Tash. Verte así, tomando tus propias decisiones y libre de cadenas... Es increíble.

Lo es. Reconozco que, al volver y tramitar la gestión de la casa, pensé que mi padre daría señales de vida. Es imposible que no se haya enterado de mi vuelta y de que he comprado una casa, pero lo cierto es que en estos meses no se ha puesto en contacto conmigo ni una sola vez. Empiezo a pensar que para él fue un alivio que Nikolai muriera y yo cortara todos los lazos que nos unían. Es como si, con la muerte de mi madre, él hubiese empezado a despedirse de nosotros. Me consta que sigue viajando y cerrando negocios de éxito, pero si no se ha puesto en contacto conmigo, no seré yo quien lo haga. Además, con cada día que pasa entiendo más todas las responsabilidades que eludió. Él era el encargado de protegernos a ambos. No lo culpo de la muerte de Nikolai, porque solo él es responsable de haber tomado la decisión de marcharse, pero sí lo culpo de no prestarme atención cuando le pedí ayuda una y otra vez. Hoy en día, mi única familia es Sia y la única persona de mi pasado con quien pretendo mantener el contacto es Misha.

—Creo que, por primera vez, pienso en la posibilidad de ser feliz. Quiero luchar por lo que me hace estar bien a mí.

Ella me acaricia la mejilla y puedo ver el orgullo en sus ojos con tanta claridad que no necesito que use las palabras para decírmelo.

—Oye, te lo voy a preguntar.

—¿El qué?

Ella sonríe y se muerde el labio pintado de burdeos antes de lanzarse.

—¿Está cerca de la casa de los Dunas?

—A cinco minutos —admito.

—¿Has ido?

—Sí, pero no he entrado. Anoche pasé por allí. Tenían las luces encendidas y oí gritos y risas de niños. ¿Puede ser?

Sia me dice que sí. Me habla de Nil y sus hijos y yo empiezo a entender el alboroto que oí anoche. Recuerdo el modo en que se me aceleró la respiración y también el modo en que me volví corriendo al decidir que todavía no era el momento de enfrentarme a todo eso. Primero debía tener la casa. Tenía que hacer algo que me demostrara a mí misma que quiero echar raíces aquí por mí, no por él.

—Podrías ir a buscarlo ahora. Es su hora de surf a solas.

—¿Surf a solas? —pregunto.

—Está dando clase a los hijos de Nil, pero a esta hora coge la tabla y se pierde durante una o dos horas en el mar.

—¿Cómo sabes todo eso?

—¿Estás de broma? Me sé los horarios de todos ellos. Esa familia ha conseguido arrastrarme a prácticamente todos sus planes. Es horrible el modo en que me sé la vida de todos.

Me río, pero en realidad siento ganas de llorar.

—Han cuidado de ti —susurro—. Ellos... han cuidado de ti.

Sia abre la boca para protestar, pero vuelve a cerrarla y simplemente niega con la cabeza.

—Yo no lo pedí.

—Yo, en silencio, lo pedía cada día —admito—. No sabes cómo me alegra saber que no has estado sola.

—Pues yo aún no sé qué pensar, sinceramente. —Carraspea—. La abu Rosario vino hace dos días aquí con una libreta de sus mejores pasteles. Dice que con eso triunfaré seguro. —Se ríe y se frota la barbilla—. Y lo peor es que probablemente tenga razón. Sus recetas dulces tienen una pinta increíble.

—Dios, ahora mismo creo que pagaría mucho por unos boquerones suyos.

Nos reímos, pero en el fondo sé que las dos pensamos lo mismo. Es raro y, a la vez, reconfortante el modo en que Rosario cuida de las personas que acepta como parte de su vida. Me alegra infinitamente que haya acogido así a Sia.

—¿Y bien? —pregunta ella—. ¿Cómo es que sigues aquí?

—Pues porque tenemos que hablar de la mudanza, de cómo repartir las habitaciones y...

—Vete, Tash. —Su sonrisa, dulce y cercana, hace que el corazón me lata más deprisa—. Es hora de ir a buscar a tu chico.

—Él no es mi chico.

—Todavía no, pero si eres lista, y creo que lo eres, lo será.

¿Lo soy? Tengo dudas. Muchas dudas. Pero, aun así, me despido de ella con un abrazo, salgo y vuelvo a pedir un taxi que me lleve hasta La Cala.

Definitivamente tengo que sacarme el carnet de conducir.

Intento distraer mi mente con todo tipo de pensamientos positivos, pero nada me prepara para bajar en la plaza Torreón, junto a la torre vigía, y caminar los metros que me llevan al paseo del litoral.

Nada me prepara para pasear a plena luz del día observando la playa vaciarse poco a poco, a medida que la tarde cae. Jorge adora la playa cuando se vacía de gente, así que no me extraña que esta sea su hora elegida para surfear. Es curioso que, en solo unas semanas, conociera tantos detalles inolvidables de él.

Cuando solo faltan unos metros para llegar al punto en el que nos conocimos, lo veo. Es difícil no verlo. Está de espaldas a la arena, sentado en su tabla y dejándose mecer por las olas. Desde aquí solo es una espalda y una cabeza morena, pero no dudo ni un segundo de que es la espalda y la cabeza morena de Jorge de las Dunas. Solo la certeza de estar a unos metros de él hace que mi corazón se acelere tanto que tema no ser capaz de acabar esto de una pieza.

Me llevo una mano al pecho, como si temiera que se saliera de él en cualquier momento, y meto los pies en la arena por primera vez en siete meses. Trago saliva, me recuerdo que es hora de luchar por lo que yo quiero y me obligo a dar un paso tras otro hasta llegar a la orilla.

Ahora solo falta que se gire y me vea...

39

Jorge

El mejor momento del día es el atardecer. Sobre todo, para verlo desde el mar. Siempre. Hay gente que defiende los amaneceres como el comienzo de un nuevo día, pero no. Es al atardecer cuando puedes sentarte, observar cómo se va el sol y agradecer haber estado un día más aquí. Es ahí cuando te despides del sol y, en silencio, esperas volver a verlo al día siguiente. A pesar de todo lo malo. Pese a las cosas que no tenemos y todo lo que nos falta para ser supuestamente felices. En momentos así, si eres capaz de concentrarte, puedes llegar a sentir cierto conformismo nacido de las cosas buenas de la vida.

Mi abuela Rosario y la tarta de manzana que nos hizo esta mañana, por ejemplo. Mario y sus canciones. Aza y el modo en que cruza todas las fronteras del amor regalándolo a raudales a Nil y a los niños. Felipe, Camille y el modo en que los libros parecen sanarlos. Mis hermanas gemelas, abrazándome y consintiéndome últimamente, siendo conscientes de que algo no va como debería, aunque no sepan exactamente qué. La familia. El modo en que permanecen en pie, rodeándome, eso es lo que agradezco un día más.

No necesito más. Ahora lo sé. Hoy me he tomado un café con Alicia, la chica que me escribió. Es simpática, guapa e inteligente. Por eso no puedo faltarle el respeto saliendo con ella cuando, en realidad, no quiero hacerlo. Ni con ella ni con nadie. Le he agradecido el rato de charla y no le he dicho que la llamaré, porque no lo haré y mentir no va conmigo. Ella lo ha entendido, creo, y en su sonrisa he podido ver más comprensión que en muchas palabras de las que dicen las personas al cabo del día por inercia.

He cogido la tabla, he buscado a Eric y a Ona y les he dado clase hasta que me han suplicado ir a jugar un rato. Me he reído, los he dejado libres y me he metido aquí solo. Estoy agotado, pero eso es bueno. Es un agotamiento que me hará dormir tranquilo.

Hoy no hay demasiadas olas, quizá por eso estoy más cansado. Intentar coger las pequeñas suele dejarme exhausto.

El sol baja del todo, dejando el cielo anaranjado, con algunas franjas violetas. Es hora de volver a casa. Me giro sobre la tabla, nado hacia la orilla y deseo en silencio poder coger una buena ola de despedida, pero el mar está tan calmado que casi parece un lago. Bajo de la tabla después de bracear un poco, justo cuando el agua me llega a la cintura, y miro a la orilla para divisar la toalla que traigo siempre.

Miro al frente y ocurre: la visión que llevo esperando casi siete meses. Tiene el pelo más rubio de lo que recordaba, que ya era mucho. Lleva un vestido con vuelo que ondea alrededor de sus piernas, como bailando con ellas. Sus pies están enterrados en la arena de la orilla y el agua le rompe en los tobillos, donde me parece vislumbrar una cadena de oro. O puede que sea el reflejo de algunas piedras. Estamos a pocos metros y todavía no sé si sonríe o está seria porque no me he centrado en su cara. No quiero hacerlo por si es una aparición y resulta que tengo que empezar a tratar mis problemas con algo más que surf. Aun así, me obligo. Mis ojos van a sus piernas, de ahí a sus caderas y más arriba, hasta sus pechos y hombros. Sé que es ella cuando me fijo en su cuello. Tiene un cuello hecho para ser besado y mordisqueado. Lo pensé la primera y única vez que tuve acceso libre a él. Lleva el pelo aún más largo de lo que ya lo tenía. Y, por fin, su cara. Su barbilla angular, sus pómulos altos, sus impresionantes ojos azules y su sonrisa. Está sonriendo y hay algo distinto en ella.

Salgo del mar, cautivado por esa sonrisa y el modo en que no se aparta ni se achanta ante mi presencia. No sé cuánto tiempo lleva aquí, pero tampoco me importa. Está aquí. Es lo único que quiero.

Con cada paso se intensifica el miedo a que desaparezca y la alegría al ver que no lo hace. Sigue ahí, inamovible y paciente.

Parece una locura, lo sé. Me he recriminado en incontables ocasiones haberme enganchado tanto a una persona en tan poco tiempo. He desconfiado de mis propios sentimientos durante meses, repitiéndome hasta el cansancio que no debía tenerlos. Diciéndome que hay historias que están destinadas a no ser y la nuestra fue una de esas. Pudimos ser algo, pero todo acabó mucho antes de estar listos para asumirlo.

Y ahora... Ahora, de nuevo, este cosquilleo enfrentándose al miedo y la ilusión.

—Has vuelto...

Me acerco hasta que quedamos a escasos centímetros. A la misma distancia de un abrazo que de una despedida. Los dos lo sabemos. Alzo la mano para acariciarle la mejilla, pero apenas las yemas le rozan la mandíbula, la bajo. Antes necesito oír lo que tenga que decir. Dejarla ir una vez fue lo suficientemente duro. No estoy listo para hacerlo de nuevo y siento que, si la toco, esa posibilidad será más real. Aun así, ella sonríe como no pensé que lo haría nunca. Con una seguridad que me desarma por completo.

—Casi siete meses recorriendo el mundo me han enseñado que me encanta cocinar y salir a correr al amanecer. Que echo de menos tocar el violín. Que se me dan mejor los libros que la informática y que nada me hace sentir tan libre como un abrazo tuyo.

40

Azahara

—¡Chicos! ¡Eh, chicos!

Mario entra en la cocina gritando y alertando a los niños, que están acabando su cena.

—¿Qué pasa? —pregunta Eric.

—Tengo una sorpresa para vosotros.

A juzgar por su sonrisa, la sorpresa va a ser para todo el mundo y no sé si yo voy a alegrarme. Esa sonrisa en Mario siempre significa que ha tramado alguna de las suyas.

—¿Qué sorpresa? —pregunta Ona.

—Tenéis que venir para averiguarlo.

—¡Vamos! —exclama Eric.

—Eh, ni hablar. Hasta que no acabéis la cena no se mueve nadie —afirma Nil.

—Papá, jod... —Nil eleva una ceja y Eric se corta a tiempo—. Jolines.

—Acaba la cena, te queda poco. Podrás irte en cuanto te comas el último bocado —le digo sonriendo.

El niño engulle lo poco que le queda de tortilla como si le fuera la vida en ello. A su lado, su hermana lo imita y, con los carrillos tan llenos que no pueden ni hablar, se levantan de la mesa y siguen a

Mario. No son los únicos. Nil y yo nos unimos a la peregrinación hacia el dormitorio de dos camas, donde duermen mis primos. Observo con la boca abierta el fuerte de sábanas que hay sobre las dos camas, que ha unido previamente. Hay luces por todas partes, una bandera pirata y un proyector enfocando a la pared.

—¡Vamos a hacer fiesta de pijamas! —exclama—. Veremos pelis molonas, comeremos palomitas y dormiremos en un fuerte que es mitad cueva y mitad barco pirata.

El grito extasiado de Eric es tan fuerte que encojo los hombros. En él, que normalmente es más serio, es increíble ver hasta qué punto Mario es capaz de entenderlo y llegar a él.

—¿De verdad podemos comer palomitas y dormirnos tarde?

—¡De verdad! ¡Es que como tío soy la put...! —El carraspeo de Nil lo frena en seco—. Como tío, soy maravilloso.

—Mucho mejor. —Nil ríe entre dientes.

Yo también sonrío, pero por un motivo distinto. El modo en que Mario se ha autodenominado «tío» y la facilidad con que Nil parece haberlo encajado me deja anonadada. Si bien es cierto que no hemos hablado de ello, porque no quiero ser quien saque el tema por si lo incomoda, veo que no le supone ningún problema. Después de todo, horas de videollamadas me han curtido en los gestos faciales de Nil y suelo saber cuándo algo no va bien. O eso creo.

—Ah, pero eso sí —sigue Mario—. Hay una condición imprescindible para poder disfrutar de una noche tan grandiosa como esta: tenéis que dormir toooda la noche conmigo. Nada de irse luego a la cama de papá, porque entonces el juego pierde gracia. Además, así podremos levantarnos juntos y hacer un desayuno: churros con chocolate. —Los niños lo miran en silencio—. ¿Qué os parece?

Ninguno de los dos responde y yo le sonrío a mi primo. Agradezco mucho su intención, ahora que sé cuál es, pero Eric y Ona están demasiado hechos a dormir con Nil y no pienso presionarlos en ese sentido. Nosotros podemos disfrutar del sexo de otro modo: más apresurado e intenso, sí, pero el caso es que conseguimos hacerlo. Las cosas con niños llevan un ritmo diferente y no se me ocurriría nunca quejarme de que ellos duerman con Nil. Menos aún desde que yo misma duermo junto a ellos.

—No es para siempre —sigue Mario—. Solo es una noche. Una fiesta de pijamas en toda regla. Mañana volveréis a dormir con él.

Ona se retuerce las manos y mira a Nil.

—¿No te vas a sentir solito si duermo aquí?

Veo el modo en que Nil intenta disimular. No me extraña, acabo de ser consciente de que, si esto sale bien, Mario va a regalarnos una noche de cama e intimidad. Por mucho que no me molesten los niños, la posibilidad de hacer el amor en una cama y sin prisas es tan increíble que me corto inmediatamente a tiempo de no hacerme ilusiones. Me siento mal, de hecho, por la manera en que deseo que salga bien, como si estuviéramos deshaciéndonos de ellos.

—No, cariño. Dormiré con Aza —dice Nil, sacándome de mis pensamientos a medias—. Pero no tienes que hacer nada que no quieras. Si te apetece estar un rato aquí y luego venirte a la cama, no hay problema.

Aquí tienes una de las infinitas razones por las que estoy enamorada de este hombre. No importa cuánto desee algo, Eric y Ona siempre irán antes. El modo en que ha sido capaz de reponerse y ofrecerles todo el amor del mundo me deja patidifusa.

—Yo creo que voy a quedarme con Mario. Es una fiesta de pijamas como las que hacen los mayores del cole —dice Eric—. Y yo ya soy bastante mayor.

—Lo eres —admito—. Y mañana desayunaremos todos juntos, porque seguimos estando en la misma casa.

El niño asiente, como si intentara convencerse con ese argumento también. La niña mira a su hermano, luego a Nil y, finalmente, se agarra de la mano de Eric.

—Vale, si Eric se queda porque es mayor, yo también.

Es increíble. Parece una estupidez, van a dormir en la habitación de al lado, pero es mucho más que eso. Es la confianza ciega en Mario. La seguridad de que él cuidará de ellos del mismo modo que Nil porque, de otra manera, no se quedarían con él. No lo han hecho con nadie, salvo con la vecina de este el primer fin de semana que vino a verme y, por cierto, apenas pegaron ojo.

—Bueno, pues aquí ya está todo dicho. Voy a hacer palomitas y a dar comienzo a nuestra noche de juegos, pelis e historias de miedo.

—¿Historias de miedo? —pregunta Ona.

Le doy un pellizco a Mario en el costado, que salta y de inmediato se retracta.

—¡Quería decir historias Disney! Era una broma lo del miedo. Aquí nada dará miedo. Nada de nada. —Sale de la habitación arrastrándome de la mano y, ya en el pasillo, con Nil detrás de mí, se saca algo del bolsillo—. Feliz noche, pareja.

Se va a la cocina y nos deja aquí, mirando atentamente el regalo más barato y, a la vez, valioso del mundo.

—¿Un pestillo? —pregunta Nil asomándose por detrás de mí.

Suelto una carcajada, me giro y lo estampo en su pecho.

—Un pestillo diminuto para la habitación principal. ¿Crees que podrás ponerlo solito? Yo tengo que hacer una cosa.

Su mirada es tan intensa y penetrante que no espero una respuesta. Me giro, salgo de la habitación y entro en la ratonera, donde reviso mi cajón en busca de algo un poco más sexy que la ropa interior que llevo normalmente. Vale que a Nil no parece importarle nada de eso, pero la lencería siempre es un plus, ¿no? ¿Y por qué demonios no encuentro nada más sexy que unas bragas rojas en las que hay escrito «Feliz Ano Nuevo»? Mejor aún, ¿por qué guardé las bragas rojas y baratas que me regaló Mario y en las que pone «ano» en vez de «año»? Apoyo la frente en la mesilla de noche y contengo un gemido de frustración. Esto es un desastre. Todo.

—¿Nena?

Me giro tan rápido que me golpeo la nuca con la madera de la mesilla de noche.

—¿Qué? ¿Eh? ¡Mierda!

Me llevo las manos a la nuca, intentando apaciguar el dolor sordo que me sobreviene. Nil se acuclilla frente a mí en solo dos segundos.

—¿Estás bien? Joder, menudo golpe.

—¡Y que lo digas!

—Deja que vea si te has hecho algo. —Aparta mechones de mi pelo para poder mirar mi cuero cabelludo, sopla sobre él y consigue erizar mi piel por completo—. ¿Mejor? —Asiento, avergonzada de que me haya pillado en esta situación—. ¿Qué estabas haciendo?

Me armo de valor, lo miro y sus ojos azules me devuelven la mirada cargados de interrogaciones. Bajo los hombros, rendida a la evidencia de que no tengo bragas sexis a mano.

—Intentaba encontrar algo que te pusiera a mil esta noche, ya que vamos a tener la cama para nosotros.

Nil me mira sin entender durante un primer segundo, pero poco a poco extiende una sonrisa por su cara que me hace poner los ojos en blanco. Él, que sabe que es mejor que no diga nada, coge de mi regazo las bragas rojas y lee en voz baja.

—Feliz Ano Nuevo.

La carcajada es tan repentina que me asusto, pero es peor lo suyo, que ha caído hacia atrás de la risa. Lo miro ceñuda, la verdad. A nadie le gusta que se rían de las bragas de una y menos que lo haga su novio, pero él tiene una risa tan histérica que no se da cuenta hasta pasados unos instantes. Se incorpora limpiándose las lágrimas de los ojos y me mira, mordiéndose el labio, supuestamente arrepentido.

—Dios, nena, si te llegas a poner esto habría pensado que quieres abrir la puerta de atrás y...

—¡Ni hablar! —exclamo encendiéndome—. No todavía, al menos.

—¿Todavía? —Su sonrisa torcida me enciende aún más. Se ríe entre dientes, me tira del tobillo y me acerca a él—. Vamos a la cama, Azahara. Lo único que necesito para ponerme a tono es ese pestillo cerrando la puerta, un poco de música y que te lo quites todo. Absolutamente todo.

Podría azorarme también por esto, pero no lo hago. Esto es Nil en estado puro. Así es como somos. Puede que tenga ropa sexy en algún sitio, estoy segura, pero no es eso lo más importante con él. Lo importante es que tenemos por delante una noche de intimidad y un colchón. Estamos él y yo, eso es lo único que debería tener en cuenta. Por eso me levanto, le cojo la mano y lo guío hacia el dormitorio principal. Dejo que me desnude con una lentitud dolorosa, mientras besa cada parcela de mi piel y se recrea en el modo en que se me eriza cuando sus labios, su aliento o su lengua le dan las atenciones necesarias.

Me tumbo en la cama desnuda y con el pelo suelto esparcido por todas partes, como tantas veces ha querido verme Nil, según sus propias fantasías, y con una sonrisa perezosa lo invito a hacer lo mismo.

Observo, anonadada, la forma en que se desnuda. No es que me sorprenda eso, sino la facilidad con la que hemos adaptado todo esto a nuestra rutina. El modo en que verlo quitarse la ropa forma parte de mi día, aunque sea durante el verano. Mirarlo completamente desnudo y pensar que tengo la suerte de disfrutar de él en la intimidad como nadie más lo conoce ahora mismo. Que soy la privilegiada que oye cómo gime y ve cómo se contorsiona cuando hago algo que le gusta, como acogerlo en mi boca.

Esta vez, sin embargo, es él quien se arrodilla en el suelo, me tira de las piernas y me lleva hasta el borde del colchón. Me abre las rodillas y, con la intensidad que caracteriza a Nil, se ocupa de conseguir que un orgasmo arrase con mis emociones y mi cuerpo. Quedo desmadejada en la cama en apenas unos minutos, con la respiración entrecortada y el alma más en vilo que nunca.

—Deja que te lo devuelva —le digo intentando recuperar un ritmo respiratorio adecuado.

—No puedo esperar —susurra él antes de deslizarme por el colchón hacia el centro, colarse entre mis piernas y entrar en mi cuerpo de un modo deliciosamente lento e intenso.

Suspiro de placer y recuerdo vagamente que ni siquiera hemos puesto la música al final, así que hacer ruido no es una opción, pero tampoco será un problema. Lo es en algunas ocasiones, cuando lo hacemos rápido y fuerte, pero esto es distinto. Esto es el juego de rozar piel con piel, mirarnos a los ojos y conseguir que sean las emociones y no las caricias las que nos lleven a la cima.

Observo el modo en que el tono azulado de sus iris se vuelve más oscuro, la forma en que su labio inferior se contrae bajo sus dientes y la manera en que sus bíceps se tensan con cada embestida. Solo un segundo antes de dejarme ir de nuevo, deslizo una mano por su hombro, la enrosco en su nuca y hago que me mire a los ojos.

—Te quiero, Nil sin apellidos. Te quiero.

El efecto de mis palabras es patente en su cuerpo, en nuestra unión y en el gemido prolongado que exhala.

—Te quiero, Azahara de las Dunas Donovan Cruz. —Gime, me besa y vuelve a hablar sobre mis labios—. Te quiero.

Así, sí. Así consigo que mi cuerpo reaccione y estalle, como si sus palabras hubiesen prendido la mecha. Con mi estallido y mis contracciones, lo arrastro como en una montaña rusa al paseo más trepidante que hemos dado juntos y solos hasta el momento.

Cuando consigo abrir los ojos no sé el tiempo que ha pasado, pero sé que he experimentado, por fin y durante unos segundos, la felicidad plena y absoluta.

—Jodidamente perfecto —murmura él sobre la base de mi cuello antes de besarla—. Jodidamente perfecta.

Sonrío, lo abrazo y me preparo para una de las mejores noches de mi vida.

41

Tash

Ahora lo entiendo todo. Lo he visto claro, como si hubiesen implantado la imagen definitiva en mi cabeza. El modo en que Jorge me mira es tan especial que no comprendo cómo no vi el esfuerzo que él hacía con todo esto.

—¿Estás segura de esto? —pregunta.

Está tan visiblemente contenido que me emociono. No por el hecho en sí, sino por la manera que tiene de anteponerme siempre. Sus ojos azules tienen algo distinto. Diría que están un tono más apagado de lo que los recordaba, pero igualmente está guapísimo. Aun así, lo más importante es darme cuenta de un golpe emocional de todo lo que ha hecho por mí.

—He estado enfadada contigo. Muy enfadada. Al principio pensé que solo intentabas deshacerte de mí. —La forma en que me mira me indica lo incierto que es eso—. Estaba perdida, lo reconozco. No sabía qué quería ni dónde ir. No te creas, después de estos meses no es que tenga el futuro clarísimo, pero sé qué es lo que más necesito y lo que más necesito es volver a intentarlo contigo, si todavía estás dispuesto después de este tiempo. —El pensamiento de que pueda haber alguien me asalta y prefiero ser totalmente sincera antes de nada—: A lo mejor has conocido a alguien, estarías en todo tu derecho, desde luego, pero no...

—No hay nadie —me dice con voz ronca—. No ha habido nadie en todo este tiempo.

Me muerdo el carrillo interno. Intento disimular el alivio que me recorre el cuerpo, pero a juzgar por la pequeña sonrisa que se insinúa en sus labios, no me ha salido demasiado bien.

—¿Podemos sentarnos? Me gustaría decirte algunas cosas.

Jorge asiente. Seguimos con los pies en la orilla y él está empapado. Por fortuna, el calor de julio se deja notar. Lo veo desatarse de la tabla y lo acompaño hasta su toalla, donde se seca la cara y el pelo con brío antes de estirarla en la arena y señalármela. Me siento, agradeciéndole el gesto con una sonrisa y, cuando se coloca a mi lado, ambos nos quedamos mirando al mar.

Guardamos silencio unos instantes, pero no es un silencio incómodo, o no del todo. Yo me recreo en el movimiento de las olas y pienso en la casa que tengo a escasos metros de aquí. Esta será mi vista durante mucho tiempo, si nada lo impide. Por primera vez en mi vida, el sentimiento de quedarme en un sitio y echar raíces me resulta atrayente. Cautivador, si me apuras. Quiero mudarme a mi propia casa cuanto antes, empezar a planear el resto de mi vida y organizar mis días basándose en eso. Y quiero que él esté conmigo, pero, sobre todo, antes de eso, quiero hablar de todo lo que nos ha traído hasta aquí, aunque solo sea para decirle lo que llevo callando meses.

—Gracias. —Intento que mi voz suene firme, pero no lo consigo del todo.

—¿Por?

—Por empujarme a vivir. —Me giro, cruzo las piernas y me quedo frente a él—. Por animarme a ser libre. Por anteponerme a lo que tú querías. Ahora entiendo que no te deshacías de mí. Solo me dabas la oportunidad de saber qué es lo que quería.

Jorge asiente despacio, como si pensara en mis palabras. Suspira hondamente, con cierto cansancio que me hace temblar y, por fin, habla:

—Dejarte ir ha sido lo más difícil que he hecho nunca, Natasha. Lo más difícil. Yo solo... No podía dejar que pasaras del control de Nikolai a una relación seria sin averiguar qué es lo que querías. ¿Entiendes? No era que no te quisiera conmigo, era que tú no sabías si querías estar conmigo. Estabas demasiado destrozada para saberlo. Pensé un millón de veces en no hacer lo que hice. Pero entonces nos imaginé, viviendo una vida en la que yo sería feliz y tú atravesarías el duelo de Nikolai iniciando un compromiso conmigo. Más responsabilidades. Más lazos atándote. Por amor, sí, bueno, pero atándote igualmente. Tú necesitabas ser libre y no dar explicaciones a nadie. Emborracharte en una ciudad cualquiera y dormir libremente sin que nadie te reprochara nada. Recorrer el mundo sola y saber que podías hacerlo. Hacer el amor con otros y... —Su voz se enronquece y se mira las manos, que juegan con una concha en la arena—. En realidad, en esta parte he preferido no pensar, aunque tengas todo el derecho del mundo.

—No ha habido nadie —susurro—. Un café con otro hombre fue suficiente para saber que, en ese sentido, no tenía nada que averiguar. No tengo nada que probar ni experimentar. Lo único que quiero llevar a la práctica lo quiero hacer contigo. Y si no quieres, está bien. Y si no podemos, también está bien. Pero no podía hacer algo que simplemente no me salía. La única persona con la que quiero acostarme eres tú.

—¿Cómo puedes estar tan segura si no has probado otra cosa?

—Sé que no me gusta comer tierra. Nunca lo he hecho, pero no lo necesito para saberlo. —Su risa entrecortada hace que lo imite—. He soñado durante meses con esto. Volver, mirarte a los ojos y reafirmar que iba a sentir lo que no he sentido al mirar a otros ojos. Abrazarte, si tú quieres, y pedirte que me hagas el amor entre las rocas. —Jorge me mira sorprendido, pero eso solo aumenta mi sonrisa—. Querías que averiguara qué quiero de la vida y ahora lo sé. He recorrido medio continente para averiguar que quiero estar aquí, contigo. Quiero hacer el amor y comenzar a una vida que elijo yo, libremente y sin que nadie me presione.

—¿Y no necesitarás huir un día de estos? —pregunta con voz enronquecida.

—A lo mejor lo necesitas tú antes.

Jorge se levanta de golpe, haciendo que mi corazón se acelere. ¿Se va a ir? Apenas me da tiempo a entrar en pánico, porque estira la mano hacia mí y sonríe.

—Vamos.

—¿A dónde? —pregunto mientras sujeto su mano.

Él tira de mí poniéndome en pie y llevándome a su cuerpo, rodeando mi cintura con el otro brazo.

—A las rocas.

Su voz es ronca y su nariz roza la mía de un modo que consigue acelerarme la respiración. Cierro los ojos, mareada de sensaciones, y entonces me río a carcajadas.

¿Cómo iba a pensar que otro podría despertar esto en mí? No me ha besado y ya tiemblo como una hoja. Necesitada de más, anhelante, vibrante como no he conseguido estar ni siquiera frente a la aurora boreal más bonita del mundo.

—¿Ahora...?

Jorge se relame, lo que provoca que su lengua casi casi me roce los labios, y yo gimo de necesidad. Su sonrisa torcida acelera del todo mi cuerpo.

—Tú quieres hacer el amor allí y yo me muero por demostrarte cuánto te he echado de menos. Te besaría para demostrártelo, pero te juro que estoy a un paso de perder el control. Si te beso aquí, a lo mejor no llegamos allí y acabamos los dos detenidos. —Me río nerviosamente—. Apuesto a que no buscas ese tipo de emociones.

—Contigo, Jorge de las Dunas, iría detenida encantada.

Su risa mientras me alza en brazos y camina por la orilla hacia las rocas me dice todo lo que necesito.

—Estaba loco por la Natasha de antes —susurra en mi oído—. Pero esta... esta versión libre y decidida tuya acabará conmigo.

Siento el suave trotar de sus pasos y sonrío, acariciando su mejilla y jugando con las yemas de mis dedos en su mandíbula.

—Y todavía no has visto la afición que he desarrollado por la ropa interior cara y malditamente sexy. —Jorge tropieza, pero lejos de temer caer, sonrío de oreja a oreja—. Ni imaginas las cosas que he comprado especialmente para ti.

Él para, me mira y observo una intensidad en sus ojos que me desarma. Es la primera vez que veo en alguien que quiero admiración, amor y respeto a partes iguales. Es el tipo de relación sana que todo el mundo debería ansiar.

—Tasha... joder, mi Tasha.

El modo en que su voz se rasga dejando ver el orgullo mezclado con las ganas. Ahí está. El sonido que quiero oír el resto de mi vida.

El agua salpica en mis piernas cuando Jorge se vuelve a adentrar en la orilla. Entramos al mar y, cuando las olas llegan a su cintura, me suelta y deja que me empape las piernas.

—¿De verdad vamos a hacerlo? —pregunto en un ataque de nerviosismo.

Pese a la noche, Jorge se las ingenia para mirarme con dulzura y que yo me dé cuenta.

—¿No es lo que querías?

—Sí, pero...

—Voy a besarte. Voy a besarte porque, si no lo hago ahora mismo, voy a acabar explotando de ganas.

Sus dedos me acarician la mejilla un segundo antes de enredarse en mi nuca. Cuando aún no he tenido tiempo de procesar lo que va a ocurrir, sus labios se estampan en los míos y vuelvo a sentir ese tipo de cosquilleo que no he sido capaz de sentir desde que me fui de aquí y lo dejé. Mis brazos lo rodean por detrás del cuello y busco que mi cuerpo se pegue al suyo todo lo posible. Agradezco infinitamente que sea verano y no lleve neopreno, porque eso hace que todo lo que sienta sea su torso perfecto y definido. Pero es más. Es el modo en que tocar su piel me hace sentir. Como si pudiera hacer cualquier cosa que me propusiera.

—Tenemos que nadar hasta las rocas —consigo susurrar sobre su boca, entre beso y beso, con la respiración entrecortada y más anhelante de lo que me he sentido en toda mi vida.

Jorge se separa de mí. Cuando abre los ojos, puedo ver la nebulosa que hay en ellos. Me siento exactamente igual, por eso beso sus labios en respuesta.

No sé cómo lo conseguimos, pero sé que llegamos porque, de pronto, una roca me roza una pierna. Pienso en la primera noche que nos vimos. Yo estaba arriba y las olas no eran tan calmadas como estas. Aquella noche las olas se alzaban enfadadas, poderosas, prometiéndome el olvido eterno si daba un paso. No lo hice. Nunca quise hacerlo y ahora lo sé. Lo sé porque mis ansias no estaban puestas en morir, sino en vivir. Pero en vivir de verdad: libre. Mía y de nadie más, ni siquiera del hombre del que he conseguido enamorarme. Mía. Siempre mía, pero con él a mi lado.

Jorge consigue apoyar mi espalda en una roca extrañamente lisa, o quizá la suavidad de sus manos hace que todo sea diferente a como debería ser. Sus besos se trasladan a mi cuello y sus manos vuelan a mis caderas, enrollando el vestido que aún llevo puesto en ellas y gimiendo cuando enlazo mis piernas en su cuerpo. Al frente, solo están el mar infinito y él, sus ojos azules y una sonrisa de bienvenida. ¿Cómo no iba a volver por una visión como esta?

—¿Decías que te has aficionado a la ropa interior cara? —pregunta entonces, separándose un poco de mí.

—Ajá, ¿por?

Jorge no responde de inmediato, pero se aferra a mis braguitas de encaje y tira de ellas, rasgándolas y haciéndome gemir de sorpresa y cierto placer a partes iguales.

—Quiero saber cuánto va a costarme esto.

Me río, lo beso y niego con la cabeza.

—Invita la casa. —Siento sus dedos colarse en mi interior y gimo—. Invita a todo lo que quieras.

Jorge gime, rendido, y de pronto sus dedos ya no están en mi interior, pero sí en otras partes de mi cuerpo. En todas a la vez. Apenas puedo besar las partes que consigo encontrar entre sus movimientos nítidos y milimétricos. Nunca he visto a alguien moverse en el agua como él. Es como si se sintiera más cómodo aquí, mecido por las olas, que en tierra, donde el resto de los seres humanos encuentra la estabilidad. Meto las manos en su bañador y lo bajo lo justo para liberar su erección. La llevo a mi entrepierna, pero entonces él para, apoyando su frente en la mía.

—Antes necesito algo —dice con la voz entrecortada—. Esto va a sonar muy egoísta, pero necesito que me prometas que no te irás más. No debería pedirte algo así, pero te juro que, si te pierdo de nuevo, me voy a volver loco porque yo... He descubierto que puedo vivir sin ti, pero es una vida mucho más fea.

La emoción me embarga cuando sus palabras me hacen tomar conciencia de cuánto ha dado Jorge. El regalo que me hizo en su día no lo hubiese hecho cualquiera. No lo hubiese hecho casi nadie. Por eso y por el dolor que he sentido cada día alejada de él, aun cuando me estaba encontrando a mí misma, lo beso y sonrío pese a mis lágrimas.

—He visto en estos meses más mundo que en mis veintitrés años, he encontrado algunos sueños y he descubierto que, lo que queda del mapa, quiero recorrerlo contigo si tú quieres.

Su beso es la única respuesta que necesito. Lo llevo a mi interior, ahora sí, y dejo que las emociones nos mezan del mismo modo que las olas. Suave, pero sin cesar. Como si tuviéramos todo el tiempo del mundo. Como si no importara que sea verano y el pueblo tenga más gente de la habitual, ni que puedan pillarnos, ni que esto sea una completa locura. No importa nada, salvo el modo en que sus manos se aferran a mis muslos y sus besos despiertan una parte que ha permanecido adormecida durante mucho tiempo. No hablo de los meses que estuve de viaje. Hablo de los años de encierro, privaciones y restricciones. Hablo de que la libertad no siempre está en un viaje. A veces, la mayor libertad está en hacer el amor con la persona elegida en un mar del sur a la luz de la luna.

No hay grandes posturas, pero hay sentimientos desmedidos.

Hacemos el amor durante minutos o puede que horas. No lo sé, perdí la noción del tiempo en cuanto lo vi.

Solo sé que su cuerpo tiembla junto al mío y no es de frío. Sus labios están en todas partes a la vez y el placer me araña las entrañas, como si pretendiera escalar por todo mi cuerpo. Y lo hace. Se me arquea la espalda y el estómago se me contrae; el corazón se me desboca y de mi garganta escapa su nombre entre gemidos en el momento en que el orgasmo me alcanza. Jorge consigue rodearme por completo y se deja ir conmigo, dejándome ver hasta qué punto puede hacerse vulnerable entre mis brazos. Curiosamente, eso hace que lo vea más fuerte que nunca.

Nuestras respiraciones se entrelazan, agitadas y cansadas. Nuestros ojos se encuentran a la luz de una luna que hace de farola, de tan encendida como está.

—Por fin se fueron —susurro. Él me mira sin entender, pero sonrío y lo beso de vuelta—. Todas mis dudas. Por fin se fueron.

Su sonrisa ilumina esta cala de punta a punta.

—Prometo trabajar cada día para que no vuelvan. —Lo creo. Si algo he descubierto desde que apareció en mi vida es que Jorge de las Dunas no hace promesas en vano—. ¿Y ahora? —pregunta besándome las mejillas, la nariz, la frente—. ¿Qué?

—Ahora salimos y me acompañas. Tengo algo que enseñarte.

Jorge me mira sorprendido y un tanto intrigado. Yo sonrío, lo beso una vez más y nado hacia la orilla. Él me demostró hasta qué punto podía comprometerse conmigo dejándome ir. Es hora de mostrarle hasta qué punto pretendo hacerlo yo creando un hogar aquí.

42

Jorge

Sigo a Natasha por la arena, hasta el paseo de madera, e intento reponerme a toda prisa de los sentimientos que buscan hueco dentro de mí. La mujer que camina delante de mí tiene una seguridad que jamás tuvo la que se marchó. Me he repetido infinitas veces que había hecho lo correcto. Que, si tenía que ser, sería, pero no era la manera. Había intentado convencerme cada día, pero nada me ha servido tanto como verla para darme cuenta de que era cierto. Hice lo correcto y lo veo ahora, mientras me sonríe por encima del hombro con coquetería y seguridad. Tenemos mucho que hablar, eso es evidente; igual que lo es que, probablemente, aún tenga temas por resolver, pero ¿quién no los tiene? Está lista para luchar contra los monstruos desde un sitio fijo. Puedo verlo y no es solo por las ganas que tengo. Es la forma en que habla y se muestra, como si tuviese claro que no necesita marcharse de nuevo. La creo, porque necesito creerla, pero también por la seguridad que hay en sus palabras.

La manera en que se ha entregado en el mar, sus palabras, sus caricias y sus gestos me convencen de que esto es real. Ha vuelto para quedarse y me siento tan mareado que casi cedo al impulso de agarrarme a la baranda de madera.

Por fortuna, no caminamos mucho. A cinco minutos de mi casa, más o menos, Tasha se para frente a una fachada blanca de casa tradicional andaluza. Me mira y sonríe.

—¿Qué? —pregunto desconcertado.

—¿Qué te parece?

La miro y miro la casa. No se ve mucho desde aquí. El muro es más alto que en nuestra casa, pero parece grande y tiene jardín delantero y trasero, como la nuestra.

—Parece bonita.

—¿Quieres verla? Así lo valoras tú.

—¿Verla?

—Ajá. Ver mi nueva casa.

La miro sin reaccionar. ¿Su nueva casa? ¿Se ha comprado una casa? Su sonrisa es paciente, como si esperase que en cualquier momento yo caiga en la cuenta. Y lo hago. Tardo un par de segundos, pero miro de la fachada a su cara varias veces.

—¿Has comprado una casa?

Ella suelta una carcajada y se pinza el labio, nerviosa e ilusionada como una niña el día antes de la visita de los Reyes Magos.

—He comprado una casa. Estoy decidida, Jorge. Voy a crear mi hogar. Uno en el que pueda ser yo misma. Le he pedido a Sia que venga a vivir conmigo y... Bueno, me encantaría que lo vieras y me dijeras qué te parece.

Me rasco la barba, completamente pasmado. Cuando la oigo reírse de nuevo, reacciono y me echo a reír con ella.

—¡Sí! —exclamo—. ¡Claro que quiero verla!

Ella rebusca en el pequeño bolso bandolero de tela que trae consigo y que se ha mojado tanto como el vestido y saca una única llave. Abre el portón de la entrada y me da paso a un césped descuidado y desigual. Pero no es eso lo que importa, sino lo amplio que es el jardín delantero, con porche, como el nuestro, y la fachada de enredaderas. Miro a Natasha, que sonríe y se encoge de hombros.

—En cuanto vi la enredadera pensé en vuestra casa y lo tomé como una señal. Eso, y que todo lo que hay dentro me resulta encantador, aunque necesite ciertos arreglos y...

La beso. La beso porque ha comprado una jodida casa con enredaderas, como la nuestra. Ella me corresponde y nos pasamos varios minutos meciéndonos frente a la puerta hasta que, finalmente, ella se separa y me hace entrar en casa. Recorro con Natasha las cuatro habitaciones, los tres baños, la enorme cocina y el salón con chimenea. Los muebles son muy antiguos y prácticamente no sirve ninguno, hay paredes con alguna que otra humedad y todo necesita una mano de pintura importante, pero, aun así, las posibilidades son inmensas. Es una casa grande, espaciosa y con una luz increíble a juzgar por el modo en que se cuelan los rayos de luna por las ventanas. Salgo por la puerta trasera, donde una piscina y una barbacoa nos reciben, además de varios árboles de distintos tamaños rodeando el jardín. Pero lo que más me llama la atención es la fuente de piedra que hay junto a la enorme mesa bajo el porche trasero. Me acerco y paso la mano por sus bordes. Necesita algún que otro arreglo, pero con una buena restauración, sería un toque precioso a un exterior que de por sí ya es bonito.

—¿Qué te parece? —pregunta ella a mi lado.

El foco lateral del porche alumbra su mejilla de lleno y sus ojos parecen entre azules y amarillos. Le paso una mano por la cintura y pego su cuerpo al mío, sonriendo y besándola solo porque he pasado más de medio año sin hacerlo. Cuando nos separamos, apenas empezaba a hacerme a sus labios.

—Preciosa —susurro—. Y la casa también.

Tasha se enciende y yo sonrío más. Joder, qué bonito es verla ruborizarse, reírse, tomar la iniciativa. El modo en que se ha repuesto a cada palo que le ha dado la vida es tan brutal que me deja sin habla. Ha pasado de estar prácticamente encerrada en una jaula de oro y perder a su hermano a vivir por medio mundo y comprarse una casa para construir un futuro. Ella quiere un futuro. Eso es, en realidad, lo más emocionante de todo. Ver el modo en que la posibilidad de vivir mucho tiempo la ilusiona. Sonará mal, pero tenía pánico de que una parte de ella se dejara vencer por lo de Nikolai. Que se rindiera y no quisiera luchar por derrotar su inseguridad y todos los problemas que le generó estar bajo su yugo asfixiante. No me engaño, sé que no es perfecta. Probablemente, tendrá días malos, pero está intentando salir adelante por su cuenta y eso ya es muchísimo.

—¿Cuándo crees que podrás mudarte? —le pregunto entre beso y beso.

Ella se despega de mí, pasea por un trozo de tierra sin césped y suspira.

—En un par de días. Mañana viene el pintor, le he dicho que empiece por las habitaciones, así podremos dormir aquí en dos días. Quiero ir a mirar colchones y camas, que es lo básico. Me gustaría cambiar la cocina, pero ahora mismo lo que más me urge es instalarme, así que creo que Sia y yo viviremos entre reformas un tiempo.

—Si quieres una cocina nueva, lo ideal es que aproveches ahora. Siendo verano, puedes apañarte con la barbacoa para cocinar. Si es que has aprendido a cocinar, claro —le digo risueño.

—En realidad, sí. Incluso hice un curso en París, ¿sabes? —La miro sorprendido y se ríe—. No estoy muy segura de que la *nouvelle cuisine* sea algo que pueda comerse a diario, pero Sia sabe cocinar, así que...

—Buena opción —contesto riéndome.

—En realidad, lo que más me preocupa es la habitación que da aquí.

—¿Y eso?

Ella me señala la puerta con la cabeza, camina hacia el interior y entramos en dicha habitación. Es amplia, cuadrada y tiene un ventanal grande enfocado hacia la piscina.

—Tiene demasiada luz para dormir.

La miro frunciendo el ceño.

—Puedes poner cortinas gruesas y una persiana más moderna, en vez de esta enrollada —le digo tocando las pletinas.

—Sí, puedo, pero... no sé. Si hay alguien haciendo barbacoa y, a su vez, alguien quiere dormir aquí, será muy complicado.

—Bueno. —Me río—. En mi casa estamos hechos al ruido. Duermo, como y trabajo allí, así que no me quedaban muchas opciones. Te acostumbrarás, nena. Si no, echa a la gente cuando quieras irte a dormir.

—Oh, no, no será mi habitación. La mía será la grande.

—Entonces, ¿cuál es el problema?

—Bueno... —Se gira, de espaldas a mí—. En realidad, creo que esta habitación no tiene potencial como dormitorio. —Frunzo el ceño. No entiendo nada, pero ella se gira con una sonrisa tan bonita que me distraigo—. Tiene más aire de oficina. Fíjate en esa cristalera. Es un lugar perfecto para trabajar y una verdadera lástima que yo no tenga trabajo, como tal, aunque en algún momento debería arreglar eso y buscarme una vocación.

—Entiendo.

—¿Sí? ¿Entiendes? —Su emoción es tan visible que frunzo más el ceño.

—La verdad es que no.

Su carcajada me pilla desprevenido. Se viene hacia mí, saltando y haciendo que la coja en brazos. No es que me queje, porque adoro tenerla sobre mí, pero sigo confundido.

—Me preguntaba si alguien que sí necesitara una oficina estaría dispuesto a trabajar aquí. No sé. Un informático, por ejemplo.

La miro comprendiendo a golpe de realidad lo que quiere decirme. Intento no sonreír ni mostrarme excesivamente emocionado hasta saber exactamente qué quiere decir, pero lo cierto es que me cuesta bastante.

—Yo soy informático.

Su risa estalla en mi boca cuando me besa.

—Lo eres. ¿Te gustaría tener un sitio así para trabajar?

—¿Lo dices en serio? —pregunto bajándola de mi cuerpo y mirándola a los ojos—. Porque, si lo dices en serio, me encantaría.

Natasha me mira con una dulzura que se me atraganta. Me acaricia la mandíbula y me besa la mano cuando enmarco su mejilla con ella.

—Podrías trabajar aquí. Yo aún no sé qué quiero hacer, pero creo que voy a optar por estudiar algo que me guste. Pasaría mucho tiempo aquí y saber que estás a una puerta de distancia, o incluso en la misma habitación... —Se muerde el labio—. No es que pretenda obligarte. Ni me sentiré rechazada si me dices que prefieres trabajar en tu casa o...

—Solo lo haría con una condición —la corto. Ella me mira expectante—. Quiero que la oferta incluya una cama. La mitad de la tuya, a poder ser.

Natasha me mira y, aunque creo que no se da cuenta, su respiración se salta un par de ritmos y puedo ver el modo en que sus pupilas se dilatan al pensarlo.

—En realidad, esa era la segunda parte de la propuesta —dice con la voz tomada por la emoción—. Que lo exijas tú es casi mejor, porque odiaría sentir que te pido demasiado.

—¿Por compartir cama contigo? —Me río y la beso, llevándola hasta el viejo sofá que hay en el salón, dejándola caer con cuidado y tumbándome sobre ella—. Nena, eso no es exigir: es regalar. El mejor regalo de las putas Navidades.

—Pero ¡si estamos en julio! —exclama ella riendo.

Me río, le subo el vestido y me recreo en su cuerpo sin braguitas, en el modo en que responde a mí y en la rozadura que mi barba ha dejado antes en su cuello.

—Para que veas hasta qué punto me haces perder el norte, Tasha.

Ella se ríe, me tira del cuello para que me acerque a besarla y, cuando me tiene a escasos centímetros de su boca, susurra.

—En realidad, estamos en el sur. ¿Y sabes qué? No querría estar en ningún otro sitio.

La beso, deshecho en sus palabras, mis emociones y la visión de futuro que se ha implantado en mi cabeza a la velocidad de la luz. Con toda probabilidad, se quedará ahí durante mucho mucho tiempo. Me deshago de mi bañador, de su vestido y así, desnudos, damos la bienvenida a nuestra nueva vida con la certeza de quien sabe que no todo es perfecto, pero lo maravilloso de la vida es precisamente eso: no hace falta que sea perfecta para saborearla al máximo.

43

Nil

Me remuevo entre las sábanas y abro los ojos de inmediato, extrañado ante el espacio que noto en la cama. A mi lado, Azahara duerme con el pelo desparramado por todas partes y la respiración calmada. Está desnuda, igual que yo, lo que resulta novedoso para bien. No me quejo de que Eric y Ona duerman conmigo siempre. Y menos aún desde que aceptaron a Aza en la cama. Entiendo que cada niño necesita unos tiempos y ellos, con las circunstancias atravesadas, necesitan más, pero no por eso dejo de reconocer que tener a mi chica para mí, sin ropa y en una cama me hace feliz. Muy feliz.

Supongo que, al tener hijos, todos los padres adquieren esta dualidad. La felicidad de dormir con ellos y, al mismo tiempo, la felicidad de tener una noche libre. Sé que esta noche ellos volverán, pero de momento, ahora mismo, estas sábanas, esta cama y estas horas nos pertenecen a nosotros dos, aunque solo las use para verla dormir. Merece la pena desde el momento en que, entre sueños, busca mi piel y me abraza. Sonrío, la beso y me quedo así, mirando el cielo a través de las rejas y la ventana abierta. Oyendo las olas del mar bañar la orilla una y otra vez, incansables.

Me pregunto cómo estarán Ona y Eric, pero anoche, antes de caer rendidos, oímos cómo gritaban junto a Mario, así que doy por hecho que los cansó hasta que cayeron agotados. Aun así, en un impulso, salgo de la cama con cuidado de no despertar a Aza, me pongo un bóxer y el pantalón de pijama y salgo al pasillo. Me asomo a la habitación de Mario y los veo a los tres dentro del fuerte, en una maraña de brazos y piernas. El proyector ilumina la pared con el final de una película. Sonrío. Es inevitable. En estos días, no solo hemos ganado a Aza. Hemos ganado una familia. Ya sé que estaban antes, porque ella y yo llevamos unos meses, pero es ahora cuando realmente me siento parte de ellos. Y no solo me siento yo, sino que siento a Eric y a Ona.

Vuelvo a la habitación, me meto en la cama y, con pensamientos suaves como el aceite, abrazo a Azahara y me quedo dormido.

Me despierta tiempo después la risa de Azahara. Abro los ojos y la miro. Tiene los ojos hinchados, los labios rojos y el pelo enmarañado.

—Están liándola pardísima —susurra—. Escucha.

Afino el oído y escucho a Mario cagándose en la puta, lo que me hace bufar y salir de la cama.

—Estos niños volverán a Barcelona comunicándose entre tacos y maldiciones.

No estoy realmente molesto y Aza, a juzgar por la risita que me dedica, lo sabe. Salimos de la habitación y vamos a la cocina. La verdad es que pensé que podían estar armando un poco de jaleo. No imaginé ni en mis peores pesadillas la que han liado.

La encimera está completamente blanca ¡y es negra! La harina, la masa y algo que quiero pensar que es aceite cubren cada rincón de la cocina. Eric y Ona tienen la cara prácticamente blanca y Mario echa a puñados más harina sobre la isleta.

—¡Soy como Remy de *Ratatouille*! Solo me falta un gorro de chef y acento francés.

—Remy tiene acento francés porque es francés. ¡Y tú no! —Ona lo grita como una obviedad y se ríe a carcajadas cuando Mario se indigna.

—¡Hola, chicos! —exclama él al vernos—. ¿Qué tal la noche? Menudo cutis tenéis hoy, ¿eh? ¡Se os ve como rosas! Nosotros estamos haciendo churros para toda la familia. Bueno, para Jorge no, porque no ha venido a dormir a casa. Lo he llamado varias veces y no responde, así que vamos a desayunar y luego iremos a la policía a denunciar su desaparición.

—No puedes denunciar la desaparición de nuestro primo mayor de edad porque no viene a dormir una noche, Mario —le recuerda Aza.

—Yo creo que sí, porque me tiene muerto de preocupación.

—¿Y por qué no has ido ya? —pregunto elevando una ceja.

—Porque yo, con el estómago vacío, no pienso bien. Si voy a tener que buscarlo por toda La Cala, es mejor que tenga la cabeza despejada.

Me río entre dientes y lo dejo estar. Sobre todo cuando la puerta se abre dando paso a Felipe y a Camille, que vienen en pijama y sonriendo.

—Otros con buen cutis. Aquí, al final, menos uno... —dice Mario.

—Calla, que traemos buenas noticias. —Felipe sonríe y se aposta contra la isleta—. ¿A qué no sabéis a quienes vimos anoche salir de las rocas con pinta de haber pasado un gran gran gran rato? —Nadie contesta, esperando que siga—: Jorge.

—Estaría surfeando —aventura Mario.

—La tabla estaba en la arena y él salió de las rocas acompañado.

—¿En serio? —pregunta Azahara. Felipe asiente y ella esboza una mueca—. Vaya...

—¿Qué? —replico.

—No sé, es que... —Frunce el ceño—. Pensé que no estaba listo todavía.

—Pues yo me alegro. Nuestro primo necesita foll... fomentar sus relaciones sociales —dice Mario mirando de reojo a los niños y echando a la sartén lo que, según él, son churros—. Es una pena que no lo haga con Natasha, pero a saber si ella no se está dando la vida padre por ahí.

—No lo está haciendo, a juzgar por lo que vimos anoche. —Camille nos mira con una pequeña sonrisa—. Jorge estaba con ella.

—¿¿¿Qué??? —Azahara y Mario saltan a la vez.

Yo no salto, pero lo cierto es que, conociendo toda la historia, me quedo a cuadros igualmente.

—Salieron del agua juntos, abrazados y, bueno... digamos que había pruebas de que habían hecho cosas indecentes. Iban medio vestidos, pero, vaya... esas cosas se notan —expone Felipe—. Oye, yo quiero churros.

—Y yo quiero que me cuentes qué hacías tú anoche allí para verlos salir del agua. —Felipe eleva una ceja y Mario se ríe—. Ay, qué bribón. Si es que aquí, al final, menos uno... ¡Pues nada! Que me alegro mucho por nuestro primo. Habrá que hacer una fiesta de bienvenida para Natasha, ¿no? ¡O mejor aún! Vamos a hacer una fiesta de felicidad.

—¿Qué? —pregunta Azahara.

—Una fiesta de felicidad. Como la fiesta del Feliz no cumpleaños, pero esto va a ser una fiesta de felicidad para celebrar que estamos felices de que Jorge y Natasha sean felices.

—La redundancia es lo tuyo, ¿eh? —Camille se ríe mientras toma asiento al lado de Felipe.

—Bueno, no todos somos escritores, como tú. Algunos somos genios a secas.

Me río, tomo asiento y niego con la cabeza.

—¿Una fiesta de felicidad?

—Sí. Vamos a avisar a toda la familia para que vengan a merendar y vamos a pintar una pancarta donde ponga: «Jorge, nos hace felices que seas feliz». Luego nos sentamos y lo esperamos.

—Yo a ese plan le veo fugas —comenta Aza.

—¿Fugas? Ese plan tiene cataratas —dice Felipe riéndose.

Me río y asisto alucinado al modo en que pretenden recibir a Jorge. Ese pobre hombre va a querer huir a la otra punta del mundo.

Azahara pone música a todo trapo para desayunar y baila con los niños por la cocina. Mientras, Felipe, Camille y Mario hablan de la pancarta y la tarta que haremos para recibirlo esta tarde. Es caótico. Es ruidoso. Es... increíble.

Lo más increíble es el pensamiento, cada vez más recurrente, de que quiero una vida así. Justamente así. Lo que es aterrador porque, por muy bien que yo esté aquí, mi vida real no es esta. Mi vida está en Barcelona, donde los niños tienen un colegio, amigos y unas raíces de las que no puedo despegarlos solo porque yo haya iniciado una relación. Creo que ya los he sometido a bastantes cambios. Una cosa es planear unas vacaciones y otra, con solo meses de estar con Azahara, plantearme algo tan serio como cambiar de ciudad. No, eso es impensable. Eric y Ona ya han sufrido demasiados cambios importantes en su vida y son muy pequeños. Necesitan estabilidad y yo soy el encargado de ofrecérsela.

Quizá por eso y por el miedo que me sube por la garganta cuando lo pienso, rechazo bailar con Azahara cuando se acerca. En su lugar, me voy a la ducha, donde nadie pueda ver que mi respiración se ha agitado y mis ojos intentan mirar un punto fijo sin que se vuelva borroso. Solo es estrés. Algo totalmente lógico con una familia como esta. Me meto bajo el chorro de agua, apoyo la nuca en los azulejos y dejo que me empapen mientras me repito una y otra vez que no tengo por qué tomar una decisión ahora. Vamos a pasar aquí el verano, pero luego nos marcharemos y todo volverá a ser como siempre.

Las cosas saldrán bien. Solo necesito respirar y recordarme todos los motivos por los que esto merece la pena. Lo felices que son Eric y Ona y, sobre todas las cosas, lo importante que es que entiendan que hay otro tipo de familias en el mundo, pero no son más válidas que la que formamos nosotros tres.

Aunque me dé terror que un día puedan recriminarme no haberles dado lo mismo que la abu Rosario pudo darles a sus hijas y más tarde a sus nietos. Me toca convencerme de que sabrán valorar mis esfuerzos por ellos. Lo he hecho siempre lo mejor que he podido con las circunstancias que me ha tocado vivir.

Ellos sabrán verlo. Y, si no... Trago saliva.

No tiene sentido pensarlo.

Lo único que importa es el día a día. Hacerlos felices. Hacerlos sentir valiosos, libres y seguros.

Todo lo demás no importa lo más mínimo.

44

Tash

¿Quién iba a decirme que amanecer en un sofá viejo y lleno de muelles doblados iba a ser parte de mi felicidad? Nadie. Y si alguien me lo hubiese dicho, me habría reído a carcajadas.

O quizá no.

Tal vez me habría dolido, porque en el pasado todo lo que fuese suponer que un día sería libre dolía, y mucho.

Y aquí estoy. Intentando enderezar la espalda después de una noche durmiendo con Jorge, si es que a lo que hemos descansado entre sesión y sesión de sexo se le puede llamar dormir. Me miro en el viejo espejo que hay encima de la chimenea. Tengo unas ojeras tremendas, un nudo en la parte derecha del pelo y varios roces de dientes y barba en el cuello. Soy, aparentemente, un desastre, pero nunca me he visto tan guapa como ahora mismo. La única vez que me acosté con Jorge antes de esto fue, además de mi primera vez, la noche que Nikolai se quitó la vida, así que el recuerdo de esa noche me lleva inevitablemente a un bucle de dolor. Por eso era tan importante que, cuando volviera con él, lo hiciera con la conciencia más o menos limpia y la seguridad que en aquel entonces no tenía.

Ahora lo sé. El dolor por Nikolai todavía sigue dentro de mí. Persiste, porque una no olvida a su hermano en cuestión de meses, menos aún después de pasar ocho años prisionera por su causa. La culpabilidad ha cesado un poco, es cierto. Ahora no cargo con su muerte sobre los hombros, pero algunos días todavía me empequeñezco. Me hundo ante la perspectiva de estar completamente sola en el mundo. Las únicas personas de mi familia que me quisieron han muerto y mi padre, que es quien está vivo, ni siquiera levanta el teléfono para llamarme o saber cómo estoy. Claro que él ya ha dejado más que clara su postura con respecto a nuestra relación.

Noto un cuerpo cernirse sobre mí. Las manos de Jorge me rodean las caderas, acariciándome y entrelazándose en mi estómago. Me besa el cuello y me mira a través del espejo. Está guapísimo, pero creo que Jorge estaría guapísimo después de darse un baño en estiércol.

—¿Todo bien, Tasha?

El modo en que pronuncia mi nombre y usa un diminutivo que nadie más utiliza me hace sonreír en el acto.

—Todo bien. Pensaba un poco en lo pasado.

—Uh. ¿No está mal visto eso de pensar en el pasado después de una noche de buen sexo? —Eleva una ceja, mirándome aún a través del espejo—. Porque ha sido buen sexo, ¿no?

Suelto una carcajada, me giro y le beso el torso mientras lo abrazo.

—Oh, sí. No tengo experiencia como para hacer comparativas, pero conozco lo suficiente como para saber que me duele todo el cuerpo y cada vez que pienso en lo que hicimos me tiemblan las piernas, así que...

—Eso siempre es buena señal —dice sonriendo y besándome—. Debería ir a casa o al menos avisar de que estoy bien.

—Deberías, sí. También sería recomendable que te pusieras algo más que un bañador.

Jorge mira su bañador, en el suelo del salón y se ríe.

—Cierto.

—Hoy vienen los pintores, así que voy a recibirlos y a pasar la mañana con Sia. Intentaré convencerla de que me acompañe a comprar ropa. No lo vas a creer, pero lo poco que tengo está más adaptado al frío que al calor y no quiero asarme.

Jorge se ríe, me entiende. Se pone el bañador y se coloca las manos en la cintura.

—Ven conmigo a casa. Puedo cambiarme, llevarte con Sia y acompañaros con las compras. Cargaré tus bolsas por ti, como todo un caballero.

La risa me brota del pecho antes de poder retenerla.

—¿Estás seguro de que solo quieres venir para cargar las bolsas?

—No, también quiero ver qué tipo de ropa interior es esa a la que te has aficionado. Como novio, tengo derecho a opinar, ¿no? —Me quedo paralizada y él se da cuenta, porque su rostro se vuelve serio—. ¿He dicho algo malo?

—No —respondo de inmediato—. No, es solo que... suena bien —admito— Suena muy bien y... Dios, lo siento —digo cuando me emociono. Él da dos zancadas y me abraza antes de que tenga tiempo de decir más—. Estoy sensible y...

—Eh, lo entiendo. —Apoya su frente en la mía. Soy tan alta que la diferencia de estatura no es excesiva, así que no es un gesto incómodo para él—. He soñado con algo como esto durante meses, pero también he sufrido pensando que no vendrías o que no... No sé, que no sabría nunca nada más de ti. He intentado convencerme cada día de que estabas bien y me he ido a dormir cada noche con la preocupación carcomiéndome. He estado enfadado, triste, malhumorado y apático. Sé bien todo lo que sientes, Tasha. No tenemos que hacerlo todo de golpe. Si necesitas unos días para adaptarte al cambio de vida tan brutal que has hecho, pues...

—Quiero tener hijos. —Jorge se queda en silencio, mirándome sin pestañear y ligeramente pálido—. ¡No ahora! Oh, Dios. —Subo las manos y me tapo la cara, un poco frustrada—. Lo siento muchísimo, no quería decir que los quiero ahora. Solo digo que quiero tener hijos algún día. Quiero demostrarme a mí misma que soy capaz de querer a un ser humano del mismo modo que me quiso mi madre y que nunca sería capaz de hacer lo que hizo mi padre. Ni Nikolai, aunque estuviera enfermo. Quiero... quiero hacer esto, de verdad. No tengo nada que pensar, porque estoy muy segura, pero si tú no quieres o no entra en tus planes futuros o no...

—¿Cuántos?

—¿Qué? —pregunto anonadada.

—¿Cuántos quieres?

Encojo los hombros, nerviosa.

—¿Uno? ¿Dos? No lo sé. De verdad no lo sé. Los que nos apetezca, si es que a ti te apetece.

Jorge suelta una risita que me tensa en el acto. No sé si es una risa buena o mala, pero en el momento en que su mano sube por mi espalda y me pellizca la nuca con suavidad, intentando destensarme, sé que lo que dirá no me hará daño.

—Contigo me apetece todo, mi Tasha.

—¿En serio?

—Sí, joder, claro que sí. Pero todavía no.

—No, Dios, todavía no.

Nos reímos y nos besamos. Cuando estoy a punto de ponerme de puntillas y sugerirle probar eso del sexo matutino, oigo la voz de mi mejor amiga desde el marco de la puerta.

—Espero que no penséis tomar eso por costumbre ahora que estoy yo aquí. —Damos un respingo en el acto e intento taparme con algo, pero mi vestido está en el sofá. Por fortuna, Jorge se pone delante de mí y él sí lleva el bañador—. Hola, guapo —dice mi amiga, que no tiene ni el mínimo respeto por la intimidad ajena, según parece.

—Hola, Sia —contesta él riendo y un poco azorado—. ¿Qué tal?

—Muy bien, pero no tanto como vosotros. —Gira la cara, buscándome, y me guiña un ojo—. Buen trabajo, amiga.

—¡Sia, por favor! —exclamo avergonzada—. ¿Puedes dejarnos a solas para que me vista?

—Venga, nena, no te avergüences. Las mejores amigas pueden verse en pelotas y no pasa nada. Incluso podría ver a tu chico en pelotas y no pasaría nada. No me alarmaría. A no ser que tenga algo extraño o desmesurado ahí abajo y...

—¡Sia, por favor!

Su carcajada resuena en la casa.

—Está bien, está bien. Solo quería asegurarme de que habías pasado buena noche. Traigo café y toda la intención de pasar la mañana contigo, si es que quieres.

—¡Deja que me vista y ahora hablamos!

Ella se marcha del salón riéndose y Jorge se gira poco a poco, con las mejillas un tanto sonrosadas, pero una sonrisa bailando en sus ojos.

—¿Sabe que viviré aquí?

—No, aún no, pero no hay problema, seguro.

—No lo digo por eso, sino porque deberíamos imponer ciertas

normas de vestimenta en las zonas comunes. Créeme, he vivido con los cafres de mis primos y las normas básicas son imprescindibles para el funcionamiento de la convivencia grupal.

Me río, me pongo el vestido a toda prisa y salimos del salón buscando a Sia. La encontramos revisando los fogones de la cocina.

—Están mal —nos informa en cuanto entramos—. No estoy segura, pero juraría que el gas no funciona bien. No me fío de nada que pueda suponer un problema de seguridad. Llamaré al técnico y...

—No te preocupes por eso —le digo—. Jorge me ha dado la idea de usar la encimera exterior y la barbacoa mientras nos instalan una cocina nueva.

—¿Vamos a instalar una cocina nueva? —pregunta con los ojos como platos.

—Sí, en realidad, vamos a hacer muchas cosas estos días. ¿Puedes acompañarme a mirar cocinas? Me fío de tu gusto y, sobre todo, de tus conocimientos. Quiero algo potente.

Ella me mira seria de repente, pese a que una sonrisa inicial bailaba en su cara.

—Verás, cielo, yo no tengo dinero para poner mi parte y...

—No lo necesitas. La casa es mía, la cocina la pongo yo y a cambio solo pediré que cocines tú hasta que yo aprenda a hacer lo básico. Eso, comer fuera a diario, pedir comida de fuera a diario o que nos alimentemos de tus pasteles, batidos y helados. Doy por hecho que ninguna opción te resulta especialmente atractiva. —Sia se ríe y yo me acerco a ella, sujetándola por los hombros—. No tienes que preocuparte por el dinero. Voy a restaurar muchas partes de esta casa y tú solo tienes que ocuparte de disfrutarlas.

—Eso parece injusto. Como si me aprovechara.

—Sia, si he mantenido la cordura durante ocho años ha sido porque te tenía a ti. Has sido mi salvavidas y eso no hay dinero que lo pague.

—Si se me permite decirlo, estoy completamente de acuerdo con esto —dice Jorge, interrumpiéndonos y sorprendiéndonos a las dos.

—En ese caso... —Sia sonríe un poco y encoge los hombros—. Solo espero que el maromo se venga aquí a vivir. Tengo buena mano para la cocina, pero ninguna para la restauración.

—De hecho... —admito avergonzada—. Quería preguntarte precisamente si te importa que se venga y monte su oficina en una de las habitaciones libres.

—Es tu casa, nena. No tiene que importarme. De todos modos, no me importa. Por mí, genial.

La alegría intensa, el alivio, la calma que viene cuando todo empieza a encajar. Las emociones que siento ahora mismo son tan buenas que apenas me tengo en pie de felicidad. Por fortuna, Jorge camina hacia mí y me rodea los hombros con un brazo.

—¿Vamos a casa? Me ducharé, cogeré ropa y luego os llevaré a comprar, si queréis.

—¿Qué dices, Sia? —pregunto a mi amiga.

—¿Una mañana a lo *Pretty Woman* con mi amiga soltando billetes? Oh, nena, hace demasiado que no vivo algo tan bonito. Si quieres que sea tu putita, seré tu putita.

—¡Sia! —exclamo avergonzada, provocando sus carcajadas y las de Jorge.

Salimos de casa y miro a mi amiga, vestida con un short negro, un top atado al cuello de lunares verdes y un moño sesentero hecho con su peluca verde. Lleva un pañuelo atado con un nudo rojo de lunares negros y unos pendientes grandes. Está deslumbrante. Pienso entonces en todos los muros que Sia ha tenido que derribar para dar rienda suelta a quién es: la ropa, el pelo, el maquillaje, su pasión por la cocina... Todo supuso una enorme decepción para su familia. De repente, el pensamiento de que prefiero que estén muertos a que estén vivos pero ausentes me asalta. Hace que me sienta una persona horrible. No puedo imaginar cómo debe de doler que tu familia, la gente de tu sangre, te dé la espalda por no ser como ellos esperan, aunque no hagas daño a nadie con ello.

Hacemos una lista rápida de cosas que tenemos que ver en el centro comercial y luego nos vamos a casa de los Dunas caminando. Está a cinco minutos literalmente y, cuando veo a Jorge sonreír mirando la arena y el mar, sé que está pensando exactamente lo mismo.

—Podrás ver a tu familia cada día —le digo.

El agarre de su mano se intensifica y sus dedos, entrelazados con los míos, me acarician con suavidad.

—Más bien nos verán ellos cada día. Algo me dice que no vamos a librarnos de ninguno de ellos.

—Es normal, estando a cinco minutos —argumenta Sia.

—No lo conseguiríamos ni aunque nos fuéramos a Laponia. ¿Tienes idea de lo apegados que estamos los unos a los otros en esta familia?

—Sí, sí que la tengo —contesta Sia riendo—. Pero, bueno, lo hacen en nombre del amor.

Abrimos la cancela que lleva al jardín delantero. Jorge va delante y abre la puerta de casa. Al entrar, los tres damos el bote de nuestra vida ante el grito de un montón de personas.

—¡¡¡Feliz felicidad!!!

Miro con los ojos como platos a toda la familia de Jorge, que aplaude, sonríe y tira confeti sobre nosotros. Dos niños pequeños corren por el suelo del salón de inmediato, recogiendo los papelillos para volver a tirarlos. Yo miro a Sia atónita.

—¿Qué cojones estáis haciendo? —pregunta Jorge.

—Nos llamó tu primo y haz el favor de cuidar esa boca —me recrimina la abu Rosario antes de sonreírme—. ¡Hola, Natalia! Ya tenía ganas de verte de nuevo por aquí, hija mía. ¿Quieres un poquito de empanada casera? Te me has quedado en los huesos. ¡Anastasia, cariño! ¿Has hecho ya la tarta de manzana?

—Estoy en ello, abu —dice mi amiga riéndose.

—¡Mario! —grita Jorge.

—Anoche Felipe y Camille os vieron salir de las rocas. Dicen que iban paseando, pero yo creo que iban a echar un p... —Mira a los niños y pone una cara tan cómica que hasta yo me río—. Un parchís en las rocas, que son más divertidos. ¡Lo importante es que hemos decidido hacerte una fiesta de felicidad! Estamos muy felices de que vuelvas a ser feliz, así que... ¡Feliz felicidad!

—Se lía solo —comenta Azahara riendo a carcajadas antes de guiñarme un ojo—. Bienvenida a casa, Tash.

El gesto hace que me emocione, pero en ese instante Sia le toca el hombro a mi novio, interrumpiendo mis pensamientos.

—Olvida lo que he dicho. Incluso en nombre del amor, esto es excesivo.

Me río a carcajadas junto a Sia. Jorge parece a punto de matar a alguien, pero al final acaba sonriendo y me arrastra de la mano hasta una fiesta improvisada que se convierte automáticamente en la mejor fiesta en la que he estado nunca.

45

Jorge

Una semana después

—¡Así no, joder! —grito mientras Mario intenta meter en casa mi escritorio derecho—. ¿No ves que no gira?

—¡Oye, hago esto gratis, así que deja de darme órdenes! Si te parece mal como lo hago, pues hazlo tú mejor eligiendo muebles o tráete solo lo que necesites. «Busca lo más vital, no más; lo que es necesidad, no más, y olvídate de la preocupación. Tan solo lo muy esencial para vivir sin batallar y la naturaleza te lo da.»

—¡*El libro de la selva*! —grita Eric, que está correteando con Ona y Bella por el jardín.

Yo suelto el escritorio en el suelo y miro a mi primo muy serio, hasta las narices de sus tonterías.

—Mario, te lo digo. O te calmas con las frasecitas o te voy a dar una hostia que vamos a volar los dos: tú de la hostia y yo de la onda expansiva.

—¡Listo! ¡He arreglado la manguera! —Azahara le da a la llave del agua y el cabezal de la manguera sale disparado. El chorro de agua impacta de pleno contra mi escritorio—. Uy.

Natasha y Sia se ríen a carcajadas. Felipe corre detrás de Bella, que lleva entre los dientes algo que prefiero no saber qué es. Camille planta flores en la entrada, flores que nadie ha pedido. Nil no deja de quejarse de que tenga tantas cajas, pero si le mandamos hacer otra cosa, tampoco quiere. Mis propios padres están dentro, limpiando ventanales por sus santas narices, pese a que Tasha dijo que llamaría a una empresa de limpieza. Y mi abuela está en un viejo butacón del salón abanicándose y explicándole a Sia cómo tiene que hacer la mermelada para que le salga exactamente igual que a ella.

—El truco está en no dejar de remover —le dice cuando entro.

—Abuela, ¿tú para qué has venido exactamente?

—Porque yo a la casa de Natalia puedo venir cuando quiera, como si fuera mi casa, que me lo ha dicho ella. ¡Y a mí no me hables en ese tono! ¡Oye, Luis! Deja de gruñir, por favor, que me duele ya la cabeza.

—¡Si es que estas cajas son una mierda!

—Bueno, hijo, las mudanzas son así de trabajosas. El truco está en la familia. Si lo hacemos entre todos, cabemos a na, y menos por cabeza.

—Hablando de cabezas, ¿estos condones donde los pongo?

Le arranco a Nil una caja de condones que no quiero saber de dónde ha sacado y me los guardo en el bolsillo mientras todos se ríen y mi abuela me felicita por ser un chico con la cabeza amueblada. Me quiero morir ahora mismo.

—¡Perdón, perdón, perdón! —grita Camille entrando en el salón a toda prisa justo detrás de Bella, que viene con las patas llenas de barro—. ¡Se me metió en lo sembrado y salió corriendo! Mal, Bellita, mal.

—Bellita debería llamarse Bestia —le digo—. No he visto bicho más maleducado en mi vida.

La perra ladra tan alto en respuesta que me echo hacia atrás. Es pequeña pero matona y no lleva bien los insultos. Comprensible, por otra parte, lo que no quita que siga siendo una maleducada.

—¡Anastasia, deja las putas cajas! —grita Mario—. ¿No ves que eso pesa una barbaridad? ¿Quieres hacerte daño en la espalda?

—No me voy a hacer daño en la espalda, en la cafetería cargo cajas más pesadas y como vuelvas a llamarme Anastasia te arranco la yugular de un bocado.

—Esa agresividad tuya tenemos que mirarla, ¿eh?

Estoy a punto de decirle a Mario que se calle cuando oigo la risa de Natasha a mi lado. La miro, con los ojos llenos de luz, despeinada y vistiendo una de mis camisetas. Es un puñetero ángel y solo por verla reír así haría una mudanza a diario.

—Eh... —Le tiro de la camiseta y la pego a mi pecho—. Creo que voy necesitando un beso de esos que me recargan las pilas.

Ella se ríe y me lo da, sin importarle que la familia silbe un poco y use esas bromas tan típicas. Una muestra más de lo mucho que ha cambiado. Llevo una semana observando el modo en que viajar sola la ha cambiado. La seguridad que ha recuperado en gran parte para saber lo que quiere y perseguirlo, ya sea freír un huevo o redecorar el salón. La mujer que se fue estaba hecha trizas. Su mundo cabía en una maleta y no pisaba fuerte por no llamar la atención. La que ha vuelto necesita armarios enteros para todo lo aprendido y pisa con tanta entereza que la gente se gira a mirarla. Porque la seguridad, como la belleza, cautiva. Eso no significa que no tengamos un camino que recorrer juntos, porque también he visto el modo en que a veces se permite extrañar y llorar a Nikolai, o la manera en la que le afecta que su padre ni siquiera se preocupe por ella o por cómo está. El sentimiento de culpa aparece de vez en cuando, pero ella misma intenta mantenerlo a raya. Verla librar esa lucha es brutal.

—Pues si este se puede besuquear con su novia, yo puedo hacerlo con la mía.

Nil deja las cajas, se va hacia Azahara, que está fuera haciendo el pino con los niños, y todos vemos el modo en que tira de sus tobillos para ponerla en firme sobre el césped, abrazarla y besarla de una manera que sorprende a mi prima. Pero no a mí no me sorprende, llevo semanas viendo la forma en que este chico ha perdido la cabeza por ella. No sé qué pasará cuando acabe el verano; imagino que nos tocará recoger los pedazos de Azahara, pero ahora mismo no me preocupa. Ahora no quiero que me preocupe nada, salvo la hora en que van a dejar la casa vacía para que podamos darnos una ducha y pasar oficialmente nuestra primera noche en ella. Si bien es cierto que dormimos juntos en nuestro reencuentro, el sofá antiguo era una tortura. El nuevo tardará unos días en venir, porque tuvimos que comprarlo a medida, pero ahora al menos tenemos cama.

No es que me queje, porque hemos dormido en mi casa a diario, pero hemos sido cinco adultos y dos niños durante toda la semana. Sin contar a Felipe y a Camille, que se van a su piso a dormir básicamente. Así que estoy deseoso de tener un poco de intimidad con mi chica.

Mi chica. Joder, ¿te das cuenta de lo bien que suena?

—Tenías razón —le digo sonriendo de pronto.

—¿En qué? —pregunta extrañada.

—Las dudas. Se han ido todas. Aunque no sepa lo que va a ocurrir, no hay dudas, Tasha. Solo ganas de que pasen los días y todos sean a tu lado.

Natasha me mira en silencio unos instantes y luego, para mi sorpresa, carraspea y mira a mi familia.

—Muy bien, agradezco muchísimo la ayuda, pero es hora de que os marchéis.

—¿Nos estás echando, niña?

—Eso me temo, abu, pero es porque necesito inaugurar la casa con tu nieto. Mañana puedes venir tan pronto como quieras.

Contra todo pronóstico, mi abuela suelta una carcajada y se levanta ayudada por Mario y su bastón.

—Así me gusta, Natalita. Aquí, señores, hay una mujer que sabe lo que quiere.

Tasha se muerde el labio, emocionada.

—Es lo más bonito que podías decirme, abu Rosario.

Mi abuela, que de tonta no tiene ni un pelo, sonríe. Se acerca para darle unas palmaditas en la mejilla y besarlas. Después se marcha, ordenando a los demás que hagan lo mismo.

Tardan un poco, porque se rebelan y están decididos a dar el máximo por culo posible, pero al final se van todos, incluida Sia, que ha sido invitada a ver *Vaiana*.

—¿No podemos ver *Blancanieves*? Va más con mi estilo —murmura mientras sale.

—Podemos ver *Maléfica*, que es la que más te va —sugiere Mario.

Lo último que veo es a Sia tirándole una percha y a Mario riendo a carcajadas, atrapándola y devolviéndola a una caja antes de salir y cerrar la puerta. Así nos dejan a solas en un hogar lleno de cajas pero anhelante de nuevas experiencias.

—Vamos... —susurro.

—¿A la cama? —pregunta con una sonrisa bobalicona.

—A la cama, por supuesto.

La sigo hasta nuestra habitación y miro de reojo el cuarto en el que irá mi oficina. Me quedan horas de montar muebles, el ordenador y algunas librerías, pero no es nada que no vaya a hacer con una ilusión desmedida. Mi vida por fin está tomando forma y es mucho mejor de la que yo imaginé.

Me ha costado, he dado en exceso muchas veces, pero creo que, si esta es mi recompensa, lo repetiría una y mil veces.

—Eh, Tasha. —Ella se gira en la puerta de la habitación y yo le guiño un ojo—. ¿Crees que puedes tocar ese violín para mí con el conjunto rojo?

Sus mejillas se encienden, pero sus ojos no se apartan de los míos. Me demuestra hasta qué punto está decidida a no dejarse amilanar por nadie. Ni siquiera por mí.

—Creo que puedo hacer algo, siempre y cuando puedas oírme desnudo y tumbado en nuestra cama.

Mis ojos se oscurecen en el acto. Estoy seguro.

—Haré eso cada día de nuestra vida y solo quiero que me prometas algo.

—Dime.

—Si algún día digo que no a tumbarme desnudo para verte tocar en ropa interior sexy, coge el cuchillo jamonero que nos ha regalado mi abuela y acaba conmigo, porque estaré poseído por algo terriblemente malo.

Sus carcajadas inundan la habitación, pero no me importa. Me quito la camiseta, me tumbo en nuestro colchón aún sin sábanas, cruzo las manos en mi nuca y me preparo para nuestra primera noche viviendo juntos oficialmente.

Que el resto de nuestras vidas venga cuando quiera, nunca he estado más preparado.

46

Azahara

Septiembre

Tenía que llegar. Era inevitable, yo sabía que teníamos el tiempo contado, pero es que, ahora que ha pasado, el verano me ha parecido un pestañeo. Quizá por lo bonito que ha sido. Tengo la memoria cargada de recuerdos de Nil, Eric y Ona en la playa, en casa, en el jardín e incluso en la cama, dormidos y abrazados a mí. Pero no es solo eso. Mi familia tiene miles de recuerdos con ellos. Eric y Ona se han encariñado tanto con la abu que ahora no se despegan de ella y no dejan de preguntar cuándo volverán.

—No estéis tristes —les digo—. Recordad que iré a veros pronto.

—¿Cuándo?

—En cuanto me lo permita el trabajo y encuentre algún vuelo barato, Eric, te lo prometo.

—Pero no es igual —replica Ona haciendo pucheros—. Aunque tú vengas, todo el mundo está aquí. Yo quiero estar aquí.

A mi lado, Nil parece tan tenso como una tabla y yo no sé qué hacer para que no se sienta mal. Esto está siendo muy complicado para él. De hecho, lleva días alejándose emocionalmente. No sé qué ocurre. Es como si quisiera salir del estado de intimidad que hemos conseguido, lo cual está destrozándome, aunque no lo admita. Cada vez que me acerco a él, una tormenta se desata en sus ojos. Puedo verlo, aunque lo niegue una y otra vez. Peor aún, lo siento.

—¿Por qué no vais a jugar un rato? Aprovechad antes de que nos marchemos para el aeropuerto.

Los niños me hacen caso, pero su vitalidad brilla por su ausencia. En cuanto se alejan, mi abuela aprovecha para hablar:

—Lo que no entiendo es para qué os vais, Luis. Si aquí tenéis familia y trabajo. No hay necesidad.

Mi estómago se contrae. No debería haber dicho eso y lo confirmo cuando Nil se envara en la silla.

—No puedo cambiar sus vidas radicalmente por una relación de unos meses, por muy enamorado que esté. Nuestra vida está en Barcelona. Los niños tienen colegio y unos amigos que echarían de menos. Ellos son lo primero.

Mi abuela lo mira muy seria, asiente una sola vez y da un sorbo a su taza de café. Yo, en cambio, no puedo aguantarme, porque una cosa es que entienda su postura y otra que le hable así a mi abuela.

—Nadie ha dicho lo contrario, Nil, cálmate.

—Bueno, me calmaré cuando dejes de intentar arrastrarme aquí sin contar con lo que necesitan.

El dolor llega rápido y certero, de un modo sordo y cruel. Nil se arrepiente de sus palabras en el acto, puedo verlo, pero eso no hace que pueda borrar las palabras dichas.

—Será mejor que recoja mis cosas para que vayamos al aeropuerto —murmuro levantándome.

Nil intenta seguirme, pero acelero el paso, dejándole claro que no es el momento. Tengo las mejillas encendidas y me siento humillada.

No sé si es normal, pero que me haya dicho algo así delante de toda mi familia me ha causado una vergüenza tremenda. Cojo mi mochila, reviso que todo esté bien y decido que lo mejor que puedo hacer es no dar alas a un comentario tan desafortunado. No quiero que nuestra despedida se manche, así que, para calmarme, me dedico a cargar las maletas en el coche de segunda mano que ha comprado Mario. Será él quien nos lleve, así que salgo para avisarlo de que nos marchamos ya, aunque sea pronto. Quizá sea buena idea tomar un café con calma en el aeropuerto. Salgo, se lo digo y tanto él como Nil asienten.

Avisamos a los niños y observo cómo se despiden de mi familia aguantándome las lágrimas, no solo por lo emotivo de la escena en sí, sino porque las palabras de Nil resuenan en mi cabeza una y otra vez. ¿De verdad piensa que no los antepongo a todo? ¿Que intento arrastrarlo aquí?

—Está nervioso —murmura Jorge a mi lado—. No le hagas mucho caso.

Lo miro con una sonrisa agradecida. Tiene mejor color que nunca. Vivir con Tash ha resucitado partes de él que ni siquiera nosotros sabíamos que tenía ocultas. Ahora tiene más vitalidad, ríe a carcajadas más a menudo y, cuando viene a casa, lo hace tan contento que ni siquiera le importó demasiado que Bella se hubiera meado en una sudadera suya que se dejó atrás en la mudanza. Para ser justos, la sudadera estaba por el suelo después de que Mario jugara con los niños a algo llamado «el suelo es lava» que consistía básicamente en trepar por los muebles y alegar que la sudadera era casa. Cuando Jorge la recogió estaba pisoteada por los tres y meada por la perra, pero en vez de enfadarse sonrió y dijo: «Son cosas que pasan». Mario lo miró atónito y le preguntó si lo habían exorcizado. Sonrío al acordarme de eso y de la que se armó a continuación. Vuelvo a mirar a los niños. Ahora abrazan a Mario y lloran sin pudor; si algo bueno tienen los niños es el modo en que expresan sus emociones, sin importarles y sin avergonzarse de ellas. ¿Cómo puede Nil creer que yo quiero algo distinto a su felicidad?

Decido no pensarlo más, nos subimos al coche y hacemos el camino lo más llevadero posible para Eric y Ona, que apenas hablan. Tanto es así que, al llegar, Mario decide comprarles un helado. Supongo que detrás de esa idea también está la de brindarnos la oportunidad de despedirnos a solas. En cuanto se alejan, Nil suelta un suspiro y me mira, con los pulgares metidos en las pletinas de los pantalones.

—No hacía falta que vinieras, Aza. Podría haberme apañado perfectamente con los dos, como hago siempre.

No debería entrarle al trapo. Sé que está molesto, pero el modo en que me hace sentir parte externa es... No lo entiendo. No lo comprendo, aunque lo intente, y no quiero que se marche sin hablarlo cara a cara.

—No sé por qué actúas así, Nil, pero no voy a pedir perdón porque no he hecho nada malo. Lo único de lo que puedes culparme es de querer daros una familia. A mi familia.

—¡Ya tenemos una familia, Azahara! —exclama sobresaltándome—. ¿Es que no lo entiendes? Mi familia son Eric y Ona y la familia de ellos soy yo. Y punto. Puede que no sea una familia tan grande como la tuya, pero es igual de válida.

Intento, por todos los medios, ignorar el dolor sordo de mi pecho, pero siento que cada palabra sale me de la garganta con una ráfaga de fuego que arde y arrasa con todo.

—Nunca he dicho lo contrario, Nil. Yo jamás he juzgado tu modelo de familia ni te he dicho que no sea válida. Yo solo... —Me paso la mano por la frente, desesperada por que lo entienda—. Pensé que yo tendría cabida en tu familia, pero ahora veo que no.

—No tergiverses mis palabras.

—No lo hago. Yo solo quería que tu familia complementara la mía.

—Eso hubiese funcionado si no llevarais todo el verano vendiendo a mis hijos un modelo de familia idílica que hace que, en la comparativa, yo salga perdiendo.

—¿Qué demonios...?

—¿Es mentira, Azahara? Yo no tengo una casa en el mar, no tengo un millón de primos y hermanos entrometidos y originales armando follón por todo y no tengo una abuela adorable. ¿Crees que cuando lleguemos a Barcelona no verán todo eso? ¿Tú crees que no sentirán que pierden con el cambio?

—Estás dejando que tus miedos intercedan en esto y...

—¡No son mis miedos! Es tu puta manía de no querer ver la realidad. Madura, Aza.

—¿Que madure? ¿Me estás diciendo que tengo la culpa de... de qué, exactamente? ¿De intentar que tu familia se integrara con la mía y la mía con la tuya? ¡Nunca ha tratado otra cosa! No pienso pedir perdón por vivir donde vivo o por tener una familia que colma mis necesidades, aun con sus defectos.

—¿Y yo no colmo las necesidades de Eric y Ona?

—Pero ¿quién ha dicho eso?

—¡Lo piensas! Lo piensa toda tu familia. Llevo todo el verano aguantando puyas de que debería venirme aquí. ¿Y tú? ¿Por qué no lo dejas tú todo y te vienes conmigo? Eres una sola persona. ¿No sería más sencillo? —Lo miro anonadada y se ríe sarcásticamente—. Ah, claro, la princesita no puede dejar a su familia, pero yo sí puedo arrancar a mis hijos de su entorno para que ella no esté sola.

Suelto el aire como si me hubiese dado un puñetazo en el estómago. Entiendo que, cuando las personas se enfadan, hacen o dicen cosas llevadas por el calor de la discusión de las que luego pueden arrepentirse, pero Nil parece tan frío ahora mismo que... No sé, es como si llevara todo el verano pensando en esto y esté aprovechando para soltarlo todo antes de irse. No me merezco que me hable de ese modo ni que me juzgue por intentar hacerlo feliz. Joder, no me merezco que me trate como si fuera una lapa o una niña mimada cuando no es así. Los sentimientos me ahogan y ver a Mario acercándose con los niños no mejora las cosas.

—Me queda muy claro lo que piensas de mí, pero no te preocupes, Nil. No pienso entrometerme más en tu familia ni en tu vida. Jamás haría algo que te obligara a quedarte aquí. —La voz me tiembla tanto que apenas consigo acabar las frases—. Me despediré de ellos, si no te importa, y luego os dejaré solos, que es lo que quieres. —Los niños llegan a mi altura y ni siquiera miro a Nil para ver cómo le sientan mis palabras. No me importa, ahora mismo no me importa—. Eh, chicos, ¿me dais un abrazo?

Ellos se abrazan a mí, teniendo cuidado de no derramar el helado que les ha comprado Mario. Ona llora sin pudor y Eric entierra la cara en mi cuello y tiembla tanto que sé que también lo hace, solo que en silencio.

—¿Vas a venir pronto? —pregunta Ona.

No miro a Nil, pero puedo sentir su hostilidad detrás de mí. No merezco esto. Nuestra relación no merecía este trato, por muy nervioso o preocupado que esté. No puede tratarme como si pretendiera robarle su vida y no... Yo no haría eso. No lo haría, aunque pueda parecer que sí.

—Tú no te preocupes por eso, ¿de acuerdo? Quiero que pienses en la vuelta al cole, en tus amigos y en el montón de cosas guais que te esperan en Barcelona.

—Quiero quedarme aquí contigo —declara Eric.

—Tenéis que ir con papá, cielo. ¿No quieres ir al cole?

—Aquí también hay coles. Si papá se quiere ir, que se vaya él solo.

—Yo quiero contigo, Aza —dice Ona llorando.

Cierro los ojos. Los niños no son los culpables de decir lo que sienten. Estoy completamente segura de que, si Nil se fuera solo, Eric se quedaría devastado. Quizá en el acto se alegraría porque es un niño y solo quiere alargar su tiempo de disfrute, pero en cuanto cayera la noche y se diera cuenta de que no está para dormir con él, se le vendría el mundo encima. Nil no parece pensar lo mismo, bufa y se aleja un paso con las maletas, como si quisiera tomar cuanta más distancia de la escena, mejor. No puedo culparlo de sentirse dolido, pero sí de que me culpe a mí de algo que los niños dicen solo porque son niños.

—Acabad ya, chicos. Tenemos que entrar —les pide.

Los niños se abrazan a mí y Mario, que intuye que algo pasa, los agarra de las manos y los lleva hacia la entrada de la cola del control de seguridad.

—¡Oye! ¿De verdad tenéis que pasar por esas cintas? —pregunta.

—¡No! —Eric consigue sonreír—. Solo nuestras maletas. Nosotros pasamos por debajo de ese arco, ¿lo ves?

—Aaah, vale. ¡Pensé que os iban a meter en la cinta!

Los niños ríen y bromean mientras yo los observo, intentando aplazar lo inevitable. Cuando están a la suficiente distancia para que no nos oigan, miro a Nil. Está serio, tiene la mandíbula tensa y reconozco perfectamente la postura de sus hombros y piernas. Está listo para una pelea y yo no tengo ánimos, así que doy un paso atrás y me cruzo de brazos encorvando los hombros hacia delante para no gesticular ni hacer nada que le sirva como munición.

—Ya hablaremos en otro momento —susurro.

Nil me mira con intensidad. Está mal. Reconozco perfectamente sus emociones, aunque piense que no. Meses de usar las palabras para intentar acortar la distancia me han hecho conocer a la perfección el modo en que actúa cuando está a punto de explotar. Quiero evitarlo, pero, al parecer, eso tampoco saldrá bien hoy.

—Creo que es mejor que pensemos a fondo lo que queremos uno del otro y de esta relación antes de volver a hablar.

Lo miro, atónita.

—¿Me estás dejando? —pregunto con un hilo de voz.

Nil niega con la cabeza, pero baja la mirada, lo que dista mucho de su gesto.

—Solo digo que... Está claro que esperas de mí más de lo que estoy dispuesto a dar y tú ni siquiera valoras otras opciones, así que quizá sea hora de replantearnos todo esto.

Intento tragar saliva, pero no funciona. El dolor, cuando llega tan de pronto, entra por los poros de la piel. No puedes tragarlo con un poco de agua. Se mete bajo las uñas y te recorre cada rincón del cuerpo y la cabeza adueñándose de todo. Sin pedir permiso, imponiéndose y paralizándote por momentos.

Asiento, no sé qué otra cosa puedo hacer.

—O sea, el problema es que has sido feliz este verano... —susurro con la voz cargada de dolor. Él intenta hablar, pero lo corto, negando con la cabeza y provocando con el gesto que algunas lágrimas caigan, hecho que odio profundamente—. Que te vaya bien, Nil. Espero que seáis muy muy felices los tres. Siento haberte destrozado la vida.

—No hagas eso, joder. No me hagas parecer el malo y... —Me doy la vuelta y me alejo, incapaz de oír más reclamaciones—. ¡Azahara, joder! —grita, pero no me detengo.

Salgo del aeropuerto con una de sus frases retumbando en mi cabeza una y otra vez: «Esperas de mí más de lo que estoy dispuesto a dar».

Atravieso la puerta giratoria que me lleva al exterior y allí cojo una bocanada de aire que no sirve de nada. Joder, me va a dar un ataque de ansiedad y no puedo... no puedo.

Camino, sigo caminando hasta el coche con la firme creencia de que, mientras me mantenga en movimiento, no me derrumbaré. Tengo la certeza de que al parar mi cuerpo caerá sin fuerza, rendido a unas emociones devastadoras y una mente que no deja de repetirme a gritos las peores palabras que Nil me ha dicho nunca.

Alcanzo el coche al mismo tiempo que Mario, que viene a zancadas rápidas. Me sujeta del brazo, lo abre y me mete dentro casi como si fuera una muñeca.

—Eh, respira, Aza. Vamos, no me asustes, joder, respira y cuéntame qué coño ha pasado. ¿Habéis discutido? —Ahogo un sollozo y él me abraza metiendo medio cuerpo dentro del coche—. Se arreglará, sea lo que sea, se arreglará.

—Dice qu-que... —Cojo aire, lo intento, pero es que no entra con la fuerza suficiente. Lo intento de nuevo y miro los ojos angustiados de mi primo—. Dice que pido más de lo que está dispuesto a darme.

Mario me mira con los ojos como platos, alucinando. Maldice entre dientes y me besa la frente.

—Que le den, Aza. Que le den. No lo necesitas, ¿me oyes? No lo necesitas.

—Mario... —Lloro desconsolada mientras me abraza.

—¿Sí?

Cojo aire, intento que las palabras salgan firmes, pero lo hacen a jirones desgarrados, que es justamente como me siento. Entonces lo digo por primera vez en voz alta. Lo digo y luego me echo a llorar porque acabo de descubrir hasta qué punto puede sufrir un corazón.

—Estoy embarazada.

Epílogo

Jorge

Diciembre

No puedo creer que no la encuentre. Vuelvo a mirar en nuestro dormitorio, pero nada.

—¿Y no te ha dicho a dónde iba? —le pregunto a Sia, que está sentada en el sofá, mirando el móvil con las piernas cruzadas y moviendo un pie en círculos. Un gesto como otro cualquiera que está poniéndome de los nervios.

—No, solo me ha dicho que llegaría a tiempo de marcharnos, pero viendo la hora que es... vamos tarde.

—¿No me digas?

—Oye, tranquilo, que yo estoy aquí.

—Perdona, es que quiero llegar antes que Aza y Mario para poder quitar la máquina de humo que mi primo ha alquilado.

—¿Ha seguido adelante con esa tontería? —Chasquea la lengua, exasperada—. A ver si vais pensando en controlarlo.

—¿Y por qué no, en vez de criticar, lo intentas tú? Porque yo llevo toda la vida en el intento y, oye, no hago más que fracasar.

—Si me pusiera, lo haría en un santiamén, pero no tengo ni ganas ni paciencia ni la necesidad de ocuparme de eso. —Estoy a punto de responderle como se merece, pero justo me cambia de tema—. ¿Crees que a Aza le gustará mi regalo?

—Le has comprado una máquina de hacer palomitas en miniatura. Adorará tu regalo.

Sia sonríe orgullosa, lo que me hace reír entre dientes. Llevamos meses viviendo juntos y, lejos de tener problemas, he descubierto en ella una gran amiga. Ahora entiendo todavía más todos los motivos por los que Tasha la considera imprescindible en su vida. Aunque a veces se agobie, el modo en que se ha integrado en nuestra familia es increíble. No por nada ahora vende, por votación popular, la mejor tarta de manzana del mundo, receta de mi abuela. Ella también lo piensa, aunque a veces nos insulte un poco por este ego familiar.

Vuelvo a pensar en Tasha. Voy a la cocina, observo su bolso sobre la encimera y de pronto, de un chispazo, la visualizo. Sonrío y salgo al salón.

—Voy a por Tasha, ahora vengo.

Ella ni siquiera me mira, perdida en la pantalla de su teléfono móvil. Yo salgo al paseo, recorro a pie el camino que me lleva a las rocas y, al acercarme, la veo de pie, en la misma roca en la que la encontré hace justamente un año. Me acerco con paso lento y las manos en los bolsillos. Hoy no hay tormenta, como aquella noche, pero el aire puja con la misma fuerza revolviendo su larga melena dorada.

—El aire tiembla hoy —digo a su espalda.

Tasha se sorprende, pero no pierde el equilibrio. Aun así, sujeto sus caderas y me regodeo en el modo en que se deja caer contra mi pecho con familiaridad y confianza.

—Ya sé que llegamos tarde, pero necesitaba venir unos minutos —susurra sin mirarme.

Le beso el cuello, aspiro el aroma a almendras de su pelo y rozo mis labios contra su sien.

—¿Todo bien?

—Sí, todo perfecto. Solo pensaba en cómo estaba hace un año. —Traga saliva y busca mis manos, entrelazando nuestros dedos en su estómago—. Parece que haya pasado una vida entera en vez de un año.

—Yo creo que recordaré siempre el modo en que me asusté cuando te vi aquí bajo la tormenta y con aquellas olas tan salvajes.

—No pretendía saltar. Lo sabes, ¿verdad?

—Lo sé, pero parecías tan frágil como una muñeca de trapo y estabas a merced de un temporal, en medio de una tormenta que ni siquiera veías.

Ella asiente, dándome la razón. Yo estrecho nuestro abrazo solo porque puedo. Porque estamos aquí, aun con todo lo ocurrido, y eso es lo que importa.

—Ahora no soy frágil.

Sonrío y le beso el cuello de nuevo.

—No, ahora no lo eres.

Su sonrisa orgullosa toca todos los puntos que activan mis emociones por esta chica. En estos meses hemos seguido aprendiendo como pareja y cada uno por separado. Ella ha comenzado a asistir a terapia. No lo dice, pero sigue teniendo miedo a perder el control y empezar a parecerse a Nikolai. Le he asegurado mil veces que eso no pasará. Su hermano tenía una enfermedad y muchas adicciones que no ayudaron, pero entiendo que le resulte inevitable pensarlo en los días malos. La inexistente relación con su padre no ha ayudado, lejos de lo que yo pensé en un inicio. Creía que era mejor así, que la dejara tranquila, pero era un pensamiento egoísta, pues Tasha sufre el desprecio continuo de quien ayudó a traerla al mundo. Echa de menos a su madre, aunque hayan pasado nueve años desde su muerte, y a su abuelo, que fue protector y cariñoso con ella siempre. Se quedó sola en el mundo, a excepción de Sia, y aunque ahora me tenga a mí, y a mi familia, sé que todavía, algunos días, le duele en el alma que su propio padre no tenga ninguna relación con ella. Lo único que supimos de él fue que firmó la documentación necesaria para que Tash cobrara todo lo que le pertenecía de la herencia de Nikolai. Ni siquiera lo vimos. Los abogados se hicieron cargo.

Creo que todo eso fue determinante para que ella decidiera abrir su propio hotel. No será algo inmediato, porque antes quiere buscar un hotel pequeño en el que poder invertir y prepararse para ello, pero ha contactado con Misha, le ha ofrecido un puesto como su mano derecha y él ha accedido a dejarlo todo en cuanto ella se lo pida, algo que celebramos con una botella de champán y un montón de sueños locos aquella misma noche. Sia ya habla de ocuparse de los postres del restaurante y soy testigo de las horas que pasan hablando de todas las posibilidades por explorar. Queda un tiempo, habrá que ir paso a paso, pero el simple hecho de saber que Natasha por fin sabe lo que quiere del futuro y va a por ello es motivo de celebración.

Aun con los días malos, cuando no quiere salir de casa o llora por su hermano en momentos inesperados, tenemos una buena vida.

—¿Eres feliz? —pregunto en un susurro que se lleva las olas.

—Muchas veces —me dice—. Soy feliz muchas veces. Otras veces estoy triste, otras estoy enfadada y otras, simplemente, no sé ni cómo estoy. Pero no cambiaría mi vida por nada del mundo. —Se gira entre mis brazos y me acaricia la nuca con los dedos—. ¿Y tú?

—Estoy aquí, contigo. Es lo único que necesito.

El modo en que su gesto se dulcifica al instante hace que la abrace más fuerte y la bese solo para reafirmarme en que está aquí, conmigo.

—Te quiero, Jorge de las Dunas —susurra.

Sonrío, vuelvo a besarla y la alzo en vilo para sacarla de las rocas.

—Te quiero, mi Tasha.

Su sonrisa me acompaña hasta el paseo, donde baja de mis brazos, me besa y me rodea la cintura, refugiándose en mi costado. Le paso un brazo por los hombros y vamos a recoger a Sia para ir a casa de mi abuela, donde se celebrará el cumpleaños de Azahara.

Nuestro día a día no es perfecto, el sufrimiento es inevitable y he aprendido que no puedo salvar a todo el mundo. Pero cuando miro a mi lado y veo a la mujer fuerte, valiente y libre que me acompaña sin vacilar porque ya no hay dudas en ella, solo puedo pensar que en realidad no le pido más a la vida.